Trans+

Trans+

Trans+

Trans+

Silent Macabre

SM 21
靈異港灣
Människohamn

作 者：約翰·傑維德·倫德維斯特 John Ajvide Lindqvist
譯 者：陳靜妍
責任編輯：江怡瑩
美術編輯：何萍萍
校對：呂佳真
法律顧問 ：全理法律事務所董安丹律師
出版：小異出版
台北市105南京東路四段25號11樓
TEL：(02)87123898 FAX：(02)87123897
e-mail:locus@locuspublishing.com
www.locuspublishing.com
發行：大塊文化出版股份有限公司
台北市105南京東路四段25號11樓
讀者服務專線：0800-006689
TEL：(02) 87123898 FAX：(02)87123897
郵撥帳號：18955675
戶名：大塊文化出版股份有限公司

總經銷：大和書報圖書股份有限公司
地址： 新北市新莊區五工五路2號
TEL：(02) 89902588 FAX：(02) 22901658
初版一刷：2013年8月
定價：新台幣350元
ISBN：978-986-88700-2-4

靈異港灣 Människohamn

約翰・傑維德・倫德維斯特（John Ajvide Lindqvist）著
陳靜妍 譯

獻給我的父親
英格瑪・派特森（1938-1998）
他給了我大海
大海將他奪走

歡迎來到度瑪雷。

想在海圖上找到這個地方，得先經過一番仔細的尋覓。度瑪雷屬於瑞典羅斯拉根海岸區南部的離島群，位於雷夫斯納斯以東兩海里處，離南灣島燈塔和夏維昂島則還有一段距離。

想一窺度瑪雷，你得先挪開一些小島，在這些小島之間挪出一大片無垠的海洋，然後才看得到固瓦岩燈塔，以及在這個故事裡所有浮現的地標。

浮現，是的，是這個字眼沒錯。我們將前往一個對人們而言是嶄新之地，數萬年來始終沉埋海底，直到島嶼隆起，人們來到島上，故事才隨之而來。

讓我們開始吧。

第一部　放逐

波濤洶湧、暴風狂嘯之處，
浪頭衝擊，海水捲動之地，
就在這裡，屬於我們的島嶼自海洋中升起，
成為父子之間的傳承。

——藍納・阿爾賓森（Lennart Albinsson），《羅曼索》

大海給予的，大海收回

是誰以蛻變的姿態飛翔，
是誰現身於黑暗、閃亮的水面？

——古納・艾克羅夫（Gunnar Ekelöf），《夏維昂島》

沙棘

三千年前，度瑪雷只是聳立於海面上的一座平坦巨岩，消退的冰層在這塊巨岩的最頂端留下一塊不規則的大圓石。往東方一海里處隱約可見後來從海中隆起、被命名為固瓦岩的圓形小島。除此之外，此處一望無際。再過一千年後，周圍的小島及島嶼才敢探出海面，形成今日的度瑪雷群島。

這時，沙棘已經來到度瑪雷了。

遺留在海底的巨大冰層形成了海岸線，沙棘叢的樹根就在陡坡下的碎石堆中蔓延開來，這強韌的灌木從枯萎的海草中吸取營養，在不毛之地生長、攀附岩上。沙棘是堅韌超群的植物。

長出新的樹根後，沙棘叢向上穿過水岸在邊坡繁衍，直到度瑪雷無人居住的海岸布滿這晶亮邊飾般的綠色滾邊。鳥兒掠取沙棘苦橙味的鮮黃莓果，帶著它們飛往其他島嶼，將沙棘如福音般散播到附近的海岸線。幾百年內，四方皆可見這綠色邊飾。

然而，此舉卻使沙棘走上自我滅絕之路。

在遍布石頭的海岸上，最富營養價值的就是沙棘葉腐爛後形成的腐植土。赤楊樹見有機可乘，便把種子散播在沙棘叢留下的護根裡，越見茁壯，並使土壤因而富含氮氣，沙棘叢無法忍受這一點，也無法忍受樹蔭下的陰暗，只能撤回海裡。

隨著赤楊樹而來的是其他需要更高營養成分的植物，它們與沙棘叢競相爭奪生存空間，沙棘叢則被貶黜到一百年只延伸五十公分、進展過慢的海岸。雖然沙棘叢賦予了其他植物生命，卻被取代並排擠在外。

因此，沙棘靜靜地在海岸邊緣等待機會，纖弱、光滑的綠葉下則是尖刺，粗大的尖刺。

兩個小朋友和巨岩（一九八四年七月）

他們手牽著手。

他十三歲，她十二歲。如果被同一夥的人看見，他們一定會當場羞愧而死。他們躡手躡腳地穿過棕樹林，謹慎地注意著所有的聲音和動靜，彷彿在進行什麼祕密任務，不過在某種程度上也的確如此：他們要在一起，只不過他們自己還不知道罷了。

將近晚上十點的天色依然明亮，草地與地面還殘留著白天的溫度。他們看得到彼此移動的四肢與淡淡的身影，卻不敢互望，因為這麼做的話就得開口說些什麼，可是他們想不出適當的字眼。

他們決定前往的地點是巨岩。走在棕樹林間的小徑時，他們的手輕拂碰觸，其中一人握起另一人的手，於是他們就這樣手牽手了。如果說了什麼話，原本很單純的事會變得很複雜。

安德斯覺得自己像是已經在炙熱的太陽下曬了一整天，全身皮膚又熱又痛，而且頭暈暈的好像中暑了。他很怕踩到樹根絆倒，怕掌心流汗，怕他所做的事在某個層面逾越了界線。

他們那群朋友裡也有情侶，馬丁和瑪琳就是一對，而瑪琳曾經和約爾交往一陣子。他們忘我地在大家的視線範圍內公然接吻，馬丁說他和瑪琳已經進展到在船屋旁愛撫。不管真假與否，他們都可以這麼說、這麼做，因為他們大一歲，因為他們長得好看、又酷，表示很多事他們都可以做，也可以使用不同的語言。努力趕上他們毫無必要，這麼做只會使自己難為情罷了，你只能坐在那裡發呆，努力在正確的時機發笑，當時的情形就是如此。

安德斯和希西莉雅都不是膽小鬼，也不像亨利或畢昂是外人，別人用口香糖品牌的名字哈巴與布巴當作他們的綽號，可是他們也不屬於那個決定規則、決定哪些笑話才好笑的小團體。

安德斯和希西莉雅居然手牽手走在一起是件很荒謬的事，他們也知道這一點。安德斯矮小的身材接近紡錘形，稀疏的棕髮再怎麼梳理也無法定型，他就是不明白馬丁和約爾是怎麼做到的。他曾經試著用髮膠把頭髮往後梳，可是看起來很怪，於是趁沒人看到前就趕緊洗掉了。

希西莉雅的身材屬於瘦骨嶙峋的扁身型，完全沒有臀部或胸部可言，可是她的肩膀卻很寬，使得夾在中間的臉蛋顯得很小。她留著中等長度的金髮，過小的鼻子上雀斑點點。安德斯覺得她紮馬尾很漂亮，喜歡她的藍眼珠總是看似帶著淡淡的悲傷，她彷彿也知道這一點。

可是馬丁和約爾不知道，瑪琳和艾琳也不知道。他們有感覺，知道該怎麼說話，能把涼鞋穿得很好看，可是他們不知道。他們如常作息，珊卓拉很聰明、會念書，可是雙眼絲毫沒有透露自己知道。

希西莉雅知道，安德斯也看得出來她知道，進而證明他自己也知道，他們也認得出知道的人。安德斯無法解釋自己知道的是什麼，只知道它確實存在，而他們所知道的內容依稀與生命與事物的本質有關。

他們爬坡走向巨岩時，地勢變得更陡峭，林木更稀疏。過了一、兩分鐘後，他們得鬆開對方的手才能往上爬。

安德斯偷偷瞄了希西莉雅一眼，她穿著黃白條紋的T恤，寬領口露出鎖骨。有五分鐘的時間他和她連在一起，碰觸到她的皮膚，真是不可置信。

不可置信她竟然屬於他。

她有五分鐘的時間屬於他。他們很快就得鬆手分開，又變回普通人，到時候他們會說些什麼？

安德斯低頭看著地上越來越多的石頭，小心踩著自己的腳步。他每一秒都預期希西莉雅會放開手，可是她卻沒有這麼做。安德斯覺得也許是因為自己抓得太緊，才害她無法鬆手，這一點使他覺得很難為情，因此他稍稍鬆開自己的手，然後她就放開了。

在爬上巨岩所花的兩分鐘裡，安德斯分析自己是否真的握得太緊，放開自己的手是否使希西莉雅以為是他想鬆開手，以至於她得先放手。

不論安德斯知道或不知道什麼，他深信約爾和馬丁從來沒有碰過這種問題。他的手僵硬出汗，他偷偷在褲子上擦一擦。

他們終於爬上巨岩後，安德斯覺得頭昏腦脹，暴衝的血液在耳際嗡嗡作響，他肯定臉色通紅。他低頭瞪著胸前的T恤，一隻小鬼從紅色的禁止標誌中探頭往外看，是電影「魔鬼剋星」的圖案，這是他最喜歡的上衣，經過多次的洗滌之後，小鬼的輪廓已經變得模糊。

「真的好美。」

希西莉雅站在巨岩的邊緣眺望大海，他們的高度遠在所有樹梢之上，遠處下方每一個朋友居住的度假小屋幾乎一覽無遺；橫越水面的一小簇燈光是航向芬蘭的渡輪，更遠之處則是安德斯叫不出名字的群島。

他鼓起勇氣盡量靠近她，然後說，「我覺得那是世界上最美麗的事物，」可是話一出口他馬上後悔了，覺得這話真蠢。於是，企圖挽救局勢的安德斯接著說，「這也是一種看法，」可是這話聽起來也不大對，於是他便沿著巨岩的邊緣從她身邊走開。

安德斯走了一圈約三十公尺的距離，快要走到希西莉雅背後時她說，「好奇怪對不對？我是指這岩石。」

對此他有答案，「這是一塊不規則的大圓石，至少我爸是這麼說的。」

「什麼意思？」

他凝視著遠處的海面，視線落在固瓦岩燈塔，試著回憶父親告訴過他的話。安德斯敞開一隻手臂納入附近的區域：舊村落、基督教聚會所、商店旁的警鐘。

「嗯……以前結冰的時候，這裡到處覆蓋著冰層，就是冰河時期，冰層挾帶著岩石，融化之後到處留下這些岩石。」

「那麼那些岩石原先是從哪裡來的？一開始的時候？」

安德斯的父親也告訴過他這一點，可是他不記得父親是怎麼說的。這些岩石會是打哪裡來的？他聳聳肩。

「我猜是更北方，我是說山上，那裡有很多岩石……」

希西莉雅探頭看看巨岩的邊緣，頂端幾乎平整的巨岩至少有十公尺高，她說，「當時一定結了很厚的冰。」

安德斯想起一個數字，對著天空比了個手勢，「很厚，有一公里。」

希西莉雅皺起鼻子，安德斯覺得彷彿胸口被刺了一刀，「怎麼可能！」她說，「是騙人的吧？」

「我爸是這麼說的。」

「一公里？」

「對，而且……妳知道島嶼是怎麼一回事，它們就是從海裡每年一點一點地冒上來？」希西莉雅點點頭，「那是因為冰層非常重，像是把所有的東西都往下壓，可是仍舊……繼續上升。只有一點點，一直都在持續發生。」

希西莉雅依然興致勃勃地看著他，安德斯回想起父親的話，欲罷不能的指著固瓦岩繼續說，「大約兩千年前，這裡只有海水，唯一伸出水面的就是那座燈塔，我是說那塊岩石，燈塔所在的岩石，當然那時候還沒有燈塔。然後這塊岩石和其他所有的東西都在水面下。那個時候。」

他低頭看著雙腳，踢踢巨岩上一層薄薄的苔蘚與地衣。他抬起頭時，希西莉雅正凝望著遠方海面、本土大陸、和度瑪雷。她彷彿突然覺得害怕，一手放在鎖骨上說，「是真的嗎？」

「我覺得是真的。」

安德斯的腦海中出現了某種變化，開始看到希西莉雅所看到的景色。前一年夏天他和父親一起上來時，只覺得這些話很有意思，隨便聽聽而已，並沒有真正思考過，也沒有仔細端詳。

這次他看到了，所有的景物都是如此地初來乍到，存在的時間非常短暫。他們的島嶼、他們的房子所佇立的土地、下方港口裡古老的木造船屋，都只是原始山巒上的一片片積木。由於凝望著時間的深處，使他的胃部緊縮，暈眩不已，彷彿快要昏倒。他雙手抱住身體，突然感覺在這世上完全地孤單。他的目光搜索著海平面，卻沒有尋獲安慰，只看到一片靜默與無盡。

接著他聽到左側傳來呼吸聲，一轉過頭就發現希西莉雅的臉龐近在眼前，一面呼吸一面凝視著他的雙眼。她的嘴巴是如此貼近，吐氣時，他的嘴唇感覺得到她溫暖的氣息，鼻端一絲黃箭口香糖的味道。

事後他不免覺得很難理解，可是事情就這麼毫不遲疑的發生了。安德斯不假思索向前吻了她，他就是這麼做了。

她的嘴唇緊繃，有點結實，他以同樣無法解釋的果斷把舌頭伸入她的兩唇之間，舔舔她伸出迎接的舌頭，溫暖而柔軟的舌頭。他隱約覺得舔著與自己一模一樣的東西是完全嶄新的體驗，一切變得不確定而奇怪，他不知道該怎麼做。

他又舔了她的舌頭一會兒，一部分的他很享受，覺得真是太棒了。而另一部分的他則想著：*你該這麼做嗎？這麼做對嗎？*不可能吧，他懷疑是在這個時候該進展到愛撫。可是，就算自己的舌頭滑過她的舌頭時他的老二開始變硬，他也不可能、絕對不可能……以那樣的方式撫摸她。絕不可能，他做不到，不知道該怎麼做……而且，不，他根本就不想這麼做。

安德斯全神貫注於這些心思上，舌頭不自覺地停止移動，換成希西莉雅在舔他的舌頭。他感激地接受，更加享受，疑慮也消失了。稍後，她收回舌頭以普通的方式吻他，接著他們的臉才分開。他的感覺是：還滿順利的。

他向一個女孩獻上初吻，過程也很順利。雖然他臉色脹紅，雙腿發軟，可是沒關係。他瞄了她一眼，她似乎也有同感。當他看到她微微一笑時，他也露出笑容，她注意到之後笑得更開懷了。

在這片刻之間，他們微笑地凝望著彼此，可是氣氛變得太具張力，他們只好轉頭再度眺望海面。安德斯再也不覺得大海令人生畏，也無法理解自己為什麼會這麼想。

我覺得那是世界上最美麗的事物。

他是這麼說的，如今成真了。

他們開步回到岩石下方。穿過最多石的區域後再次牽起對方的手。安德斯想大叫，想跳起來用乾枯的樹枝打在樹幹上，他的體內有什麼東西想迸發出來。

他握著她的手，內心的快樂不斷沸騰，強烈到會痛。

我們在一起，希西莉雅和我，現在我們在一起了。

固瓦岩（二〇〇四年二月）

「真是不可思議的天氣，太不可思議了。」

希西莉雅和安德斯站在起居室的窗前眺望著港灣，無瑕的白雪覆蓋在海面的冰層上；在晴空萬里的陽光普照下，港口、碼頭和海岸線的輪廓彷彿曝光過度的照片般，成了白花花的一片。

「讓我看，讓我看！」

瑪雅從廚房裡衝進來，安德斯才剛開口警告她第一百次，她腳上的厚襪子就在擦亮的木質地板打滑，一屁股跌在他的腳下。

他本能地彎腰安撫她，但瑪雅立刻側身扭動身體退回一公尺，眼眶冒出淚水，大叫著，「笨笨笨笨東西！」她脫掉襪子往牆上丟，接著起身跑回廚房。

安德斯和希西莉雅對望一眼嘆著氣，聽到瑪雅在廚房翻抽屜的聲音。

這次倒楣的又是誰？

希西莉雅眨眨眼接下任務，準備在瑪雅把抽屜裡的東西全翻倒在地或打破什麼東西之前出手干預。她走進廚房，安德斯轉身面向窗外燦爛的景色。

「瑪雅！不要！等等！」
瑪雅拿著一把剪刀從廚房裡跑出來，希西莉雅緊跟在後。他們倆都還沒能阻止她，瑪雅就已經抓住一只襪子開始亂剪。
安德斯抓住瑪雅的雙臂讓她放下剪刀，瑪雅憤怒到全身不斷顫抖，一面對著襪子亂踢，「我討厭你，你這笨東西！」
安德斯抱住她，雙手緊緊箍住她飛舞的手臂，「瑪雅，這樣沒有用，襪子不會懂的。」
他臂彎裡的瑪雅如一團顫抖的包袱，「我討厭它們！」
「我知道，可是那不表示妳就得……」
「我要把它們剪斷然後燒掉！」
「鎮靜一點，小朋友，鎮定一點。」
安德斯雙手緊緊抱著瑪雅坐在沙發上，希西莉雅坐在他身邊，他們輕聲細語地撫摸她的頭髮和她唯一願意穿的藍色絲絨運動服。幾分鐘後，她不再顫抖了，心跳減緩，在安德斯的臂彎裡放鬆下來。他說，「妳願意的話可以穿上鞋子。」
「我要光著腳丫。」
「不行，地板太冷了。」
「光腳。」
希西莉雅聳聳肩。瑪雅很少覺得冷，除非有人教她添衣服，否則就算在接近零度的氣溫下，她還是只穿一件T恤在戶外跑來跑去。瑪雅每天晚上頂多睡八小時，卻鮮少生病或覺得疲倦。
希西莉雅雙手握住瑪雅的雙腳對著吹氣，「嗯，妳得穿上襪子，我們要出門了。」
坐在安德斯膝頭上的瑪雅挺直身體，「去哪裡？」

希西莉雅指著窗外東北方。

「去固瓦岩上的燈塔。」

瑪雅彎身向前，瞇起雙眼面對陽光。在前方兩公里處，老舊的石造燈塔只是海天交界處一個模糊的縫隙。他們一直在等今天這種好天氣，才能踏上這段談論了一整個冬天的旅程。

瑪雅的肩膀下垂，「我們整段路都要用走的嗎？」

「我們覺得也許可以滑雪，」安德斯話都還沒說完，瑪雅就已經跳下他的膝頭衝進走廊裡。兩個星期前過六歲生日時，瑪雅收到生平第一雙滑雪板，她天賦異稟，第二次練習時就已經滑得很好。兩分鐘後，她穿著滑雪衣、戴著帽子和手套回來了。

「那我們快走吧！」

安德斯和希西莉雅不理會瑪雅的抗議，打點著要在燈塔享用的野餐：咖啡、巧克力和三明治，然後才帶著滑雪裝備走下坡到港邊。陽光令人眼花撩亂，已經好幾天沒有起風，枝頭上還覆蓋著剛下的雪。四周的一片雪白令人炫目，無法想像哪個地方可能有一絲的溫暖和綠意。從外太空往下看的話，地球一定像顆圓滾滾的雪球。

興奮不已的瑪雅沒辦法靜靜站好，花了好一會兒工夫才穿好滑雪板。固定好皮靴，把滑雪桿的帶子繞在手腕上之後，她馬上滑到冰上，一面大叫，「看我！看我！」

總算有這麼一次，他們不需要擔心瑪雅自己先行出發。安德斯和希西莉雅都還沒穿上滑雪板，瑪雅就已經離開碼頭一百公尺了，不過他們可以很清楚地看到她在一片雪白中鮮紅色的身影。

在城市裡可不一樣。瑪雅曾經多次因看到或想到什麼就自行跑開，他們開玩笑要在她身上裝一個衛星定位發報器。其實並不完全是玩笑話，他們曾經認真考慮過，只是覺得這麼做似乎有點誇張。

安德斯和希西莉雅出發時，遠處冰層上的瑪雅跌倒了，可是她馬上爬起來繼續飛馳而去，安德斯和希西莉雅跟隨她的足跡。他們行進五十公尺後，安德斯轉過身。

他們的房子坐落在岬角邊緣，兩座煙囪冒出縷縷輕煙，夾在被白雪壓低的兩棵松樹之間。眾人都稱這棟粗製濫造、缺乏維修的破房子為「破厝」，可是這時從這個距離看來，卻有如一個小小的天堂樂園。

安德斯費力地從背包裡拿出自己的舊尼康相機，調近焦距拍了張照片，等他下次咒罵施工不良的牆壁和傾斜的地板時，可以用來提醒自己，此處的確是個小小樂園無誤。他收起相機追隨家人。

幾分鐘後，安德斯跟上她們了。他本來打算在前面帶路，讓瑪雅和希西莉雅滑在他穿越厚雪後壓平的路徑上，這樣她們滑起來比較容易。可是瑪雅拒絕這麼做，她是導遊，也是領頭羊，他們得跟著她才行。

冰層本身沒什麼好擔心的，聽到本土方向的隆隆聲響時證實了這一點。一輛汽車正從納丹的汽船碼頭駛向度瑪雷，從這個距離看起來只有蒼蠅大小。瑪雅停下腳步瞪著它。

「那是真正的汽車嗎？」

「對啊，」安德斯說，「不然還會是什麼？」

瑪雅沒有回答，只是看著那輛汽車繼續開向島嶼另一頭的岬角。

「開車的是誰？」

「可能是想游泳的度假客吧。」

瑪雅張口大笑，臉上帶著時而露出的高傲表情，「爹地，游泳？現在這個季節？」

安德斯和希西莉雅都笑了，汽車消失在岬角後方，只留下一團打轉的薄薄雪花。

「那就是斯德哥爾摩來的人。我覺得他們正要去他們的夏日小屋……賞冰或什麼的。」

瑪雅似乎對這個答案很滿意，轉身準備再度出發，但想到什麼又轉回來。

「那為什麼我們不是斯德哥爾摩來的人呢？畢竟我們也住在斯德哥爾摩。」

希西莉雅說，「妳跟我是斯德哥爾摩人，可是爹地不是，不真的算，因為他的爹地並不是來自斯德哥爾摩。」

「我爺爺嗎？」

「對。」

「那他是什麼人？」

希西莉雅不置可否的看看安德斯，他說：「一個老漁夫。」

瑪雅點點頭，朝向已成為明亮天空裡一大團墨漬的燈塔出發。

希蒙站在前廊用望遠鏡追蹤他們的進展，看他們停下來說話，看他們在瑪雅的帶領下再度出發。他暗自微笑，那是典型的瑪雅，總是努力地奮力前進，耗盡體力。這孩子體內有一座發電機，一座呼呼作響、不停充電的小馬達，她總得消耗這些體力。

除了血緣之外，他十足十是她的曾祖父，正如他是安德斯的祖父。早在他們倆的雙眼還未能對焦在他臉上時，他就已經認識他們了。他是個外人，被納入這個並不屬於他的家庭。

幫咖啡機加水時，他習慣性地抬頭看了一眼安娜葛蕾塔的家。他知道她去本土買東西，下午才會回來，卻還是看了一眼，發現自己已經在想念她了。

他們在一起四十幾年了。也許正因為不住在一起，所以他每天仍渴望見到她，可是這樣的安排很好。當年，安娜葛蕾塔向希蒙承認自己的確愛他，卻沒打算同居，只建議他照舊向她租房子。如果這樣安排不合他的意，那很可惜，只好算了。當時，她這麼說讓他覺得很受傷。

一開始他附和她的想法，希望隨著時間的流逝，情況會有所轉變。的確如此，只不過並不是依照他的希望改變，而是改變了他。十年過去，他的結論是一切配合得恰到好處。他付的一千克朗租金只具象徵意義，從一九五三年租下後就沒增加過。他們拿這筆錢坐渡輪去芬蘭遊玩，品嘗上等佳餚，算是微不足道的例行公事。

安娜葛蕾塔覺得自己和艾瑞克本來就沒必要結婚，所以她和希蒙也沒有結婚；不過無論從哪一個角度看來，希蒙都是她的丈夫、孩子的祖父和曾祖父。

他走到玻璃圍起的前廊拿起望遠鏡，還在奮力前進的安德斯一家人已經快到燈塔了。他們停下腳步，可是希蒙看不出他們在做什麼。他正試著調整焦距看得更清楚時，外門打開了。

「哈囉有人嗎！」

希蒙臉上露出微笑。他花了好幾年才習慣長年居住島上的人就這麼不敲門咚咚地踩進別人家裡。一開始他去別人家還會敲門，但只得到漫長的等待。好不容易大門終於打開時，主人的表情很清楚地說著，**你站在這裡裝腔作勢做什麼？快進來。**

前廊傳來脫靴子、清喉嚨的聲音，進門來的艾洛夫·隆德貝一如往常地戴著軟帽，向希蒙點點頭。

「早安，閣下。」

「你也早。」

艾洛夫舔舔因寒冷而異常乾燥的嘴唇，環顧四周，發現觸目所及沒什麼值得讓他發表評論的事。然後他說，「所以呢？有新聞嗎？」

希蒙搖搖頭，「沒有，只有如常的痠痛。」

有時他覺得這些閒扯淡很有意思，可是今天他沒心情站在那裡和艾洛夫寒暄，所以決定違抗傳統，單刀直入的問道，「你要借鑽孔機嗎？」

艾洛夫眯起雙眼，彷彿這個問題完全出乎意料之外，他得思量一番才行，不過思索片刻後他說，「鑽孔機，對，我想說也許我可以……」他對著冰層的方向點點頭，「……出去碰碰運氣。」

「和平常一樣放在樓梯下面。」

上次結冰結得厲害是三年前的冬天，艾洛夫每星期都來向希蒙借用幾次鑽孔機。希蒙曾經告訴艾洛夫，需要的時候歡迎他隨時過來拿，用完歸位就好。艾洛夫出聲表示同意，可是每次借用時還是會進來詢問。

艾洛夫的任務完成了，卻似乎無意離開，也許想暖暖身子再走。他對著希蒙手上的望遠鏡點點頭。

「你在看什麼？」

希蒙指著燈塔的方向，「安德斯他們在冰層上，我只是……在注意他們。」

艾洛夫看著窗外，可是當然什麼也看不到，「他們在哪裡？」

「在燈塔附近。」

「在燈塔附近？」

「對。」

艾洛夫依然看著窗外，彷彿咀嚼般移動著下巴。希蒙想一個人靜一靜，不希望艾洛夫聞到咖啡香後自顧自地留下來喝一杯，因此打算趕快結束他們之間的對話。可是艾洛夫突然噘起嘴巴問道，「安德斯有沒有那種……行動電話？」

「有，做什麼？」

艾洛夫呼吸沉重地凝視著窗外，尋找不可能看到的東西。希蒙不懂他用意為何，又問了一次。

「你為什麼要問他有沒有手機？」

在片刻的沉默間，希蒙聽到咖啡機裡熱水沸騰的啵啵聲，窗前的艾洛夫轉身凝視著地板說，「我覺得你該打電話給他，叫他……馬上回家。」

「為什麼？」

沉默再度降臨，希蒙聞到廚房飄散出的咖啡香，可是艾洛夫似乎沒有注意到，他只是嘆口氣說，「那邊的冰層可能不太安全。」

希蒙露出嘲弄而不屑的表情，「可是港灣裡的冰層有半公尺厚！」

這次艾洛夫的嘆息聲更加沉重，他雙眼審視著地毯的花紋，做出令人意外的舉動。艾洛夫抬頭直視著希蒙說，「照我的話做，打電話給那孩子，叫他帶著家人回家。」

希蒙看著艾洛夫淡藍色的眼珠及嚴肅的表情，搞不清楚是怎麼回事，只知道從來沒見過艾洛夫這麼嚴肅，並表現出令人不得不順從的權威。他們之間這股陌生的交流使他走到電話前按下安德斯的手機號碼。

「喂，我是安德斯，嗶聲後請留言。」

希蒙掛掉電話。

「他沒接，可能沒開機，到底是怎麼回事？」

艾洛夫再度眺望著港灣，噘起嘴點點頭，彷彿下了什麼決心，「我想會沒事的，」他轉身面向玄關說，「那我借鑽孔機用個幾小時。」

希蒙聽到外門打開又關上的聲音，腳邊旋起一陣冷風。他拿起望遠鏡看著燈塔的方向，三隻小螞蟻正費力地爬上岩石。

「等一下！」

安德斯向瑪雅和希西莉雅揮揮手，要她們在適當的位置停下來，好讓他用三種不同的焦距拍照。瑪雅一直想掙脫跑掉，不過希西莉雅抓著她，兩個渺小的人影配上高聳的燈塔，在雪地裡造就了一幅美麗的景象。安德斯向她們舉起大拇指，把相機收進背包裡。

瑪雅和希西莉雅走向燈塔牆上的鮮紅色大門，安德斯雙手插在口袋裡，站在原地凝視著二十公尺高的塔樓。燈塔的建築材料是一般灰石而非磚塊，看起來似乎很堅固。

把所有的石頭運送過來再抬高放在適當的位置一定是很艱辛的工程。

「爹地！爹地，快點過來！」

瑪雅站在燈塔門口興奮地跳上跳下，揮舞著手套。

「怎麼了？」安德斯走向她們時問道。

「燈塔有開放！」

的確如此。入口處放著一個捐款箱及收納簡介的展示架，告示上寫著群島基金會歡迎遊客造訪固瓦岩，請索取簡介資料後繼續往上前往燈塔，歡迎自由捐款。

安德斯翻翻口袋，找到一張皺皺的五十克朗鈔票，非常樂意地塞進空空如也的捐款箱裡。這樣的情形完全出乎意料之外，他沒期望燈塔會開放，尤其是在冬季。

瑪雅已經率先爬上樓梯，安德斯和希西莉雅緊跟在後。破舊的螺旋梯很狹窄，只能容許一個人通過，鐵製百葉窗以蝶形螺帽鎖住。

希西莉雅停下腳步，安德斯聽到她氣喘噓噓，她向後伸出一隻手讓安德斯握住，他問，「妳還好嗎？」

「還好。」

希西莉雅繼續往上爬，一面捏捏安德斯的手。她很容易萌生幽閉恐懼，在這方面燈塔是一大噩夢。近距離聳立的粗厚石牆吞沒所有的聲音，唯一的光線是來自底部打開的門及高處更微弱的光源。

他們繼續向上爬了四十階左右，腳下一片漆黑，頭頂的光線則越來越亮。他們聽到上方傳來瑪雅的聲音，「快一點！過來看！」

樓梯盡頭是一個鋪著木質地板的圓形開放空間，幾扇裝著厚玻璃的小窗戶裡射進有限的光線，正中央一扇開著的門也流瀉出光芒，是塔中之塔。

希西莉雅坐在地上用雙手揉著臉，安德斯在她身邊蹲下來，她擺擺手打發他，「我沒事，我只是得……」

爬上塔中之塔的瑪雅大聲呼叫著，希西莉雅叫他先去看看，她會隨後跟上。安德斯摸摸她的頭髮，走到打開的門前，這裡通往另一座鐵製的螺旋梯。他爬上二十階左右來到燈塔的中樞，也就是反射鏡所在的位置，光線刺痛他的雙眼。

安德斯目瞪口呆地停下腳步，真是太美了。

我們從黑暗中攀向光明。他爬上深色台階到達頂端時異常震驚，除刷石灰的牆腳之外，整面圓形牆壁都是玻璃，一眼望去只見海天一色。方尖體的反射鏡由稜鏡和幾何精準切割的各色玻璃組成，佇立在正中央。這裡是光的聖地。

瑪雅鼻子和雙手貼在玻璃牆上，聽到安德斯出現時，她指著東北方遠處的冰層。

「爹地，那是什麼？」

安德斯對著明亮的光線瞇起雙眼，眺望著冰層。除了一片雪白及遠處地平線上列丁亞群島的一絲蹤影之外，他什麼也沒看到。

「妳說的是哪裡？」

瑪雅指著，「那邊，在冰上。」

一陣勁風把粉狀白雪吹得如漩渦般飛舞，如鬼魅般在潔白無瑕的雪地上移動。安德斯搖搖頭，轉身面對室內。

「妳看過這個嗎？」

他們仔細研究反射鏡。安德斯幫瑪雅拍了一些照片，要她分別站在反射鏡前後，再透過反射鏡幫她拍下小女孩和千變萬化、從各個角度折射的光線。他們拍完照後，希西莉雅才爬上樓梯，看到這幅景象也大吃一驚。

他們在眺望群島的明亮室內野餐，尋找熟悉的地標。瑪雅對白牆上的塗鴉很有興趣，不過塗鴉的內容並不適合六歲兒童，安德斯便拿出簡介大聲朗讀。

燈塔下層早在十六世紀就已建造完成，作為導航台的平台之用，照亮進入斯德哥爾摩的航道。增建燈塔後安置了簡陋的反射鏡，起先以菜籽油照明，後來才換成煤油。

瑪雅聽夠了，她要下樓，安德斯抓住她的雪衣。

「等一等小朋友，妳要去哪裡？」

「我要去看我說我看到的東西。」

「別走太遠。」

「不會的。」

安德斯放開手，瑪雅走下樓梯，希西莉雅看著她消失。

「我們不是應該……？」

「對，可是她能走多遠？」

他們花了幾分鐘讀完簡介，發現後來裝設了古斯塔夫‧達倫所發明的自動調節照明及氣體蓄壓器。燈塔於一九七三年除役，接管的群島基金會裝設了象徵性的一百瓦燈泡，目前則使用太陽能發電。

他們看看塗鴉，推論此處至少發生過一次性行為，除非那只是塗鴉者自己的癡心妄想。接著他們一起收拾東西走下樓梯，希西莉雅的心悸、胸悶使她得慢慢來，安德斯只得等著她。

他們走出室外才發現瑪雅不見蹤影。越來越強的風吹得雪花如薄霧般在空中紛飛，在陽光下閃閃發光。安德斯閉上眼睛深呼吸，這是一次美好的出遊，不過該回家了。

「瑪——雅——」他大聲叫著，卻沒有聽到回答，他們便繞過燈塔尋找。岩石本身並不大，周長約一百公尺，可是到處都不見瑪雅的蹤影，安德斯凝望著遠處的冰層，沒有看到嬌小的紅色身影。

「瑪——雅——！」

這次他叫得更大聲，心跳微微加快。她不可能在這種地方走失的，這麼想太愚蠢了。他感覺到希西莉雅的手放在自己的肩膀上，她指著雪地。

「這裡沒有腳印。」

她的聲音裡也帶著些許的不安。安德斯點點頭，當然，他們只消跟著瑪雅的腳印就好了。

他們回到起點，也就是燈塔大門前。安德斯探頭進去對著樓上大叫，以免瑪雅回來他們卻沒聽到，可是沒人回應。

燈塔大門附近都是他們三人的腳印，可是這些腳印並沒有向左或向右離開。安德斯朝向岩石走了幾步，看到他們從冰層走向燈塔的腳印，還有相反方向瑪雅的足跡。

安德斯瞪著冰層上方，卻看不到瑪雅的身影，他眨眨眼、揉揉眼睛，她不可能走到視線範圍外的。度瑪雷的輪廓和本土融在一起，上層的炭色線條較粗，下層的較細。他轉頭面對另一個方向，看到的是希西莉雅專注而緊張的表情。

另一個方向也完全不見他們女兒的蹤影。

希西莉雅低頭走過他身邊到冰層上，目光緊緊跟隨著腳印。

「我去看看燈塔裡面，」安德斯大叫，「她一定是躲起來了。」

他跑到門口，一面爬樓梯一面大叫著瑪雅的名字，可是依舊沒有回應。他心頭怦怦跳，然而仍努力使自己平靜下來，冷靜，保持頭腦清楚。

根本就做不到。

她可能走失了。

不，不可能的。在這裡不可能走失的，根本就沒地方可去。

沒錯。

別這麼想。別這麼想。

瑪雅最喜歡的遊戲就是捉迷藏，而且她很會找地方躲。雖然她做其他事偶爾會興奮過度、過於熱切，可是玩捉迷藏時卻能靜靜地躲很久。

安德斯伸手爬上樓梯，像猴子一樣俯著身體，讓手指摸到樓梯與牆面的接縫處，以防萬一她跌倒了、萬一她躺在黑暗中安德斯卻看不見。

萬一她跌倒撞到頭，萬一她……

可是他什麼也沒摸到，什麼也沒看到。

他搜索樓梯盡頭的房間後找到兩個紙箱，瑪雅不可能躲在這麼小的紙箱裡，不過他還是打開看了看，裡面只有生鏽、無法辨識的金屬零件，貼著手寫標籤的瓶子。瑪雅不在箱子裡。

他走到通往上層燈塔的門口，先閉眼片刻才進去。

瑪雅現在就在上面，就在那裡，我們找到她後就會回家，這只是她眾多消失又出現的把戲之一而已。

樓梯旁裝置著一組拉繩，放著燈具機械裝置的櫃子用鎖頭鎖著。他拉拉鎖頭確定鎖著，瑪雅不可能躲在裡面。他緩緩爬上樓梯，一面叫著她的名字，還是沒有得到回應。這時，他耳畔一陣急衝的聲音使他雙腿發軟。

他爬上裝著反射鏡的房間，沒有瑪雅的身影。

不到半小時前他還在這裡幫她拍照，此刻卻已消失無蹤，不見人影。他大聲尖叫，「瑪——雅——！快出來！不好玩了！」

他的音量使狹窄房間裡的玻璃為之震動。

他走遍房內，眺望著戶外的冰層，看到在下方遠處，希西莉雅正循著他們來時的足跡，可是到處都不見紅色雪衣的蹤影。他覺得呼吸困難，舌頭黏在上顎。這是不可能的，不可能發生這種事。他拼命瞪著窗外冰層的每一個方向。

她在哪裡？她在哪裡？

安德斯隱約聽到希西莉雅大叫著他叫了這麼多次的名字，她也沒有得到回應。

仔細思考，你這白癡，思考。

他再度眺望一望無際、完全沒有遮蔽物的冰層，如果冰層上有洞的話，一定看得到的。不論你多會躲，總得先有地方躲才行。

他停下來瞇起眼睛，腦海閃過瑪雅的聲音。

爹地，那是什麼？

安德斯走到她問這個問題時所站的位置，看著她所指的方向。除了冰層和白雪之外，空無一物。

她看見了什麼？

他努力地觀看，意識到自己還背著背包，便趕緊拿出相機透過觀景窗看出去，拉近焦距掃過她所指的區域，可是什麼也沒看到。一大片白雪中完全沒有另一種顏色的跡象，連一絲細微的變化都沒有，完全沒有。

他雙手顫抖著把相機放回背包裡。外面的冰層一片雪白，雪連著天，只是天色變暗了些。沒多久就已經是下午了，再過幾個小時天就要黑了。

他雙手摀嘴，瞪著巨大無垠的空無，聽見遠處希西莉雅的哭號聲。瑪雅不見了，她不見了。

別這麼想。別這麼想。

然而，他的內心深處知道這是事實。

希蒙的電話響起時，時間剛過兩點。在過去一小時裡，他瞎搞著因風濕僵硬的雙手已用不上的魔術道具，曾經考慮過出售，最後還是決定留下來當作傳家寶。

鈴響第二聲時他接起電話，還沒來得及說話，安德斯就搶先開口。

「喂，我是安德斯，你有看到瑪雅嗎？」

「她不是跟你在一起嗎？」

電話另一頭的安德斯短暫地停頓，顫抖地吐著氣，希蒙覺得自己澆熄了他的希望，「出了什麼事？」

「她不見了。我知道她不可能回到陸上，可是我以為——我不知道。希蒙，她不見了，她不見了。」

「你們在燈塔嗎？」

「對。而且她不可能……就是不可能……沒有地方……可是她不在這裡。她在哪裡？她在哪裡？」

兩分鐘後，希蒙穿上外套、發動小綿羊機車，騎到艾洛夫所在的冰層上。艾洛夫正坐在摺疊椅上凝視著希蒙的鑽孔機所鑽出的洞，聽到小綿羊接近便抬起頭。希蒙煞車。

「艾洛夫，你有沒有看到安德斯的女兒瑪雅？」

「沒有。什麼？這裡？現在？」

「對，過去一小時左右。」

「沒有，我什麼鬼都沒看到，這麼說起來連一條魚也沒有。怎麼了？」

「她不見了，在燈塔那邊不見的。」

艾洛夫轉頭面向燈塔，目光鎖定那個方向，抓抓額頭。

「他們找不到她嗎？」

希蒙咬緊牙關，下巴肌肉緊繃。他奶奶的，竟然用這種迂迴的方式回應。艾洛夫點點頭動手收拾釣魚線。

「那麼我最好……召集一些人過去。」

希蒙謝謝他，接著向燈塔出發。他騎了大約五十公尺後轉頭看，艾洛夫還在把玩他的釣魚工具，確定整齊收好才離開。希蒙咬緊牙關，繼續在降臨的暮色中前進，輪胎激起白雪，漫天飛舞。

雖然真的沒有什麼遮蔽物可供尋找，但五分鐘後希蒙還是來到燈塔協助搜尋。他專注地騎在冰層上，看看艾洛夫所說瑪雅可能掉入薄冰是否正確，可是並沒有找到這樣的地點。

過了十五分鐘後，他們看到幾個小點從度瑪雷接近，是四輛小綿羊機車：艾洛夫和他的兄弟約翰、商店老闆麥茲後面載著老婆英格麗、殿後停車的是村裡少數擁有小綿羊機車的女性瑪格麗塔・拜芳。

他們以燈塔為圓心向外搜索，尋找每一吋冰層。安德斯和希西莉雅在燈塔岩上漫無目的地徘徊，不發一語。一小時後天色已暗，月光比殘存的微弱日光更明亮。

希蒙走向燈塔，安德斯與希西莉雅雙手掩面坐在門口。冰層遠處隱約可見四輛小綿羊機車微弱的燈光，彷彿衛星般圍繞著毫無生命跡象的行星兜著圈子。一架配備探照燈的警方直升機抵達，擴大搜索範圍。

希蒙在安德斯和希西莉雅面前蹲下來，關節嘎吱作響，他們的眼神空洞，希蒙摸摸希西莉雅的膝蓋。

「妳說腳印怎麼了？」

希西莉雅無力地朝著度瑪雷的方向揮揮手，聲音微弱，希蒙得俯身才聽得到。

「完全沒有。」

「妳是說相反方向也沒有足跡？」

「中斷了，好像……好像她被抬到半空中。」

安德斯發出嗚咽聲，「不可能發生這種事的，怎麼可能發生這種事？」

安德斯看著希蒙的眼神穿透他，彷彿希蒙的視網膜後方儲存著某種知識，正是他在尋找的答案。

希蒙起身回到冰層上，坐在小綿羊機車後座看著四周。

要是有地方可以起個頭就好了。

一點細小的差別、陰影、任何能被視為鬆脫的線頭、讓他們得以依循的東西。他一手伸進外套口袋底部，握住放在裡面的火柴盒，接著他把另一手的指尖放在冰上，要求冰層融化。

首先雪融化了，接著越來越深的凹洞漸漸注滿水。過了約二十秒左右，冰層出現一個拳頭大小的黑洞。希蒙鬆開火柴盒，有點辛苦的把手肘伸進冰水裡，他的手抓到冰層下緣時，冰層表面就在他的肘關節上方。

冰層很厚，瑪雅絕不可能是掉進了哪個洞裡。

那麼究竟發生了什麼事？

沒有鬆脫的線頭，沒有線索可供他的思維仔細思索、深入檢視、推論分析，這根本就是不可能發生的事。他走上岩石，坐在安德斯和希西莉雅身邊，擁抱他們，偶爾說一、兩句話，直到天色完全變暗，小綿羊開始交錯返回燈塔。

度瑪雷與時間

訴說這個故事的過程中，偶爾需要回到過去才能解釋目前的某些事物，雖然遺憾但無法避免。

度瑪雷並不是個很大的島嶼，所有發生過的一切皆殘留於此，並且影響現在。每一地點和事物無不充滿不易遺忘的意義，我們無法逃離。

就整體而言，這是個非常微小的故事，在某種程度而言，能收進一個火柴盒裡。

貓拖進來的東西（一九九六年五月）

五月的最後一個星期，鱸魚大豐收。希蒙捕魚的方法很簡單，他在不同的地點實驗了很多年，結果發現沒必要到處移動漁網，就算他把漁網的一端綁在碼頭上，用船把另一頭拖出去，捕到的漁獲也一樣多。撒網很容易，收網更簡單。他站在碼頭上收網，通常當場就可以解開漁網上不想要的魚，直接丟回海裡。

這天早上，他已經將捕獲的七條鱸魚洗淨準備好放在冰箱裡，丟回海裡的鰷魚已經游走了。希蒙站在曬網架前挑出卡在漁網上的海帶，海鷗已經享用完魚內臟。這天早上的天氣既晴朗又溫暖，陽光灑在他的頸根，穿著吊帶褲的他在流汗。

希蒙的貓「但丁」整個早上都跟著他，似乎還沒學到在漁網上找到鯡魚是多麼極端而不尋常的事。然而，偶爾吃到的鯡魚就足以使貓繼續懷抱希望，因此它總是跟著希蒙下碼頭。

但丁瞭解到這天早上也沒有鯡魚成功地把自己卡在漁網上之後，便安穩地在碼頭上凝視著海鷗爭相搶奪魚內臟。但丁絕不敢攻擊海鷗，可是它和所有生物一樣，也擁有屬於自己的幻想。

希蒙解開漁網捲起，這樣漁網才不會因曝曬過度而容易碎裂。走向船屋掛起漁網時，他看到碼頭上的貓把玩著什麼東西。

也像是貓在和什麼東西打架。但丁來回跳動著，用前爪揮打著某樣希蒙看不見的東西，好像在跳舞一般。希蒙曾經看過貓以同樣的方式玩弄老鼠，可是這次不一樣。貓玩弄老鼠和青蛙時是真的在玩，假裝獵物很難抓。但這次看起來貓似乎是真的很……害怕？

貓背上的毛都豎起來了，它的跳躍和攻擊只能詮釋為對方是值得尊敬的對手，這一點很難理解。希蒙的視力很好，但二十公尺外的他完全看不出貓的對手到底是什麼。

他先鬆開漁網避免打結，然後放在地上，過去看貓在做什麼。

到了碼頭之後，希蒙還是看不到貓這麼激動的原因，或是……對了，貓正繞著躺在那裡的一段繩子，可是這個行為一點都不像但丁。它十一歲了，不會降格玩球或紙團，可是這段繩子顯然很好玩。

但丁突然出手攻擊，但它的雙腳一抓住那段繩子就好像被電到一樣猛地往後拋，搖搖擺擺地往側面倒下，癱軟在碼頭上。

希蒙趕到現場時，貓動也不動地躺在最遠的一根繫纜柱旁。它剛才把玩的並不是繩子，而是一隻會移動的昆蟲，看起來是隻小蟲子。希蒙暫時不理會它，先蹲在貓的跟前。

「但丁，我的老朋友，怎麼了？」

貓的眼睛張得老大，身體抖動了幾次，彷彿連發出嗚咽聲都是個折磨。希蒙捧起貓的頭，它嘴巴流出的液體是水，貓的嘴裡竟然會流出一道水，但丁咳嗽時這道水流變成噴射狀，接著它雙眼空洞的靜靜躺著。

希蒙的眼角餘光瞄到那隻小蟲正沿著碼頭爬行，他彎身更仔細地研究，發現小蟲全身黑得像鉛筆一樣，約小指大小，外殼在陽光下閃閃發光，被但丁的腳爪抓傷的部位露出粉紅色的皮下組織。

希蒙震驚不已，倒抽一口氣。他環顧四周，看到碼頭上有一個遺留的咖啡杯，於是抓住杯子倒扣在小蟲身上，眨眨眼，雙手撫面。

不可能，怎麼可能……

沒有任何一本昆蟲圖鑑裡找得到這隻小蟲的資料，方圓百里內大概只有希蒙知道它是什麼。四十年前，他曾在加州見過一隻這樣的小蟲，可是那隻已經死了，乾枯了，要不是發生在貓身上的事，他怎麼也不會想到。

但丁。

但丁是史上最偉大的魔術師，也是希蒙的貓紀念的對象。經過數十年的巡迴表演和電影拍攝工作，魔術師但丁在加州的牧場安定下來，當時二十四歲的希蒙擁有過人的天分，前途看好，獲准與他見面。

但丁帶著希蒙參觀自己的博物館，館藏包括來自各個年代的手工道具：多年來擔任節目主軸的千層絲巾秀、不同版本的交換箱，曾在世界各地的馬戲團表演中輔助但丁表演逃脫術的水箱及容器。

導覽參觀結束後，希蒙指著角落的一個小型玻璃展示櫃，櫃子中央的底座放著一段狀似皮製鞋帶的東西。希蒙問那是什麼。

但丁以熟悉的誇張姿態揚起一道眉毛，以兒時學來的丹麥文問希蒙他有多相信魔法。

「你是指……真正的魔法？」

但丁點點頭。

「那麼我會說我是……不可知論者，我沒有看過證據，不過也不排除它存在的可能性，這樣聽起來合理嗎？」

但丁似乎很滿意這個回答。他拿起櫃子上的玻璃罩，希蒙意識到自己該看仔細一點而近前一些，因而看到狀似皮製鞋帶的東西其實是看起來像蜈蚣的乾枯昆蟲，只是沒有那麼多條腿。

「這到底是什麼？」

但丁注視希蒙良久。就在希蒙快覺得難為情時，這位魔術師彷彿暗自下了決心般地點點頭，放下玻璃罩，拿出一本皮面書籍。希蒙眼前閃過一張張鮮豔的彩色圖片，但丁終於翻到某一頁停下來，遞給希蒙看。

這張手工繪製的圖片佔滿一整頁，描繪的是一隻長相如蚯蚓的昆蟲，背上光滑的外殼閃閃發光，栩栩如生。希蒙搖搖頭，但丁嘆口氣，闔上書。

「這是蟲靈，你們瑞典叫獸靈，」他說。

希蒙看著玻璃櫃再看看魔術書，再看看玻璃櫃，他說，「真正的蟲靈？」

「對。」

希蒙彎身靠近玻璃櫃，完全看不出裡面這隻乾枯的生物具有非比尋常的力量，他注視良久。

「它怎麼可能死了？我是說它是死的對嗎？」

「針對你的兩個問題，我的答案是不知道。到我手上的時候就已經是這個樣子了。」

「你是怎麼拿到手的？」

「我不想談那些細節。」

但丁比了個手勢表示博物館參觀行程結束了。把自己拉離玻璃櫃之前，希蒙問道，「哪一個元素？」

魔術師露出不悅的表情，「當然是水。」

他們喝咖啡、禮貌的聊聊之後，希蒙就離開了牧場，但丁在兩年後去世，希蒙在報上讀到他的遺物都會被拍賣。他考慮前往加州競標玻璃櫃裡的物品，可是一方面他正在室外場地巡迴表演，另一方面旅程花費太昂貴了，他決定省下這個麻煩。

接下來的幾年間，他偶爾想到那次會面，聽說希蒙見過但丁本人的同業想知道會面的內容，希蒙也會說一些故事，可是總是保留記憶最清晰的那一部分，也就是但丁的水靈。

當然，這可能是但丁開的玩笑。那位魔術師著名的不只是魔術本身，還有他巧妙行銷自己震驚眾人的表演方式，為自己營造出神祕的氛圍。數十年來，他的山羊鬍和深邃的眼神成了一般大眾公認的魔術師形象，這整件事很可能是個騙局。

不過，此事並非騙局的原因，是但丁從未公開宣稱自己擁有水靈，希蒙也不曾聽人提過。對於但丁與魔鬼交易、和黑暗力量結盟的臆測，他本人很樂意火上加油。當然，所有優秀的宣傳都是一派胡言，可是當天在博物館裡，這位魔術師的回答卻把希蒙的臆測導向另一個版本，在這個版本裡，但丁依然是個騙子，只是理由不同。

但丁說水靈到手時已經死了，希蒙相信那是謊言。

當然是水。

但丁最著名的魔術都和水有關，他從各種裝水容器和水箱脫逃的本領可媲美胡迪尼。據說他至少能憋氣五分鐘，能隔空送水，讓前一秒鐘還沒有一滴水的地方突然出現大量的水。

當然是水。

如果但丁曾經擁有主宰水元素的水靈，一切就很容易解釋了：那是真正的魔法，但丁只是約束了這個魔法的強度，讓觀眾不至於懷疑真相。

也許他約束的是水靈的力量？希蒙閱讀了一些這方面的資料。

他所相信的不可知論漸漸鬆動了，至少他現在已經相信水靈這個奇異的空想。看起來，歷史上似乎真的有人曾經擁有過真品，不論其主宰的元素是土、火、風或水，外表都和他在但丁的博物館裡看過的黑色昆蟲一模一樣。

他試著查出博物館那隻水靈的下落，但一無所獲。他心有不甘的後悔沒有把握機會，這會兒他再也見不到水靈了。

至少他是這麼認為的。

他的目光在死去的貓和咖啡杯之間游移。幫他找到水靈的但丁居然因而喪命，命運真是既諷刺又愛捉弄人。

希蒙花了幾個小時釘好一個木箱，把但丁的屍體放進去後，埋在它以前坐著看鳥的榛樹叢下。只有在這個時候，些許的憂傷才取代了發現水靈的興奮。希蒙養過的四隻貓都是同樣的名字，他並非多愁善感之人，只是這位小小的見證者跟在希蒙腳邊十一年了，一個具有特殊意義的時期也即將跟著這第四隻但丁一起埋葬。

「再見了，我的朋友，謝謝你陪伴我這麼多年，你是一隻很棒的貓，不論最後的終點在哪裡，希望你會很快樂，希望那裡有鯡魚讓你抓，還有……喜歡你的人。」

希蒙一陣哽咽，擦掉一顆淚珠，點點頭說阿門後就轉身進屋了。

廚房桌上放著一個火柴盒，希蒙成功地在不摸到小蟲的情況下把它放進去。這時他謹慎地用耳朵貼近火柴盒，並沒有聽到任何聲響。

他讀過相關的資料，知道該怎麼做，問題是他的意願到底有多高？從書上不容易看出哪些是臆測，哪些是事實，唯獨一件事他很清楚：向水靈這提供魔法的來源許下承諾之後，隨之而來的是義務。

值得嗎？

不，不值得。

年輕時的他會欣喜若狂，可是七十三歲的他兩年前就把魔術道具全打包了，現在只有在家裡娛樂朋友時，才會表演一些小把戲：藏在外套裡的香菸、穿過餐桌的鹽罐，毫無特別之處，所以他並沒有確切需要真正的魔法。

他大可繼續掙扎，可是他知道自己會做的。他一輩子都在廳堂間變著戲法娛樂大眾，如今所有魔術的精華就在自己的股掌之間，他有可能退卻嗎？

白癡，你這白癡，你會做的對不對？

他謹慎地推開火柴盒看著，小蟲身上沒有一絲線索顯示自己聯繫著人類的世界和瘋狂美麗的魔術世界。其實它的長相頗令人反胃，像是割除後變黑的內臟。

希蒙清清喉嚨，集中口裡的唾沫。

然後他做了。

他低頭對準火柴盒，從雙唇間吐出一小團唾沫，這道絲狀黏稠物向下滴向小蟲，滴到小蟲身上，散布在它晶亮的外殼時，一條細絲還連著希蒙的嘴唇。

這條細絲狀的唾沫連結他們，彷彿一根針似地傳送一股味道到希蒙的嘴唇，接著立刻散布到他全身上下，而且這個味道令人反胃的程度無可比擬，就像果殼裡的堅果或樹木腐爛的味道，暨甜美又苦澀。

希蒙吞嚥一下，可是沒有液體可滋潤喉嚨，他用舌頭咂砸上顎，那條細絲斷了，可是味道還持續散播到他的全身。小蟲扭動了一下，外殼的傷口開始癒合。希蒙起身，覺得自己的五臟六腑都快吐出來了。

他不該這麼做的。

他從冰箱拿出一瓶啤酒，打開喝了幾口，用啤酒漱漱口後感覺好些了，可是身體的不適感還在，喉頭也一陣作嘔。

這時，希蒙發現小蟲從火柴盒爬到廚房餐桌上，朝著自己而來。他一面向水槽倒退，一面瞪著那黑色的沉重腳步爬向餐桌邊緣，接著，柔軟而潮濕的軀體砰的一聲落在地上。

希蒙移到旁邊的爐子前，小蟲改變方向跟著他。希蒙覺得自己真的快吐了，他深呼吸了幾次，用指尖揉揉眼睛。

冷靜，你知道這是怎麼回事。

當小蟲快爬到他的腳邊時，希蒙還是無法克制自己靜止不動。他逃到走廊，坐在存放雨具的藏寶箱上，兩手壓著太陽穴試圖清晰地思考。作嘔的感覺逐漸消失，味道也沒有那麼強烈了。

小蟲穿過廚房門口朝著他爬過來，沿路留下一道細細的黏液。這時希蒙突然知道了一些先前不知道的事，彷彿知識突然就這麼被灌輸到他的腦袋裡。

對小蟲而言，希蒙體內所感受到的味覺是一種香味，因此小蟲才追蹤他，跟著他，直到可以與他合而為一，那是它唯一的目標，與他合而為一——

至死不渝。

——並且與希蒙分享它的力量。希蒙知道是他自己用唾沫結合了他們，再也拆散不了了。

除非……

還是有辦法解決，不過目前並不適用，因為小蟲再次爬向他。如今小蟲屬於他了，永遠屬於他，直到另行通知為止。

希蒙快步走過小蟲身邊，它立刻轉向，希蒙從廚房餐桌拿起火柴盒，倒扣在那爬行的黑色身軀上，蓋上蓋子。他掂掂手上的火柴盒，標籤圖案裡的男孩正邁向光明的未來。

希蒙雙唇緊閉，壓抑著小蟲在火柴盒裡移動所引起的反胃感，以掌心感覺它的溫暖。是的，它是溫暖的。現在沒事了，小蟲已經被餵飽，而且找到主人了。

他把它放回口袋裡。

關於破厝

無法忍受馬刺或馬鞭的駿馬難以承受生命。
只要痛苦降臨，它們便害怕而驚恐地逃向張開血盆大口的無底洞。

——塞爾瑪・拉格洛芙（Selma Lagerlöf），《尤斯塔・貝林斯傳奇》

蕨類植物（二〇〇六年十月）

蕨類植物成為決定的關鍵。

陽光透過久未清洗的窗戶照射進來，污濁的光線下飄散著煙霧和粉塵。安德斯已經坐在這裡瞪著煙靄後方的那盆蕨類植物二十分鐘了，還抽了兩根菸。許多個夜晚，安德斯站在窗前，額頭靠在玻璃上凝望著停車場，等著什麼能改變現狀的事情發生，因而使玻璃表面散布著點點油斑。他等著什麼事發生，隨便什麼都好，比如奇蹟。

那盆蕨類植物就放在散熱器上方的窗台上，長長的葉片因溫度上升而蜷曲，細小的棕色葉片則已枯萎。

安德斯再點一根香菸好讓自己的思維敏銳些，又或許是為了獎勵自己出現一個真正清晰的想法。煙霧使他的雙眼機靈，他一面咳嗽一面繼續注視著那盆蕨類植物。

那個盆栽已經枯死了。

大部分的淺棕色葉子貼附在紅色花盆上，形成對比，盆裡的肥料已經乾得發白。安德斯用力吸了一口香菸，努力回憶這盆蕨類植物已經這樣多久了，已經死了多久？

安德斯在記憶裡尋找自己坐在沙發上、在公寓裡遊蕩、站在窗前的那些個日夜，這些記憶逐漸飄移結合成一團迷霧，在這片迷霧中，他看不到枯萎的蕨類植物。他更加努力地思索，根本就想不出自己什麼時候買下那盆蕨類植物，為什麼會想要買一株活的盆栽。

是有人給他的嗎？

有可能。

他從沙發上站起來，雙腿卻不肯好好支撐。他考慮要拿瓶子裝水，澆澆那株蕨類植物，可是水槽裡堆積了太多碗盤，他根本沒辦法用瓶子接水龍頭的水。如果到浴室的話還有可能調整瓶子的角度，這樣他才不用把蓮蓬頭轉下來然後……

反正都已經枯死了。

而且他也沒那個力氣。

他在花盆裡找到八根菸蒂，有些半插到堅硬的土壤裡。所以他一定曾站在這裡抽菸，只是自己不記得了。安德斯用手指撫摸乾枯的葉片時，有些葉子掉落飄到地上。

你是打哪兒來的？

他開始相信這個盆栽是憑空掉落到現實世界裡，就像瑪雅憑空掉落到現實世界之外一樣。這個盆栽穿過時空的裂縫突然出現，正如他的女兒突然就不見了，消失了。

以前希蒙表演戲法給他們看的時候是怎麼說的？

不在這裡，不在那裡……然後他會指著自己的腦袋……這裡什麼也沒有。

安德斯想起瑪雅失蹤的幾個月前，希蒙第一次為她表演魔術時她臉上的表情。希蒙手上的橡膠球憑空消失，接著瑪雅手上握著的一顆球突然變成兩顆。瑪雅帶著同樣期待的表情看著希蒙：好，再來呢？

當你五歲的時候，魔術所帶來的驚奇不盡相同，比較像是自然發生的事。

安德斯在花盆裡按熄香菸，八根菸蒂變成九根，這個瞬間他想起來了：是媽媽。

盆栽是母親四個月前探望他時帶來的。她幫他打掃公寓，也把蕨類植物放在那裡。當時心灰意冷的他只能躺在床上看著母親做事，然後她也消失了，回到自己在哥特堡的生活。

那盆蕨類植物並不在他日常所需的清單裡，所以他就忘了這回事，如壁紙上的污漬般視而不見。

可是現在他看見了，注視著它，只有一個想法。

那是我看過最醜陋的東西。

是的，他終於真的看見它時就是這個想法，污濁的光線透過骯髒的窗戶照射進來，在滿布塵埃的窗台上孤獨死去的蕨類植物，那是他看過最醜陋的東西。

就這麼一次，他的思維沒有就此打住，而是繼續如浪潮席捲般思考著，什麼樣的人生會製造出這種怪物，答案是醜陋的人生。

安德斯能面對自己的人生很醜陋這回事，他知道這一點，因為這是他安排的，已經習慣了，也有心理準備這樣醜陋的人生將在幾年內告終。

可是那盆蕨類植物……

那盆蕨類植物實在太超過了，令人完全無法忍受。

安德斯一面咳嗽一面把自己拖進臥室裡，感覺肺部彷彿縮成拳頭大小，而且是緊緊握住的拳頭。他拿起床頭櫃上瑪雅的照片走到窗前。

這張照片是瑪雅六歲生日時拍的，就在她失蹤的兩個禮拜前。她戴在臉上的面具是在幼稚園做的，她說自己是「山妖怪」。安德斯拍照時，瑪雅正好把面具往上推，以期待的眼神看著他，看自己「嚇人的臉」有什麼效果。

她臉頰的酒窩拍得很漂亮，細絲般的棕髮被面具往後推，露出微微突出的耳朵。其實她的眼睛很小，卻張得大大地瞪著他。

他對這張照片的細節如數家珍，隨時可以憑記憶細數鏡頭捕捉到的點點滴滴，上唇的每一根柔軟汗毛。

「瑪雅，」他說，「我撐不下去了，妳看這裡。」

他把照片轉過去讓瑪雅看著那盆蕨類植物。

「真是夠了。」

他把照片放在那盆蕨類植物旁，打開窗戶，從位在五樓的公寓探頭看得到翰寧野購物中心與通勤電車的車站，他低頭看看五樓距離停車場的柏油路面大約十公尺，眼前無人在望。

他再次拿起照片，壓在胸口，縷縷輕煙朝著陽光往上飄。

「我受夠了。」

他抓起盆栽的邊緣，把蕨類植物拿到窗外放手一丟，一秒鐘後，聽到下頭傳來盆栽摔到地上的聲音。

他面像陽光，閉上眼睛。

「這一切都得停止。」

船錨

位在納丹海邊的教堂墓園裡有一座鑄鐵製成的船錨，上面連著焦木做成的橫木，是墓園裡最大的物體，僅次於教堂建築，來到墓園的訪客幾乎遲早都會在船錨前駐足觀賞才離開。

橫木上約一人高處釘著一片銘刻，上書「紀念那些命喪大海之人」。所以船錨是為了紀念那些沒有屍體可下葬，沒有骨灰可撒在樹下，那些出海卻未曾回航之人。

船錨長約四點五公尺，重約九百公斤。

至於原本裝著這船錨的船呢？那艘船如今流落何方？

也許有一條隱形的鐵鍊從納丹的墓園往上延伸到天空後，再下垂到地底或延伸進海裡。在那裡，在鐵鍊的盡頭，我們會找到這艘船，而船上的乘客和船員就是那些失蹤的人，他們在甲板上遊蕩，凝望著無垠的地平線。

他們等著被找到，渴望聽見柴油引擎聲或遠方出現的桅杆頂端，期待有人能看到他們。

他們想繼續自己的旅程，抵達目的地，希望被下葬安息，或火化燒成灰燼。然而他們卻被隱形的鐵鍊牢牢綁在陸地上，只能瞪著荒蕪的海面，永遠停航。

回到島上

補給船倒退離開碼頭時，安德斯舉手向駕駛艙裡的羅德道別。他們年齡相近但不是很熟，不過仍然和島上居民一樣，習慣在碰面時打個招呼，只有對某些夏季度假客是例外。

他坐在自己的行李箱上看著補給船倒退、轉頭、朝著南端的納丹回航，順手打開外套的扣子。這裡的氣溫比市內高了幾度，海水還保有夏天的熱度。

對安德斯而言，來到度瑪雷總是使他聯想到一個特別的味道：混合著海水的鹹味、海草、松樹和蒸汽船碼頭旁油桶的柴油。他用鼻子深呼吸卻什麼也沒聞到，兩年的菸槍生活已經破壞了他的黏膜。他從口袋裡拿出一根萬寶路香菸點燃，看著補給船繞過北角。在門外漢的眼裡看來，補給船的航線太貼近陸地，有觸礁的危險。

自從瑪雅失蹤後，他就沒再回來過，現在也不確定回到這再熟悉不過的地方是否是個錯誤，目前他只感覺到一股寂靜而憂鬱的返家之樂。

碼頭邊的沙棘叢看來一如往常，沒什麼變化，正如島上所有的事物般，是永恆不變的存在。以前玩捉迷藏時，他曾利用那叢沙棘當成躲藏之處，從奧蘭渡輪上弄來的酒不想讓父親看到時也藏在這裡。

安德斯拿起行李箱走到南邊的村道上。港灣附近的建築大都是老領航員的房舍，如今已裝修或改建。十九世紀和二十世紀初時，領航船是度瑪雷繁榮的基礎。

安德斯什麼人也不想見，因此抄小路沿著懸崖走向這個季節並沒有開放的健行山莊。小徑變窄後一分為二，左邊通往祖母家和希蒙家，右邊通往破厝。考慮一番之後，他選擇了左邊。

過去幾年來，安德斯還會定期聯絡的也只剩下希蒙了，他是那種就算沒話說也可以打打電話的人。有時安德斯的祖母也會打電話，他的母親則較少聯絡。需要聽到另一個人的聲音時，安德斯會主動打電話聯絡的對象只有希蒙而已。

希蒙正在犁土準備秋天的來臨。自從瑪雅失蹤的那年冬天之後，安德斯就沒有見過希蒙了，可是他似乎不曾變老。不過在他這個年紀，外貌大抵也不是很重要，而且安德斯眼中的希蒙總是同一個年齡，也就是很老、很老。只有看到童年照片中大約六十歲的希蒙時，安德斯才看得出二十年的差別。

希蒙張開雙臂擁抱他，揉揉他的背。

「安德斯，歡迎回家。」

安德斯把頭靠在希蒙的肩膀上，閉上眼睛，希蒙最驕傲與得意的中等長度白髮在他的額頭上呵著癢，安德斯只想好好把握這不需要當負責任成年人的短暫時刻。

他們進屋去，希蒙打開咖啡機。安德斯從小就在這裡度過每年夏天，而這個廚房裡景物依舊，只有水槽上方安裝了熱水器及微波爐，鑄鐵火爐裡的火苗一如往常劈啪作響，將溫暖散布在相同的壁紙與相同的家具上。安德斯肩膀微微下垂放鬆，他有過去，也有一個家，即使其他的事都搞砸了，這部分也不會就此消失無蹤，也許這些回憶賦予了他在這裡安身立命的權利。

希蒙把一盒塑膠包裝的餅乾放在餐桌上，倒了咖啡，安德斯拿起他的杯子。

「我記得當你……你怎麼做的？你用三個杯子，一張紙片，杯子來回移動，然後最後……每個杯子下面都有一顆太妃糖給我吃。你是怎麼辦到的？」

希蒙搖搖頭，用手往後梳理頭髮，「練習、練習、再練習。」

希蒙這方面也完全沒有改變，從不透露變魔術的訣竅。不過他倒是曾經推薦《業餘魔術入門》這本書，安德斯十歲的時候讀過，可是完全看不懂。書上的確介紹如何表演各種戲法，安德斯也試了幾種，然而就是比不上希蒙的表演，他的表演很神奇。

希蒙嘆息，「現在可做不來了，」他舉起手指，那拿著小湯匙的手指僵硬而彎曲，「現在我只能表演最簡單的魔術。」

他把雙手掌心互相搓揉後再張開，小湯匙不見了。

安德斯露出微笑。希蒙曾在全世界最偉大的舞台上為王公貴族表演，現在他往後靠在椅背上，得意洋洋的樣子令人無福消受。安德斯看看希蒙的雙手，再看看餐桌上、地板上。

「所以湯匙到底在哪裡？」

他抬起頭時，坐在對面的希蒙已經在用小湯匙攪拌咖啡，安德斯不屑地說，「我猜是轉移焦點？」

「沒錯，轉移焦點。」

那是他從書裡學到唯一重要的一課，大部分的魔術都是轉移觀眾的焦點，指向錯誤的方向，讓觀賞表演的人先看不相干的地方，等魔術變好了再要他們回頭，正如讓小湯匙消失的魔術。可是這只是理論性的知識，對安德斯毫無幫助。他啜飲一口咖啡，聽著爐火中的劈啪聲。希蒙雙臂放在餐桌上問，「還好嗎？」

「你真的要問？」

「真的要問。」

安德斯低頭看著咖啡，看著來自窗外的光線反射著晃動的長方形，凝視著這晃動的光影，光影完全靜止時他說，「我還是決定活下去。我以為自己也想消失，可是……結果並非如此。所以我打算試試看……我已經在谷底，在最低點了……這時候才有可能繼續……往上。」

「唔，」希蒙說，等安德斯繼續說下去，他沒有開口時希蒙問，「你還是喝那麼多嗎？」

「問這做什麼？」

「我只是覺得……可能很難打住。」

安德斯臉上的一條肌肉抽動，並不是很想討論這件事。瑪雅還在的時候，他和希西莉雅喝得還算節制，大約一星期喝掉一箱葡萄酒。瑪雅失蹤後，希西莉雅就完全禁酒了，說就算只喝一杯也會使她腦袋混亂。安德斯喝掉的則遠遠超過他和希西莉雅加起來的分量總和。那些沉默的夜晚，他坐在電視機前一杯接著一杯地喝著葡萄酒和烈酒，只為了避免一丁點的思考。

六個月後，希西莉雅說她再也無法忍受了，他們之間的關係彷彿腳上綁著鉛塊，把她一步步拖進黑暗的深淵，他不知道和自己喝酒有多大的關係。

希西莉雅離開之後，喝酒成了他的生活重心，他也自我規範：晚上八點後才能喝酒。一星期後，他把這個時間點往前挪到七點，以此類推，最後，他隨時想喝就喝。

蕨類植物事件發生後的三個星期裡，他再次規定自己晚上八點前不能喝酒，並以超強的意志力遵守，一年來由於血管破裂而泛紅的臉色和眼神也至少恢復些許的正常。

安德斯一手輕輕摸著臉頰說，「都在我的控制之中。」

「真的嗎？」

「對，不然你他媽的要我怎麼說？」

面對安德斯的爆發，希蒙不動如山；安德斯則羞愧地眨眨眼說，「我在努力，我真的有在努力。」

沉默再度降臨，安德斯沒什麼好補充的，那是他的問題，他自己的問題。回到度瑪雷就是為了改變他所陷入的毀滅性作息，他只希望有用。除此之外，已經沒什麼好說的了。

希蒙問他有沒有希西莉雅的消息，安德斯聳聳肩。

「已經六個月沒她的消息了，很奇怪對不對？我們分享一切，然後……噗，就這麼消失了。不過我猜分手就是這麼回事。」

他感覺到自己的怨懟緩緩匍匐而上，不妙，他如果繼續坐下去的話可能會開始哭，太不妙。不是壓抑的問題，他會哭得淅瀝嘩啦。

淅瀝嘩啦？

也許可以裝滿一個水桶吧，他媽的一整桶十公升裝的眼淚。被面紙、袖子吸收，滴在沙發和床單上，在夜晚如蒸汽般從臉上浮現。嘴裡的鹹味、鼻子裡的鼻涕，裝滿一個藍色塑膠水桶的眼淚。他真的大哭特哭過。

可是他不再哭泣了，不打算為每件消失的事物痛哭後才重新來過。

安德斯喝完咖啡站起來，「謝謝你。我去看看房子還在不在。」

「還在，」希蒙說，「還真奇怪。你會去看看安娜葛蕾塔吧？」

「明天一定去。」

安德斯走回小徑分岔處時想著：重新來過？沒這回事。

只有在雜誌標題裡人們才重新開始，戒酒戒毒，找到新的愛情，即便如此也還是同樣的人生。

安德斯看著通往破厝的那條小徑。他可以買新的家具、把房子漆成藍色、更換窗戶，可是它還是同一棟破房子，同樣拙劣的基本結構。當然，他也可以把整棟房子拆掉重建，可是人生要如何拆掉重建？辦不到。說到人生，唯一能改變的就是相當於家具、油漆和窗戶的東西，也許再加上大門。就算發生了這麼多事，充其量也只能改變狀況太糟糕的部分，然後希望主體能撐住。

安德斯緊緊抓住行李箱的手把，走向通往破厝的小徑。

破厝

破厝這個名字很奇怪，不像「湖濱小屋」或「寧靜園」，可以大大方方地燒在烙畫做成的標示上。不過，興建的人一開始也不是將這棟房子取名為破厝，保險文件上用的也不是這個名字。其實這棟房子叫「岩屋」，可是度瑪雷每個人都叫它「破厝」，就連安德斯也一樣，因為它的確就是棟破房子。

安德斯的曾曾祖父是伊瓦森家族的最後一個領航員，兒子托里尼繼承領航員小屋時，他把小屋加蓋成一棟堅固的兩層樓房，完成後，他繼續蓋了海景小屋，也就是希蒙現在永久承租的房子。

二十世紀初，第一批夏日度假客搭乘瓦克斯爾摩的渡輪抵達時，許多島上的居民都希望增建自己的房子或完全改建。兄弟聯手把舊雞舍改建成小型夏日度假屋，把船屋加蓋後再重新鋪上屋瓦，有些房子還是完全新建的。健行山莊原本是為了斯德哥爾摩的紡織廠老闆而特別訂製的。

一九三〇年代中期，托里尼的兒子，也就是安德斯的祖父艾瑞克需要自己的房子時，他被分配到懸崖上的一片空地。島民大概對艾瑞克沒什麼信心吧，他跟著父親進行各種建築工事，幫忙一些簡單的工作，沒有什麼特別的才能，不過一些基本工夫都會。

托里尼願意協助，可是艾瑞克決心自己蓋房子。他是個急躁魯莽的男孩，無法忍受不同的意見。有時他忙碌地上工，有時停下來消沉地省思，獨立建造這棟房子可以證明他能自立自強，能在這世界上自力更生。

位於本土的林業公司先把木料送到納丹的鋸木廠切割，再運到度瑪雷，到此為止一切都很順利。艾瑞克於一九三八年夏天開始挖地基，秋日將近時，他已完成了支撐地板及天花板的托梁，也完成了屋脊，屋頂的撐架也已就緒。他完全沒有詢問父親的意見，也不讓他參觀工地。

因此，無可避免的事發生了。九月中的一個星期六，艾瑞克和未婚妻安娜葛蕾塔經由納丹前往斯德哥爾摩的北塔耶區挑婚戒，打算第二年春天成親。由於艾瑞克打算在婚禮後帶著新婚妻子搬進完成的新居，因此他一整個夏天都忙著蓋房子，這對年輕情侶因而沒什麼機會見面。

艾瑞克所搭的船一繞過島的南端消失在視線中，他的父親就帶著鉛錘線和水平儀偷偷到工地去。走到懸崖邊時，他停下來看著這棟木造結構，覺得勉強可以接受，不過牆面垂直支柱間的距離是不是太寬了一點？他知道大門外的那棵松樹與地面正好成九十度，他蹲下來閉上一隻眼睛，瞇著眼仔細察看，是夏天時樹木長歪了嗎？不然就是……

他的胃部傳來一股不祥的預兆。他拿出摺疊尺測量支柱之間的距離，果然太長了，而且每個間距的距離都不同，有些是七十公分，有些超過八十公分。他自己總是選擇五十公分，頂多六十，而且這些支柱也沒有足夠的水平支撐。他查看剩下的木料存量，結果正如他所懷疑的，艾瑞克訂的木料分量剛好，因此只剩下零星的散料。他拿著鉛錘線和水平儀在房子內外四處走動，胃部那股不好的預感直往上冒。地基稍微朝東方傾斜，房子的結構則更嚴重地向西方傾斜。也許艾瑞克發現地基沒蓋好，因此故意讓房子稍微向反方向傾斜來彌補。

托里尼在地基四周走動，用石頭敲打。其實也沒那麼糟，只有某些部分聽起來不太扎實。艾瑞克所謂的灰泥攙進了空氣，地基也沒預設通風口。要是他在這歪斜的結構上搭建石板屋頂，就算地上的濕氣不先毀了房子，屋頂的重量也會。托里尼癱在門檻上，注意到門的測量也錯了，後來很多人都有同樣的想法，不過他是第一個：**真是棟破厝**。

他能怎麼辦？

可能的話他會馬上把整棟房子拆掉，在艾瑞克回家前蓋好新的結構，造成既成事實。他的確在思索，是否有什麼瘋狂的理由能讓艾瑞克一個星期不回家，他就可以找來每一個認識的人幫忙。可是沒那麼容易，光是重灌地基……

他蹣跚地走過稀疏的托梁，檢視內部的空間配置，這部分也很奇怪。一道狹窄的長廊貫穿全屋，兩邊散布著比例錯誤的臥室和廚房，彷彿艾瑞克從正常尺寸的客廳開始蓋起，然後想到就加蓋一個房間，直到木料用完為止。

托里尼雙腿張開，在應該是客廳中央的兩根托梁上平衡著，感覺異常羞愧，不是因為蓋這棟房子的是他兒子，而是因為餘生都得忍受這棟畸形怪物佇立在他家附近，而且是在自家土地上，屬於整個家族的一部分。

托里尼收好工具，頭也不回地離開了艾瑞克的房子，一回到家就在咖啡裡倒了一大份烈酒，安穩地坐在陽台的秋陽下，感受一股深深的憂慮來襲。

他的妻子瑪雅提著一桶蘋果在他身邊坐下，打算削皮做成蘋果泥。

「怎麼樣？」她一面問，一面拿起一顆蘋果削出一長條彎曲的外皮。

「什麼怎麼樣？」

「那棟房子，艾瑞克的房子。」

「嗯，希望能讓他們遮風避雨。」

瑪雅手上的刀一滑，蛇狀外皮還沒完成就掉到地上，「這麼糟啊？」

托里尼點點頭，凝視著咖啡渣，覺得眼前彷彿看到巴別塔傾倒在尖叫的人們身上，不是靈媒也知道那是什麼意思。

「有什麼你能做的嗎？」

托里尼搖搖杯子，甩掉腦海中的畫面，聳聳肩。

「當然，我可以帶著一罐煤油和一支火柴過去，可是……他可能會誤會我的用意。」

當天晚上，艾瑞克帶著絕佳的心情回家。他和安娜葛蕾塔原本就同意選擇簡單樸素的婚戒，所以此舉只是形式而已。他們在北塔耶度過了美好的一天，在運河旁互相示愛，一面計畫著婚禮。

托里尼坐在廚房裡補漁網，聽著兒子不尋常的多話，時而點頭、出聲同意艾瑞克的確找了個好女孩。瑪雅站在爐前攪拌著蘋果泥，鮮少插話。過了一會兒，艾瑞克注意到氣氛不對，輪流看著他們兩人。

「發生了什麼事嗎？」

托里尼把尼龍線穿過一個洞後用力拉緊打結，頭也不抬地問道，「你打算怎麼用那些石板？」

「什麼石板？」

「你的……房子。」

「什麼意思？」

「我總可以問個問題吧。」

艾瑞克看著背對他們父子的母親，她正專注地攪拌著蘋果泥，父親則注視著漁網的破洞。一陣短暫的沉默之後，艾瑞克問，「難道有什麼問題嗎？」他的父親沒有回答，他又問，「不然到底是哪裡有問題？」

托里尼用小刀割斷線頭，捲成球狀。

「嗯，這麼說好了……如果你真的打算住在那棟房子裡，那應該考慮用薄板屋頂。」艾瑞克瞪著他，他繼續說，「如果我們可以討論一下的話，我認為有幾個地方需要略微修改，也許我們可以……」

艾瑞克打斷他，「你覺得我該把它拆掉對不對？把整棟房子拆掉？」托里尼張嘴正要回答，艾瑞克用力拍桌大叫，「操你的！」

站在爐前的瑪雅立刻轉身，幾滴蘋果泥從手上的木匙飛到正從餐桌前起身的艾瑞克身上。

「艾瑞克！」她說，「不可以這樣對你父親說話！」

艾瑞克瞪著她的表情彷彿在考慮要揍她，接著他的視線落到胸前溫暖的點點琥珀色蘋果泥上。

「兩件事，」托里尼對著低頭站在那裡的艾瑞克說，「我說兩件事就好，然後你愛去哪裡都可以，愛怎麼生氣都可以。第一，你不可以在那個屋頂上鋪石板；第二，你要在地基上挖通風口。然後你愛怎麼做就怎麼做。」

托里尼割下一段尼龍線打算開始補下一個洞，卻雙手顫抖而切到大拇指。傷口不算深，但還是滲出了幾滴血。

他看著手上的鮮血，艾瑞克看著襯衫上的點點蘋果泥，瑪雅還站在那裡，木匙舉在半空中。過了幾秒鐘，他們之間有什麼東西崩塌了，不是房子，卻仍然發出木材碎裂的聲音，及釘子被拔出時抗議的嘎吱聲。

然後艾瑞克走出廚房。他們聽到樓梯上傳來砰然重擊的腳步聲，接著是進房後甩上房門的聲音。托里尼吸掉大拇指上的血滴，瑪雅回頭攪拌鍋子。

某個東西崩塌了。

那天晚上之後，艾瑞克的熱情不再。秋天時他繼續進行木作，在冬天來臨前完成壁板，搭建了薄板屋頂，鑽了奇形怪狀又醜陋的通風口，不過至少地基能通風。

他做了這些，可是做得並不快樂，也毫無動力可言。他在晚餐桌上沉默不語，面對父母的問題只簡單回答。不過他偶爾去納丹見安娜葛蕾塔時一定是非常用心，因為婚禮要照常舉行。

接下來的建造過程中，托里尼再也沒有去過工地。人們問起那年輕人的房子進行得如何時，他說自己完全不干預，那是艾瑞克自己的事。該說的都已經說了，能救的也救了，剩下的他無能為力。

那一年的冬天來得很遲。十一月初按例出現寒流，除此之外，一月中旬之前天氣都很溫和，毫無下雪的跡象。艾瑞克裝上了窗戶，下午和晚上都待在他的房子裡。一盞巨大的煤油燈在懸崖上散發出光芒，從遠處看還真是安穩。

一月中，艾瑞克把自己的床和基本生活用品搬到新家，托里尼和瑪雅站在廚房窗前偷偷看著他背著自己的床走下坡，瑪雅一手按著托里尼的肩膀。

「我們的小男孩離家了。」

「對，」托里尼說，眼眶泛淚地轉過身去，在廚房餐桌前坐下，在把菸草放進菸斗裡，瑪雅還站在窗前看著艾瑞克消失在海景小屋後方。

「反正他有自己的打算，」她說，「沒人能否定這一點。」

房子在五月初完工，戶外婚禮於兩週後在北角的懸崖上舉行，禮成後，賓客皆受邀到艾瑞克位於岬角的新房參加喜宴兼落成典禮。

當天海風強勁，賓客得扶著帽子以防被風吹走，新娘一丟捧花就被吹到海上，根本沒人接到。賓客前往新人的新居時，大風吹得衣物啪啪作響，由於強風和這個場合帶來的情緒，賓客們個個眼中帶淚。

這一行人由新人帶隊，經過港口朝著艾瑞克家前進。安娜葛蕾塔覺得艾瑞克可能是因為既緊張又興奮，牽她的手握得太緊了。她也很緊張，因為艾瑞克還沒讓她看過他們將以夫妻身分入住的房子，不論好壞，至死不渝。不過他抓得可真緊，她的手完全動彈不得，連想捏捏他的手回應都沒辦法。

那天早上，艾瑞克的母親和朋友已經整理好餐桌，以便在戶外用餐，可是婚禮開始前一小時起了大風，他們只好把所有的食物搬進屋內。賓客進門時，餐具已經擺好，瑪雅和她的幫手立刻送上食物。

艾瑞克鬆開安娜葛蕾塔的手，發表簡短致詞歡迎賓客，這時她才有機會環顧四周。房子看起來很棒，可是她卻不由得注意到一個細節：所有的窗戶都關著，窗簾卻還是劈啪作響，而且……

那是什麼？有什麼東西……

她的目光從走廊移到廚房和客廳，窗戶、門和天花板，不知為何她老覺得像在暈船，彷彿胃部有一團重物在移動。可是她還沒有時間深思原因，艾瑞克已經致詞完畢，賓客也已就座，她把整件事歸因於自己的緊張。

婚宴一直進行到下午和晚上，艾瑞克的脾氣越來越壞。有人在討論釣魚和夏日度假客、希特勒及佔領奧蘭的可能性，在角落幾乎聽不到的地方，人們在敲牆壁，對著角落和角度指指點點，有人在搖頭，某些評語飄進艾瑞克的耳裡。

安娜葛蕾塔注意到艾瑞克倒了很大一杯烈酒，便試圖轉移他的注意力。可是艾瑞克只要喝到某個程度之後，整個人就只剩下耳朵能聽、嘴巴能喝而已。那天晚上，當好幾位賓客公然談論他們早先只敢低語的話題時，安娜葛蕾塔發現艾瑞克坐在椅子上瞪著其中一面牆壁。

三個小孩拿著喜宴剩下的水煮蛋在玩遊戲，比賽誰能讓蛋滾得最遠，他們只消把蛋放在地板上，蛋就會自行滾動。

艾瑞克突然起身大聲清清喉嚨，這棟奇怪的屋子裡一片派對的氣氛，聊天的人沒幾個停下來，可是艾瑞克似乎不在乎。他靠在椅背上以免跌倒，然後大聲說，「既然這麼多人在談論，我想我該說說自己對希特勒這傢伙的看法了。」

他發表了頗為激情的演說，可是內容非常奇特，論點雜亂無章，幾乎無法理解。反正他主要的重點就是希特勒這種人該從地表上剷除，為什麼呢？嗯，因為這種人專門管別人的閒事，以自己的權威壓迫他人的自由。希特勒就是那種自以為聰明的人，把其他人都踩在腳下。

艾瑞克的演講接近尾聲時，他說，「我們他媽的不需要這種無所不知的人，反正我就是這麼覺得。」

過了一會兒，托里尼藉故帶著瑪雅離開，安娜葛蕾塔才意識到艾瑞克演講的重點完全不在希特勒。

那不算是一場成功的喜宴，這麼說起來新婚之夜也一樣。艾瑞克醉到不省人事，第二天早上，安娜葛蕾塔出門觀賞盤旋於懸崖附近的海鷗尋找慰藉。

接下來，他們在這棟房子裡過的又會是什麼樣的人生呢？

塑膠珠子

安德斯把行李放在聳立於前廊旁的筆直松樹下，凝視著破厝。取代薄板屋頂的錫製浪板上布滿松針，大概堵住了排水承霤。

歪歪斜斜的小碼頭從海岸邊的一整片苦艾原野延伸到海水裡。許多年前，安德斯的祖母安娜葛蕾塔從大十字島帶回一株苦艾種下，從此以後，苦艾便以非常緩慢的速度散布成一大片搖擺的樹葉及光禿的莖梗，纏繞著倒扣在木條上的塑膠外殼小船。

安德斯沿著房子外圍走了一圈，面向島內的那面外牆看起來還好，可是面海的那片外牆紅漆已褪色，木板裂開，電視天線也不見了。走上陽台時，他看到天線像受傷的蜘蛛般躺在那裡。

安德斯無時無刻都覺得很痛苦，胸口總是有一團痛楚讓他想大聲尖叫。他繞過房子一角，看見野薔薇間放著瑪雅的充氣小船，那年夏天他和瑪雅和希西莉雅一起玩過的小船。

那艘廉價小船因破洞而洩氣地躺在玫瑰叢裡。他記得告訴過瑪雅不要拖著小船走過尖銳的石頭，不要……如今小船已經被上百根尖刺刺穿，一切都沒了，已經太遲了。

就是為了這艘船，安德斯才將近三年沒有回到度瑪雷——為了這艘小船、其他的回憶與過去的痕跡。這些東西都已失去了存在的意義，卻彷彿嘲弄般繼續存在著。

這些反應都在他的預料之中，他也讓自己不為所動。他沒有哭，只是繼續繞過牆角，雙腳不斷地聽命前進，眼角餘光看到鮮豔的紅色小船。他繞過角落找到花園裡的餐桌，整個人倒在長凳上，覺得呼吸困難，彷彿一雙無形的小手擠壓著他的氣管，眼前黑點飛舞。

我他媽的到底來這裡做什麼？

喉嚨一陣難過的痙攣消退後，安德斯起身踢掉醋栗叢旁的石頭，幾隻潮蟲倉皇地從放著大門鑰匙的塑膠袋上撤退。他等這些蟲子消失後才彎腰拿起袋子，起身時突然覺得暈眩，只能搖搖晃晃地走到大門前開鎖，把自己拖到浴室裡，直接從水龍頭喝了幾大口有鏽味的水，喘口氣再喝幾口，還是覺得很暈。

走廊通往客廳的門開著，來自大海和天空的光線在窗戶下方的沙發灑上一道白色光影。他只剩下內縮成管狀的視野，蹣跚地走過去倒在沙發上。

時間就這麼過去了。

躺在沙發上的安德斯時而睜眼，時而閉上，意識到自己快冷死了，不過那只是一個無關緊要的事實罷了。他看著空洞的電視螢幕和羅斯拉根爐子上覆蓋著煤灰的門。

安德斯認得這裡的一切，卻又如此地陌生。他以為會有回家的感覺，回到某個依然屬於他的地方，可是並非如此。他只覺得自己像個誤闖他人記憶的小偷，這些東西都屬於那個陌生人，很久很久以前，他曾經是那個人，可是現在連他都不認識了。

窗外的天色轉暗，海水拍打在岩石上。安德斯爬下沙發，抓了一個錫罐裝滿清洗煙囪的液體，放在開放式的壁爐裡點燃，驅散煙囪裡的冷空氣。接著他生火，並且想要打開臥室門，讓熱氣散布到整個房子裡，但才走到一半便停下腳步。

那扇門。

那扇門關著。

有人關上了那扇門。

安德斯站在那裡動也不動地用鼻子呼吸著，如嗅到危險的動物般越來越急促。他瞪著那扇淺色的松木門，那只是最廉價、再普通不過的一扇門，他從納丹的鋸木廠買來，花了一天的時間拆掉舊門和歪斜的門框後再裝上去，這扇非常普通的門現在卻關著。

他和希西莉雅最後一次離開時，已經疲倦不堪、空虛無助、欲哭無淚了，安德斯百分之百確定當時並沒有關上那扇門。

冷靜一點，是希蒙關上的。

希蒙又為什麼要這麼做？並沒有跡象顯示有人進來過，希蒙又為什麼會專程為了關上臥室房門而進來？

那一定是他們離開時關上的，一定是安德斯記錯了。

可是我沒有記錯。

他記得再清楚也不過。希西莉雅帶著一口箱子走到車上，裡面裝著瑪雅的夏衣。安德斯站在那裡，最後一次回頭看了房子後才關上前門鎖好，他知道自己在說再見，他們所希冀的事都不會發生，他可能再也不會見到這個地方了。那個影像深深地刻在他的腦海裡。

當時，臥室房門是開著的。

安德斯伸手抓住門把，發現是冷的。他的心頭怦怦跳著，小心翼翼地把門把往下壓後一拉，門應聲開啟。雖然冷風從臥室灌入，他還是感覺腋下在冒汗。

裡面沒人。

當然沒人。燈塔的光束掃過房門對面的雙人床，所有的東西都還在定位。他摸索找到開關，先開燈才進去。

雙人床鋪得很整齊，閃閃發亮的白緞床罩把光線折射在淺藍色的壁板上，床頭上方掛著一幅廉價的畫作，描繪的是在海上遭遇暴風的船隻。

他走到窗前看北角的燈塔光束掃過海灣，港灣裡一盞探照燈照亮汽船碼頭，碼頭邊的船隻上下浮動，周遭空無一人。在燈光掃過的短暫黑暗之間，他看到受人憎恨的固瓦岩燈塔所發出的短促閃光。

他看到深色的窗框上映照著對面的牆壁和衣櫃及瑪雅的小床，他們離開時沒有鋪好。他和希西莉雅無法撫平床罩，也無法使原本躺在那裡的小孩留下的痕跡消失，混亂的被單彷彿藏著一具屍體。安德斯顫抖著轉過身。

一張床，一張沒有鋪好的床，一張沒有鋪好的小床。枕頭套上的小熊邦瑟拿著一瓶瓶的蜂蜜，瑪雅訂閱的小熊邦瑟漫畫還一直不斷地寄來，他也像以前一樣大聲地念出來，只是現在身邊沒有人聆聽了。

安德斯走進房裡，坐在瑪雅的床上凝視著房內，身體蜷曲得緊緊的，胸口那疼痛的硬塊越長越大。他透過瑪雅的雙眼，以她的角度看著這個房間。

那邊大床是媽咪和爹地睡覺的地方，我如果害怕的話，可以過去睡。這是我的漂亮小床，那是邦瑟，我六歲，我的名字是瑪雅，我知道自己被愛。

「瑪雅……瑪雅……」

安德斯的淚水無法溶解胸口巨大的硬塊，反而被往下吸。他沒有墳墓可以探訪，沒有足以代表瑪雅的東西可以哀悼，只有這裡，這個地方。他這時才意識到自己就坐在她的墳墓上，她的安息之處。他低頭看著兩膝之間的地板。

大約二、三十顆塑膠珠子散落在床邊的地板上，瑪雅拿這些珠子做項鍊和珠子拼畫，她最喜歡以此消磨時光，床底下有一大桶各種顏色的珠子。

可是有幾顆散落在地板上。

安德斯撿起幾顆珠子放在掌心看著：一顆紅色、一顆黃色、三顆藍色。

安德斯還記得離開的那天，他蹲在瑪雅的床邊，頭靠在床墊上，在床單裡尋找她的味道，床單吸乾了他的淚水。

當時他跪在地上，在床邊移動著尋找她的味道。對，當時他的膝蓋旁並沒有珠子。對他而言，隨之而來的那幾年只是一層薄霧，印象很模糊。可是在這裡最後一天的記憶卻如火光般明亮而清楚，當時他的膝蓋並沒有壓到珠子。

你確定嗎？

對，我確定。

他滑到地板上看看床底下，裝著珠子的透明水桶就放在邊緣，裡面的珠子有三分之二滿。他伸手進珠子桶裡攪拌一番，拉出時幾顆珠子黏在他的皮膚上。

耗子，老鼠。

他雙手做成杯狀伸進桶子裡，盛滿珠子又倒回去，裡面沒有老鼠屎。老鼠不可能走過廚房櫥櫃而不留下老鼠屎。

他把桶子推回床底下，再看看地板四周，那二、三十顆珠子就在床的附近。他趴在地板上四處察看角落和邊緣，也沒有發現珠子。雙人床底下有一大捲毛屑，就這樣……

等一下。

他回到瑪雅的床邊看看床底下。

那桶珠子後方有一個沒有蓋子的箱子，就在小熊邦瑟的漫畫旁。他把放著樂高玩具的箱子拉出來，彩色積木上覆蓋著一層灰塵。他已經用手攪動過桶子裡的珠子，所以沒辦法檢查上面是否也覆蓋著一層灰塵，珠子上有灰塵嗎？

他坐在地板上，背靠著瑪雅的床，專注地看著約一公尺寬的衣櫃。那是個釘在牆上的笨拙物體，由安德斯的祖父以未加工的剩餘木料做成，和整棟房子一樣粗糙，鑰匙還插在鎖頭上。

他又開始心頭怦怦跳，掌心冒冷汗。他知道衣櫥內側有裝把手，瑪雅喜歡坐在裡面，坐在衣服下面假裝她……

停！不要再想了！

他雙唇緊閉，屏息聆聽，只聽到海水拍打岩石的聲音，風穿過松樹的沙沙聲，以及自己的心跳聲。他看著衣櫥的門，看著鑰匙轉動。

安德斯跳起來用雙手按住太陽穴，下巴在顫抖。

鑰匙沒有在轉動，鑰匙當然沒有在轉動。

停下來！停下來！

安德斯頭也不回地走出房間，用冰冷的手指關上電燈和房門，牙齒格格作響。他在火爐裡放了幾塊柴薪，靜坐良久，好讓雙手和身體暖和起來。

鎮靜下來之後，他打開行李箱拿出一桶一公升裝的紅酒，撕開瓶口喝下三分之一，看著臥室的房門，內心還是同樣地害怕。

廚房爐子裡的柴火已經熄滅，他懶得理會，只是拿起香菸和杯子回到壁爐前，感覺溫暖而安全，在那裡喝掉整桶紅酒，喝光後把桶子丟到柴火裡，再拿一桶新的。

紅酒發揮了效用，讓緊繃的肌肉放鬆，思維漫無目標的飄流，不在特定的地點停留。第二包香菸抽到一半時，他一手拿著玻璃杯，兩眼看著窗外的大海，固瓦岩的燈塔在遠方閃爍。

「乾杯，你這混蛋。乾杯，你他媽的混蛋。」

他喝光杯中物，開始隨著閃爍的燈光搖擺。

大海，還有我們這些可憐的混蛋和我們渺小的閃爍燈光。

壞事要發生了

凌晨三點半，安德斯被一陣用力的敲門聲吵醒。他睜開雙眼、動也不動地躺在沙發上，拉緊身上的毯子。屋內一片漆黑，只有燈塔的光束不時掃過，地板在搖晃，他整個腦袋昏沉沉。

他睜大雙眼躺在沙發上思索是不是聽錯了，也許是作夢。燈塔的光束再次掃過，這次地板靜止不動。他聽到屋後的風勢轉強，海浪用力拍打岩石，一陣冷風咻咻地透過房子的縫隙滲進屋內。

他才剛閉上眼睛想繼續睡，用力的敲門聲又出現了，這次用力敲了外門三下。他猛然從沙發上坐起來，直覺地看看四周尋找武器。這些簡短而用力的敲門聲中帶著一種恐怖的感覺。

彷彿……彷彿……

彷彿有人遵守對他所下的格殺令要來抓他。他滑下沙發準備逃跑，拖著腿走到壁爐前拿起火鉗。

他高舉火鉗站在那裡，等待用力的敲門聲再度響起，可是只聽到大海越來越強的怒吼聲，斷了一半的樹枝在風中搖晃的嘎吱聲，再無其他聲響。

冷靜一點，也許只是……

只是什麼？發生了意外，有人需要協助？對，那是最可能的情況，他卻在這裡一副外國強權將要入侵的樣子。他拿著火鉗走向外門。

「哈囉？」他大叫，「誰在外面？」

他的心臟噗噗跳著，好像有什麼東西從外面壓著他的整顆腦袋。

我有哪裡不對勁。

有船隻觸礁了，引擎在強風中故障，船上的人爬上岩石找到他家，也許現在渾身濕透地站在門口，快凍僵了。

可是他們為什麼要那樣用力搥門？

為了避免使自己目眩，安德斯沒有開燈，只是悄悄走到玄關的窗前看著外面，視線所及的前廊裡毫無人影。他打開室外燈，一個人影也沒有，他再開門往外看。

「哈囉？外面有人嗎？」

瑪雅的鞦韆瘋狂地前後搖擺著，乾枯的樹葉在院子裡飛舞。他卡住門鎖再走到前廊，關上門看看四周，小心地聆聽。

他以為自己聽到村莊的方向傳來引擎聲、小型尾掛馬達或電鋸的聲音。可是這種時間誰還會在船上，誰會在半夜砍樹？當然，也有可能是小綿羊機車，可是同樣的問題也適用。

瑪雅的鞦韆前後移動的樣子彷彿有一個看不見的人坐在上面盪著，讓人驚惶失措。他向前幾步，對著一片曠野大叫「瑪雅」，一陣冷風掃過胸前。

沒有人回答，鞦韆依然激烈地搖擺著。他放下火鉗，用空出來的那隻手摸摸臉龐，酒還沒醒，既酒醉又清醒無比。不論剛剛聽到的是不是引擎聲，那個聲音都已經停止了，這時只聽到斷裂樹枝的嘎吱聲。

他回到門前檢查外側，門上並沒有留下敲擊的痕跡。他的嘴角抽動。

我知道這是什麼意思。

安德斯的祖母曾經告訴過他一個故事，有一次，她的父親出去「辦事」（也就是走私烈酒），在群島中的一個小島上的小木屋裡過夜。他可能已和某艘愛沙尼亞貨船約好破曉時分在三海里領海界線碰面，因此決定在群島過夜比較安全。

夜半時，他被敲門聲吵醒。那小木屋的大門很簡樸，重擊聲使得門閂跳起，他以為自己被海關跟蹤了，只不過這次他們太早採取行動，他身上沒有他們能沒收的貨物，他也很樂意解釋自己為什麼在此過夜——他帶著捕鳥工具做掩護，因此很樂意開門。

外頭沒有人，一眼望去不見人影，碼頭上只有他自己的漁船。為了安全起見，他還是帶著打算付給走私客的錢、拿著手槍在島上走了一圈，成功地把幾隻絨鴨嚇得從一叢蘆葦裡跑出來，僅此而已。

黎明破曉時他出發前往交貨地點，經過幾海里後，他看到貨船就在界線外下錨。

接著他聽到一起爆炸聲。

起先他以為這聲音也許是來自自己的壓縮點火引擎，接著才意識到爆炸的回聲過於深沉，一定是來自船身之外，因此他拿起望遠鏡眺望要碰面的貨船。

那艘船出事了。他起先無法分辨發生了什麼事，越來越靠近時才看到貨船船身傾斜下沉，等他接近時已經完全沉入海裡了。他用望遠鏡掃視海面，卻什麼也沒看到。

「那天，四名男子以及至少一千公升的烈酒沉入海底，」後來祖母的父親告訴她，「不論用力敲門的是什麼，那就是它想傳達給我的訊息，壞事要發生了。」

安德斯的祖母以同樣的字眼再次訴說這個故事，從那之後，每當安德斯想描述什麼事情時，這個句子偶爾會出現在腦海裡。如今他檢視外門卻沒有找到敲打的痕跡，使他又回想起這件事。

壞事要發生了。

他抬頭看著松樹搖擺的樹頂，置身於室外燈的光環之外，隱身於黑暗之中。工具屋上一片鬆脫的金屬敲了一聲，彷彿在強調這件事。

壞事要發生了。

不可能再回去睡了。安德斯點起廚房的爐火，坐在餐桌前瞪著牆壁。他的腦袋彷彿一團溫熱的麥片粥，被包覆在一片扭曲的透明薄膜裡。他能清晰地思考，卻無法太深入。

包圍著牆面的強風呼嘯著，安德斯冷得發抖，突然覺得自己被遺棄了，像沒人要的小孩一樣被遺棄在森林裡。他脆弱幼小的房子孤獨地佇立著，被遺棄在原地。深海強行上升伸出魔爪，強風環繞著房子呼嘯，使勁地想找到縫隙鑽入。

壞事要發生了，它要來抓我。

安德斯並不知道「它」是什麼，只知道它巨大而強烈，而且要抓他，而他並沒有足夠的防禦。

先前喝下的酒發出腐爛的味道，他直接從水龍頭喝掉半公升的水沖掉這味道，可是水的味道也沒有好到哪裡去，喝起來有一股濃濃的金屬味，大概是海水跑進井裡了。安德斯洗洗臉再用擦碗布擦乾。

他不假思索地走進臥室拿起那桶珠子，坐在廚房餐桌前撿出來，堆在一起。他先用紅色拼成一個心，紅心的外層再拼一個藍色的心，接著是黃色的，以此類推，就像俄羅斯娃娃一樣，一個心包覆著另一個心。當他拼到桌子的邊緣時，再丟一些柴火進爐子裡。

他拿來拼成心型的珠子對桶子裡的數量似乎沒有很大的影響。他有足夠的珠子，底下的磚片也夠大。可是他真的很想要大一點的磚片，這樣就可以拼出一整幅圖畫。

如果把它們黏在一起……

他從工具箱裡挖出一支弓形鋸開始行動，先鋸掉九片磚片的邊緣，再用沙紙磨平，先把斷面磨平，膠水才能黏著。他專注地工作，甚至沒有注意到黎明從海上悄悄來臨。

把所有的邊緣磨平之後，安德斯起身尋找一瓶他知道放在某處、尚未開啟的接著劑。這時候他往窗外一瞥，才意識到晨光已經蓋過了北角燈塔明亮的光束。

早晨，咖啡。

他洗掉咖啡壺裡最髒的水垢，在咖啡機裡加水。食物櫃裡有一包打開的咖啡，無疑已經一點味道也沒有了。他用了比平常多兩倍的分量彌補，打開開關。

找到接著劑後，安德斯花了半個小時磨平所有細微的粗糙表面，再把磚片黏在一起。他後退一步欣賞成品時，晨光從廚房窗戶斜斜地照進來。

九片足以放四百顆珠子的磚片全部黏成一片白色磚片，凹凸不平的表面等著三千六百顆彩色珠子裝飾。安德斯得意地點點頭，現在他可以開始進行了。

可是我該拼什麼圖案？

他一面抽菸、一面啜飲著喝起來的確有點像咖啡的溫暖液體，凝視著白色表面，努力思考要創作什麼圖案。

史特林堡有一幅珠子拼成的怒海畫作，對，可是他大概沒有足夠的動力。更單純一點的，像兒童的畫作，母牛與馬，有煙囪的房子，不，那不算挑戰。

兒童畫作……

他一面凝視著北角燈塔，一面在記憶中尋找，接著推開咖啡杯在抽屜裡翻找，他完全不知道那台相機怎麼了。

他在放破銅爛鐵的抽屜裡找到了想要的東西，只要還有一點點保存價值的東西最後都會淪落到這裡。計數器顯示底片已經拍了十二張，他用鉛筆尖端按下回片鈕，馬達開始緩慢而不甘願的捲片。電池已經多多少少耗盡了，馬達發出一聲喀答聲後加速轉動，表示底片已經轉到盡頭。安德斯拿出底片，再度坐在廚房餐桌前。

他雙手捧著手裡的金屬管狀小物，放在抽屜這麼久了，拿在手裡感覺很冰冷。一個家庭最後一次拍的照片就在裡面。他把溫暖冰層上的小人握在手裡，壞事就要發生在她身上了。

他用大拇指和食指握住底片，彷彿這麼做就能看到裡面的照片。一股衝動叫他放下，讓那家人留在裡面，永遠不知道即將發生的事，不要讓他們出來踩到人生這團污泥，讓那家人留在小小的時空膠囊裡。

有人恨我們

希蒙坐在廚房餐桌前瞪著打開一半的火柴盒，一旁放著早晨的第一杯咖啡，眼前的黑色小蟲靜止不動，但希蒙知道它活著。

他雙唇緊閉，嘴裡收集著唾沫，收集到足夠的分量後再讓唾沫從雙唇之間滴下，落在小蟲閃亮的外殼上，它彷彿很想睡地微微移動。希蒙看著唾沫緩緩地被吸收、消失。

他漸漸意識到這是每天早上的例行公事，和上廁所或喝咖啡同樣重要。

開始照顧水靈約一星期後的某天早上，希蒙把火柴盒留在廚房抽屜裡，沒有給小蟲唾沫就開船到本土去購物。開船出發時，他的嘴裡已出現那股舊木頭、堅果腐爛的味道；橫越海峽時，這股味道越來越強烈地在嘴裡擴散，進入他的血液，穿透他的肌肉。

希蒙減速、準備把船停靠在納丹的碼頭時，吐得整個甲板都是。他知道原因，可是拒絕妥協，只是盡可能緩慢地繼續朝碼頭前進。當船靠到碼頭的柱子時，他彷彿五臟六腑都要被掏出來一樣，吐到只剩膽汁而已。

這種噁心的程度遠遠超過身體本身的生理反應，類似急性中毒的敗血性休克。希蒙全身蜷曲躺在船尾，因胃部痙攣而全身扭曲，只能勉強把船掉頭，朝度瑪雷回航。

回航途中，他的身體深處強行擠壓出潮濕的打嗝，不斷消耗他的體力，他只能以胎兒的姿勢蜷曲著，深信自己就要死了。

希蒙沒力氣把船停靠妥當，只能讓船直接衝上岸邊，他爬過淺水處，穿過岸上的碎石和草地進屋。等他從抽屜拿出火柴盒時，嘴巴已因嘔吐而乾燥不已，花了好幾分鐘才採集足夠的唾沫給亟需的水靈。過了好幾天之後，他才完全恢復體力，才又感覺身體強壯。

從此以後，他便謹記著每天早上都要對著火柴盒吐唾沫。他並不知道等待在這個約定終點的是什麼，只知道自己還活著一天就得實現這個附帶條件。

然後呢？

他不知道，可是害怕最糟糕的情況會以某種形式出現。他也後悔那天沒有把水靈掃到碼頭下，掃到它所屬於的海底。他很後悔，可是一切都太遲了。

希蒙喝口咖啡，看著窗外秋高氣爽的清澈天空，黃色的樺樹葉稀疏地飄落。並沒有什麼線索顯示暴風雨將要來襲，但希蒙知道，就像他知道許多其他的事：譬如哪裡能找到地下水，哪裡會結冰，會下多少雨。

喝完咖啡洗好杯子後，希蒙穿上及膝雨靴出門。這是他養成的島民習慣：出門都穿及膝雨靴。你永遠不知道什麼時候會需要涉水或踩過污泥，因此最好有所準備。

也許今天的郵件和報紙會由早班補給船送來。就算沒有，郵筒旁也總會有一些像希蒙一樣沒事可做、只能去看早班船是否送來郵件的老人，雖然幾乎沒有發生過。

在前往郵筒的上坡路段，他看了一眼小徑上的破厝。那裡有很多活兒可做，也許對安德斯是好事，忙碌是治癒憂鬱最好的方法，他有親身體驗。在他和第一任妻子瑪麗塔婚姻最不順遂的時期，希蒙就是用好幾副紙牌、手帕和其他道具練習魔術，才得以免於焦慮的侵襲。

當然，和安娜葛蕾塔在一起之後，日子變得非常不一樣。在這段感情裡，他以靈巧的雙手和錯誤的判斷送走的多半是悲傷。

就他所知，安德斯並沒有特定的興趣能佔據心思，因此，需要清理的矮木叢、剝落的油漆和需要劈成小塊的柴薪，對他很有好處。

遠在一百公尺外，希蒙就已經看到今天站在郵筒旁的聊天小組成員，包括霍里耶和戈藍，因為他們很好認。霍里耶自年輕時就總是失望地垂頭喪氣，在警界待了四十年的戈藍還是挺直腰桿。

可是那是什……？

他們兩人專注地沉浸在緊繃的討論中，霍里耶一面搖頭一面抬手朝著大海揮舞，戈藍則彷彿很心煩地踢著地上。可是奇怪的並不是這一點。

奇怪的是郵筒不見了。

由於季節而關閉的商店外牆一片空白，只有收件的黃色郵筒還在，可是看起來也很奇怪。

難道郵務終止了嗎？

希蒙走近才意識到問題並不在那裡。他在商店十公尺外踩到第一片碎屑，那些塑膠碎屑和木材碎屑來自昨天還掛在牆上的郵筒，收件的黃色郵筒則扭曲並帶有凹痕。

霍里耶看到他便脫口而出說，「喔，斯德哥爾摩人來了，這下我們不太可能得到同情了。」

希蒙踩在馬賽克般的彩色塑膠碎片上問道，「發生了什麼事？」

「發生了什麼事？」霍里耶說，「我告訴你發生了什麼事。昨天晚上我們好夢正酣的時候，不知道哪個斯德哥爾摩混蛋坐船過來把我們的郵筒敲壞了，就為了好玩而已。」

「為了什麼？」

霍里耶彷彿不相信自己的耳朵，每次聽到有人挑戰自己的理論時他就是這種反應。為了顯示對方的反應有多麼地愚蠢，他也一如往常地以重複問題回應。

「為什麼？你覺得那些人真的需要理由嗎？也許他們在港灣找不到停靠的位子，也許他們不滿意去年夏天的日照時數，或許他們只是覺得最好玩的莫過於破壞什麼東西，真要問我的話，我會選擇最後一個答案，真是他媽的讓我憤怒到極點。」

霍里耶轉身一跛一跛的走下坡到汽船碼頭，希蒙看到商店主人麥茲正在那裡等候補給船。

希蒙轉向戈藍問道，「你也這麼認為嗎？」

戈藍看看身邊的景象，搖搖頭，「我覺得我們完全不知道是誰幹的，誰都有可能。」

「島上的人嗎？」

「我想不到會是誰，可是也很難說。」

「有人聽到什麼聲音嗎？」

戈藍朝著碼頭的方向點點頭，「麥茲有聽到一點聲音，接著又聽到引擎發動的聲音，可是他不確定是尾掛馬達還是小綿羊機車，當時逆風。」

「他們一定發出……很大的聲響。」

「我不知道，」戈藍撈起一些綠色和灰色的碎片給希蒙看，「看看這些，你覺得呢？」戈藍手上的碎片有三角形和菱形，破裂的地方都有銳角，地上的碎片也很大片，不是小碎片。

「看起來不像是被敲碎的。」

「可不是，看起來比較像是用銳利的刀子或類似的東西割斷的，你看這裡。」

戈藍指著凹陷扭曲的金屬箱子，中間部分的凹痕角度很銳利，露出底下的裸金屬。製造出凹痕的不是撞擊，而是刺的動作，有人站在這裡用一把大刀刺了郵筒。

希蒙搖搖頭，「為什麼會有人這麼做？」

戈藍猶豫了一會兒才回答，彷彿想先確定自己選擇的是正確的字眼。最後，他說道，「根據我的經驗，人們對痛恨的對象才會做出這種事。」

「那麼在這種情形下，他們——或他——痛恨的是什麼？」

「我們。」

希蒙又看著地上的碎片及凹陷的金屬郵筒，感受這個行為所代表的憤怒。這些郵筒代表島上所有的居民，每一個郵筒都是主人的延伸，每一個郵筒都代表一個名字。

戈藍聳聳肩，「不然就是單純的想破壞，我哪裡知道？有時候就是這麼一回事，不過通常不是。我們該拿這件事怎麼辦？」

任何偏離正軌的憤怒或暴力行為都很容易在責任歸屬上製造漏洞：沒人有罪，沒人承擔責任，如此一來，很容易變成由兩個剛好經過的老人清理這片混亂。戈藍蹲下來撿碎屑，希蒙從通往商店的台階上拿來垃圾桶一起撿拾殘骸。垃圾桶滿了之後，戈藍下去碼頭邊找了一個空油桶，希蒙則坐在台階上擦拭眉尖的汗水。

真他媽的沒有必要，這麼多的麻煩只因為某人……痛恨。

他做個鬼臉，揉揉眼睛。

哈，要是某人的恨意夠深，那麻煩還真是沒完沒了。其實我們該感謝對方破壞郵筒之後就打住了。

「希蒙？」

希蒙抬起頭，安德斯手裡拿著一封信站在他眼前，看著四周，「郵筒跑哪兒去了？」

希蒙解釋發生了什麼事，告訴安德斯把信件直接交給麥茲，他正拿著藍色郵件籃從港口往上走，戈藍和霍里耶跟在後面。

戈藍拿到一卷黑色塑膠袋，把碎屑放進其中一個塑膠袋裡，霍里耶雙手插在口袋裡瞪著安德斯。

「所以，」他說，「我們有訪客。你什麼時候到的？」

「昨天。」

霍里耶點頭思索著這一丁點訊息，先看看麥茲再看看戈藍，希望他們接話，可是兩人都默不出聲。戈藍臉上的表情心煩大於一切，霍里耶似乎想起現在是什麼情況。

「對了，對你的損失深感哀悼，」他勉強擠出幾個字。

他們討論該怎麼處理郵件，今天麥茲會在這裡等著向大家解釋發生了什麼事，每一戶都得盡快幫自己弄一個臨時郵筒，可以用有蓋子的塑膠水桶或袋子暫代，只要寫上郵筒號碼就可以了。

安德斯揮揮手上的信，「那我該拿這個怎麼辦？這是要沖洗的底片，我可不想弄丟了。」

麥茲接過信件，承諾會送出，接著把信件發給在場的人。希蒙沒有信，只有《北塔耶記事報》和一些退休基金的廣告。

希蒙和安德斯要回家時，戈藍說，「你不會忘記吧？」

「不會，」希蒙說，「我會找一天過來。」

希蒙和安德斯走在海岸線上，除了週末偶爾出現的幾名遊客之外，屬於夏日度假客的碼頭大都空置，今年的夏天已經結束了。

「他不要你忘記什麼？」安德斯問。

「戈藍前一陣子退休搬回來，可是沒有水井，所以希望我用我的神聖尋水棒幫他找水。」

「你是怎麼做的？」

「練習、練習、再練習。」

安德斯開玩笑地搥了希蒙的肩膀，「少來了，這又不是魔術，我是真的想知道。」

「嗯，這也是魔術的一種，你知道的。你要進來看看安娜葛蕾塔嗎？」

安德斯不再繼續這個話題。有好幾年的時間，希蒙是當地的水源探測員，有人需要鑿井時，總是尋求希蒙的協助尋找水源。希蒙會帶著他用花楸木做的尋水棒四處走動，最後指著適當的地點，目前為止都沒有出過差錯。

安德斯不屑地說，「霍里耶似乎認為破壞郵筒的是我。」

「你知道他太太去年溺死嗎？」

「希格麗？不知道，我不知道這回事。」

「她去船上檢查漁網後就沒有回來。幾天後他們找到了船，可是沒有找到希格麗。」

安德斯小時候很怕希格麗，她像繃緊的弦般一觸即發；舉凡天氣、腳踏車的聲音、太靠近她手上冰淇淋的黃蜂，只要一點小事就能激怒她。安德斯每次賣鯡魚給希格麗時，都會刻意挑最大隻、最漂亮的給她，寧願多給一點也不要少一絲絲。

「她是投水自殺的嗎？」

希蒙聳聳肩，「我猜有人這麼認為，可是……」

「可是什麼？」

「也有人認為是霍里耶幹的。」

「你也這麼認為嗎？」

「不不不，他太怕她了。」

「所以現在他只剩下斯德哥爾摩人可以痛恨？」

「沒錯，只不過現在他可以在這方面投入更多心力了。」

霍里耶的論點

這種對首都人的反感並非度瑪雷獨有，甚至也不是瑞典獨有，而是普遍存在的情形，理由也很正當。霍里耶的故事代表普遍發生在斯德哥爾摩群島的情況，尤其是度瑪雷。

正如安德斯與度瑪雷的其他居民一樣，霍里耶也是來自領航員家庭。透過巧妙的取得、婚姻和其他手段，霍里耶的家族擁有度瑪雷島東北部的整個區域，從海岸線往內陸延伸約三十公頃的森林、草原和可耕地。

一九三〇年代初期，霍里耶的父親成年後開始照顧這些區域。夏季度假客出現時，他和島上許多居民一樣整修並擴建了一些船屋出租。

長話短說，就是這個家族背負了一些債務，不幸的是，霍里耶的父親遇到不順遂時，習慣尋找酒瓶的慰藉。一年夏天，他認識了一名來自斯德哥爾摩的仲介，兩人盡情暢飲、互相敬酒、稱兄道弟，甚至談到讓霍里耶成為聖殿騎士團的成員，加入卡爾・薛文為會長的傳奇共濟會地方分會。

結果，霍里耶的父親不知為何把卡度南賣給了這名仲介。這片土地的總面積約十五公頃，沒有樹木也沒有不良放牧地，他所得到的價錢遠遠超過賣給其他島民所能期望的數目。

可是，那名仲介當然對放牧或林業都沒有興趣。他在幾年內就把卡度南分割成三十塊土地，賣給具有先見之明的夏季度假客，每一塊土地的賣價大約是當初買進整片地的一半價格。

霍里耶的父親意識到自己受騙時，酒瓶正等著提供慰藉。當時七歲的霍里耶被迫眼睜睜地看著父親把自己喝到自憐的泥淖裡，斯德哥爾摩人則快樂地在數代以來屬於他家族的土地上蓋起組合屋當夏日別墅。

幾年後，他的父親帶著獵槍進入仍屬於家族的森林裡，再也沒有出來。

群島各處流傳著這個故事的不同版本，但這是帕森家的版本，無可否認地較為醜陋。這些交易在各地引起諸多苦澀，而霍里耶是最苦澀的一個。

基本上他的論點很簡單：斯德哥爾摩人是萬惡的根源，罪孽深重的程度或有不同，但最大的惡棍是伊維特・陶柏和阿斯特麗・林格倫。

只要有人願意聆聽，霍里耶從不厭倦解釋自己的理論：在伊維特・陶柏以《楊納達》和《卡勒・薛文的華爾滋》①把整個地區浪漫化之前，群島是個賣力工作的居家社區。真正的卡爾・薛文在年老時已處於

---

①卡勒・薛文是一名瑞典地主，在斯德哥爾摩群島擁有夏日別墅，啟發瑞典作曲家伊維特・陶柏寫下《卡勒・薛文的華爾滋》和《楊納達》，描寫羅斯拉根海岸區與斯德哥爾摩群島的夏日風情。

隱居狀態，以免被那些好奇的斯德哥爾摩人跑到他的碼頭或躺在自己的船上透過望遠鏡偷看，看他是否忙著做乾草堆或和羅斯拉根海岸區的玫瑰跳舞。

不過這些還只是無聊的細節而已。最糟的是陶柏浪漫的描繪打開了斯德哥爾摩人對群島的眼界，這裡的人們耳鬢戴花，隨著手風琴的音樂起舞，以美麗的方式享受飲酒。負擔得起的人買了夏日別墅，土地被買走，群島人口減少。

正當這股熱潮好不容易開始逐漸消退，群島居民以為終於可以放鬆了，致命的一擊來自阿斯特麗・林格倫的書《蠣鷸島的生活》②及後續的電視影集。如今不只有錢人得以擁有夏日別墅了，仲介搜括所有買得到的產業，蓋起小木屋出售、或週租或月租。大家都想嘗試群島生活，用書裡描寫的訣竅發動尾掛引擎，尋找自己的寵物海豹。

群島上的年輕人認識了夏日度假客，開始渴望首都的夜店和戲院，房屋和農場空置，無人繼承。當然，這時仲介又繼續搜括看得到的產業，直到群島彷彿一具屍體，只有在每年夏天這幾個月才會活過來，然後又沉入靜默的墳墓裡。

這就是霍里耶論點的摘要，通常以細述自己的幻想結尾，也就是如果伊維特和阿斯特麗還在世的話，他會怎麼對付他們，通常是用到鉛錘和汽油的惡行，他也不容反駁。

霍里耶深思熟慮過的意見是，群島真的被浪漫化至死。

② 《蠣鷸島的生活》描寫一名鰥夫帶著四個小孩來到斯德哥爾摩群島生活，與島民互動的故事。

安娜葛蕾塔

一整片黃色丁香遮住了安娜葛蕾塔的房子，花叢上方唯一可見的是覆蓋著銅綠、金屬製的塔樓屋頂。安德斯小時候一直以為那是真正的塔樓，那種騎士城堡裡找得到的塔樓，可是卻一直找不到通往塔樓的路，也沒有人願意告訴他，使他很沮喪。

後來他才知道，那座尖塔只不過是裝飾，三角牆上的窗戶是漆上去的。一百五十年的歲月痕跡蟄伏在那風吹雨淋的木製壁板上，要不是這時一名女子打開前門跑下花園的小徑，一棟迷失在自我記憶裡的鬼屋形象就此完整。

安娜葛蕾塔身著牛仔褲和格紋襯衫，腳上踩著橡膠鞋。她一面快步跑向安德斯，一面伸出雙臂擁抱他，白色長髮編成的辮子在背上一跳一跳。

「喔，安德斯！」她抱著他搖一搖，「見到你真高興！」

安娜葛蕾塔擁抱他的力道之大，安德斯還以為她真的要像小時候一樣把他抱起來。不過她畢竟已經八十六歲了，因此他不敢以同樣的力道回應，只是輕輕拍拍她的背說：「哈囉，奶奶。」

安娜葛蕾塔突然鬆手仔細端詳他的臉，接著才注意到希蒙。她把頭側到一邊，希蒙彎下來親吻她的臉頰。安娜葛蕾塔點點頭，彷彿表示他的行為合宜，接著抓住安德斯的手。

「來吧，咖啡煮好了。」

她領著安德斯走向屋內，希蒙笨重地跟在後面，並不是他真的跟不上，而是不論幾歲的人在安娜葛蕾塔身邊看起來都很笨重。

感覺上她好像光靠乾淨鹹味的空氣為生。等到大限來臨的那一天，她大概會就這麼上路，光是往旁邊一站，就與西北風融合為一，在北角的燈塔繞幾圈後飛越大海而去。

起居室的茶几上已經擺好食物了：有鯷魚三明治加蛋、精緻的餅乾和肉桂捲。安德斯再也無法忽視他拒絕承認的飢餓，希蒙假裝不悅地對安德斯說，「我懂了，是因為有你來，我們才坐在起居室裡，我受邀的時候只能坐在廚房裡。」

安娜葛蕾塔停下來挑起眉毛，「這是在抱怨嗎？」

「沒有，沒有，」希蒙說，「我只是覺得好像有點差別待遇。」

「如果你離開三年沒有回來，等你回來時，我可能也會在起居室款待你。」

希蒙抓抓下巴，「嗯，也許我最好這麼做。」

「這樣的話我乾脆投海自盡，你很清楚。坐下。」

安德斯的父親曾經說過，希蒙和安娜葛蕾塔就像熟練的搞笑二人組，有自己的固定橋段，在時間的潤飾下，已從熟悉的固定橋段演變成即興發揮的基礎，主題很熟悉，但每次使用的字眼都不一樣。

安娜葛蕾塔看著安德斯狼吞虎嚥吃下兩個三明治，把盤子推向他。

「我猜你在小屋那邊沒東西可吃。」

安德斯伸到一半的手停下來。

「對不起，我……」

安娜葛蕾塔嘲弄的說。

「傻瓜，我不是那個意思。你盡量吃，不過我們得做一些安排。」

「柴薪，」希蒙說，「你那邊有柴薪嗎？」

他們討論這個問題，決定安德斯該帶一包存糧回家，第二天和希蒙去購物。安德斯的船必須盡快下水，缺柴薪的話可以自取。

安德斯託辭去前廊抽菸，坐在凳子上點起一根香菸，望著安娜葛蕾塔的李子樹上過熟的果實累累下垂，想到霍里耶和霍里耶的妻子，想到大海似乎以不規則的週期索討應得之物，關於納丹墓地的船錨、瑪雅。

感覺還是很奇怪……沒有……沒有人……

安德斯回到屋裡時，茶几已經整理乾淨了，咖啡壺又添了咖啡，希蒙和安娜葛蕾塔坐在茶几前，頭靠頭彎著身子喁喁細語。安德斯靜靜地站在那裡看著他們。

這就是愛情，兩個人找到對方，共同努力維持彼此之間所出現那未曾定形、無法理解的第三存在，愛情成為自我存在的實體，決定了他們的生活方式。這是有可能發生的。

實際上又是怎麼發生的？

安德斯在沉重而潮濕的椅子上坐下來，希蒙和安娜葛蕾塔分開。

「呼吸點新鮮空氣也不錯，對不對？」安娜葛蕾塔說。

安德斯點點頭，安娜葛蕾塔從來不囉唆他抽菸的事，不過不缺各式的刻薄評語。

「我在想一件事，」安德斯說，「關於霍里耶，他認為是我幹的這回事。」

安娜葛蕾塔皺起嘴唇，「你要是問霍里耶的話，他會告訴你海裡捕不到鱈魚都是斯德哥爾摩人的錯。」

「對，那是另一回事，這是比較跟……跟瑪雅的事有關。」

希蒙和安娜葛蕾塔動也不動地看著他，氣氛僵到不行。可是安德斯繼續說，「看起來很奇怪……我現在想到……沒有人懷疑我，或希西莉雅。我是說，那是最明顯的不是嗎？兩個家長，一個小孩，小孩消失無蹤，顯然問題在家長。」

希蒙和安娜葛蕾塔交換眼神，安娜葛蕾塔伸手越過茶几揉揉安德斯的指節，「你千萬不要這麼想。」

「我不是這個意思。我知道，你們也知道發生什麼事，她失蹤了。我還是不明白怎麼可能發生。可是為什麼……」

安德斯舉起雙手，彷彿抓住一顆不存在的球，某個他就是抓不到的東西。他又看到那一切了，那些面孔，說話的語調、問題與哀悼之意。沒有一個地方……沒有一個地方……

「為什麼，為什麼沒有人懷疑我？為什麼大家看起來似乎都把它當成是……很自然的事？」

希蒙一手撐頭皺眉，似乎也意識到這一點很不尋常。安娜葛蕾塔看著安德斯，臉上的表情難以猜測，「我猜他們是尊重他人的悲傷。」

「可是霍里耶呢？」安德斯說，「他的妻子溺水，希蒙說馬上有很多人懷疑是他幹的，雖說在某種程度上其實這件事有點……自然，畢竟溺水是經常發生的事。可是瑪雅……我是說，警方當然也詢問過，可是這裡的人都沒問，一個也沒有。」

希蒙喝完咖啡，輕輕放下杯子，彷彿不想打破沉默。一陣風捲起白楊樹葉吹過窗前。

「經你這麼一說，」希蒙說，「的確很奇怪。」

安娜葛蕾塔把咖啡壺遞給安德斯，催他再喝一杯，「我想這要看當事人是誰，」她說，「這裡的人從你小時候就認識你，大家都知道你和霍里耶不一樣，不可能做出那種事。」

安德斯倒了半杯咖啡，並沒有被說服，仍然覺得很難理解。可是他說，「對，也許吧。」

他們聊了其他的事，是否有可能修理破厝，如果安德斯的尾掛引擎無法發動怎麼辦，聊了村裡的八卦。安德斯沒有動力起身回家，等待他的只有一間冰冷的屋子而已。

話題暫歇時，他靠在椅背上，雙手交握放在肚子上，看著希蒙和安娜葛蕾塔。

「你們兩個到底是怎麼在一起的？你們怎麼認識的？」

這個問題同時在希蒙和安娜葛蕾塔的臉上勾起笑容。他們看著彼此，希蒙搖搖頭說，「一言難盡。」

「有什麼事等著我們去做嗎？」安德斯問。希蒙和安娜葛蕾塔都想不出有什麼急需要做的事，「那你們何不告訴我這個故事？」

安娜葛蕾塔看看窗外。風勢越來越強勁，天空布滿烏雲，灰色海面出現細碎的浪花，雨滴打在玻璃上。她一手揉揉額頭問道，「你對你祖父的事知道多少？」

群島的愛情

故事裡的故事

度瑪雷島上有兩瓶非常特別的利口酒，一瓶放在納森・林格倫的舊船屋裡，也會繼續放在那裡，直到他的親戚終於想到要整理他的遺物為止。另一瓶則由伊維特・卡爾森所擁有。

伊維特已經快九十歲了，擁有那瓶利口酒將近六十年。沒人知道裡面的廉價利口酒喝起來是什麼味道，只要伊維特還活著一天就沒人會知道。她完全不打算打開瓶塞，因為這瓶酒和其中的故事實在太精彩了。

正因如此，伊維特才保存著它。這樣一來，哪個沒聽過故事的陌生人出現時，他才能從櫃子裡拿出這瓶酒說：「你聽過安娜葛蕾塔用海關緝私船偷渡利口酒的故事嗎？沒有嗎？嗯，是這樣的……」

他一面說故事一面撫摸著酒瓶；他從沒聽過這麼棒的故事，更棒的是這個故事千真萬確。他說完故事後會傳閱酒瓶，嚴格指示對方小心拿好，切莫掉在地上。

人們看著瓶身裡的清澈液體，毫無線索顯示它是在如此特殊的情形下上岸的，然而，就是這瓶酒的故事，使安娜葛蕾塔在整個群島聲名遠播，如伊維特所言，這是最原始的那瓶利口酒。
他說完後把酒瓶放回櫃子裡保存，直到下次再拿出來，再訴說一次這個故事。

走私大王之女

安娜葛蕾塔人生的發展完全不如預期。興建新房和結婚似乎已用盡艾瑞克所有的精力，結束之後，他已經無力再設定新的目標。

夏天過得還算順利，原先的熱情與愛苗還在；可是入秋之後，安娜葛蕾塔開始懷疑艾瑞克是否真的與她陷入愛河，他們的婚姻是否像蓋房子一樣，只是一個計畫：蓋房子、安置妻子，工作完成。

八月，希特勒派軍入侵波蘭，群島出現令人不安的活動。海岸線必須築堡設防，海軍的驅逐艦和運輸艦在納丹和大十字島之間的島嶼來回，因為那是面對奧蘭海的最前哨；也必須建造兩座機槍砲台及數座防衛崗哨。度瑪雷許多年輕人都參與了準備工作，使用爆裂物建造纜線溝渠，築牆興籬。俄羅斯對芬蘭的態度轉為強硬，氣氛相當不安。

艾瑞克蓋房子花光了所有的積蓄，這對新婚夫婦只好靠著安娜葛蕾塔擔任縫紉工的收入、艾瑞克在納丹鋸木廠打零工及雙方家長的資助度日。要艾瑞克從自己的父親手上拿錢已經很痛苦了，更別說安娜葛蕾塔的父親……一天晚上，安娜葛蕾塔又帶著父親的資助回家，艾瑞克挑明直說，「妳知道那些錢來自犯罪活動。」

安娜葛蕾塔的反應也不遑多讓：「犯罪活動總比完全沒有活動好。」

隨著秋意漸深，他們之間的關係越發冷淡。艾瑞克跟著老同學畢昂加入離島的防衛建設小組，十月的前兩個星期裡，安娜葛蕾塔都沒有他的消息。

有船進港時，安娜葛蕾塔總是到碼頭邊看著士兵川流不息的到商店或港灣四周進行工事，可是沒人認識在離島工作的人，反而聽到士兵滔滔不絕的抱怨糟糕的食物與不堪的衣物，以及在島上兵營的悲慘遭遇。

兩星期後，艾瑞克回家換了衣服，交出微薄的金錢後又離開了，安娜葛蕾塔甚至沒有機會告訴艾瑞克她已有孕在身。可是是真的，產婆估計她已懷有十二到十四週的身孕。

安娜葛蕾塔雙手擺在肚子上看著艾瑞克爬上畢昂的漁船，接著便高舉雙手揮舞著手臂，可是對方只略略擺手回應。艾瑞克和朋友在一起，不想讓自己難為情。那是她最後一次見到他。

十天後，安娜葛蕾塔收到一封信，信上說明艾瑞克為祖國國防進行重要工事時在一場意外中喪生，遺體於第二天送達，可是安娜葛蕾塔無法強迫自己認屍。艾瑞克為國防基地的內牆上灰泥時，從灰泥牆上脫落的一堆石頭砸在他的頭上。

「遺體的狀況不算很好，如果妳懂我說的意思，」護送遺體的少尉這麼說。

葬禮在納丹舉行，許多人表達同情之意，敷衍地承諾協助與支持。可是艾瑞克並不屬於陸軍的編制，因此安娜葛蕾塔也拿不到陸軍提供的遺孀撫卹金。

當時安娜葛蕾塔才十九歲，懷孕四個月、喪夫、住在一間漏風的房子裡，又不在自己的家鄉，既無特殊技能也沒有專業知識。對她而言，這一年冬天既黑暗又辛苦，這一點並不令人意外。

托里尼和瑪雅非常喜歡安娜葛蕾塔，把她當成自己的女兒，盡全力幫助她。她的父親也很盡力，可是安娜葛蕾塔不想靠施捨過日子，為自己也為了肚子裡的孩子，她希望自立自強。

彷彿這樣還不夠慘，那一年冬天嚴寒過人，驟降的溫度使得開在冰層上的陸軍全地形運輸車引擎結冰故障，軍隊得改用馬匹，而休假的士兵得從島上步行穿過冰層，才能前往群島的其他島嶼。

一個星期六的早晨，安娜葛蕾塔又坐在廚房窗前看著凍僵的年輕人如旅鼠般行進接近岸邊，她靈機一動：既然有這個需求，那麼就由她來供應。

瑪雅穀倉的乾草棚裡有好幾布袋永遠用不到的羊毛，她很樂意送給安娜葛蕾塔。安娜葛蕾塔把那些布袋搬到破厝的廚房裡，為了節省柴火，她只使用這個房間。她開始上工，一個星期內就織好了八雙最溫暖的羊毛氈手套。

下一個星期六早上，她在納丹碼頭找好位子等待士兵。當天早上溫度計顯示零下二十二度，寒意有如沉默的尖叫一般。等待那群沉默的游牧民族從港灣接近時，她原地跳上跳下取暖。

那些士兵上岸時臉頰通紅，縮著身體。她問他們手冷不冷，其中只有一人勉強迸出模糊的回應，其他人只是沉默地點點頭。

她向士兵展示自己的商品。

那群士兵發出嘟囔聲，這些手套看起來的確比陸軍所發的無用隔熱手套好多了，可是一雙三克朗？他們正打算進城享受一番，軍餉得用在其他地方。他們馬上就會搭上溫暖的巴士解凍，到時候冰冷的感觸就會融化殆盡，他們一致同意享樂比實際的需求重要。

打破僵局的是幾個月前護送艾瑞克遺體回家的少尉，他拿出皮夾，在安娜葛蕾塔的手上放了三個一克朗銅板，然後戴上手套看看感覺如何。

「不可置信，」過了一會兒他說，「好像整個人從裡面溫暖了起來，」他轉向手下，「我們現在在休假，所以我不下命令。不過聽我的建議買幾雙手套，將來你們會感謝我。」

不管這些士兵是習慣服從還是成功地被少尉說服，這一點並不重要；重要的是安娜葛蕾塔的手套賣光了。那些士兵雖然一開始頗為抗拒，但朝著公車站跋涉而去時似乎都非常滿意。

逗留不去的少尉脫下右手手套，彷彿初次見面般伸出手，安娜葛蕾塔握了他的手。

「我叫傅奇。」

「安娜葛蕾塔，還是一樣。」

傅奇低頭看看空籃子，捏捏鼻子，「妳有考慮賣襪子嗎？也許套頭毛衣？」

「這些東西有短缺嗎？」

「嗯，倒不是這樣。我們有配備這些物品，只是不足以應付這樣嚴寒的冬天，如果妳懂我的意思。」

「這樣的話，謝謝你的建議。」

傅奇戴上手套敬禮，走向公車站又停下腳步轉身說，「反正我三個星期後又休假，如果有賣套頭毛衣的話，我……有興趣。」

回家後，安娜葛蕾塔把銅板倒在桌上，數一數總共有二十四克朗，這是用最好的方式賺來的，也就是靠她自己的努力與自己的想法。她想把這些錢分給瑪雅，可是她婆婆說什麼也不肯收，還說如果需求增加的話，她倒是有興趣加入。

的確如此。下一個星期六來臨時，安娜葛蕾塔賣手套的消息已經傳出去了，她的存貨不夠，無法滿足所有想幫自己或仍在島嶼的同袍買手套的人。瑪雅接手做手套，安娜葛蕾塔則專注在織襪子上；當然，還有一件套頭毛衣。

如果有所警覺的話，只要一絲絲的暗示就足以聞到愛的味道，事實也是如此，至少在傅奇這方面是如此。傅奇拿到套頭毛衣之後還想買襪子，可是他要條紋襪，所以安娜葛蕾塔得特地為他訂做一雙，除此之外他還需要一頂帽子。

聰明的安娜葛蕾塔知道其中的奧妙。傳奇親切、正直，她也的確在內心深處尋找愛的蹤跡，卻什麼也沒有找到，愛莫能助。她盡力配合，但避開他試探性的邀請。

春天來臨時，她的腹部漸漸隆起。冬衣的需求結束了，安娜葛蕾塔得另尋謀生之道。四月的某一天，就在她的預產期前一個月，她的父親把一艘她從未看過的漁船向風停靠在碼頭，以避暴風。

安娜葛蕾塔的父親拍拍她的肚子關心健康狀況，解釋此行真正的目的。他認識了一名俄羅斯船長，如果能航至三海里外的領海界線取貨的話，就有機會做成一筆好生意。

「可是那有點……妳也許知道，這些水域對我來說有點不方便。」

喔是的，安娜葛蕾塔很清楚，海關緝私船只要瞄到她的父親馬上就會上船搜索。

「所以我在想，也許可以由妳出面，這樣可以大幅降低風險，而且他們不認得這艘船。」

安娜葛蕾塔衡量輕重。倒不是在意被捕的風險，純粹是進入「犯罪行動」所需跨過的道德門檻。另一方面來說，早就有人因為她的父親而對她另眼相看，倒不如坐實他們的期望。

「我可以拿多少？」她問。

她的父親看了一眼她隆起的肚皮，比了個擴張的手勢。

「既然是妳的話，那就獲利的一半吧。」

「那是多少？」

「大約兩千。」

「成交。」

整件事情順利進行，走私烈酒的光榮時代已經不再，可是還是有配給和開支的問題，一千公升的俄羅斯伏特加總是可以找到喉嚨下肚。

運輸方式用的是古老的作法。船尾拖著裝在魚雷裡的貨物，如果海關人員出現，只要切斷繩索，貨物就會下沉，不過上面綁著一個小浮標，還有一包鹽使浮標停留在水面下。過幾天鹽溶解之後，浮標就會浮上水面，屆時只要回來打撈貨物即可。

安娜葛蕾塔掌著船舵坐在船尾，向俄羅斯船長揮手道別，視線轉向蹲在船首的父親，抬頭看著海平線。肚子裡的孩子踢了一下，她突然覺得暈眩。她以為是恐懼，思索之後才意識到那種感覺是什麼：自由。

她凝望著遠方的群島：前哨的士兵防禦警戒，小屋裡的人們繼續過著自己的生活，這些人靜止不動地守著屬於自己的東西。她更用力抓緊船舵，抬頭迎向海風。

我自由了，我要做什麼都可以。

取名為約翰的健康男嬰在四月中出生。到了夏天，安娜葛蕾塔用賺來的錢投資了一千克朗，買下自己的漁船。

收音機裡，烏拉．比爾維斯特正在唱著藍衣男孩，可是其實藍衣男孩在他們的島上無聊死了。俄羅斯人並沒有踏進瑞典水域一步，瑞典的國防軍力坐在軍營裡玩紙牌，凝視著海鷗，無聊透頂。

安娜葛蕾塔徵求了許多人的意見，找到一個新的需求。冬天缺少的是溫暖，夏天缺的則是消遣，她開始著手進行。

她用各種方式買進了可舒緩寂寞、排解憂鬱的貨品，所謂的方式，有些完全合法，有些則稍微可議。她買進的貨品包括糖果、鼻煙、菸草、雜誌和容易消化的驚悚小說，以及各式各樣的遊戲和拼圖。她不敢買酒，不過讓士兵知道如果休假時需要那種東西的話，她也可以安排。

接著，她開始在島嶼間定期巡迴出售商品，生意興隆。安娜葛蕾塔並不虛榮，可是很清楚自己的女性魅力，有些男人向她買東西大概只為了能跟她親近，講幾個笑話，或者能有意無意地碰觸到她。她很清楚這一點，也利用到某種程度，可是在所有的追求真正成形前就全部加以婉拒。她有自己的男人，名叫約翰。她出門做生意時，他就和爺爺奶奶一起，這樣的安排非常適合他們。

冬天來臨時，她回到編織工作，隔年夏天再度搭船出發。

總之，那瓶利口酒怎麼樣了？

那是戰後才發生的事，和傅奇有關。在島嶼間往來做生意時，安娜葛蕾塔偶爾也會和他巧遇，她總是停下來和已經升為上尉的傅奇聊上幾句，可是從不鼓勵他繼續懷抱希望。可是傅奇就是不肯放棄。

傅奇於戰後從陸軍退役，轉往海關任職，幾年內就晉升為海關緝私船的船長。

也許傅奇打的算盤是想讓安娜葛蕾塔對自己刮目相看。有一天，他把緝私船停在她的碼頭上，穿著整套制服走到她家：軍官制服的肩章、軍禮帽等成套裝備。他問安娜葛蕾塔是否願意陪他出一趟短程任務，他得執行一起官方檢查。

當天安娜葛蕾塔的父親正好來訪，和傅奇閒聊時帶著一股刻薄的意味。不過，當時她的父親已經不再從事那種活動，也不真的帶有敵意。如果安娜葛雷塔想和敵人一起搭船出遊的話，她的父親很樂意照顧約翰。

緝私船駛向三海里的領海界線。傅奇與大多數的男性如出一轍，誤以為高速行駛能打動女人心，因此以極速行駛著緝私船，站在艦橋上假裝不為所動。安娜葛蕾塔覺得以如此高速行駛頗為有趣，僅此而已。

經過一如往常的禮貌應答後，海關人員登上就在領海界線外的貨船。安娜葛蕾塔覺得這艘船有點眼熟，而船長一出現便真相大白了，他就是幾年前賣伏特加給他們父女的俄羅斯船長，他也認得她，但完全不動聲色。

安娜葛蕾塔身上帶著點錢，傅奇和手下到貨艙檢查時，她低聲對船長說，「四箱。」船長既驚恐又高興地看著她，「可是要放在哪裡？」

安娜葛蕾塔指著緝私船後方，那裡吊著一艘蓋著帆布的救生艇，「那邊，放在帆布底下。」

船長接過錢，向手下下令，接著下貨艙，確保傅奇和部下在貨物裝好前都待在那裡。

他們在貨艙裡找到該找的東西，可是無法處理，因為船在公海上。他們只能檢查數量，查看是否有需要加強警戒。

安娜葛蕾塔從未見過那名俄羅斯船長微笑，可是當他向安娜葛蕾塔和緝私船揮手道別時，他的確笑了，而且是咧嘴大笑。

「雖然發生了這些事，可是他看起來像是個好人，」傅奇說。

「沒錯，」安娜葛蕾塔回答。

緝私船收帆停靠在安娜葛蕾塔的碼頭上，她邀請船員進屋享用咖啡和蛋糕，以答謝這趟出遊，他們很樂意地接受，一行人往破厝前進。

趁他們逗著約翰玩的時候，安娜葛蕾塔把父親拉到一旁，告訴他救生艇上有幾樣東西需要搬運，也許他能先去搬到船屋裡。她的父親驚訝地張大嘴巴，雙眼燃起火苗，二話不說點點頭就出門了。

接下來，安娜葛蕾塔屋子前方的柴房當然就「有點漏水」了。她的父親開溜後，她帶著傅奇一行人到柴房去聽取他們的建議，該如何加強結構或是重蓋。

她的父親在十分鐘後回來。這時她感謝所有人的協助，邀請他們進屋享用承諾的咖啡。

緝私船開走時，他們禮貌地向客人揮手道別，她的父親轉向抱著約翰的安娜葛蕾塔說，「這真是有史以來他媽的最棒的一天。」

「隻字不提。」

「當然。」

可是才不到一個月，安娜葛蕾塔用緝私船偷運利口酒的故事就傳遍了整個群島。她的父親也許很努力地隻字未提，可是根本做不到，他實在太以女兒為傲，也以參與其中、扮演小角色自詡。

後來這個故事一定也傳到傳奇的耳裡了，因為他再也沒有採訪過安娜葛蕾塔。她責怪父親的大嘴巴毀了傳奇的名聲，可是既然發生了，安娜葛蕾塔也並不是會後悔的那種人。

總之，那批利口酒被裝瓶，其中一瓶跑到伊維特・卡爾森的櫃子裡，一直放到今天。

魔術師

一九五〇年代初期，希蒙的生活本應完美無瑕：他三十出頭，幸運的話正好收割年輕時播下的種子，盛年的他正處於人生的豐收期。

短短幾年間，他和妻子瑪麗塔以「希蒙與希蒙娜」在大型遊樂場闖出名號，成為暑假檔期最受歡迎的藝術家。為了避免重複排期，前幾年夏天他們還得婉拒一些邀約。

這年春天，希蒙發現他們非常期待秋天最令人稱羨的檔期，也就是十月在斯德哥爾摩中國戲院的綜藝表演，為期兩週。在這個行業裡，能在中國戲院表演是榮譽的標章，他們將可依此向遊樂場要求較高的費用。

其實，他們夫妻倆的表演並無特別突出之處：讀心術、靈巧的紙牌把戲、用上布幔的花招、異常快速的交換箱魔術，加上把助理小姐鋸成兩半的表演，只不過瑪麗塔是被鋸成三段而不是兩段，還有脫逃術，如此而已。

不過，他們在舞台上的確有其特殊的優雅之處。希蒙慎重而專注的動作與評語，對照瑪麗塔輕巧、旋轉的舞步，使人目不轉睛。除此之外，希蒙的優雅和瑪麗塔的——瑪麗塔是個非常愛熱鬧的女孩。

一家週刊幫這對夫妻做了一篇「在誰家」的特輯，攝影師無法自制地不停幫瑪麗塔拍照，要她在扶手椅旁、留聲機旁擺出各種姿勢，手拿鍋蓋出神地凝視著湯鍋。

因此，一切應該很美好才對，可是實情並非如此。希蒙的不快樂很明顯，一如往常，他的不快樂和成功來自同一個人，也就是瑪麗塔。

希蒙慣於沉思，這個習慣用在追根究柢時很有用，例如分解魔術戲法後加以改善，他也因此成為率先使用電鋸把助理鋸成兩半的魔術師。大部分的魔術師刻意在舞台上展示分解的部分，經過深思，希蒙認為有意思的並不是分解後的部分，而是分解本身。

一般魔術師使用的巨型手鋸看起來像舞台道具，不過，電鋸血淋淋的景象配合希蒙優雅的外表，再加上瑪麗塔弱不禁風的嬌柔，也許能達到預期的效果。

的確如此。在一次表演中，幾名觀眾看到希蒙拿出大電鋸時居然昏倒了。幸運的是觀眾席裡有一名記者，因而成為絕佳的宣傳，這是希蒙深思表演內容後得到的結果。

瑪麗塔的個性截然不同。希蒙在一九四〇年代中期認識她時，她是個有活力的聰明女孩，對舞者生涯充滿抱負，如一股輕煙般穿梭於斯德哥爾摩的夜店之間。

他們搭檔一年後，希蒙才發現她的祕密盒子，鞋盒裡放著約二十管興奮劑吸入器，希蒙以為那是用來幫助減重的，於是便沒有提起這件事。

他只是更加提高警覺，並很快看穿她的把戲。他們喝烈酒或葡萄酒時，他注意到她常常一手在包包裡搓弄著什麼東西。一天晚上，他終於抓住她的手拉出來，找到的卻是一張紙片。他不明白。

這時瑪麗塔已頗有醉意，在同桌友人前蔑視地譏諷他，批評他有多麼盲目，一無所知，最重要的是，他這個人有多麼乏味。瑪麗塔蹣跚地走向女洗手間時，有人解釋給希蒙聽：他的妻子使用毒品。

那條紙片就是打開吸入器時放在裡面的東西，紙片吸飽了類似安非他命的興奮劑，只要捲起紙片吞下去，驟然間腳上就像裝了彈簧一樣，飄飄欲仙。

瑪麗塔還沒有從洗手間回來，希蒙就離開了，直接回家把那些具破壞性的金屬管子丟到垃圾槽裡。瑪麗塔發現他的作為時大驚失色，可是很快就冷靜下來。她冷靜的速度之快，令希蒙不免懷疑，這是因為她很肯定自己能補足那些被丟掉的存貨。

希蒙花了幾星期才找到她的毒品貨源，就是曾在陸軍擔任軍需官的前男友，這些興奮劑吸入器原本是讓士兵在長時間站崗時對抗疲勞用的，他從倉庫裡偷了一大堆，介紹給瑪麗塔使用這項藥物及對中樞神經系統的影響。他們的戀情結束後，他還繼續提供貨源。

希蒙盡其所能地威脅他，報警、毒打、公開羞辱，不知道是否有效，可是他盡力了。

結果，瑪麗塔的祕密行動更加激烈，有時一連消失好幾天，也拒絕說明去向。她對希蒙表明，他可以坐在公寓裡等死，可是她還有日子要過。

不過她從未錯過表演，她的失蹤總是配合表演檔期的空檔，該出場時，她一如往常地閃閃動人，輕柔地跳上舞台。由於這個原因，希蒙希望他們的行程盡量排得越滿越好。

可是他不快樂。

他需要瑪麗塔。她是他的伴侶，舞台上的另一半。沒有了瑪麗塔，希蒙充其量只是個平庸的魔術師。而且她是他的妻子，在某些層面上他還愛著她，可是他並不快樂。

一九五三年春天，事業如日中天的希蒙不安地翻閱著他們的行程表。中國戲院的檔期等著他們，暑假的檔期也排得不錯，可是七月卻出現三個星期的空檔。六月和八月幾乎都滿了，七月的這幾個星期使他很不安。他想像自己在斯德哥爾摩的暑熱裡坐困愁城，擔憂瑪麗塔不知道在哪裡用什麼方法在享樂。他不希望這種事發生，絕對不希望。

不過還有一個可行的辦法，也許採取行動的時機終於來臨了。他拿起《今日新聞》，翻到房屋出租廣告的那一頁，在「夏日小屋」的標題下讀到：

「羅斯拉根海岸區南部度瑪雷島上細心維護的房子，面海，擁有獨立碼頭，可租船。八十平方公尺，大花園，以年租計。聯絡人：安娜葛蕾塔・伊瓦森。」

度瑪雷。

希望它真的是個無法直通本土的島嶼。如果能讓瑪麗塔離開斯德哥爾摩這些破壞性的影響，也許會有轉機。而且，生活步調變得太快時，有個地方去也不錯。

他打了電話。

接電話的女子委婉地解釋還沒有人表達興趣，因此他只要過來看看房子便可。租金是一年一千克朗，無還價空間，需要她提供交通指引嗎？

「是的麻煩妳，」希蒙說，「不過我還有一個問題，度瑪雷是真正的島嶼嗎？」

「你問我它是否是真正的島嶼？」

「是的，有……四周都有水？」

電話那頭沉默片刻，接著那名女子清清喉嚨說，「是的，度瑪雷是座島嶼，四周都是水，而且是很大一片海域。」

希蒙彷彿疼痛般閉上眼睛，「我只是想知道而已。」

「喔，如果你想知道的話，我們和本土只有一條電話線聯絡。」

「不是，只是……所以人們怎麼去那邊？」

「有納丹來的補給船，碼頭就在公車路線上。你需要更多的細節嗎？」

「是的……麻煩妳。」

希蒙記下往來北塔耶的公車號次，表示自己要過去時會先電話通知。他掛斷電話時汗流浹背，覺得自己聽起來可笑而不安。光是她的聲音就足以使他意識到，自己不想在這名女子面前失態：安娜葛蕾塔。

瑪麗塔對他的夏日計畫沒意見，不過看房子他得自己去。四月底的某一天，希蒙依照安娜葛蕾塔的指示，歷經兩個半小時的公車與船程，來到度瑪雷汽船碼頭的等候室裡。

前來迎接他的女子頭戴編織毛帽，底下露出兩條深棕色的辮子，她的手很小，但手勁很強。

「歡迎，」她說。

「謝謝妳。」

「旅途順利嗎？」

「很好，謝謝妳。」

安娜葛蕾塔對著大海的方向揮揮手。

「如你所見，這裡有……很多海水。」

希蒙跟著安娜葛蕾塔從港口往上走，努力想像這裡是否就是他的安身之處。在往後的無數次中，這是他第一次走上這條小徑，看到現在看到的景象：碼頭、船屋、碎石小徑、柴油桶、警鐘，聞到大海的味道，看到天空與眾不同的光線。

他想像兩年後、五年後、十年後的自己，垂垂老矣走在同一條小徑上，他能想像嗎？

可以，我能想像那樣的自己。

他們抵達小徑的盡頭時，希蒙暗自祈求會是「那棟」房子，那棟有著玻璃前廊的白色小屋，眺望著一整片通往碼頭的草地斜坡。在今天這樣多雲的天氣下看起來並不起眼，四周毫無綠意，可是他能想像夏天的景象。

花園裡站著一名年約十三歲的少年，雙手插在皮夾克的口袋裡，身材修長，留著短髮，帶著些許頑皮的表情看著希蒙、打量著他。

「約翰，」安娜葛蕾塔對男孩說，「請你去拿海景小屋的鑰匙好嗎？」

男孩聳聳肩，漫步走向一百公尺外的一棟兩層樓房子。希蒙看到這塊地似乎還包括海口另一面的一棟小屋。安娜葛蕾塔跟隨他的視線說，「那是破厝，目前沒有人住。」

「妳一個人住在這裡嗎？」

「對，我和約翰。你想四處看看嗎？」

希蒙隨意四處走動，看看水井的蓋子、草地、碼頭。其實毫無意義，因為他已經決定了。約翰帶著鑰匙回來讓希蒙看過房子內部之後，他更加確定。他們回到屋外時他說，「我決定租了。」

他們簽了合約，希蒙付了訂金。由於補給船還要一小時才會回來，安娜葛蕾塔請他喝咖啡。希蒙得知幾年前安娜葛蕾塔在公婆過世後繼承了他們的房子，約翰委婉地回答他的問題，但僅僅點到為止。

希蒙正打算告辭時，約翰突然問，「你做什麼工作？」

安娜葛蕾塔說，「約翰……」

「如果我們要當鄰居的話，」希蒙說，「這是很自然的問題。我是魔術師。」

約翰看著他，臉上帶著質疑的表情，「你說魔術師是什麼意思？」

「人們付錢看我變魔術。」

「真的嗎？」

「對，真的。嗯，魔術不是真的，只是——」

「我知道，你是錯覺藝術家對不對？」

希蒙露出微笑，非業界的人很少會使用這個名詞，「你的消息很靈通。」

約翰沒有答腔，只是自顧自點點頭，接著脫口而出說，「我還以為你只是個無聊的傢伙。」

安娜葛蕾塔拍桌，「約翰！不可以對客人無禮！」

希蒙起身，「我的確是個無聊的傢伙。」他和約翰對望了幾秒鐘，他們之間出現了些微的變化，希蒙覺得自己交到了一個新朋友，「我該動身了。」

七月初，希蒙雇用平常使用的司機載著他們和所有的行李到納丹。瑪麗塔很喜歡他們租下的房子，希蒙鬆了一口氣，可是也只有五天而已。或許她是無法忍受戒斷的痛苦，要不就是島上的隔離感，總之，第六天早上，瑪麗塔宣布她得去斯德哥爾摩。

「可是我們才剛到而已，」希蒙說，「放鬆一點，好好休息。」

「我休息過了。這裡是很棒，可是我快瘋了。你知道我昨天晚上做了什麼事嗎？我坐在花園裡，對著天空祈求上帝讓一架飛機出現，這樣至少有什麼事情在發生。我受不了了，我明天會回來。」

那天她沒有回家，第二天也沒有，到第三天她才帶著黑眼圈吃力地從汽船碼頭走上坡，進屋後馬上倒在床上睡死過去。

希蒙翻找她的過夜包，並沒有找到吸入器。他正要闔上包包，感謝老天的一絲仁慈，卻注意到內襯奇怪的突起。他把手指伸進去，找到一個細長的盒子，裡面放著一支針筒和一小罐白色粉末。

那是一個燦爛的夏日，四周一片死寂，只有昆蟲的嗡嗡聲震盪著空氣，一對天鵝在海口教導後代尋找食物。希蒙失魂落魄地坐在小徑旁的丁香花叢下，手裡拿著一個錫罐和一個盒子，剛好是他的手掌大小，兩個毫不起眼的平凡物體卻內藏邪惡。他不知道該怎麼辦，召喚不出一絲力氣。

安娜葛蕾塔正好經過小徑，希蒙空洞的眼神使她停下腳步。

「你還好嗎？」她問。

希蒙還坐在那裡，兩手伸直，手掌攤開，彷彿那是要給她的禮物，他已經沒有力氣說謊了。

「我老婆吸毒。」他說。

安娜葛蕾塔看著他手上的物品，「那是什麼？」

「不知道，我猜是安非他命。」

希蒙差點垂淚，但勉強振作起來。如果安娜葛蕾塔真的知道安非他命是什麼，那麼並不適合和她討論。約翰偶爾會過來聊天，安娜葛蕾塔可不會希望自己的兒子和吸毒者混在一起，說不定也不想把房子租給他了。

希蒙清清喉嚨說，「不過控制住了。」

安娜葛蕾塔存疑地凝視著他，「怎麼可能？」希蒙沒有回答，她又問，「你要拿那些東西怎麼辦？」

「我不知道，我在想也許……埋了它。」

「別這麼做。她只會強迫你告訴她藏在哪裡。我看過酒鬼的行徑，我不認為會有什麼不同。丟到海裡好了。」

希蒙眺望著彷彿漂浮在閃爍水面上的碼頭，他不想污染自己每天早上游泳的地方，「這裡嗎？」他問，彷彿在尋求她的批准。

安娜葛蕾塔也看著碼頭，似乎兩人想法相同。她搖搖頭。

「我正要去納丹。你如果一起來的話，可以……在途中把那垃圾丟掉。」

希蒙跟著她一起走到碼頭，不知所措的站在那裡，她熟練地發動引擎，鬆開纜繩叫他上船。出發後，他偷偷看一眼坐在船舵旁的安娜葛蕾塔，她正瞇著眼睛面對陽光、凝望著大海。

她並非絕世美女，顴骨過高，相較之下，雙眼過於深邃，但依然明媚動人，希蒙發現自己如初到度瑪雷時般思索著一連串的問題。

五年、十年、一輩子，我會嗎？會。

他在表演世界裡見過足夠的短命桃花，知道安娜葛蕾塔的外表是少數幸運的持久型，她們的美麗會隨著歲月的流逝而越見綻放。

安娜葛蕾塔與他四目交接時，希蒙微微臉紅，暗自推開這個想法。她完全沒有暗示過自己對他在這方面可能有一丁點的興趣，行為或言語上都沒有任何表示。況且他是已婚身分，看在老天爺的分上，他完全沒有權利想到這方面的事。

安娜葛蕾塔減速，對著水面點點頭，希蒙搖搖晃晃地起身，把盒子和錫罐舉在船身外，「感覺我好像該唱些什麼。」

「比如呢？」

「我不知道。」

他把那兩樣物品丟到海裡後坐下，安娜葛蕾塔加速前進，彷彿他們共同經歷了某個儀式，因此他才會覺得該唱首歌。他不知道那是什麼儀式，有什麼意義，也沒有想到任何歌曲，只覺得空虛與恐懼。他們在納丹時，這些感覺越來越強烈，等他們停靠在家門口的碼頭邊說再見時，已經變成十足的驚駭感。

他很擔心瑪麗塔會怎麼反應，也很怕瑪麗塔，害怕如今撕下面具、公開一切之後會發生什麼事。

和毒蟲一起生活的日子只是一陣陣沉悶而乏味的片段，全都是老調重彈，這麼說就夠了。經過這件事之後，據說瑪麗塔不再隱藏她的癮頭，那年夏天也沒有留在度瑪雷。

秋天來臨時她還保持清醒，在中國戲院的表演豔驚四座，接著每下愈況。希蒙得前往一些惡名昭彰的地點尋找她的蹤影，勉強把她送去接受短暫的治療，然後她會再度消失無蹤，不知去向，還錯過幾場表演，直到希蒙接到哥本哈根打來的電話前往處理。

諸如此類，諸如此類。

他去電邀請安娜葛蕾塔和約翰到中國戲院觀賞表演，他們看了之後大為吃驚，約翰打電話問他，還有哪裡能看到錯覺藝術家表演，希蒙回電時，接電話的是安娜葛蕾塔。

從此之後，他們養成習慣，一星期講一次電話。安娜葛蕾塔完全自給自足，可是也頗為寂寞。她並沒有詳述細節，只是讓希蒙知道自己曾參與某些活動，使某些人不想和她沾上邊。

她喜歡聽希蒙講戲院表演的軼事，同情他對瑪麗塔的憂慮。隨著春去夏至，他們漸漸依賴這些電話，如果有事耽擱導致延遲了，兩人都會悶悶不樂地焦慮。

他們透過一百公里的銅線成為朋友，可是彼此都沒有碰觸愛情這個話題，隻字不提。他們不是這種關係；純粹只是生活方式大不相同的兩個人，碰巧在同一個對話層次上相遇。他們瞭解彼此，享受彼此為伴，但不可能有其他感情。

瑪麗塔呢？她怎麼了？

沒有人知道。

並沒有跡象顯示她的毒癮越來越重，雖然故態復萌了幾次，不過表演時仍和往常一樣可靠，只是一有機會就消失無蹤。希蒙從點頭之交的口中聽說她夜夜在不同的夜店享樂，而且經常是和其他男人一起。

他已經放棄她了。她要求幫助時，他總是伸出援手，可是已經不再幻想和這個女人過正常的家居生活，她的美麗並沒有為自己或別人帶來什麼好處。為了避免挑戰命運，希蒙設計了一套單人表演的節目，也接了幾檔表演。

希蒙冷靜以對，只要情況不再惡化，他就能寬貸。他承諾無論好壞都會愛瑪麗塔，就算他已經無法繼續愛她，但在困境中信守承諾是最起碼的責任。

春季的某一天，希蒙走在沿岸大道上，正要前往中國戲院與管理階層討論未來的檔期。樹葉迫不及待要發芽，快樂的小鳥啾啾叫個不停。希蒙的目光專注在地上，腦中一片空白。

接著一陣味道撲鼻而來，起先他聞不出是什麼，可是他的胸腔擴張，突然又能呼吸了。他眼眶泛淚，抬頭看見自己已來到北城區廣場，而那股味道則來自新橋岸邊。他聞到的是大海的味道，這微微的鹹味在遠方會更強烈，就在更遠的度瑪雷。

他挺起胸膛吸飽空氣，不用再等多久了。雖然有財務壓力，他還是把夏天的檔期空出來，好讓自己能在度瑪雷待個五、六個星期。他很想待久一點，可是瑪麗塔的習慣很昂貴，就算表面上他好像變得出這些錢，實際上卻做不到。

也許我該在度瑪雷接一點工作？安排幾場表演，接受附近表演場地的邀約？

他在巴舍利義公園邊停下腳步，看著新橋海岸路的方向，內心出現了一個想法。

脫逃

大家已經等了快一個月。起先只是謠傳，接著出現海報，前天連廣播節目都提到了。那個向安娜葛蕾塔租房子的魔術師要在度瑪雷汽船碼頭表演脫逃術。

表演時間訂在十二點。為了確定能搶到好位子，順便勘察地形，來自本土和其他島嶼的好奇群眾早在十點鐘就陸續抵達。他們在碼頭邊四處走動，盯著水底，想看到幫助他脫逃的特殊工具或祕密機關。

來自《北塔耶記事報》的記者和攝影師在十一點半抵達，這時汽船碼頭已經擠了好幾百人。記者向有興趣的群眾解釋，報紙當然禁止宣傳這種高風險的事業，不過報導的話則絕對沒問題。

群眾等待主秀上場時，一名在另一個島上租屋的斯德哥爾摩人吸引了最多人聆聽。很多人都聽過丹麥脫逃家柏納第，可是這位斯德哥爾摩人卻親眼見過他在「巴西・傑克馬戲團」脫逃成功。當這位斯德哥爾摩人描述柏納第如何在勃恩爾摩表演類似的脫逃術卻失敗喪命時，更加深了緊張的氣氛。

一名警察出現時，圍繞在這名斯德哥爾摩人身邊的群眾才退散。老實說那並不是真正的警察，只是戈藍・洪貝而已。沒錯，他上過警察學校，也擔任過幾年外勤，可是他畢竟是當地人。為了這個場合，他全副武裝地穿上制服戴上警帽，可是並沒有得到真正的尊敬，只引來戲弄的言語。

「讓路給警察大人」，「逮捕卡爾森，才早上而已，他就已經喝醉了！」這些類似的言論針對戈藍而來，他解釋是希蒙要求他過來的，說是為了效果好。希蒙也要求他帶一副手銬，想檢查的人傳來傳去拉扯一番，認定這的確是真正的手銬。

一小群人曾在綠林遊樂場的室外場地看過希蒙和助理一起表演，不過當時他並沒有表演脫逃術。無論如何，這次的表演是為了宣傳希蒙夏季在納丹當地社區戲院的一系列檔期。到了十二點，看起來這個宣傳方式是成功了。希蒙從小屋走下來時，碼頭上起碼聚集了五百人圍觀。

這倒有點奇怪。畢竟魔術師應該隆重登場，也許從一抹煙霧中出現。但眼前的場景只是向安娜葛蕾塔租房子的那個傢伙從海口另一側的小屋漫步下來，此舉降低了神祕感，卻增加了焦慮感。這個……夏日度假客，他辦得到嗎？

約翰和安娜葛蕾塔來到碼頭時，大家為他們騰出空位，畢竟他們也有參與。有人輕推安娜葛蕾塔。

「表演之後，妳可能需要另找房客了！」

安娜葛蕾塔微笑著說，「嗯，到時候就知道了。」

她不習慣在眾人面前表現情緒，只是雙手插在毛衣外套口袋，站在碼頭邊緣，臉上的表情完全沒有透露內心混亂的情緒。

可是坦白說，連她都免不了焦慮。她知道瑪麗塔幾天前失蹤了，希蒙不是很好受。冰冷的海水只有九度，她那天早上親手測試過。

她低頭凝視著深色的海水，告訴自己不會有事的，*我很肯定他知道自己在做什麼……反正也只能這麼希望了*。

要讓安娜葛蕾塔印象深刻並不容易，出席的觀眾人數也並不令她意外，只要是新鮮事，就能吸引人群聚集，不需要什麼特別的原因。有人問她希蒙的脫逃術要如何辦到，她回答，「我猜是利用他的關節吧。」

問問題的人縱容地笑了：顯然安娜葛蕾塔並沒有從希蒙那裡得知什麼內幕消息，可是其實她是以另一種委婉的方式知情。希蒙沒穿上衣在花園裡走動時，她注意到他的骨架有點奇怪：骨頭以奇特的角度突出，彷彿關節並沒有卡在適當的位置。

她的結論是，若非他的脫逃術造成了那樣的體態，就是因為他的骨架天生如此他才開始練習脫逃術。她年輕時看過馬戲團的雜技表演，他的骨架跟那些人很像，他們身上連接骨頭的部分比一般人柔軟。

她從這些推測得到的結論是，他掙脫鐵鍊和綑綁的能力來自某種靈巧的動作，可是她不想多說，希蒙的祕密是他自己的事。除此之外，她也看不出他要如何以靈巧的動作掙脫手銬。不過一定有方法可做到，至少她是這麼希望。

身著浴袍的希蒙走向碼頭，群眾開始鼓掌，也加入鼓掌行列的安娜葛蕾塔看了約翰一眼，他也在拍手，可是神情緊張的盯著希蒙。他悠閒地走過來，彷彿只是要下去泡泡水而已。

安娜葛蕾塔知道約翰很喜歡希蒙。前一年夏天，約翰會突然消失好幾個小時，回家後便炫耀希蒙教他的魔術，據希蒙說是很簡單的戲法，可是安娜葛蕾塔怎麼都看不出約翰如何用力讓鹽罐穿透餐桌。

安娜葛蕾塔拍拍約翰的背部，他點點頭，仍然目不轉睛的看著希蒙。他會緊張一點也不令人意外，安娜葛蕾塔讀過海報上的文字：

有人能對抗這一切嗎？

手腳用鐵鍊及手銬束縛？

被綁在布袋裡丟進海中？

布袋沉到海底時不會被溺斃？

七月十五日星期六
希蒙大師將在度瑪雷碼頭嘗試

他會成功嗎？

聰明的約翰明白這些用語都是為了製造效果，可是「溺斃」、「束縛」這種字眼和喜歡的人的名字並列在一起，無疑地使人難受。安娜葛蕾塔對希蒙並沒有特殊的感情，他是個很舒服的同伴，也是個好房客，如此而已。然而，她也得在口袋裡握緊拳頭，才能克制自己不緊張地咬指甲。

希蒙走到其中一座船屋前，打開門閂進去，出來時手上拿著一堆東西。他走到群眾面前把那堆東西丟在地上，發出鏗鏘聲，同時大聲宣布：

「女士先生們！很高興見到你們這麼多人前來。在我面前有一套鐵鍊、繩索和鎖頭，我想邀請兩名壯漢出來，用這些東西盡量把我綑綁起來，直到他們相信我無法脫逃為止。」

希蒙脫掉浴袍讓它落到地上，他身上只穿著一條深藍色泳褲，身材的瘦削與虛弱足以堪慮。

朗納・派特森不負眾望地向前一步。他最出名的事蹟就是徒手把母牛從海口岸邊的泥淖中拉出來，沒人知道他怎麼辦到的，可是後來他就成為公認的壯漢。

跟著他站出來的是一名在納丹船塢工作的男子，不過安娜葛蕾塔不知道他的名字。他身上穿著彷彿小了一號的短袖襯衫，緊緊繃在肌肉上，也許選擇那件衣服就是為了達到這樣的效果。

這兩名馬上著手的男子動作、眼神都出現了變化，手上拿著鐵鍊和繩索的他們不再把希蒙當成一個人，而是一個必須打開的堅果殼，必須解決的問題，如此而已。除此之外，不需考慮其他因素。

那名來自納丹的男子用力把鐵鍊繞在希蒙身上，並且又拉又扯，使希蒙的皮膚起皺變紅，一旁的安娜葛蕾塔不禁咬緊牙關。這一幕看起來很痛，可是希蒙只是閉著眼睛站在那裡，雙手交握放在腹部。其中一名男子在鎖上鎖頭之前，鼓足力氣把鐵鍊再拉緊一點，使得希蒙的嘴唇抽搐了幾次。

接著兩人擦擦額頭的汗水，對彼此點點頭表示終於滿意了。希蒙身上的鐵鍊至少有三十公斤重，在不同的部位以四個鎖頭固定。他們幾乎沒有用到繩索，完成後才想到拿來把兩個地方的鐵鍊綁得更緊。

兩名男子後退一步打量自己的手藝，頗為滿意。這一點很容易理解，看起來希蒙完全不可能掙脫他們所製造出的金屬羅網。

希蒙睜開雙眼，安娜葛蕾塔的胃部緊縮。這名被束縛的男子身旁圍繞著一個大約二十公尺深的空虛圓圈。

孤單。

安娜葛蕾塔想著：*孤單*。這時的希蒙看起來是如此地孤單，一個被逐出社區、手無寸鐵之人，如今他們要把他丟進海裡，這個人也容許他們這麼做，整件事帶著一股強烈的落魄感。希蒙張開眼睛，隨即彷彿也看到同樣的情況，他的表情使安娜葛蕾塔的胃部緊縮，接著這個表情消失了，希蒙來回看著兩名男子問道：「你們滿意了嗎？你們相信我無法脫逃？」

朗納抓住其中一條鐵鍊拉一拉，聳聳肩說，「嗯，我是絕對辦不到的。」

群眾裡有人大叫，「朗納，你該用在你的母牛身上，它們就不會逃跑了！」

度瑪雷的當地人笑了，其他人聽不懂這個笑話。希蒙要求兩名男子把自己搬到碼頭邊，他們也照做。安娜葛蕾塔和約翰往後退騰出空間，結果希蒙的位置距離他們只有一公尺左右。希蒙的目光與安娜葛蕾塔相遇，嘴角掠過一抹微笑，安娜葛蕾塔很想努力微笑回應，可是做不到。

「現在，」希蒙說，「我想邀請第三個人用布袋把我包起來，把開口綁好。」

還沒有人有機會往前站，更後方就有人大叫，「手銬呢？不用手銬嗎？」

希蒙臉上突然露出害怕的神情，他不發一語閉上眼睛，接著對戈藍點點頭，戈藍帶著手銬向前一步問他，「你確定要這麼做嗎？」

「不確定，」希蒙，「不過我猜我得試試看。」

戈藍抓抓頸根，似乎無法決定該怎麼做，警察學校應該沒有訓練他們如何面對這種情況。最後，他把手銬穿過鐵鍊，銬在希蒙的手腕上。

安娜葛蕾塔雙臂緊緊交握胸前，努力讓自己不咬指甲。她仔細檢視希蒙的面孔，想知道最後這個轉折是否只是表演，是脫逃術的一部分，還是希蒙真的不確定是否做得到。可是她看不出來。

攝影師幫站在碼頭邊緣的希蒙拍了一些照片，一個安娜葛蕾塔從沒見過的人向前一步，自願綁起布袋，從他纖細的雙手研判應該是斯德哥爾摩人。希蒙轉向約翰說，「你可以再檢查一次鐵鍊嗎？」

約翰拉拉鐵鍊，安娜葛蕾塔看到希蒙彎身向前對約翰低聲說了什麼，約翰點點頭後退一步。那個斯德哥爾摩人把布袋拉起來包住希蒙，用繩子綁住頂端的開口。

於是，這個深色的尖狀物體站在碼頭邊緣，已經無法回頭的棕色布袋成為一幅恐怖的景象。人們似乎也感受到這一點，嘲弄和玩笑聲消退了，當下一片靜寂。

「把我丟進海裡，」布袋裡傳出希蒙的聲音。

五秒鐘、十秒鐘過去了，仍然一片靜寂，沒有人自願。現在還可以挽回，他們還可以打開布袋，解開鐵鍊，可是只要布袋進了水裡，大家就一籌莫展了。碼頭邊的海水有六公尺深。

萬一希蒙失敗了，把布袋推下水的人得負責任。人們你看我我看你，沒人向前。布袋裡的希蒙在移動，群眾聽得到鐵鍊相撞時發出細微的嘎嘎聲。幾台相機發出快門聲，卻還是沒有人自願。

「把我丟進海裡。」

希蒙若是說幾句一般開玩笑的話，例如「難道我要在這裡站上一整天嗎？」或是「鐵鍊已經開始生鏽了」，可能還容易一點，可是他顯然並不打算緩和這股戲劇性的張力。

然而，看起來他似乎得這麼做。經過一分鐘後還是沒有人上前，大家開始覺得不自在。也許當耶穌叫沒有罪的人丟第一塊石頭時，就是這種感覺。

突然間，來自納丹的肌肉男清清喉嚨，很乾脆地上前推了布袋一把，布袋沉重地掉進水裡，群眾集體倒抽一口氣。大家擠向前觀看，安娜葛蕾塔得努力抵抗，才不致被洶湧的人群推進水裡。

可是他們什麼也看不到，布袋下沉時浮起一連串的水泡，三十秒後，最後一批泡泡在水面破裂，只剩下深沉的海水。本來以為可以看到希蒙掙扎的人覺得很失望，海水的能見度大約只有三公尺而已。

過了一分鐘後，人們開始互相嘟囔：有人知道最長可以屏住呼吸多久嗎？萬一他失敗的話有可能救他上來嗎？有人有那些鎖頭的鑰匙嗎？

又過了一分鐘後，這群人開始焦慮：為什麼沒有人在布袋上綁一條安全索，為什麼沒有設定時間限制，過了時限之後他們該去救他，為什麼……？

把布袋推下水的那名男子最為焦慮。他原本渾身散發出一股自信，此刻卻身形萎縮地瞪著水面，舉止笨拙，眼神渙散，不停地搓揉著雙手。

安娜葛蕾塔動也不動地站在那裡緊緊抱著自己。身旁的群眾輪流看著手錶與水面，可是安娜葛蕾塔的目光固定在遠處的固瓦岩燈塔上。她瞪著燈塔，等著希蒙身體破水而出、突然吸氣時濺出的水花。

但什麼也沒出現。

過了三分鐘，有人大叫：「這樣下去他會死掉的！」大家嘟囔著同意，可是還是沒有人採取行動。安娜葛蕾塔的目光離開燈塔，不由自主地低頭看著水面，深邃空洞的水面下沒有東西在移動。

快點，希蒙，快一點。

她眼前看得到希蒙脫逃的一幕，看得到水面下比一般能見度更深的水底，希蒙躺在那裡對抗泥淖和生鏽的金屬，看到他脫逃，看到布袋打開，看到他往下一踢、離開海床，朝著海面的光線浮上來。

可是這一幕並沒有發生。真正的脫逃發生在安娜葛蕾塔的體內，某個被沉下去、丟下去的東西在那黑暗中掙脫束縛，解開她所纏繞的鐵鍊後游向水面，穿過她的身體在喉嚨變成一個緊緊的硬塊。她好想哭。

見鬼了原來我愛這個男人。

她的身體顫抖。

愛人，不要消失。

安娜葛蕾塔的背後有人大喊「四分鐘！」時，她淚盈於睫，雙手緊握壓在心頭咒罵著自己。已經太遲了，又要再發生一次，又要再……

安娜葛蕾塔感覺到一隻手按著自己的手臂，她淚眼迷濛地瞥了一下，那是約翰的手。他眨眨眼，點點頭，可是她不明白那是什麼意思，也不明白他怎麼這麼冷靜。

把希蒙推下水的那名男子脫掉上衣跳進水裡，群眾再度蜂擁向前，安娜葛蕾塔捏捏約翰的手。那名男子浮出水面搖搖頭，深呼吸一口再潛入水裡。

接著，他們聽到陸地的方向傳來說話的聲音。

「你們在找我嗎？」

整群人一起轉身時，布料摩擦發出窸窣聲。希蒙就站在船屋前，身上遍布著交叉綑綁的鐵鍊所留下的紅色痕跡。他走向戈藍，把鎖著的手銬交給他。

「你大概會想拿回去吧。」

希蒙穿上浴袍，安娜葛蕾塔身邊有人對著再度浮出水面、名叫凱勒的納丹男子說，「他在這裡，你不用再找了！」

「什麼鬼？」浮出水面的凱勒大叫，集體的靜止被打破，首先出現的是笑聲，接著是鼓掌聲，彷彿鳥群從水面起飛時拍打翅膀的聲音在整個地區迴盪，似乎永遠都不會停止。

人們一擁上前拍拍希蒙，彷彿他是最珍貴的寶物，終於從海底被救上來。牙齒打顫的凱勒努力把自己拖上碼頭時，態度反而沒這麼正面。希蒙顯然預見這個情況，因為他從船屋裡拿了一瓶上等利口酒，請凱勒喝了一、兩杯祛祛寒，而凱勒也感激地接受。過了十五分鐘左右，他已經是希蒙最傾心的仰慕者。

他們並肩坐在船屋前的台階上，人們圍繞在船屋前竊笑著凱勒，凱勒則因喝下的利口酒及短時間內所經歷的情緒起伏而微醺。他雙手指著希蒙大叫，「這個人他媽的明明就被綁得像……像我沒辦法形容，而且是我自己綁的！也許我旁邊坐的是鬼魂！」他抓住希蒙的肩膀，「你他媽的是怎麼辦到的？」

希蒙說，「嘩！」大家又笑了。

安娜葛蕾塔和約翰還站在碼頭上。一輩子做生意的經驗教會安娜葛蕾塔如何操控他人的情緒，可是看來她遇到了對手。本來深感羞辱的是身綁鐵鍊站在碼頭上的希蒙，當凱勒受到誤導而英雄式地跳進海裡企圖援救時，那股羞辱轉移到凱勒身上，接著希蒙又巧妙地把凱勒拉進自己成就的光環裡以重現平衡。此刻只剩下一片歡樂。

做得好，安娜葛蕾塔思索著，完美無瑕。

她如釋重負，既迷惑又憤怒，不過憤怒多於迷惑，因為她也被騙了。希蒙讓她在這些人面前表現出自己的蠢樣，雖然沒人注意到，可是她知道自己失態了，要是場景更戲劇化一點，她很有可能放聲尖叫。幸運的是她並沒有真的這麼做，可是這個想法如芒刺在背，讓她很不高興。

「表演真精彩對不對？」約翰說。

安娜葛蕾塔草率地點點頭，約翰一手梳理頭髮，眺望著希蒙的方向，「我覺得他真的很了不起。」

「對，不過很多人都做得到，」安娜葛蕾塔說，約翰帶著譴責的眼神看著她。她問，「總之，他對你說了什麼？剛剛發生之前？」

約翰暗自微笑，做了個鬼臉，「喔……我不太清楚。」

安娜葛蕾塔輕拍他的肩頭，「他說什麼？」

「妳為什麼想知道？」

「只是好奇罷了。」

約翰眺望著船屋，凱勒開始發表激烈的演說：要是有人敢不去看希蒙在當地社區戲院的表演，他會親自把他們丟進海裡。約翰聳聳肩。

「他叫我不用擔心，說為了效果他會迴避幾分鐘。」

「他為什麼這麼說？」

約翰看著安娜葛蕾塔的表情彷彿受到嘲笑。

「顯然是為了讓我不要擔心，」他看著安娜葛蕾塔又說，「像妳一樣。」

她懶得抗議。約翰銳利的眼神表示他很瞭解她，因此她說，「總之我覺得看夠了，你要回家嗎？」

約翰搖搖頭，眺望著水面，「不要，我要再待一會兒。」

安娜葛蕾塔拉緊毛衣外套，離開碼頭和群眾往回走，走到一半時轉身看著下方的港灣，不記得曾經看過碼頭上聚集了這麼多人，就算在仲夏節也沒有。

約翰已經不在碼頭上，無疑已加入那群仰慕者中。

喔好吧，她想，**我猜還好他有對約翰說那些話，**他很體貼。

她繼續走上坡回家，再怎麼努力淡定都無法不想到一件事：**可是他什麼也沒有對我說。**

那天晚上，希蒙手捧一杯白蘭地坐在花園餐桌前。最後一班補給船已經靠岸了，瑪麗塔仍然毫無隻字片語，只有幾個年輕人在汽船碼頭邊游泳。

希蒙的四肢百骸疼痛不已。最痛的是肩關節，因為他差點得把整個關節扭出關節窩才能掙脫鐵鍊。這次綑綁時用到的繩子不多，因此脫逃時不算特別困難；可是由於鐵鍊拉得比往常還要緊，他在水面下花了整整一分鐘才掙脫。要不是他被綑綁好後經過一分鐘才被推進水裡，那他掙脫後就得馬上浮出水面才行。

不過他的確有一分鐘的餘裕，他利用這一分鐘的時間沿著海底游到碼頭的最遠端上岸，用船身做掩護。這次的表演已經成功達到預期的效果，應該會吸引不少觀眾來觀賞即將來臨的表演。

希蒙把杯子舉到唇邊，感覺到胸部的緊繃，痛苦地扯了個鬼臉。他沒辦法再繼續這樣下去了，身體承受不起。有一次，一名男子決心盡可能把他綁緊，結果他掙脫時弄斷了一根肋骨。那一次之後，希蒙就不再提供獎勵給成功的觀眾，他們的興致已經夠高了。

固瓦岩燈塔在明亮的夏夜中閃爍著，發出的是點狀的光芒，而非投射在海面上的光束。

我應該享受這一切的。

表演很成功，夜色璀璨，白蘭地的溫暖傳遞到僵硬的全身，他應該享受這一切的。

只是，在火力全開、成功的宣傳表演之後，隨之而來的常是更強烈的空虛感，更別說瑪麗塔又失蹤了。希蒙已經比平常多喝了一杯，可不想落得跟許多同業一樣，浮沉於酒海之中，永遠不再浮上水面。可是，他覺得今晚這一杯是自己辛苦掙來的。

我猜別人就是這麼開始酗酒的，希蒙暗忖，再添了一點酒。

他比較關心的並不是身為妻子的瑪麗塔，而是她助理的身分。再過三天就要開始在納丹表演了，瑪麗塔沒有出現的話，希蒙就得刪掉一些最受歡迎的表演橋段：讀心術和帽盒。刪掉這些橋段後的節目內容還是不錯，可是他真心想在這個場地做出優秀的表演。

希蒙大口喝下手上的白蘭地，嘆了口氣，這並不是他所想像的人生。一切都很順利，可是也僅止於此，快樂已不知所蹤。他凝視著夏夜色彩中絲綢般柔軟的水面，遠處一隻海鷗發出叫聲。

是的，快樂的確存在，只不過不在這裡。

他聽到背後出現腳步聲及輕微的碰撞聲，坐在椅子上的他行動困難地轉過身，看到約翰推著手推車穿過草地向他走來。他的頭髮濕透了，身上只穿著一條泳褲及濕濡的寬鬆襯衫。

「約翰？」希蒙說，「那是什麼？」

約翰一面露出微笑一面把手推車向前傾，推車裡放的是希蒙留在海床上的鐵鍊和鎖頭，約翰把這些東西倒在希蒙的腳邊。

「我覺得留在那裡有點浪費。」

希蒙露出笑容，很想摸摸約翰的頭髮，可是他連起身的力氣都沒有，也不確定是否該這麼做。因此他只是點點頭說，「沒錯，謝謝你。你願意的話可以坐一下。」

約翰在另一張庭園椅上坐下，深深吐了口氣。

「你是怎麼辦到的？」希蒙問，「那些鐵鍊一定很重。」

「沒錯，」約翰說，「我沒辦法把它們抬起來，只能用鉤子一條一條鉤到岸邊。」

通常希蒙就是這麼做的，這次也不例外，不過他並不打算告訴約翰，同時也很感激不用親自出馬。

「不錯嘛，」希蒙說。

「沒錯，」約翰說完伸手進襯衫胸前口袋裡，「還有這個，在布袋裡。」

他遞給希蒙一片薄薄的楔型金屬片，寓意深遠地看了他一眼。希蒙挑起眉毛，接過金屬片塞進自己胸前的口袋裡。

約翰靠在椅背上，「我還是不明白你怎麼做到的。」

「你想知道嗎？」

約翰立刻坐直身體，「想！」

希蒙點點頭，「好，你去冰箱拿一瓶柏瑪克汽水，再從廚房餐桌上的皮夾拿五克朗當作你帶回鐵鍊的獎勵，回來我再告訴你。」

約翰飛奔進屋，不到三十秒就回來了。希蒙不明白自己為什麼就這麼脫口而出，因為他從不揭露自己的祕訣，想必是千邑白蘭地和整個氣氛使然，畢竟約翰已經知道真正作弊的那部分了。

希蒙把他的祕密解釋給約翰聽。等約翰喝完手上的柏瑪克汽水時，港灣已經成為一片深藍，固瓦岩燈塔的閃爍燈光在海面上畫下微弱的線條，一隻蝙蝠在他們身旁快速飛舞著追捕飛蛾。

約翰打了個飽嗝，「我還是覺得聽起來很危險。」

「沒錯，」希蒙說，「不過只要你……」他突然想到什麼，伸出一根手指警告約翰，「約翰，你不准自己去嘗試！」

「不會的。」

「答應我？」希蒙向約翰伸出大拇指，「蓋章？」

約翰露出微笑，和希蒙兩指相扣，接著檢視自己的大拇指，彷彿在檢查指尖是否印著具有約束力的契約，隨口說道，「我覺得媽媽有點愛上你了。」

「你為什麼會這麼想？」

約翰聳聳肩，「我也不知道，她變得怪怪的。」

希蒙喝光手上的白蘭地，克制著沒有再倒一杯。已經夠了，一股愉快的溫暖瀰漫全身。他舉起杯子，透過杯緣殘留液體的折射看著來自固瓦岩的燈光，然後說，「嗯，行為怪異有很多原因。」

「我猜是如此，可是……這是一種很特別的怪。」

希蒙瞇著眼睛看著約翰，「你好像對這種事很熟悉。」

「我很瞭解我媽。」

他們靜靜對坐，唯一的聲響是蝙蝠飛行時翅膀拍動的聲音，捕捉著只有它才看得到的獵物。港口的一艘船發動引擎時，氣氛改變了，希蒙說，「請你扶我站起來好嗎?我的身體還有點僵硬，明天就會好一點了。」

約翰起身伸手扶起希蒙，他們面對面站著，默默傳達對彼此的認可。然後希蒙拍拍約翰的肩膀說，「再次謝謝你的幫忙，明天見。」

約翰點點頭，推著手推車離開。希蒙看著約翰消失在白楊樹下的黑暗中，對自己不解地輕輕說道，「一種很特別的怪……」

他蹣跚地走進屋內，隨手關上門。

不速之客

第二天早上，希蒙打了幾通電話尋找瑪麗塔的行蹤，卻一無所獲。他只好找來紙筆，坐在丁香花叢下，為社區戲院的表演寫了一份新的節目單。

他無法靜心思考手頭上的工作，忍不住不停地鑽牛角尖，問自己究竟為何繼續表演魔術，這一切又到底所為何來，該怎麼過這種沒有未來的日子，是否該費力嘗試。

就在他百思不得其解時，正要走下碼頭的安娜葛雷塔對著他大叫，「謝謝你昨天精彩的表演。」他邀請她進來坐一會兒，她彷彿心神不寧地端坐在對面的椅緣，希蒙很好奇這份心神不寧是否就是一種很特別的怪，可是他當然不能這麼問。

他們漫無目的地聊著安全的話題，安娜葛蕾塔也漸漸放鬆下來，靠在椅背上。這時希蒙意識到有人在觀察他們，原來瑪麗塔就站在閘門前看著他們，不知何故，希蒙覺得自己好像被抓個正著。他正要從椅子上跳起來，但憤怒搶在內疚感前發作，他不動如山地端坐瞪著瑪麗塔。

瑪麗塔緩緩眨眼，眼睫毛如慢動作般一上一下，彷彿得非常專注地努力，才能睜開及閉上眼睛。她的頭髮沒洗，臉上帶著黑眼圈，還無意識地抓著手臂，「好啊，看看這一幕，」她說，「真幸福啊。」

希蒙瞪著瑪麗塔，眼角餘光瞄到安娜葛蕾塔正要起身，於是打個手勢要她留在原地，自己則用低沉的聲音問著近年來已經成了咒語的問題：「妳到哪裡去了？」

瑪麗塔毫無意義地胡亂搖著頭，好像在說：這裡、那裡，不過大部分都在外太空。

瑪麗塔走到希蒙面前，低頭看著他說，「我需要錢。」

「妳要錢做什麼？」

她張開嘴巴又闔上，舌頭離開上顎時發出乾燥而黏膩的聲音。

「我要去德國。」

「妳不能去德國，我們有工作要做。」

瑪麗塔似乎很難讓自己的視線專注，不斷在安娜葛蕾塔和希蒙之間游移，「我要去德國，你得給我錢。」

「我沒有錢，妳也不能去德國，進屋去睡覺。」

瑪麗塔緩緩搖頭，身體卡在同一個動作裡，彷彿腦袋是個鐘擺，她得繼續移動，時間才不會停止。安娜葛蕾塔起身。

「我走了。」

她的聲音吸引了瑪麗塔的注意力，她指著安娜葛蕾塔說，「妳有錢嗎？」

「沒有，我沒有錢可以給妳。」

瑪麗塔嘴唇往上翹，彷彿露出的是微笑的表情，「妳和我老公搞曖昧，所以妳得付錢，這一點妳一定很清楚。」

希蒙動作迅速地從椅子上站起來，他抓住瑪麗塔的手腕要把她拉進屋裡，「閉上妳的嘴！」

這激烈的動作使瑪麗塔腳步踉蹌，希蒙拖著她走向屋前的台階，瑪麗塔在草地上被拖行幾公尺後開始大叫：「救命啊！救命啊！」

希蒙抬起頭，眼神對安娜葛蕾塔傳達著訊息：**對不起或別譴責我**，可是他的表情還沒有機會成形，丁香花叢後方就走出一名男子，原來有人在那裡等著。

瑪麗塔扭動身體掙脫希蒙的束縛，一面四肢並用地爬向剛出現的客人，一面我見猶憐的撒嬌：「羅夫，他打我。」

從外表看來，身材高大的羅夫能輕易用雙手舉起希蒙，他身上骯髒的麻布西裝遮住了一身蒼白的肌肉，可是控制身體的能力似乎有限。他走向希蒙的步伐大小不一，雙手無用地垂在兩側，深紅色的臉上鼻子脫皮，嘴角不自然的下垂，一副快中風的樣子。

希蒙站在斜坡下方，因而比羅夫矮了二十公分，羅夫對著他搖搖手指。

「你不可以打老婆，你要給她錢。」

瑪麗塔像廉價小說的封面人物般蜷縮在羅夫的腳邊，希蒙雙臂交握，抬頭看著這名巨人布滿血絲的雙眼，心跳加快地說，「這跟你有什麼關係呢……羅夫？」

羅夫的臉頰往上移動，因而使雙眼瞇起，再加上下垂的嘴角，整張臉看起來很詭異，但希蒙克制笑意。羅夫看看四周說，「你不喜歡我的名字嗎？你覺得我的名字聽起來很愚蠢？」

希蒙搖搖頭，「沒有，我覺得這個名字很棒，我只是不明白你在這裡做什麼。」

羅夫眨眨眼，低頭看著地上，嘴巴念念有詞，彷彿在謹慎地分析希蒙的話，考慮著該怎麼回答。瑪麗塔抬頭凝望羅夫的神情，彷彿他是一名智者。希蒙看看四周，注意到安娜葛蕾塔已經離開了。

希蒙暗自快速思考附近有哪些東西可以當作武器用，最近的是十公尺外靠在台階上的鏟子。羅夫想好之後緩緩地說：「所以你是不打算給她錢嘍？」

「對。」

羅夫嘆口氣，好像要跟希蒙分享什麼祕密似地，一手搭在他的手臂上，希蒙還來不及反應，羅夫就已經抓住他的右手小指往後扳，希蒙覺得那隻指頭好像真的會斷掉，不得不跪下。等在地上的瑪麗塔怒視著希蒙，清楚表明不用期待她會出手相助，她看起來很……貪婪。

她已經期待這一刻很久了。

希蒙還沒有機會開口說會給他們錢或殺死他們或是帶他們坐船出海，羅夫就已經把他的小指折斷了。一陣痛楚從希蒙的手臂傳到嘴裡，他發出用力的咳嗽聲。有那麼一瞬間，他眼前閃過那些再也無法用手指做的表演——

紙牌、衣服、繩索、撕開報紙

——接著水壩潰堤，希蒙大聲哀嚎，看到自己的小指像一片無用的皮膚垂掛著，污穢的痛苦毒害他的血液，雙眼滿是淚水。他再次哀嚎時絕望大於疼痛，瑪麗塔則只是靜靜地坐在那裡看著他。

接著羅夫把希蒙撲倒在地，坐在他的胸膛，拉開他的手臂，用力把手掌壓在石頭上，再從外套口袋掏出一把摺疊刀，單手用牙齒打開。他把刀尖抵在岩石上希蒙無用的小指上。

羅夫似乎又需要時間想想接下來該說什麼，他看著希蒙的臉，他的手，好像不明白事情是怎麼發展到這個地步的，需要時間思索才能繼續進行下一步。

希蒙動也不動地躺著，看著一小片雲朵飄過羅夫的頭頂，彷彿瞬間出現一輪光圈後又傾斜離開，繼續飄遊。一隻海鷗在海上叫著，希蒙體驗了幾秒鐘絕對的平靜，接著羅夫開口：

「你是個魔術師，所以你需要你的手指對不對？」

希蒙口乾舌燥，動也不動、不發一語地聽著海浪拍打在岸邊的碎石上，聽起來很……生氣勃勃。羅夫終於想到該說什麼了，他說：「我現在要把你的小指割掉，然後我要抓住……這隻叫什麼？無名指，然後我要把無名指弄斷後再割掉，以此類推。」

羅夫說完點點頭，對自己能表達得這麼清楚很是洋洋得意，他撂下結論，「你的魔術表演生涯會就此結束，除非……」

他看著希蒙，揚起眉毛鼓勵希蒙幫他說完，希蒙並沒有照做。羅夫嘆口氣，搖搖頭，轉向蜷曲在草地上的瑪麗塔，她半閉著眼睛，注意事件的發展。

「妳說會很容易的。」

瑪麗塔又開始無特定意義的胡亂搖著頭，羅夫做個鬼臉，對希蒙說，「好吧，你只能怪自己了，你沒有給我選擇的餘地。」

他把注意力轉向岩石上希蒙的手掌，只要切下一刀，那隻手指就報銷了。

「住手！」

安娜葛蕾塔尖銳的叫聲打破了這一瞬間似是而非的靜謐。羅夫帶著疲憊不堪的表情轉過頭，安娜葛蕾塔手持一把雙管獵槍走向他。

「你給我起來！」她大叫。

安娜葛蕾塔在距離羅夫一公尺處停下腳步，手上的雙管獵槍指著他。羅夫陷入一陣冗長的躊躇，彷彿陷入天人交戰，嘴裡念念有詞的凝視著海面。接著他站起來，安娜葛蕾塔的槍管就指著他的胸口。

「放下刀子，」安娜葛蕾塔說。

羅夫搖搖頭，小心翼翼地摺起刀子放進口袋裡。安娜葛蕾塔用槍管指著汽船碼頭的方向。

「離開這裡！現在就滾！」

這時希蒙才想到自己也在場，可以扮演積極主動的角色。他抽回已經麻掉的手臂，掙扎著起身；才變換成坐姿而已，草地就像甲板似的左搖右晃。

羅夫朝著安娜葛蕾塔走了一步，她後退一步，舉起獵槍又放下。

「別動！我會向你開槍的！」

「不，」羅夫只說了一個字就伸手去搶獵槍，安娜葛蕾塔繼續後退，卻不敵他的步步逼近。羅夫再次伸手搶獵槍時，安娜葛蕾塔並沒有扣下扳機，而是閃到一邊。羅夫一個箭步向前，對著她的腦袋甩了一耳光，安娜葛蕾塔往側邊倒在草堆上，一手壓著耳朵發出嗚咽聲，獵槍則飛到榛樹叢裡。

奮力起身的希蒙聽到瑪麗塔說話的聲音：「他是不是很厲害？」

安娜葛蕾塔就躺在幾公尺外，羅夫彎身對著她。希蒙的腦袋無法正常思考，無法決定該去抓鏟子還是直接向前衝。

他還沒有機會決定，就聽到背後傳來一陣疑似巨大昆蟲所發出的嗡嗡聲，接著羅夫在一聲喀答聲後應聲倒下。希蒙起身，看到約翰手拿空氣來福槍站在丁香花叢下，他咬著下唇，正放下來福槍。

羅夫爬起來，太陽穴上一個深色的凹洞滲出少量血液。他雙眼發狂，不再猶豫，也不需要時間思考，一面拿出摺疊刀扳開，一面走向約翰。

位在羅夫背後的希蒙沒有試圖阻止他，而是衝向榛樹叢去搶獵槍，他還沒完全抓好獵槍就大叫，「住手！你這混蛋！」但羅夫充耳不聞。

約翰丟下只能發射單發子彈的空氣槍，跑向希蒙的房子，羅夫拿著刀子緊追在後。正當羅夫消失在十五公尺外的丁香花叢時，希蒙把獵槍舉到肩上，臉上露出痛苦的表情。

希蒙從未發射過獵槍，但知道獵槍的特色就是涵蓋範圍很廣。他瞄準丁香花叢扣下扳機。

不到一秒鐘的時間裡發生了很多事，一聲轟隆巨響，強勁的後座力使他往後跌到榛樹叢裡。在他倒地之前，丁香花叢就被轟出了一個洞，破葉碎片如一群驚嚇的蝴蝶般四散飛舞。羅夫發出怒吼聲，榛樹樹枝劃破希蒙的襯衫，割在他的背上。

希蒙跌進一片閃亮的綠意時，槍托還壓在肩膀上，身旁的樹枝隨即闔上，而羅夫還在大聲咆哮著。樹叢更深處濃密的樹枝擋住了希蒙的跌勢，他感覺得到背部的皮膚在流血，倒下時手還緊緊抓著木製槍托，一面氣喘噓噓的吐納，隨著喘氣的節拍一面想著：

我打中他了。我打中他了。我打中他了。

幾秒鐘後，希蒙才終於擺脫樹枝的糾結，看到安娜葛蕾塔雙手摀嘴坐在地上，瑪麗塔前後搖晃，這時其他的想法才開始逼近：

萬一我殺了他，萬一我……

羅夫的咆哮聲停止了，希蒙吞嚥了一下，可是乾燥得連一絲唾沫也沒有。

好渴，快渴死了。

一滴汗珠模糊了他的視線，他抹去汗珠，揉揉眼睛，再睜眼時看到安娜葛蕾塔就站在身旁，表情痛苦的瞇著雙眼。她指著希蒙抓著槍托的手，欲言又止。

希蒙看了看獵槍才注意到，兩個槍管各有一個扳機，他只扣下前面那一個扳機，還剩下一發子彈可發射。安娜葛蕾塔點點頭，一手摀著耳朵走向丁香花叢，希蒙舉著獵槍跟著她。

羅夫沒死，因為他還在動，而且動作很大。倒地不起的他用力前後搖動，彷彿想擺脫無形的噩夢，沾滿血跡的外套從左肩裂開到背部的一半。只有部分的子彈碎片打到他，如果希蒙再遲個半秒鐘開槍，羅夫大概已經一命嗚呼了。

約翰遲疑地回頭接近躺在地上的羅夫，彷彿他是受了傷的野生動物，隨時有可能反撲攻擊。他遠遠繞過羅夫劇烈搖擺著的身體，投入安娜葛蕾塔的懷裡，她摸摸他的頭髮。他們緊緊擁抱，靜靜地佇立良久。接著，安娜葛蕾塔對約翰說：「你騎車去找洪斯壯醫生來，還有戈藍。」

約翰點點頭跑開，三十秒後，他騎著單車在小徑上嘎嘎前進。羅夫靜靜躺著，一隻拳頭握緊又打開。希蒙拿著獵槍指著他，食指扣在扳機上，覺得一陣作嘔。

這不是我，這種事不可能發生在我身上。

二十分鐘後，醫生和警察都來了。羅夫沒有生命危險，只是傷口很痛。大約十五片子彈碎片穿透了左肩胛骨周圍左肩和手肘的肌肉和組織，醫生先包紮他的傷口暫時止血，然後才安排運送。戈藍寫了一份報告，不過得在北塔耶的警局完成筆錄，醫生幫希蒙的小指裝上夾板。

而瑪麗塔果然消失無蹤。他們後來才知道，早在有人開始認真尋找瑪麗塔的蹤跡前，她就已經搭上補給船離開了。羅夫被送到北塔耶，戈藍和洪斯壯醫師約好第二天一起去警局，然後就各自回家了。

希蒙、安娜葛蕾塔和約翰靜靜地坐在丁香花叢間。就在幾個小時前，黑暗勢力如不速之客般降臨，唯一留下的證據是撕裂的樹葉。正如小指些微的動作就能引起一陣徹骨的疼痛，一樁不到五分鐘的事件也會影響未來的每一天。後果難以忽視。要說的話太多了，最後只剩下沉默。

約翰在喝柏瑪克汽水，希蒙喝啤酒，安娜葛蕾塔什麼也沒喝。在一件純粹暴力的事件所編織出的複雜羅網中，他們在不同的階段拯救過彼此，感激混雜著難為情，因而難以啟口。

希蒙把玩著手上的繃帶，一面輕輕說，「對不起，把你們扯進這件事裡。」

「不用道歉，」安娜葛蕾塔說，「不是你的錯。」

「對，可是我還是很抱歉，對不起。」

一開始的震驚消退之後，他們躊躇地討論著事發經過，一直聊到下午，接著在安娜葛蕾塔和約翰家裡一起吃了簡單的晚餐。到了九點鐘，另一種不同的沉默出現了，他們已經疲倦得說不出話來，也不想再聽自己說話的聲音了，希蒙回到自己的小屋裡。

為了轉移注意力，他坐在餐桌前做完一組拼字遊戲，終於有那麼一次，他剪下拼字遊戲，填上姓名地址後放在信封裡寄出。做完這件事後，窗外的夏夜依然維持著一片淡紫色，他很後悔沒有接受邀請，睡在大屋廚房的沙發上。這天發生的事不斷地在他的腦海裡翻來覆去。今天之前，未來雖然黯淡，但至少可以預料，他知道自己會埋頭苦幹地過日子。如今，他對未來已經不抱任何希望了。

在他開槍的那一瞬間，不只是身體受到後座力的衝擊，內心也被嚇得茫然失措。使他害怕的並非開槍這個行為，因為那是來自驚惶失措與需要，使他害怕的是自己內心的變化。

希蒙扣下扳機時，眼前出現羅夫腦袋開花的景象，而他也真的打算把羅夫轟得腦袋開花。安娜葛蕾塔指著槍時，希蒙才意識到裡面還有一發子彈，他當下的衝動是想對著瑪麗塔開一槍，把她槍決。打得她腦袋開花，擺脫她。

希蒙從沒做過這種事，只是曾經有一股瘋狂的衝動想這麼做，倘若不是有目擊者在場，也許他真的會這麼做。突然間，他彷彿變成一個完全不同的自己，願意不惜代價除去阻礙。這個想法令他喜憂參半，非常矛盾：從現在開始，他可以變成完全不同的人。

可是要變成誰？我是誰？我要變成什麼樣的人？

上床後，希蒙的思緒依然波濤洶湧。他覺得很羞愧，不只是為了自己所做的事，也為了他沒有做的事，還有他對自己這個人的認知。他努力思考即將在納丹進行的表演，該如何帶傷表演，可是那些影像被沖散了，由其他影像取而代之。

如此過了幾個小時後，希蒙終於沉入不安的夢鄉，可是不久就被敲擊、捶擊及敲門聲吵醒，不間斷的敲門聲。他起床四顧房內，有人在敲門，有人想進來。天空還帶著一絲亮光，他看到臥室窗外有一道人影。

他吐口氣開窗，站在窗外的是安娜葛蕾塔，雙手抓著白色長睡衣的胸襟。

「安娜葛蕾塔？」

「我可以進來嗎？一下子就好？」

希蒙不假思索地伸出手想幫她跨越窗台，接著意識到自己的行為有多蠢。

「我去開門，」他說。

安娜葛蕾塔繞到前門，希蒙打開大門讓她進來。

漂流木

關於艾琳的夢

整整兩個小時裡，希蒙和安娜葛蕾塔輪流訴說他們的故事，安德斯聽完後起身伸懶腰，膝關節喀喀作響。窗外的天氣沒有變化，雨滴輕柔地打在窗框上，風在樹林間迴盪低語。應該可以出去散個步，他需要運動一下。

希蒙把托盤拿進廚房，安娜葛蕾塔用刷子清理麵包屑。安德斯看著她布滿皺紋的雙手，想像它們拿著獵槍的模樣，「真是個了不得的故事。」

「對，」安娜葛蕾塔說，「不過只是個故事而已。」

「什麼意思？」

「就是這個意思，」安娜葛蕾塔手上拿著麵包屑，挺直腰桿，「我們永遠不知道過去發生了什麼事，因為都已經變成了故事，就算對那些參與其中的人也一樣。」

「所以……事情發生的經過不是如妳所說的那樣嗎？」

安娜葛蕾塔聳聳肩，「我不知道，已經不再知道了。」

安德斯跟著她進廚房，希蒙小心翼翼地把最漂亮的瓷器放進洗碗機裡，安娜葛蕾塔把手上的麵包屑拍進垃圾桶裡，拿出洗碗精。他們之間的互動帶著一股明顯的熟悉感，彷彿這日常生活的舞步因歲月磨練而變得平穩。安德斯覺得自己同時看到以前的他們和現在的他們。

走私大王之女和魔術師把碗盤放到洗碗機裡。

不管真實與否，這個故事已經在安德斯的心裡激起漣漪。他必須建立新的連結，把一系列新的影像融合在一起。神經細胞互相為這些新的連結做準備時，他覺得身體很疲倦。

「我要出去走一走，」他說。

安娜葛蕾塔指指冰箱，「你不帶點吃的回去嗎？」

「待會兒再說。謝謝妳的咖啡和故事。」

安德斯在前廊點了一根香菸，走下花園小徑，經過通往希蒙家的小徑時，停下腳步用力吸了一口香菸。

我父親跑在這條路上，拿著空氣槍，沒拿空氣槍。

那把槍還放在破厝的櫃子裡，他小時候試過一、兩次，可是槍管鬆了，壓力不夠，子彈常常卡住。他曾好奇父親為什麼還留著這把槍，現在知道原因了。

安德斯身邊的樹葉被風吹得窸窸窣窣，有些飄零落地。他繼續上坡走向商店，微微細雨淋濕了髮際。補給船送走了一群學生，正從碼頭倒退離港，一名年約七歲的小女孩沿著小徑向他跑來，書包快樂地在背上一蹦一跳。是瑪雅——

不是瑪雅

——經過這麼久的時間終於回來了——

不是瑪雅。

——他得克制自己才沒有跪在地上、張開手臂一把抓住女孩歡迎她。因為那有可能是瑪雅，每一個七、八歲的小孩都有可能是瑪雅。在她失蹤後的六個月裡，這個想法將他逼入絕境，所有可能是瑪雅的孩子都不是瑪雅。數千個焦急盼望、快樂或難過的面孔，移動的小小身軀，她們沒有一個是瑪雅。只有他的小女兒被帶走，他的小女兒不見了。

他是如此深愛著她，失蹤的應該是別人，那些沒人愛的小孩。小女孩跑過他身邊時他也跟著轉身，她跑向村莊南端，他看著她書包上小熊邦瑟的照片越來越小。

失蹤的應該是妳才對。

瑪雅失蹤後，安德斯放棄了教師養成課程。也好，他永遠當不成幼教老師，尤其現在面對小孩時情緒如此分歧：他的第一個衝動是愛他們、擁抱他們，第二個衝動則是討厭他們，因為他們還活著。

商店牆上的掛鉤已經吊了幾個袋子，還有幾個或新或舊的郵筒，幾個有蓋子的水桶，上面用墨水寫著郵筒號碼。安德斯暗自提醒自己，得趕在照片送回來前的這兩天在那邊放個什麼東西充當郵筒。

汽船碼頭空盪無人，白天鵝在海面快速遊走，沒有起飛。海風撕裂著商店牆上的塑膠袋，安德斯聽到一陣不規則的尖叫聲，努力辨別後覺得應該是來自通往商店的樓梯或後方。

安德斯移步看到聲音的來源，無法理解為什麼自己突然這麼害怕。他猛吸一口氣，倒退一步，手臂寒毛直豎。站在那裡的是冰淇淋叔叔。

冰淇淋叔叔是一個塑膠板做的人像，用彈簧固定在一塊水泥上，被大風吹得來回搖晃，發出吱吱聲。他通常站在店門外，由於季節的關係暫時被收起來。安德斯看著他露出笑容的臉龐，突然脈搏加快、呼吸不順。他雙手搗住嘴，努力深呼吸。

只不過是冰淇淋叔叔而已，他沒有危險。

他是這麼對瑪雅說的，害怕冰淇淋叔叔的是瑪雅，不是他。

一開始只是開玩笑而已，因為瑪雅很怕天鵝。如果她害怕的是海邊的天鵝那還很自然，安德斯也對它們懷有相當的敬意。可是瑪雅害怕的是睡覺時會從房門或窗戶進來的天鵝。

瑪雅總是很高興見到冰淇淋叔叔，因為那表示有冰淇淋可吃，因此安德斯用開玩笑的口吻告訴她：「天鵝並不危險，沒什麼好害怕的，它們不會比……比冰淇淋叔叔更危險。妳不會躺在床上擔心冰淇淋叔叔跑進來吧，對不對？」

瑪雅還是很怕天鵝，可是現在更怕冰淇淋叔叔了。她以前從來沒有想過冰淇淋叔叔有可能躲在自己的床底下，或是帶著笑容從房門的縫隙偷偷跑進來。安德斯很後悔，因為從那天晚上開始，他總是得打開瑪雅的窗戶，檢查冰淇淋叔叔有沒有站在窗外。瑪雅的床很低，床底連獅子都躲不進去，可是冰淇淋叔叔躲得進去，因為他是扁平的塑膠人像。

冰淇淋叔叔如影隨形，在她想游泳的時候躲在海裡，躲在陰影裡，成為恐懼的化身。

此刻，冰淇淋叔叔就站在安德斯的面前，在通往商店的台階後方吱吱作響，安德斯內心充滿一股無名的恐懼，害怕得只想趕快逃跑，可是他強迫自己瞪著冰淇淋叔叔。

回家，葡萄酒。

也許這一切都是酒精在作怪，精疲力竭的他過度敏感，拿杯弓當蛇影。他強迫自己不為所動，才不會回家又開始喝酒。他要瞪著冰淇淋叔叔，直到那個混蛋轉移視線，直到他看起來不具威脅性。

冰淇淋叔叔前後搖擺著，彷彿準備好隨時突襲。安德斯雙眼緊緊盯著他，他們打量著對方，安德斯忽然打了個冷顫。

有人在看我。

他猛然轉身向前幾步，才不會和背後搖晃的塑膠人像靠得太近。敵人從各方而來，安德斯迅速瞄了一眼碼頭、船屋、砂礫地帶、大海。一隻單飛的海鷗似乎無法穿越氣流降落在海面上，不見他人的蹤影。

可是有人在看我。

有人看著他站在冰淇淋叔叔面前發抖，有人在看著他。唯一不確定的是一雙或好幾雙眼睛，可是到處都不見人影。

一個沒有雙眼的人在看我。

他心頭怦怦跳地離開商店，走向通往卡度南的小徑，越走越遠之後，那個感覺也漸漸消退。他還聽得到遠處冰淇淋叔叔發出的吱吱聲，可是被看的感覺消失了。安德斯快步經過關閉的學校、也算關閉的基督徒聚會所，以及白色木塔上的警鐘。

走了幾百公尺後，安德斯的心頭還怦怦跳著，不過這會兒是因為體力欠佳，而非心有餘悸。他減慢速度，進入棕樹林，在通往巨岩及不規則大圓石的狹窄小徑下方停下來，拿出香菸，用顫抖的雙手點燃，貪婪地深深吸了一口。

剛剛發生了什麼事？

安德斯的體內還殘留著一股濃濃的不悅感，真希望身上帶著葡萄酒以便洗去這種感覺。他的手上還殘留著水氣，以致香菸有霉味。他在散布小徑上的棕樹針葉間把香菸按熄，覺得體內有什麼東西以不好的方式在流動著，很不舒服。

安德斯朝著通往巨岩的小徑踏出一步，又改變心意，不想上去。這條小徑屬於他和希西莉雅，可是他們已經不在一起了，所以……

回憶，天殺的回憶。

度瑪雷的一切都浸泡在回憶中，就算不是他的回憶，也是別人的回憶，要是有辦法抹去這些回憶就好了。小徑蜿蜒進入森林裡，彷彿承諾著不同的地點，不同的時空。

我得離開這裡。

安德斯用手指撫摸著小徑，隨即轉化成揮手、道別。

我需要在這裡，也需要離開。

他看得非常清楚，這就是問題的重點，簡單得一塌糊塗。他再度朝著卡度南出發，想到解決之道，一個實際的解決之道，幫助他戰勝經常不斷的恐懼與焦慮。

安德斯穿過森林，經過籠罩在黑暗中的霍里耶家。他已經想好未來的計畫了，沒什麼不尋常之處，沒什麼不能解決的。當他走出森林時，計畫已經成形，他的呼吸也較為順暢了。

這個時節的卡度南杳無人煙，一來房子的隔熱設備無法抵抗冬天的寒冷，二來沒有了夏天的戶外活動，這些房子泰半狹窄得讓人待不下去。

安德斯的暑假大都在卡度南度過，他的朋友幾乎都是夏日度假客的小孩。他在這些夏日小屋裡經歷了許多人生的第一次，包括喝烈酒、看禁忌的恐怖片、聽瑪丹娜的歌曲。

如今，這只不過是秋日幽暗中一座荒廢的度假村，而且還不怎麼美麗。大多數的房子都是凱勒・葛立潘貝的平底載貨船從本土運來的組合屋，只要豎起牆壁、蓋上屋頂、裝上門窗就可以入住了！這種房子在老舊的過程中也毫無尊嚴可言，就算如此，大部分也還是蓋得比破厝穩當。

安德斯順著下坡小徑走到碼頭邊，一面觀賞拋在腦後的夏季所殘留的遺跡，覆蓋著的庭園家具。在一個花園裡，他看到玩到一半的疊疊樂遊戲還佇立著，彷彿主人突然發現自己得馬上返回城裡，立刻拋下了手邊正在做的事。

最靠近碼頭的一棟房子裡有燈光流瀉出來，那是安德斯去過很多次的艾琳家。上次見到艾琳約莫是十年前的事了，距離他們上次廝混打發時間大約有二十年。直到幾年前，他和一半的瑞典人都經常在電視和媒體上看到她，可是後來就渺無音訊了。

那棟房子算是這個地區蓋得比較好的一棟，有專屬的水井與碼頭；另一個與眾不同之處在於這棟房子是在島上蓋的，安德斯記得其他組合屋都有空洞的回音，可是艾琳家沒有，他此刻敲的是牢固的門，門扣與其他配件一應俱全。

他等了一會兒，沒聽到回應便再敲一次，這次屋裡傳來腳步聲，接著有人問，「是誰？」

那不太可能是艾琳的聲音，這把聲音屬於年長者，因此安德斯說，「我叫安德斯，我要找艾琳，艾琳・葛隆瓦爾。」

就在安德斯大聲說出艾琳的名字時，他突然想起他們不再廝混的原因，他們那群朋友不再玩在一起，暑假和童年結束的原因。

艾琳，還有約爾。

他完全忘記了。他一時衝動敲了門，此時卻很慶幸艾琳不在家，他們不用見面。大門打開時，正打算離開的安德斯努力擠出一抹微笑，可是一看到打開門的是誰，臉上的笑容立刻消失。

要不是看過最近的雜誌封面及八卦報導上的照片，他永遠認不出這個多年前曾是朋友的女人。要不是他們從小就認識，他絕對認不出她就是雜誌封面上的那個女人。

他們把她怎麼了？

他並不知道「他們」是誰，只是無法想像有人會自願如此對待自己的外表。安德斯勉強揚起嘴角。

「嗨。」

「嗨。」

艾琳連聲音都變了，她十七歲時學會用娃娃音說話，當時對某些男生很管用，後來還被媒體揶揄。現在她說話的聲音深沉沙啞，像老人一樣，不過還是比從前好多了。

安德斯無法說出內心真正的想法，只好說，「我剛好經過，看到燈亮著，我就想……」

「請進。」

屋裡的味道幾乎和他年輕時一模一樣，感覺不出有別人在，安德斯本來以為控制著艾琳的那個人會在屋裡。

「要喝點什麼嗎？」她問，「咖啡？葡萄酒？」

「葡萄酒好了，謝謝。」

安德斯回答時抬頭又馬上低頭，很難直視著她；他專注地解開鞋帶，艾琳消失在廚房裡。

她把自己怎麼了？

艾琳年輕時很漂亮，男孩子任她挑選。從參加《老大哥》節目到躍上報紙中央跨頁之前，她的胸部和嘴唇都動了手術，把自己變成經典蕩婦型的誘人女子，穿梭於媒體宣傳場合、派對和醜聞之間。在城裡玩一個晚上就有一整頁的報導，感情生變就有一整篇報導，出了差錯就把妝再上濃一點。

很容易想像這一切是如何走下坡的，面具背後的那個人一點一滴的失去感覺的能力，笑容越來越僵硬，皮膚緊繃麻木，最後只剩下空洞閃亮的化石，光鮮打扮終究不敵地心引力。

然而，這仍然無法解釋艾琳的轉變，她不只是老化，而是使用比歲月更無情的手段改造自己。為了某個原因，她用某種方法把自己變得很醜陋。

廚房的窗景眺望著貓島，雖然有雲層，但瓷磚和不鏽鋼流理台都沉浸在天空和大海的光線裡，如照片般清晰。安德斯背對窗戶坐下，艾琳從紙盒裡倒了一杯黑貓牌葡萄酒給他。他們互相舉杯喝下，安德斯努力不要大口喝光。

「妳好嗎？」他問。

艾琳用一隻手指撫摸著酒盒上的貓，「我們以前在這裡坐一整個晚上對不對？爸媽不在的時候。」

「對，後來越坐越晚。」

艾琳點點頭，撫摸著貓的輪廓，並沒有正眼看他。安德斯鼓起勇氣研究她的臉龐。原本修長而直挺的鼻子變成兩倍大的塌鼻，原本結實、略微方形而明顯的下巴變尖了，和喉嚨連成一體，高聳的顴骨和酒窩也消失了，而她的嘴唇……

在那麼多的特寫、上空豔照和全身照中噘起的嘴唇，植入矽膠前就已經嬌豔欲滴的嘴唇，如今壓縮成兩條線，僅僅標記著嘴巴的輪廓而已。

就算是年紀比她大二十歲的女性，臉上也不該出現那種眼袋，令人無法理解的是，在廚房嚴峻的光線中，安德斯看到她眼睛下方癒合不良的傷口，好像她連眼袋都動過手術，好像先前的情況更糟。

安德斯喝下的一大口葡萄酒幾乎有半杯之多，他意識到這一點時已經太遲了，沒辦法把酒吐回杯子裡，只得吞下去。艾琳看著他，可是安德斯無法解讀她臉上的表情，無法解讀她這個人，正如同無法讀一本已經撕成碎片的書。

該閒話家常了。

該重拾過去，聊聊他們在這裡廝混的時光，許多年前做過的事。他不會提到她的臉或貓島上的船屋，所有回憶的盡頭。

我們到底做了什麼？

安德斯在腦海裡尋找一些有趣、可供說笑的回憶，以驅散他們之間詭異的氣氛，可是一片空白，只記得他們以前在一起時喝很多加了蜂蜜的茶，有時候蜂蜜用完了，然後……他就這麼脫口而出：「妳把自己的臉怎麼了？」

艾琳嘴唇之間的凹陷變寬，向兩頰移動的嘴角似乎可解讀成笑容：「不只是我的臉而已。」

她走到廚房中央，雙手撫摸著自己的身體，安德斯低下頭，可是艾琳說：「你看。」

他看了。當初讓《熱門金曲》雜誌負責圖說的人寫出「Q奶妹」的大胸脯已經縮小變平，毫不起眼。艾琳掀開身上的運動衣，她的小腹掛在牛仔褲的腰身外，臉上的嘴唇又做出疑似微笑的表情。

「真的可以把假奶換到這兒耶，」她抓住右臂上方鼓起的部位，緊緊捏著，「當然我得切掉很多，手術前胸部就已經很大了。」

她把運動衣往上拉，露出胸部下方，安德斯看到傷口癒合得很糟糕，又低頭看著地板，「妳為什麼要這麼做？」

她拉好運動衣，在餐桌對面的座位坐下來喝口葡萄酒，再幫他添酒。

「我就是想這麼做。」

她說話的聲音微微顫抖，她的行為就像有人故意暴露自己身上嚴重的傷痕或畸形的部位，以挑戰別人是否敢說些什麼，敢不敢問問題。可是此刻她的聲音在顫抖。

「我還沒完成。」

「什麼意思？」

「我還沒完成，還有更多部位需要進一步的手術。」

安德斯搜尋她已然改變的容顏及雙眼，並沒有找到瘋狂的跡象。他以為她臉上的神情就算不是盲從，至少也該是容光煥發，再怎麼樣也不會是悲傷的斷念。

「我不懂。」

「我也不懂，」艾琳說，「可是就是這樣。」

「可是這樣說起來，妳……妳的目標是什麼？」

「我不知道，我只知道還沒完成。」

「可是醫生會同意……？」

艾琳打斷他，「只要有錢就有人願意做，我的確有錢。」

安德斯轉頭看著窗外，風在貓島僅存的幾棵棕樹間呢喃低語，幾年前的一場暴風把大部分的樹都吹倒了，整個島成了巨大的挑筷子遊戲場，幾乎無法通行。船屋可能已經被吹塌了，希望如此。

「你在想的事和我所想的一樣嗎？」艾琳問。

「也許。」

「最後一切都消失了。」

「對。」

他們避開那個話題，聊到消失的事物和老朋友的近況。安德斯告訴她瑪雅的事，努力不掉入重新經歷事發經過時腳底敞開的深淵，勉強在邊緣平衡站好。

午後的光線為海面鋪上一層深灰色的面紗，安德斯撐著桌子起身表示要回家時，紙盒裝的葡萄酒已經快喝光了。他說，「我想我現在住這裡了。」

他得全神貫注才能在黝黑的走廊裡綁好鞋帶，艾琳歪著頭、站著那裡看著他。

「你為什麼回來？」

安德斯得閉上眼睛才能不因房間的晃動而分心，以便專心綁好鞋帶。他為什麼回來？他努力尋找適當的字眼，最後終於說道，「我想接近有意義的東西。」

他撐著門把讓自己站起來，結果反而把門推開，害他差點跌到前廊裡，不過他站直身子，重新平衡，「妳呢？」

「我只想離開，離開所有的目光。」

微醺的安德斯點頭良久，完全可以理解。所有的目光，離開所有的目光。他想起什麼與眼睛有關的事，可是無法聚焦。他揮手道別，隨手關上門。

安德斯走向森林，午後的天色迅速轉成夜晚，起風了，頑皮的陣風使他朝側邊搖晃。他在思索艾琳的話。

我還沒完成，還有更多部位要做。

他笑了。把這件事當成一項計畫的確很奇怪，卻又並非難以理解。你總得有個計畫，摧毀自己的身體只是選項之一。他當然知道這一點，沒有其他理由。把錢撒在讓自己越來越醜的手術上，這件事本身就很裝模作樣，是一種真正的文化宣言。

或是贖罪。

安德斯的家門口放著一個裝滿食物的紙袋，他對著海口送出感激的謝意，把袋子抱進廚房裡，再把裡面的東西放進冰箱和食物櫃。做完後，他喝了將近一公升的水稀釋充滿酒精的血液，接著坐在餐桌前把玩著珠子，在瓷磚邊緣隨意加了幾顆藍珠子。

冷風從窗戶縫隙灌進屋裡，微微吹動著廚房的窗簾。他在廚房的爐子裡生火，驅散早上就開始累積的濕氣，然後回到珠子上。

一個白色圖案邊緣放了十顆藍珠子，就像一朵雲旁的一片天空，他再加幾顆。

懷疑

現在希蒙和安娜葛蕾塔做愛的次數沒那麼頻繁了，可是不做則已，要做就很認真。

他們剛在一起的那年夏天如膠似漆。為了考慮到約翰的感受，他們大都利用夜晚的時間在一起；只是，正如中午突然出現在淺灘上的鯡魚一般，他們偶爾也有慾火難耐的時候，這時他們會把自己鎖在船屋裡，倒在漁網上滿足對彼此的飢渴，付出的代價是身上的各種擦傷。

他們已經不這麼做了。也還好，真的。

適當的情境可能一等就是好幾個禮拜，由於他們並不同床，甚至不住在同一個屋簷下，做愛並不是突如其來、墜入夢鄉前一時興起的念頭。他們還沒有到可以直說的地步，也永遠不會到那種境界，因為他們都認為性事是神祕且私密的，而非兩個尋求結合的肉體。

因此，不言而明的問題和答案編織成一張網，以細微的動作刺探著境況：搭在胳膊上的手，比往常再多流連個一剎那的凝視，暗示淘氣的微笑。這些動作可能進行個好幾天，直到彼此都忘記先發出邀請的是誰，回應的又是誰，只剩下確定感默默在彼此之間滋長：是時候了。

然後，他們會一起進入安娜葛蕾塔的臥室，因為她的床比較大。他們會點起蠟燭、更衣，安娜葛蕾塔還能站著換衣服，希蒙得坐在床緣才能脫掉褲子和襪子。

這檔事已經鮮少一開始就很順利。也許是因為希蒙的精神和肉體已經開始分家，準備死亡的到來，因此不聽使喚。安娜葛蕾塔躺在希蒙身邊時，不論他如何專注在她令人愛慕的身體上，不論他的嘴唇如何愛撫她的嘴唇，就是起不了作用。

這些年來，他們總是低調面對他的勃起障礙，如今已成為整個過程的一部分了，卻依然使他煩惱。每一次他都想：好，現在，就這一次。如果能像禮物一樣給她一次驚喜，就這麼一次能一開始就給她雄壯威武的勃起，他甚至考慮服用威而剛。

可是目前只能任其發展。他們彼此愛撫、互舔、輕咬，偶爾安娜葛蕾塔會輕吮以試探希蒙的雄風是否決定醒來。如果出現回應的跡象，她會持續到他準備好，只不過通常彷如對牛彈琴。

希蒙覺得這是老化的諷刺之處：最需要硬起來的器官偏偏是全身上下唯一不會僵硬的部分。經年表演脫逃術破壞了他的關節，他的骨骼就像海灘上的怪物一般，只用漂流木和生鏽的釘子粗製濫造地組裝在一起。他感覺得到，也幾乎聽得到自己的身體在安娜葛蕾塔柔軟的身旁移動時發出的嘎吱聲。

每一年都得花更久的時間才能達到目的，不過最後奇蹟總會緩緩出現。他開始感覺到肩胛骨間一股溫暖緩緩散播到肩膀，再往下移到背部；接著，他的手臂終於能以每天日常生活做不到的方式溫柔地移動。當他的愛撫變得更靈活，觸摸更輕柔時，安娜葛蕾塔會露出微笑。

他的精神和肉體終於再度合一，安娜葛蕾塔低頭探索他的下腹部時，希蒙的身體出現一陣刺痛般的回應，使他死而復生。在這個階段，漂流在無痛愉悅中的希蒙可以輕易地就此打住，光是滿足於這溫柔、忘我、親密的體驗。然而，當安娜葛蕾塔爬到他身上，引導他進入自己的體內時，又喚醒了另一種蟄伏的感覺。準備工作結束，他的身體已經蓄勢待發，他能釋放體內的慾望了。

當他們終於到達這個境界時，他們的慾望契合得完美無瑕，胸前燃燒的火球不斷向大腦送出紅色絲線。他捧著她的臀部，兩人配合彼此的動作互相抽動，隨著直覺移動。這世間只有他們兩人。

希蒙一旦開始就可以很持久，他們也盡情利用這一點，否則不就暴殄天物了。他們的身軀因年歲而越發沉重，不再輕盈，時間與憂傷的重要性減到最低。他們在時間的疆界之外搖擺，所有的年月蕩然無存。有時候，希蒙甚至用得上僵硬的手指，他也把握機會。

兩年前，希蒙翻身時弄斷一根肋骨，因此他們已不敢再變換姿勢。他們維持固定的姿勢在原地移動，輕聲低吟著愛的話語，直到一切爆發，兩人成為一體。

希蒙凝視著身邊熟睡的安娜葛蕾塔，做愛後拿掉假牙的她嘴巴陷癟，不論再怎麼努力，希蒙也沒辦法承認沒戴假牙的她有一張美嘴，因此他刻意無視。

在殘餘的燭光下，她薄薄的眼皮幾乎呈透明狀，可瞧見眼皮下的眼球移動，也許正在作夢。安娜葛蕾塔人中的兩條深紋往上移動了一絲絲，彷彿在夢裡聞到了不喜歡的味道。

妳是誰？

窗外勁風吹得燭光搖曳，一道陰影閃過安娜葛蕾塔的臉龐，片刻之間臉上出現了他從未見過的表情，接著又恢復正常。

妳是誰？

他們在一起已有半個世紀，她的一切他都知之甚詳，同時卻也一無所知。她說過認識他之前的故事，與他一起共度了三分之二的人生，他很瞭解她，卻無法擺脫這種感覺：他並不真的認識她。

也許，不論多麼親密的伴侶都會經歷這種陌生感，可是他並不真的這麼認為，不只如此，而是……和水靈有關。他從來不曾告訴過她火柴盒裡裝的是什麼，所以在某些方面來說，對她而言他也是個陌生人。

我為什麼不告訴她呢？

希蒙自己也不知道答案。有什麼原因讓他不這麼做，也許這一切都互有關聯。

他深深嘆口氣，翻向床緣，辛苦地調整成坐姿。如果說他們做愛時他的身體年輕了三十歲，那麼完事後他的身體就老了三十歲。肌肉和關節嘎吱作響地發出抱怨，他覺得自己已經準備好面對棺材了。

我不覺得往後還有很多次機會了。

他掙扎著穿上襪子、內褲和長褲。最近這幾年來，他們每次做愛後他都這麼覺得，可是只要時間一到，肉體這個機器又毫無疑問地恢復生氣，盡其所能的表現。

他找到背心和襯衫，吹熄蠟燭，躡足走出房間，在扶手的協助下一次一階、小心翼翼地下樓。強風從四面八方咻咻咻地吹著這棟老房子，比起他自己身體發出的抱怨聲，木頭發出的嘎吱聲有過之而無不及。風力已經增強為暴風，他該下碼頭檢查一下船的狀況。

萬一船漂離了停泊處怎麼辦？

果真如此他也束手無策、處理不來，不過至少可以知道情況如何。他一把抓起廚房椅子上的毛衣套上，打開外門。

外門一打開就受到強風緊緊拉扯，他得掙扎一番才能將門靜靜關上。接著他雙手抱著身體，拖著蹣跚的步伐走向自己的房子。

這場暴風很壯觀，卻難以令人消受。巨大的白樺樹在房子上方危險地搖擺著，萬一其中一棵倒錯方向，將會造成莫大的損害。一如往常，風勢大時希蒙覺得應該把它們砍掉，風勢轉小後他便又完全忘了這件事，因為實在太麻煩了。

他轉身面向海面，強勁的北風毫不留情地拉扯著他，固瓦岩的燈塔在遠處閃爍著，大海……

……大海……

他體內有什麼東西鬆脫了，某個他所需要的部分掉落了。

……大海……

他伸手找東西支撐，好不容易才抓到蘋果樹的枝椏。一顆原本就搖搖欲墜的蘋果鬆脫了，近乎無聲地掉落地上。

……鬆脫……掉落……

蘋果樹的枝椏支撐不了他的重量而彈開，他手一滑，一屁股跌坐在草地上，彈回來的枝椏打在臉上。他感覺一股刺痛，往後一倒，目瞪口呆。那鬆脫的東西在他體內飄浮，使他一陣反胃，還有虛弱，非常虛弱。

蘋果樹的枝椏前後搖擺著，彷彿意圖抹去繁星點點的天空，希蒙茫然不動地瞪著星星在殘餘的樹葉間閃爍，力氣逐漸從四肢流散而去。

我全身無力，我快死了。

他就這麼仰臥良久，等著油盡燈枯，卻也藉此機會充分思考；奈何星星閃爍如昔，強風怒吼依舊。他動動自己的手臂，發現它們又聽使喚了，便伸手接近一個掉下的蘋果，就這麼放在那裡。疲倦感消退了些，不過他還是覺得很虛弱。

他先換成跪姿再起身，如風中的白楊樹苗般搖搖擺擺，一手傳來異樣的感覺，低頭一看才發現手上還拿著蘋果。他拋下蘋果，腳步蹣跚地重新走向自己的房子。

有什麼事發生了。

終於抵達家門口時，希蒙眺望下方的碼頭，微弱的燈塔光束和星光並不足以使船的狀況一目瞭然，不過似乎沒有移位。石塊堆起的防波堤依然承受著滔滔巨浪的侵襲，他亦無計可施，特別是現在，只能慶幸船還在。

希蒙把自己弄進屋裡，開了燈，坐在廚房餐桌前虛弱地喘著氣，努力習慣自己還活著的這個想法。他原本深信自己快死了，甚至在一番掙扎後也接受了這樣的命運：在安娜葛蕾塔的蘋果樹下倒地不起，繼而被橫掃的暴風取走性命。他大有可能以更糟的方式喪命，很糟的方式。

卻沒有發生。

當他疼痛而緩慢地跋涉回家時，內心一股猜疑的意念開始生根、發芽。他從廚房抽屜裡拿出火柴盒打開，眼前景象正如他的揣測，但他仍忍不住驚呼失聲。

小蟲已變成灰色，原本閃亮黝黑的外殼已萎縮乾枯，如灰燼之色。希蒙小心翼翼地搖搖盒子，小蟲微微扭動；希蒙先呼一口氣再收集唾沫吐出，唾沫落在小蟲身上時它略略動了一下，但生命正從那虛弱的軀體流逝。

和我一樣。

暴風吹得窗框格格作響，希蒙呆坐瞪著火柴盒，努力想理解他和水靈的存在孰先孰後，究竟是由他影響小蟲抑或相反？如果真是他們其中一個影響所致，那麼此事該是誰的責任。

抑或是某個第三者影響了我們兩個？

他對著窗外眨眨眼，固瓦岩燈塔亦投以回應。

溝通

安德斯是被冷醒的。破厝外暴風肆虐，吹進屋內後減為輕到中度，冷風把窗簾吹得啪啪飛舞，撲上他的臉龐，他披著毛毯起身走到窗前。

月光下的大海波濤洶湧，浪濤澎湃推向岸邊，噴飛的浪花灑到窗前，窗戶也在暴風的壓力下發出不祥的嘎吱聲。裝著次級雙層玻璃的老舊窗戶無力對抗大自然的狂暴，幾扇窗戶早就出現裂縫。

如果哪裡裂開了我該怎麼辦？

也只能看著辦了。他打開廚房照明喝了幾杯水，點燃一根香菸。牆上時鐘顯示兩點半，香菸的煙霧隨著旋進屋內的冷風打轉。他坐在餐桌前試著吐出煙圈，但沒有成功。

五十顆左右的藍珠子和五顆白珠子被推到桌上的瓷磚一角，白珠子堆成一堆，藍珠子環繞在外。他揉揉眼睛，努力回想自己是什麼時候放的。他只記得回家時已頗有醉意，隨意堆了幾顆珠子，然後就躺在沙發上聽著風聲睡著了。

藍白珠子所形成的圖案毫無意義可言，也不特別令人感興趣。他清清喉嚨，除去喉頭因抽菸所帶來的黏液，四處尋找刀子或類似的物品撫平那些珠子。瓷磚旁有一支鉛筆，他拿起來才發現用不上。

然後他看見了那幾個字。

有人在桌面上用力刻了幾個字，在舊木頭上留下凹痕，而鉛筆就蓋在那幾個字上。安德斯彎身向前看，上面寫著：

抱戎

他瞪著那幾個字，手指撫摸著刻字留下的淺淺凹痕。

抱戎？

他緊盯著那潦草的字跡，驚嚇得目不轉睛，背脊一陣發涼。

有人在這裡。

有人在看著他。他繃緊大腿肌肉，用力吞嚥，毫無預警、動作迅速地從椅子上站起來，椅子連帶往後倒。他迅速看看廚房四周，檢視每一個角落與陰影，可是半個人影也沒有。

他用手掌箍住雙眼，透過廚房窗戶看出去，可是松樹遮住了月光，看不到外面是否有人——看著他的那個人。

他雙手抱著胸前，彷彿要把噗噗跳的心臟留在原位。有人進來刻下那些字，也許就是看著他的那個人。他頓時覺得害怕，衝到大門前發現沒上鎖，打開門看到鞦韆在空中飛舞著，一面旋轉一面打在樹幹上，僅此而已。

他回到廚房把冷水潑在臉上，用擦碗布擦乾，努力冷靜下來。沒有用，他是這麼地害怕，卻連自己在害怕什麼都不知道。一股異常強勁的陣風吹得房子晃動不已，還發出嘎吱聲。

接下來，起居室的一扇窗戶突然裂成碎片，玻璃劈哩啪啦撒在地板上，安德斯嚇得驚聲尖叫。灌進屋內的強風把所有容易鬆脫的物品吹得到處飛舞，咻咻咻地吹上煙囪，凹陷處發出哭號聲，連帶安德斯也一起哭號。強風拍打著他的頭髮，他緊緊抱著自己，放聲尖叫，濕濡的空氣席捲上身，他拼命叫到喉嚨痛才停下來。

他的雙臂不再緊緊抓著不放，略略放鬆，張大嘴緩緩呼吸。

沒有人，只不過是風，風吹破了窗戶，如此而已。

他關上廚房的門。強風退回起居室，安德斯聽到風拉扯著舊報紙和雜誌的聲音。他雙手掩面坐在廚房餐桌前，刻字還在，沒有被風帶走。

抱戎

他雙手摀住耳朵，緊緊閉上雙眼，眼前一切變成暗紅色，可是他無法逃離。鮮黃色的文字出現、消失過卻又再度印刻在他的視網膜上。

抱戎

他忽地鬆開手起身環顧四周，沒有，圖畫不在這裡。他一個箭步走到廚房門口，拉開門穿過起居室，不理會強風拉扯著他當成外套披在身上的毛毯。

他走進臥室隨手關上門，跪在瑪雅的床邊，伸長手臂摸索著瑪雅裝圖畫的塑膠夾，他雙手顫抖地拉開上面的塑膠繩，把圖畫鋪在床上。

圖畫大都沒有寫字，有字的那些寫著：「給媽咪」，「給爹地」。

可是有一幅……

他翻過幾幅畫著樹木、房子和花朵的圖畫，檢查每一幅圖畫的背面，終於給他找到了。在一幅畫著四朵向日葵，還有可能是馬或狗的圖畫背後，瑪雅寫著：

給戎的曾祖母安娜葛蕾塔

她花了十分鐘、發了兩次脾氣才滿意自己寫下的字，原本寫下的字則被她生氣地擦掉。這幅畫是為了安娜葛蕾塔的生日而畫的，不知為何一直沒有送出去。上面寫著：「給我的曾祖母安娜葛蕾塔」。

就像桌上的字一樣，圖畫背面的筆畫錯誤，可是讓安德斯摀著嘴流下眼淚的是一個較不尋常的錯誤：「我」的左上方那一畫都不見了。

其實他一直都知道廚房桌上刻的是什麼字，只是拒絕接受。桌上的筆跡和圖畫背後的一模一樣，上面寫的是：

「抱我」。

已經凌晨三點十五分了，安德斯知道自己難以成眠。暴風的強度已在不知不覺中減弱，整理起居室的混亂、可能的話想辦法封住窗戶才是明智之舉。

可是他就是沒有力氣。他疲倦至極，卻又清醒無比，腦袋停不下來，只能坐在廚房餐桌前，一面扭動著手指，一面看著女兒發出的訊息。

抱我。

去哪裡抱她？去哪裡接她？他該抱她到哪裡去？該怎麼做？

「瑪雅？親愛的瑪雅？如果妳聽得到我說話……說點別的，解釋一下，我看不懂該怎麼做。」

答案沒有出現。安德斯已被焦慮銷磨殆盡，就快幻化為魂魄了。她是鬼魂嗎？她真的來過這裡又……

果真如此，她為何又離開了呢？

安德斯不安地起身踱步，看到幾個半公升裝的茵斯達礦泉水空瓶，有時他們出門會隨身攜帶。既然他什麼也做不了，一點進展也沒有，乾脆把計畫付諸實行好了。

安德斯這次回度瑪雷帶了六盒一公升裝的西班牙葡萄酒，他從食物櫃裡取出，將葡萄酒倒入四個茵斯達礦泉水的空瓶裡，各裝三分之一滿，然後在其中一瓶加了自來水，試喝的結果味道不怎麼樣，比較像加味的自來水而不是沖淡的葡萄酒。

他在食物櫃後方找到兩盒小包裝的葡萄汁，在裝了葡萄酒的瓶子裡擠了一點後再加水，這次喝起來沒有水水的味道，像很淡的葡萄酒，酒精濃度大約百分之四點五，和啤酒一樣。

他鎖緊瓶蓋，打開可以直接吸吮的開口喝掉五十毫克。

他打算擺脫不斷想喝到不省人事的衝動，執行起來也非常簡單：他打算少量多喝，以便從早到晚維持合理的酒醉程度，希望藉此減緩那痛徹心扉、撕裂般的慾望，也將世界的銳角軟化到足以面對的程度。

他用同樣的方法處理其他四個空瓶，完成後還剩下五盒葡萄酒和一盒葡萄汁。等喝光那四瓶後，他再拿這些來補充。

抱我。

他閉上雙眼，努力想像那幅景象：瑪雅走進廚房，拿起鉛筆寫下這些字，然後……然後在瓷磚上排了一些珠子後才離開。她身上還穿著那件紅色雪衣，走路時濕透的雪衣滴滴答答，她的眼眶空無一物，貪婪的魚群已經……

別想了！

他睜開眼，甩甩頭，喝了一口瓶子裡的酒，可是那個影像還在，她小小的身軀，圓圓的臉蛋，濕透的雪衣……

他檢視地面是否留有水跡。完全沒有。

也許字是我寫的，珠子也是我放在瓷磚上的。

也許這才是事情發生的經過，果真如此，他就真的要精神錯亂了。可是會不會只是失憶而已？在這段沒有記憶的時間裡，他……

不。

他看到珠子時以為是自己失憶，因為他根本不記得放了那些珠子，可是當然還可做別的解釋。

抱我。

他雙手握拳用力敲桌。

「給我出來！說點別的！別這樣！」

他無法相信自己已經錯亂到這個地步，唯一的解釋是有人在他身上開了個很變態的玩笑，否則……否則就是如表面所見，不知道為了什麼原因，存在於世界某處的瑪雅試圖與他溝通。

他把手掌平放在餐桌上，冷靜而慎重地吐納數次。

對，好，就這樣。由我來決定，而我決定相信。

他繼續點頭，再喝一口酒，點燃一根香菸。接受了這個情況之後，他覺得好多了，深深吸一口香菸留在肺裡，身體靠上椅背再慢慢吐出。暴風消退了，吐出的煙霧繚繞到天花板才散開。

我相信。你存在。

燈光所散發出的光暈在他的胸口擴散成一股溫暖的感覺，逐漸轉化成一股純然而徹底的快樂。

你存在！

他把香菸丟到垃圾桶裡，站起來在廚房中央不停地旋轉，雙臂張得老大。他笨拙地嘗試幾個舞步，跳上跳下，直到頭暈咳嗽才坐下來。快樂還在劈劈啪啪地大量湧出，想找到途徑迸發出來。

他不假思索地拿起電話，按下希西莉雅的號碼；他還記得她的電話號碼，不過前提得是她還住在那裡。自從希西莉雅的父母搬進一棟平房後，她就接收了他們在烏普薩拉的公寓，所以她的電話號碼和他們小時候一樣，當時他們電話講個不停，期待著下次的見面。

電話鈴聲響了三次，安德斯用力把話筒貼在耳朵上，對著時鐘做個鬼臉。剛過清晨四點，這時他才想到，現在也許不是打電話的好時機，他聽著鈴聲響了第五次，同時喝了一大口酒。

「喂？」

接電話的是希西莉雅，聽起來彷彿剛睡醒，正如預期。安德斯吞下酒說，「嗨，是我，安德斯。」

電話線那頭傳來片刻的沉默，然後希西莉雅說，「我跟你說過了，喝醉酒時不要打電話來。」

「我沒醉。」

「那你是怎麼樣？」

安德斯思索了一會兒，答案很簡單。

「快樂，我很快樂，我覺得我應該……打電話告訴妳，原因。」

希西莉雅嘆口氣，這時安德斯也回想起來了。他們分居後，他打過好幾次這樣的電話給她，有時候他打電話說……說什麼？他喝醉酒記不得了。可是他從來不曾打電話說自己很快樂，嗯，至少他不這麼認為。

「我聽到了，」希西莉雅說，「所以你為了什麼事情很快樂？」

她聽起來並不是真的想知道，不過他能理解，所以他深呼吸一口說，「瑪雅跟我聯絡了。」

電話另一頭傳來希西莉雅換成坐姿時床單發出的窸窣聲，「你在說什麼啊？」

安德斯告訴她發生了什麼事，跳過艾琳和那些酒的細節，只說他睡著了，半夜醒來發現廚房餐桌上的訊息。他一面說，一面用手指撫摸著桌上的字和上面的珠子。

他說完後，希西莉雅一陣沉默，安德斯清清喉嚨問，「妳覺得呢？」

從電話另一頭傳來的聲音聽起來，他推論希西莉雅又躺下了。

「安德斯，我認識別人了。」

「對，好。」

「所以……我沒辦法為你做什麼，不可能了。」

「可是……這跟那些事無關。」

「那跟什麼事有關？」

「是關於……關於……希西莉雅，我發誓我說的是真的，我告訴妳的事是真的。」

「你要我做什麼？」

原本如此簡單的事卻突然變得如此困難。安德斯的目光掃過餐桌，彷彿在尋找線索，他的視線再次停留在那幾個細長的文字上。

「我不知道，我只是想……告訴妳。」

「安德斯，我們在一起的時光……雖然是那樣結束的……如果你需要協助，如果你真的、真的需要協助，我會幫你，否則不行。我做不到，你明白嗎？」

「明白，我明白，可是……可是……」

那些話卡在他的嘴裡，他聽著自己的話，聽著他們之間對話的進展，意識到她也只能說這些，不可能說別的了。

要是我的話會說些什麼？

他思索一番。換成是他的話會把握這個機會，什麼都願意相信，不是嗎？畢竟他也曾經抗拒奇蹟。就算如此，他還是不會有希西莉雅那種反應，他會為了有藉口和她在一起而相信她。他覺得胸口一陣刺痛，進而咳嗽。

希西莉雅等他咳嗽完才說，「安德斯，晚安。」

「等一下！只有一件事，那有可能是什麼意思？」

「什麼？」

「『抱我』可能是什麼意思？」

希西莉雅吐氣的聲音彷彿一絲嗚咽，而非嘆息，她也許想說些什麼，可是最後說出口的卻是，「安德斯，我不知道，我不知道。晚安。」

「晚安。」他吸一口氣又說，「對不起，」可是她聽到前就掛斷了。安德斯放下電話，額頭靠在餐桌上。

別人。

他現在才意識到自己有多麼希望，在他爛醉如泥的心靈一角，有某種方法，在某處，他們也許……別人。他在那裡，他在聽嗎？不，感覺不像旁邊還有人，希西莉雅說話的語氣不像有人在聽。

所以他們還沒有同居。也許……

他用額頭大力敲著餐桌桌面，炙熱的痛苦湧上頭骨，交雜的思維浮上表面又沖刷掉。

放棄吧。放棄吧。

他抬起頭，那股痛楚如改變狀態的液體般從眉骨被沖刷到後腦勺後停留。帶著清明的目光檢視廚房的四周後，他說，「只剩下妳跟我了。」

大海纏繞著海灘上的碎石、放開、再度纏繞。來來回回、反反覆覆，永恆不變的抓住、放開、再重新開始。

他疲倦了，再也無力面對其他的事。

安德斯帶著安分而沉靜的頭痛起身走過起居室，不理會腳下嘎嘎作響的玻璃碎片和被風吹得四散的火種灰燼。他走進臥室裡，沒有開燈或更衣就鑽進瑪雅的被窩，拉起她的毛毯蓋上。

好了，一切都沒事了。

他看著月亮透過窗戶微弱地照亮著臥室中央的雙人床。

那邊是雙人床，我如果害怕可以過去那邊。

他閉上眼睛，隨即沉入夢鄉。

岸邊的發現

早上八點半有人敲門時，希蒙才睡了幾個小時而已。強風和邪惡的預兆讓他直到晨光灑進臥室窗戶時才睡著。那時風勢已經轉小，他終於得以放鬆、投降、進入淺眠。他下床時身體僵硬，沉重得彷彿是在水面下移動，他穿上睡袍，蹣跚地走向門口。

看起來艾洛夫・隆德貝就在希蒙終於睡著時醒來，他精神奕奕、雙眸有神，軟帽安穩地戴在頭上，上下打量著希蒙，做了個鬼臉。

「你還在睡嗎？」

「沒有，」希蒙說，轉動頸部紓解脖子的僵硬，「已經起來了。」

他挑戰地怒視著艾洛夫，鼓勵他說出究竟來意為何，因為他可沒心情閒話家常，至少不是現在。就算有那個閒情逸致，對象也不是艾洛夫。艾洛夫感覺到氣氛不對，突然惡狠狠地伸出下唇、挑起眉毛說，「我只是來告訴你，你的船移位了，如果你有興趣知道的話。」

希蒙嘆口氣，「我想知道，是的，很謝謝你。」

艾洛夫忍不住把握這個機會。他出自一番好意而來，卻遭受到斷然的回應。他說，「當然，有人比較喜歡那樣，只靠一條繩子綁著，可是引擎一直刮到碼頭，這樣不太好。」

「對，你說得對。謝謝你。」

艾洛夫杵著，彷彿在等待報酬，不過希蒙知道並非如此，他只是想幫忙處理船，受邀進屋喝杯咖啡，這樣他才能聊聊萬一船真的鬆脫會怎麼樣，諸如此類等等，就是鄰居之間聊聊該如何妥當地處理事務。

可是希蒙沒那個心情。艾洛夫杵在那裡點了好一會兒頭，卻沒有受到希蒙的邀請，他只好揉揉雙手說，「好吧，這碼子事說完了。」接著他用身體的每一個細胞使勁跺腳離開，表示自己受到很不公平的待遇。希蒙關上門，點起廚房的爐火。

既然船整個晚上都這樣了，再等一會兒也無妨。

瑪雅失蹤之前，希蒙和艾洛夫處得很好。安德斯和希西莉雅回到市區之後，希蒙問艾洛夫，那天在前廊他為什麼要希蒙打電話叫安德斯他們回來。

「你為什麼這麼說？」當時他問。

艾洛夫突然異常忙碌於手上準備著的熱早餐，看著砧板，頭也不抬的說，「只是突然想到而已。」

艾洛夫以誇張的謹慎切著水煮馬鈴薯，避免與希蒙正眼相對。

「這是什麼意思？」

「沒什麼特別的，我只是想到他們去那裡也許不太好。」

希蒙坐在椅子上瞪著艾洛夫切完馬鈴薯，毫無選擇的艾洛夫只好與他正面相望。

「艾洛夫，你知道什麼我不知道的事嗎？」

艾洛夫起身背對希蒙，忙著準備平底鍋和奶油。他聳聳肩說，「比如什麼？」

最後希蒙選擇放棄回家，留下艾洛夫和他的馬鈴薯與培根塊，可是那天之後他們的關係就變調了。希蒙怎麼也猜不出艾洛夫知道什麼，只知道確有其事，他無法接受艾洛夫拒絕告訴他，畢竟出事的是希蒙的孫子，和他自己的孫子沒什麼兩樣。

當他告訴安娜葛蕾塔時，她基本上站在艾洛夫那一邊，認為他也許只是突然想到，不值得大驚小怪。

否則還可能是什麼事呢？

希蒙就此罷休，可是並沒有忘記。

廚房的爐火拒絕點燃，經過一夜的呼嘯後，暴風的威力不再，不餘一絲風力，煙囪的空氣也無法流通。希蒙在微弱的火星噴上液態火種，火苗轟然一聲，意外地恢復生氣。

他打了個很大的呵欠，拉近一張椅子。他不小心把火柴盒留在廚房餐桌上，打開後發現小蟲似乎稍微恢復了，灰色的外殼已變成淺黑色——如果有這種顏色的話。不過，它吸收了一些唾沫之後仍未恢復閃亮的光澤，看起來已脫離瀕死邊緣，只是也不怎麼健康。

希蒙擁有水靈至今已屆十年，每天都餵它唾沫，舊的火柴盒磨損就換上新的。可是他從來沒有做過現在要做的事：他翻過盒子，把小蟲倒在手上。

昨天晚上，有什麼事發生了。這麼多年來，希蒙對水靈的感覺總是混雜著敬意與厭惡，可是，看到它可憐兮兮、奄奄一息的樣子，那種感覺改變了。與其說是同情，不如說是共同的命運使然，他們受制於同樣的條件。

小蟲的外殼碰觸到他的肌膚，他輕輕咬著舌頭。通常，手裡握著蟲子總給人一股微微不快的感覺，那是一個獨立存在的小生命，做著細微的動作。

可是這隻小蟲是例外。

一切無恙，希蒙放鬆坐著，攤開掌心捧著體溫比他還高的小蟲。他知道只有幾度的差別，但已足以使他認知到手上的溫暖。

他好奇地闔上手掌、閉上眼睛。小蟲輕輕、緩緩地在他溫柔闔上的掌心裡移動，將皮膚搔癢的感覺傳送到手臂上，經過心臟傳送到他的大腦，如微弱的電流般四處流竄，刺痛頭皮。

希蒙看著窗外草地上閃閃發光的朝露，覺得自己似乎把每一滴露珠都看得清清楚楚，他的思維觸碰得到每一滴露水，看得到樹幹裡每一條隱藏的導管，也看得到毛細作用吸上水分後循著樹葉細微的葉脈而上。他彷彿處於出神狀態，手裡握著小蟲，走出大門到前廊。

他感到極度震驚。

所有的水……所有的水……

他看到所有的水。地球上的水及其組成，水桶裡的雨水，活著的生物包覆著死去的昆蟲和枯葉。他看到草地裡水脈穿過地層，看到一切，所有的生物，不論綠色黃色或紅色……幾乎完全由水構成。

他繼續走向碼頭，看到大海。

突變。

他無法表達自己為什麼知道這一點，也無法以邏輯解釋，只知道大海發生突變，有哪裡不對勁。他走到碼頭上，接著走在水面上，突變的水上。

這涵蓋一切的知識佔據著他，他以堅強的意志力成功地以自己的思維加諸其上。連接船尾的舊棉繩斷了，船身指著大海的方向。

過去，他得接觸到水才能駕馭它。現在他只消要求海浪推一下船身，讓它朝碼頭飄過來，一道波浪就使船身自行轉向，直到船尾撞到一根繫纜柱。

他蹲下來，卻無法抓住拖在船身後方的繩頭，便要求水把繩子丟給他。來自海床的活動浮現水面，繩子被一道波浪丟上碼頭，使希蒙全身濕透，他還沒抓住繩頭，繩子就又滑回水裡了。

他抹去臉上的水珠，看著繩子沉入水底，發現繩子的纖維已經吸飽了水分。這次他要求繩子裡的水到他這裡來，繩子彷如籃子裡的蛇般聽話地從水面升起，滑入他伸出的手。他用剩下的一截短繩打了個簡單的結，船再度穩當停靠。

希蒙身上的睡袍濕透，他也快凍僵了。他開步走回房子，一面要求繩子纖維裡的水提高溫度，水也聽命。他不想要求水離開他的身體，萬一被人看到他身上圍繞著一團蒸氣離開碼頭，那就太詭異了。水靈的顫抖繼續穿透他的體內，彷彿他的血液開始沸騰。他依然非常清明的看得到身邊所有的水，開始如發高燒般感覺疲倦至極。這個體驗太沉重了，不適合人類。

他進屋後馬上把水靈放進盒子裡，努力思考完剛剛的想法。

不適合人類。

實情便是如此，他手上擁有一件不適合人類的東西，也許這正是他保守祕密的原因：他不該擁有這樣東西，它屬於別人，屬於別的東西。

他終於更衣走出屋外，水靈回到火柴盒裡，放在他的口袋。他對水的洞察力也恢復原狀：只是一種知覺，一種感受，如此而已。他坐在前廊的椅子上，試著以自然的感官感受這美麗的秋日。

可是他做不到。一對燕雀在鮮紅色的花楸莓叢間覓食，他卻只看到鳥。晨光灑在紅黃間一千種細微色差的楓葉上，他卻只看到一棵樹。天空的雲朵只是雲朵，後方的天空只是無盡的虛空。

萬物各就其位，彼此之間卻毫無連結。他的雙眼看到視線所及的每一件事物，卻無法領略其整體性。他剛剛還是地震儀上顫動的指針，剎那間卻成了僵硬不動的棍子。他搖搖頭，拍拍口袋。

你很危險，真的很危險，我覺得會上癮。

抽離了這靈視的天賦能力後，他凝望著自己在這世間的小王國：草坪、花園、碼頭、石岸及海口一叢叢的蘆葦，一切靜謐而平凡。不過蘆葦叢裡有什麼東西，他眯起眼睛對抗著閃爍的海面，起身看得更清楚些。

看起來像一段木頭，也許夜裡某處的碼頭鬆脫了，散布在群島各處。果真如此，海口大概有更多漂流木可供撿拾。他呻吟一聲，挺起身子，沿著海岸線走著，更靠近時才看到那並不是木頭，除非有人決定為一段木頭穿上裙子和毛衣外套。

是人，一個女人。

他的步伐改變了，涉水時腳步警覺、帶著敬意。他所接近的是一具屍體，而且他認得那身衣服。

是霍里耶的老婆希格麗。

他走到距離確定是希格麗的屍體大約一公尺處，水深已到小腿肚。她面朝下漂浮著，但毫無疑問是她：灰色毛衣外套，厚重的棕色裙正是她每天在村子裡、出海時的穿著。

他停下腳步。希格麗中等長度的灰髮在頭顱四周向外漂浮著，彷彿有一隻大水母在她的後腦勺徘徊。她已經漂進蘆葦叢裡好幾公尺，也壓壞了一些莖幹。希蒙並不想看她的面孔變成什麼樣子，他能輕易地利用水靈的協助將她翻身，甚至拖到岸邊，可是沒有意義，她肯定已經溺斃。他走向她的這段時間裡，她動也不動地趴在平靜的水裡。

她在那裡多久了？

一定是夜裡發生的，她已經消失近一年，現在才被潮汐推上水面，拉向岸邊。

一年？

希格麗一隻手向外伸，希蒙看到白色的手掌。他研究那幾根手指，嚇了一跳，以為它們在動，其實那只是水面些微的波動，光線的游移。雖然如此，他還是後退一步，用手揉揉臉。

到現在她不是該……變成白骨了？

他不是真的懂這些事，卻也不認為泡在水裡將近一年的屍體手指還能完好如初。大海深處有許多飢餓的生物。

這時候，他意識到自己站在及膝的水裡看著一具屍體，彷彿他們周遭有一個泡沫包圍著，一個很難打破的不快魔咒。他很有可能在那裡停留許久。

戈藍。

他必須涉水回岸邊，聯絡戈藍，就是這樣。他慢慢地從漂浮的屍體前倒退，不想轉身背對她，直到上岸才敢轉身，笨重地盡快走向他家，途中還轉頭幾次確認一番。

確認她沒有跟著我。

幸運的是戈藍在家，也知道該怎麼處理，打電話聯絡了相關單位。一小時後，救生艇打撈了希格麗的屍體，運送到納丹。一名年輕警察針對希蒙發現屍體的細節問了幾個問題，結束時闔上筆記本問道，「她有丈夫對不對？」

「是的，」希蒙回答，看了戈藍一眼，他手插在褲袋裡，瞪著地面。

「他住在哪裡？」

希蒙正指著卡度南打算提供方向時，戈藍說，「我可以處理，我去通知他。」

「這樣好嗎？」

戈藍露出微笑，「這樣比較不那麼糟。我想你會發現霍里耶有點……難溝通。」

那名警察看看手錶，顯然還有其他事要處理，而不是通知難溝通的人。

「好，」他說，「可是你該警告他，我們檢查過遺體之後，晚一點有問題要問他。」

「他不會跑掉的。」

「什麼意思？」

「我猜和你一樣的意思。」

他們直視著對方，點點頭肯定彼此的專業。

那名警察用大拇指指著海口的方向說，「我是說，她不可能在水裡待了一整年對不對？」

「對，」戈藍說，「不太可能。」

那名年輕警察登上警用汽艇，戈藍和希蒙留在碼頭上，凝望著幾乎靜止的大海。除了警用汽艇駛向本土時留下的水痕之外，海面就像一片巨大的鏡子，反射著天空，卻隱藏自己的祕密。

「有事情在發生了，」希蒙說。

「什麼事？」

「跟大海有關的事，大海發生了什麼變動。」

希蒙的眼角餘光瞄到戈藍轉頭看著自己，但他只是繼續凝望著冰冷、明亮的藍色水面。

「怎麼說？」戈藍問。

希蒙知道的事情難以言喻，最接近的說明就是他感覺到大海的突變，可是他不能這麼說，只能告訴戈藍：「大海在改變，大海……變壞了。」

非常微小的事件

倘若某片樹葉沒有掉落，也許一切都會有所不同，這個故事會朝完全不同的方向發展。上述的樹葉長在島上的高聳楓樹上，距離希蒙的碼頭約二十公尺。那天早上，希蒙坐在前廊時才看了這片樹葉一眼，當時他剛脫離了水靈所帶來的超敏感感官知覺。

時序是十月中旬，受暴風侵襲的楓樹落葉不少，只剩下枯黃的葉片鬆散地依附在樹枝上，看來今天之內約莫還會繼續攀附著。下午時分非常平靜，只有幾片楓葉偶爾飄落到地上，加入一堆已乾枯的楓葉。

有誰能真的說明決定是如何做出的，情緒如何改變，思維如何出現？我們可以談靈感和晴空出現的一道閃光，可是，也許所有的事物只是那麼地簡單，卻又無盡地複雜，正如一片特定的樹葉在特定的那一剎那落下的過程，抵達某一個點，如此而已。必須發生，也發生了。

上述的樹葉並不需要詳細的描述，只不過是秋天裡一片平凡的楓葉，如咖啡盤大小，黃橘色的葉片上有些黑色與深紅色的斑點。異常美麗，卻又平凡至極。乾枯的纖維體將葉片連接在樹身一半高度的樹枝上，地心引力取得上風，樹葉鬆脫，飄落在地。

戈藍去找霍里耶之後，希蒙在碼頭佇立良久，瞪著海面。他在尋找什麼看不見的東西，正如濃霧中看不到的陸地，只不過更糟的是，他完全不知道自己在尋找的是什麼。

他放棄尋找，轉身走向島內，打算進屋喝杯咖啡。正當他擺動著雙手離開碼頭，失神地專注於內心的思緒時，眼角瞄到一絲晃動，隨即從手上傳來一絲輕撫的感覺，使他停下腳步。

他的手上有一片楓葉，彷彿黏在掌心。他抬頭看著樹頂，只有這片樹葉掉落。他沒有做什麼就握在掌心的這片樹葉已經乾枯了，在他經過楓樹下時正好飄落到他的手上。

他舉起手研究這片楓葉的脈絡，彷彿努力解讀著不熟悉的字跡。樹葉上什麼也沒有，沒有要傳達給他的訊息。風屏息不動，一切靜止。

我在這裡。

希蒙體內湧上一股突如其來的快樂。他環顧四周，淚盈於睫，感受到一陣源源不絕的感激：為他竟然存在的這個事實，為他能在秋天走在一棵樹下，一片樹葉掉落他的掌心，彷彿是來自樹葉的訊息在提醒著他：**你存在。我掉落，你在那裡。我沒有落在地上，因此你存在。**

不，樹葉沒有落在地上，希蒙也沒有躺在蘋果樹下死去，或死在蘆葦叢間。他們的路徑交會，於是佇立於此。經過發生的一切之後，希蒙也許有些過於敏感，不過在他看來彷彿是個奇蹟。

他不想回家了，於是改變方向，手裡捧著樹葉走向安娜葛蕾塔的家，腦海裡浮現伊維特・陶柏的歌詞。

是誰賜給你視覺和感官？是誰賜予耳朵得以聽到海浪的洶湧波濤，歌唱的聲音？

眼前的秋意異常美麗，他小心翼翼地不去破壞這番景致，輕輕打開安娜葛蕾塔家的大門，悄悄走進玄關，依戀著這個感覺：世界是神聖的所在，每一種感官知覺都是天賜。他聞得到她家的香味，聽得到她的聲音，很快就看得到她。

「不行，」廚房裡的安娜葛蕾塔說，「我只是覺得我們該談談整件事，有些事改變了，而我們還不知道有什麼意義。」

希蒙皺起眉頭。他不知道安娜葛蕾塔在跟誰講電話，也不知道他們在講些什麼，此舉使他覺得自己彷彿在偷聽。他正打算轉身關上門宣布自己的出現時，安娜葛蕾塔說，「希格麗是我唯一知道的例子，我不知道這代表什麼意義。」

希蒙遲疑了一會兒，抓住門把，就在他緊緊關上門之前，他聽到安娜葛蕾塔說：「那就後天吧？」

希蒙關上門，穿過玄關，確定安娜葛蕾塔聽到自己進門的聲音，走到廚房時剛好聽到她說，「好，到時見，」她放下電話。

「是誰？」希蒙問。

「只是艾洛夫罷了，」安娜葛蕾塔說，「要喝咖啡嗎？」

希蒙用手指把玩著樹葉，努力以一副漫不經心的口氣問道：「你們在講些什麼？」

安娜葛蕾塔起身拿杯子，從爐子上拿起咖啡壺。希蒙的問題很小聲，也許安娜葛蕾塔沒聽到，可是他覺得她聽到了。他轉動著樹葉，再問一次，覺得自己好像小孩子：「你們在講些什麼？」

安娜葛蕾塔放下咖啡壺，一臉不屑的表情，彷彿這個問題使她發笑，「你問這做什麼？」

「只是好奇而已。」

「過來坐下，要來片餅乾嗎？」

希蒙體內湧上的快樂消失了，只剩下胃部乾枯的河床，石頭與尖銳的灌木叢。他覺得有什麼事不對勁，最糟糕的是他經歷過不只一次。當希蒙問安娜葛蕾塔出門去了哪裡時，她也是這樣迴避他的問題，直到他放棄為止。

這次他不打算放棄。他在餐桌前坐下，安娜葛蕾塔想幫他倒咖啡時，他用手蓋住杯口。她抬起雙眼看著他，他說，「安娜葛蕾塔，我想知道妳和艾洛夫談了些什麼。」

她努力擠出微笑，可是希蒙的臉上沒有絲毫的回應，她的笑容便又消退。她看著他，須臾之間，她的表情浮現了什麼……什麼危險的東西。希蒙等著她回答，安娜葛蕾塔搖搖頭，「就一些有的沒的，我不明白你為什麼這麼有興趣。」

「我有興趣，」希蒙說，「因為我不知道妳和艾洛夫有那種關係，」安娜葛蕾塔張嘴想回答，可是希蒙繼續說，「我有興趣是因為我聽見你們講到希格麗，關於有事情改變了。」

安娜葛蕾塔不再努力把談話內容維持在日常對話。她放下咖啡壺，直挺挺的坐著，雙臂交握，「你聽到了。」

「我是湊巧聽到的。」

「這樣的話，」安娜葛蕾塔說，「我認為你該忘了自己湊巧聽到的事，不要再提了。」

「為什麼？」

安娜葛蕾塔雙頰一吸，彷彿正要吐出什麼酸的東西，接著她的態度軟化，姿態也鬆懈了些。她說，

「因為我要求你這麼做。」

「可是這太瘋狂了，到底是什麼事這麼神祕？」

安娜葛蕾塔眼中再度露出近似危險或陌生的神情，她幫自己倒了一杯咖啡，坐在餐桌前平靜而理性地說，「不論你說什麼，不論你可能多麼失望，我都不打算討論，到此為止。」

就這樣。一分鐘後，希蒙站在安娜葛蕾塔的前廊，手裡還捧著那片楓葉。他看著它，幾乎不記得自己為什麼覺得那片樹葉如此特別，讓他來到這裡。他丟掉樹葉，走向自己的家。

「到此為止，」他喃喃地說，「到此為止。」

舊識

很久以前在聖經裡
我們的幼稚園老師
註記下我們真正的源頭：
從陰影之中漂流上岸。

——安娜・史托比（Anna Ståbi），《流》

關於大海

陸地和大海。

我們可以視兩者為相對或互補。不過我們如何看待大海，及如何看待陸地，其中大有差別。

當我們走在森林裡、草原或鎮上時，我們視周遭的環境為獨立元素的組成，有各種大小不一，種類不同的樹木、建築、街道，各種草原、花朵與樹叢，我們的目光流連在細節上。當我們站在秋天的森林裡，試著描述眼前豐富的景觀時，我們變得語塞。這些都是存在於陸地的現象。

可是大海，大海完全不同，大海是一個整體。

我們也許注意到大海多變的形象，海風吹起時的模樣，如何反射出不同的光影，潮起潮落，可是我們眼中所看到的仍是大海。為了航海及便於識別，我們賦予不同部分的大海各自的名稱，可是如果我們站在大海之前，仍然只有一個整體，也就是大海。

倘若搭著小船出海到四處皆不見陸地之處，我們也許看得到真正的大海，但不是愉快的經驗。大海是眼不見、耳不聽的神祇，環繞著我們，對我們有無上的影響力，卻連我們的存在都不知道。我們的渺小遠遠不及象背上的一顆沙粒，如果大海想要奪走我們，輕而易舉，這就是大海，沒有極限，毫不讓步。它給予我們一切，也能從我們身上奪走一切。

我們向其他神祇禱告：請保護我們免於落入大海之手。

耳畔的低語

暴風離開的兩天後，安德斯站在下方的苦艾坡上，檢視著倒栽蔥杵在木條上的小船，其狀況令人沮喪。五年前，他不花一毛錢就得到這艘船不是沒有原因的。

由於耗損的合成塑膠船體並沒有制度化的處理方式，因此這些船不是到處亂放，就是免費送給需要的人。否則還有最後一個方法，如果你真的決心處理掉那爛東西，就把船拖到海灣裡，鑽個洞讓它沉入海底。看起來，安德斯的小船可能已經準備好面對那最後的旅途了。

船身處處裂縫，引擎架也裂開了，槳架旁的玻璃纖維已經脆弱得可能一觸即裂。其實安德斯的工具棚裡有一部十馬力的約翰森型舊引擎，可是他不確定是否能發動。

船身真的已經無法修補。其實他只是需要一艘能下水的船，這樣他想補充補給品時，才不用向希蒙借船。

他走到碼頭上，主要是為了檢查碼頭是否能支撐他的重量，結果還行。有些厚木板已經腐爛了，下層一塊木頭也已鬆脫，不過碼頭也許還能再撐個一、兩年。

西南方吹來一陣和緩的微風，安德斯得用手圈住打火機才能點著香菸。他順著風吐出煙霧，拿出裝著稀釋酒的塑膠瓶喝了幾口，聽著海風吹過海口的蘆葦叢發出嘆息聲。才早上十一點，他已經處於很舒服的微醺狀態，能不帶一絲焦慮地想像綠色蘆葦在微風中搖擺。

要不是喝了酒，安德斯大概已經出現幻覺了。前幾天希格麗的屍體就在蘆葦叢裡被發現，現在的他也有如驚弓之鳥。希蒙說希格麗的狀況正如臆測，屍體被發現時入水還不到二十四小時，沒人知道這之前她的行蹤。

幾名穿著青蛙裝的鑑識人員在蘆葦叢裡四下刺探，安德斯則站在臥室窗前看著他們，看樣子並沒有找到足以解開謎團的線索，於是他們拋下踐踏過的蘆葦，回到本土。

檢查了釘在破窗子上的硬紙板後，安德斯進屋倒了一杯咖啡，在廚房餐桌前坐下。磚片上已經有一百顆珠子了，只有一開始的那幾顆是他放的，其餘的珠子都是在他晚上上床後才出現。

他還在等待訊息，可是這些珠子什麼也沒有透露。除了那片白珠子之外，其他部分只用到藍珠子。

安德斯每天都越來越強烈地感受到瑪雅在屋子裡，可是她卻拒絕給他清楚的指示。他已經不再害怕了，確定女兒的某個部分還在這世上，反而帶給他慰藉。她在他身邊，他對她說話。持續不斷停留在微醺狀態使他無法整理思緒，感受力卻更敏銳。

有人敲門，三秒後大門打開，安德斯從腳步聲聽出來者是希蒙。

「有人在家嗎？」

「我在廚房，進來。」

安德斯迅速地看看四周確定沒有酒瓶。沒有，只有一盒葡萄汁無辜地立在流理台上。

希蒙沒有客套，直接走進廚房坐下來問道：「有咖啡嗎？」

安德斯起身倒了一杯放在希蒙面前，他正在凝視著磚片上的珠子。

「這是你的新嗜好嗎？」

安德斯揮揮手表示不是那麼回事，結果碰到自己的杯子差點打翻。可是希蒙沒有注意到，他沉浸在自己的內心世界裡，顯然有心事。他默坐良久，手指撫摸著桌面，畫著看不見的形狀。終於他問：「你覺得你能瞭解另一個人嗎？真正地瞭解另一個人？」

安德斯露出微笑：「你應該是這方面的專家才對。」

「我開始覺得並不是。」

「什麼意思？」

「我是說，不論你偶爾如何想像自己做得到，可是你永遠無法變成那另一個人。你是否曾經覺得和某個人是如此地親近，親近到有時候……只是一下子……當你看著那個人時，突然出現這種感覺，覺得……那個人是我。在一片混亂、真空之間，你不知道出現這個想法的是誰，這個人是不是我自己。然後你意識到，錯了，畢竟我還是我自己而已。你有過這種經驗嗎？」

安德斯從來不曾聽過希蒙這樣說話，也不確定自己是否喜歡。希蒙應該是不複雜、很可靠的人。安德斯自己對於存在感的不安已經夠他煩惱了，可是他還是回答，「有，我覺得有。總之我知道你的意思。可是你為什麼這麼問？是跟奶奶有關嗎？」

「那只是其中一個原因。很奇怪對不對？你和一個人相處了一輩子，可是你卻不瞭解，並不真的瞭解這個人，因為你不能成為那個人，對嗎？」

安德斯不明白希蒙的重點為何，「可是，我的意思是說這一點很明顯，我們都很清楚啊。」

希蒙用食指急速而不悅地敲著桌子，「那就是重點，我不覺得我們知道這一點。我們把自己當成起點，想像很多事情，只因為我們聽懂另一個人的意思，就以為自己知道她是什麼樣的人，問題是我們根本就不知道，完全不知道，因為我們不可能變成那一個人。」

希蒙離開後，安德斯躺在瑪雅的床上良久，看著天花板的蜘蛛絲像骯髒的曬衣繩般向外飄浮著。他又調配了一瓶稀釋葡萄酒，不時吸上幾口，思索希蒙的話。

我們不能成為另一個人，可是我們以為做得到。

他打電話給希西莉雅不也正是同樣的道理嗎？他以為她會瞭解，他看得到的她也看得到，畢竟這麼多年來他們不分彼此，幾乎已經合而為一。

可是，他們之間並沒有超乎自然的連結，他們分手了，互不相干。如果他們之間真的那麼親密，就沒那麼容易被拆散。他們會堅持不懈，直到完全瞭解對方，不論身處何等絕境。

安德斯舉起瓶子，伸開手臂劃個圈子涵蓋房間和整間屋子，大聲說，「可是我真的瞭解妳。」

真是如此嗎？

他想到瑪雅還是嬰兒的時候，他每每站在嬰兒床前看著睡在裡面的她，看到她作夢時眼皮下的眼球快速移動，他有多麼地驚訝，多麼希望自己能進入她的腦袋裡，看到她所看到的事物，試圖瞭解那小小的心靈有可能需要面對什麼，她眼中的世界真實的模樣。

不，我們不瞭解。

瑪雅失蹤後，他一直惦記著她，在腦海裡對她說話，或大聲說出來。隨著時間過去，瑪雅在他的腦海裡成了一個明確的影像。既然她已經不存在了，也就無法改變，這個洋娃娃般的固定影像成了他放在心裡思念的對象。

「已經不再是那樣了，」他對著房間說，「現在我會猜妳在做什麼，妳在的地方是什麼樣子，妳身上發生了什麼事。我很害怕，希望能再見到妳，那是我最大的願望。」盈眶的淚珠溢出滴在瑪雅的枕頭上，「只要能再見妳一面，把妳抱在懷裡，那是我的願望，那是我的願望。」

安德斯吸吸鼻涕，揉揉雙眼，擦乾眼淚。他縮著肩膀坐在床沿，怯懦得像個焦慮、害怕被罵的小孩。

他看到床下一疊小熊邦瑟的漫畫書，拿起最上面那一本，一九九三年第二期。為了讓瑪雅有讀物可看可讀，他們來度瑪雷時，他在跳蚤市場買了一整疊。

漫畫封面是白兔小蹦和烏龜甲殼人在船上，他們正前往一座迷霧中的島嶼，一如往常，小蹦看起來非常擔憂。安德斯躺在瑪雅的床上開始閱讀。

故事內容說的是剋星船長和埋藏的寶藏，結果是惡作劇。安德斯繼續讀，臉上露出微笑，他曾多次用不同方式詮釋這些熟悉的對白，大聲讀給瑪雅聽：

「等一下，邦瑟！我有一些雷電蜂蜜。」

「呼呼……謝謝你，小蹦……呼呼！」

「喔不好了！他的水管掉了，這下他們麻煩大了。」

安德斯繼續讀下一個小貓楊森的故事，偶爾拿起瓶子喝口酒。他讀完漫畫後，花了點時間讀書背，照片裡的兩個小孩戴著邦瑟的帽子，只要五十八克朗就可以買到。然後他看到自己。

他看到自己躺在瑪雅的床上，一手拿著邦瑟漫畫，一手拿著瓶子，他笑了。瑪雅已經很久不喝牛奶、吃米精了，可是六歲的她還是用奶瓶喝果汁，這樣一來，她讀邦瑟漫畫或聽錄音帶時，才能躺在床上邊吸奶瓶。

他意識到自己的行為。只要瑪雅的床還空著，她的漫畫放在那裡沒人讀，她曾經存在之處就有一個空位。如果他不想把她從記憶中抹去，丟掉她的東西，就必須有東西填補那個空位。他以自身重現她的記憶，做她做過的事，表示她沒有消失，她曾經愛過的東西都還在。

「無論如何，妳還存在於某個地方。」

安德斯下床時雙腿沉重，在玄關穿上鬆軟的海利•韓森牌上衣前往柴房，瑪雅稱為「他的熊皮」。安德斯如果打算在破厝過冬，就需要柴薪，而且是很多的柴薪。父親去世時所留下的一小筆遺產已經快被他用完了，除非絕對必要，否則他負擔不起燒油當暖氣。

霍里耶去年送來的一堆柴薪還放在那裡等著處理。安德斯從工具棚裡拿出電鋸，加了汽油，為鋸子上油，暗自禱告一番，然後拉了發動索。電鋸當然沒有發動，他也沒以為會發動。

他拉了發動索約三十次，開始覺得右手發麻，汗流浹背，電鋸仍然了無生氣。他拿出自己的十字螺絲起子及套筒扳手，打開火星塞清潔，有可能只是火星塞生鏽這麼簡單的問題而已。

他把火星塞放回原位，點根香菸，喝一大口酒，瞪著電鋸。他拍拍電鋸，試著哄騙、說服它化油器或其他他無法修理的零件都沒有問題，問題出在火星塞，而且已經解決了。

「而且我得有柴薪，你知道，如果我要待在度瑪雷的話，沒有柴薪我就得搬家，你就得回工具棚裡再過一個生鏽的冬天。」

他再喝一大口酒，考慮了一番，意識到自己的論點有一個漏洞。就算他有了柴薪，電鋸還是得待在工具棚裡。

「好吧，這樣好了，如果你現在發動的話，那你今年冬天就可以待在溫暖的室內，就像過去應得的待遇。都是我的錯，好嗎？」

他用鞋跟把菸蒂踩進一整片覆蓋這個區域的舊鋸屑裡。

我的話還真多，我對每樣物品都有話說。

他拿起電鋸，拉起阻流瓣，深呼吸一口，拉起發動索。引擎咳嗽一番，一個汽缸先行運轉，安德斯迅速推回阻流瓣，可是引擎停止了。他再拉一次，發動了，電鋸顯然很樂意被說服。

鋸子本身跟新的沒兩樣，輕易地把木頭削成容易處理的木塊。汽油用玩時，他已經鋸了三分之一的數量。

他拿下護耳套，耳畔嗡嗡作響。這半個小時裡，他拿著電鋸，彎腰又鋸又滾、又鋸又滾，什麼也沒想，既沒有負面想法，也沒有正面想法。除了電鋸的怒吼聲，撒在脛骨上的鋸屑令人發癢之外，他的腦袋一片空白。

我可以這樣過日子。

他滿身大汗、口乾舌燥，可是卻沒有以酒止渴，而是進屋喝了很多水。他已經很久沒有這麼舒服了，甚至覺得彷彿做了什麼稍具價值的事。他已經很久沒有這種感覺了。

他回到屋外，喝光瓶子裡的酒以資慶祝，抽了根香菸，再拿起斧頭。半數以上的木頭是棕木，已經放著乾燥兩年了，他從那裡下手。這個工作很辛苦，大都需要好幾分鐘才能劈好，他不時塞進一塊樺木或榆木替換，比較輕鬆。

他用斧頭工作了約一個小時，手臂很痛。正打算結束這一天的工作時，他又感覺到了，有人站在背後看著他。這次他沒有害怕，而是用斧頭的頂端推開放在劈柴墊上的一塊樺木，抓緊斧頭的把手，猛然轉身。

「你是誰？」他大叫，「出來！我知道你在那裡！」

白楊樹的黃葉沙沙作響，他斜斜看著顫抖的樹葉，彷彿它們是廣告看板上的金屬薄板，隨時有訊息或臉孔出現。可是什麼也沒有，他持續感受到黑暗的威脅，有人在打量著他，磨著刀子。

安德斯突然聽到拍打的聲音，一顆深色的球飛越他的頭部。他直覺地舉起斧頭保護自己，可是那顆球沒有停下來，接著他就聽到工具棚裡傳來一聲撞擊聲。

是鳥，是一隻鳥。

他放下斧頭。鳥正在工具棚裡到處亂撞，驚惶失措，羽毛亂飛、鳥爪亂抓。安德斯聽聲音就知道是一隻小鳥，他等待片刻，被監視的感覺已經消失了。

那隻鳥？

不，不是那隻鳥在看著他，而是更大、更黑暗的東西，那隻鳥只不過剛好在這時候出現。安德斯走了幾步到達工具棚，從門縫看進去。雖然只是小型生物，被關在密閉空間裡的鳥兒那驟然、快速的動作卻依然使人警覺，它們的鳥嘴和鳥爪也許很小，卻也銳利無比。

他鼓起勇氣上前開門，然後才看到鳥兒。他對鳥的分類一無所知，那隻鳥有可能是紅腹灰雀，也有可能是大山雀，它就端坐在工具棚後方架上的一個塑膠瓶上，像馬戲團表演藝術家般攀爬著，平衡在狹窄的瓶塞上。

安德斯踏進工具棚一步，鳥不安地移動著，爪子摩擦著塑膠瓶塞，黑眼珠閃閃發光，但安德斯看不出它目光的焦點。他靠近一點低聲問：「瑪雅，是妳嗎？瑪雅？」

安德斯朝著沒有反應的鳥兒伸出手，動作緩慢，一次幾公分，當他快要摸到羽毛時，鳥兒雙腳一躍飛出工具棚，留下安德斯伸長著手站在那裡，彷彿試圖抓住海市蜃樓，結果抓住了瓶頸。

安德斯看看門外，鳥兒已消失無蹤。無事可做的他檢視手上的瓶子，裡面裝著霧狀液體，看起來既不是汽油也不是油。他打開瓶塞，飄出一股苦澀的氣味，他完全不知道可能是什麼。他把瓶塞鎖緊，翻過瓶身，注意到一張手寫的標籤。

他認得這個筆跡，這捲曲、抖動的筆跡屬於他的父親。他在一片撕下來的膠帶上寫著：「苦艾」。瓶子裡裝的是苦艾濃縮液，也許是為了除蟲或驅狍。

安德斯搖搖頭，苦艾有毒，瑪雅到處亂跑玩耍的期間裡，這個瓶子卻這麼放在這裡。

典型的無能父母。

安德斯緊緊鎖上瓶塞，再把瓶子放在工作台上方的架子，讓瑪雅拿不到，算是遲來的贖罪。接著他出去找手推車，先把儲藏室裡舊的、乾燥的柴薪移到前面，再把剛劈好的柴薪放進去。

他再次發現這樣的工作帶來一股遺忘的平靜，才意識到值得爭取。一個小時後，他已經重新整理了柴房，可以放入剛劈的柴薪。等他把手推車倒靠在工具棚的牆上時，薄暮已使原本明亮的天空黯淡下來。他脫掉手套，揉揉雙手，凝視著柴房，這會兒裡面的柴薪數量可觀多了。

一個工作天，很充實的一天。

經過這些努力後，餓扁的安德斯煮了一大份通心麵和半公斤的法倫香腸，吃完後抽了一根菸，凝望窗外良久。他的全身疼痛不已，幾乎感覺像個真正的人。

他考慮散步去艾琳家，問她是否多少想共享一些沒稀釋的酒，甚至更多的酒，最後還是決定不要。一來她已經離開兩天了，大概不在家；二來他不認為今晚還需要喝酒才睡得著，這可是長久以來的第一次。

會議

希蒙已經受夠了。

過去五十年來，此事不斷逼近，發現希格麗的屍體及其後續發展只是最後的一根稻草。他再也無法漠視，夠了就是夠了。

這些年來，希蒙與安娜葛蕾塔輪流訴說他在汽船碼頭旁表演脫逃術的故事，經過不斷的琢磨後只剩下最精華的部分，也就是他們四天前告訴安德斯的版本。很多人聽過這個英雄事蹟與愛情覺醒的故事，安德斯只不過是最近的一個聽眾。

當然，也的確是這樣的故事沒錯，只是漏掉了一個基本元素。希蒙曾向安娜葛蕾塔提過，可是她拒絕牽扯在內，因而沒有納入正式版本裡。這一點使希蒙覺得很不舒服。

可是真正的發生經過，希蒙記得很清楚。

本來是只用到鐵鍊的單純脫逃術，鐵鍊也很少造成問題。希蒙還站在布袋裡的時候，就已經掙脫了大部分的鐵鍊，也把手銬解開了。

希蒙計算過，等他終於被推下水的那一刻來臨時，他頂多只需三十秒就能掙脫所有的鐵鍊，逃出布袋。接下來，他只消游到碼頭邊等個一、兩分鐘便可以製造效果。

套在希蒙身上的布袋衝擊水面後下沉。他已經學會關上鼻子的呼吸道，如此一來，不需用到手指也能平衡體內的壓力。他下沉時壓了兩次鼻子，使耳膜以適當的方式鼓起，降低頭部的噪音和疼痛。穿透布袋的冰冷海水使他四肢僵硬，他閉上雙眼好讓自己更專注。

長時間待在水面下最大的危險並不是缺氧，他已經訓練自己可以憋氣超過三分鐘。不，真正的危險是低溫。只要入水一分鐘，手指就會漸漸無法執行精確的動作，因此他總是盡快解開手銬。

在這次的表演中，這個問題已經先行解決了。當希蒙的身體碰觸到海底時，他只需扭動身體幾次掙脫鐵鍊，接著就可以用銳利的撬鎖器割開布袋，游向勝利。

就在此時，正當他從肩膀解開倒數第二條鐵鍊時，他上方的海水突然變得沉重，彷彿有什麼東西停留在那裡。一開始，他以為碼頭上有人丟了什麼巨型的沉重物體下水，因而把他推到底部。他得很努力才能保留肺部的空氣。

他睜開雙眼，卻只見漆黑一片。海水的冰冷透過肌膚侵入，體內冰冷的恐懼更是雪上加霜。他的心跳加快，消耗著僅存寶貴的氧氣。他努力想瞭解停留在上方的可能是什麼物體，才有機會逃離它的壓迫，卻徒勞無功。這個東西沒有形狀也沒有接縫，他的第一個想法最接近實際的感覺：海水變重了。

希蒙瀕臨驚惶失措的邊緣。這時，他的雙眼已經適應了穿透六公尺海水和布袋的微弱光線，模糊地反射著唇邊吐出的幾個氣泡。

我不想死，也不要這種死法。

他用盡力氣，成功地在水的壓迫中扭動身體，甩開剩餘的鐵鍊。他還有時間。他訓練憋氣時，瑪麗塔偶爾會在一旁支援，使他有勇氣盡量撐久一點。他知道自己快失去意識了，不過還有時間。

可是他無法逃離那重量的壓迫，彷彿巨大的搗錘般壓著他，而布袋是研缽上的胡椒。

他成功地用撬鎖器割開布袋，得到的獎賞是一絲真正的日光。他平躺在海床上，看到遠處碼頭上人群的輪廓和他們頭頂的藍天。沒有人丟東西下水，希蒙的上方沒有東西，只有水，六公尺無法穿透的海水。

這時，冰冷的溫度真的影響到他了，一股類似溫暖的平靜開始散布全身。他全身放鬆，不再掙扎。在一切結束之前，他還有至少一分鐘的時間，為什麼要把這一分鐘用在奮力掙扎呢？他已經掙脫了鐵鍊、手銬與繩索，可是知道自己無法掙脫海水，他終究還是輸了。

一切都很美麗。

希蒙就這樣無助地躺在海床上，彷若死者一般，透過布袋已撕開的裂縫看到天空及等待著他的模糊人影。天使召喚著他，他很快就會到了。身處黑暗的他很快就會進入光亮之中，這樣很好。

他不知道自己這樣躺了多久，可能一、兩分鐘，也可能是十秒鐘。接著海水突然釋放了壓力，沉重感如輕柔的薄紗般消失，他自由了。

當時他只想到：**喔我懂了，所以我們是這樣處理的**。可是事後，他難以理解自己的鎮靜。他掙脫布袋，平穩地划水游到遠處的碼頭，沒有東西牽制著他，沒有東西想抓住他。不覺沉重，只覺輕盈。他在擋住群眾視線的船身旁破水而出，深呼吸一口，只覺眼前一陣發黑，得抓住小船的橫杆才能不沉回水裡。他平穩而冷靜地呼吸，世界再度恢復正常。

希蒙聽到汽船碼頭附近有人大叫：「三分鐘！」他不敢相信他們指的是他，他下水的時間可不止三分鐘。

希蒙抓住橫杆，努力重返現實。碼頭邊的聲音大叫「四分鐘」時，他不得不恢復理智。他聞到小船上微弱的煤油味，嘴裡嘗得到鹹味及熟悉的恐懼，冰冷的感覺刺痛著肌肉。

我還活著。

他朝岸邊游了幾公尺，游到淺水處後起身步行，藉由船身的掩護繼續走向岩石。剩餘的部分則與正式版本的描述一致。

這是他第一次不追究，幾年下來也不只這一次：好些人在可疑的情況下失蹤、他發現水靈、瑪雅就這麼憑空消失。可是他讓自己聽信保證，一切都很正常，因為這麼做比較容易，因為其他的可能性難以解釋。若說長年定居度瑪雷的居民間居然有此無言的共謀，那真的很荒謬，可是他也開始思索也許正是如此。

希蒙在粗棉工作服上套了舊的皮外套後出門。已經出現一條線頭了，現在他要拉拉那線頭，看看是否能引起反應，而這個線頭就叫霍里耶。發現希格麗的屍體顯然撼動了霍里耶，使他不見蹤影，也許利用霍里耶內心的不安比較容易套出話。

已經下午四點了，海口迴盪著斧頭劈柴的聲音。希蒙點點頭，安德斯顯然在努力工作，這是好事。劈柴時重複不斷發出的沉悶重擊聲，顯示他從乾燥的棕木先下手。

嗯，這會兒夠他忙得了。

村子沉浸在一片柔和的午後光線中，不見人影。學生都回家了，也許在吃點心。希蒙看著下方的碼頭，想起許多年前他初次上岸的那一天，目前為止的變化少得令人驚訝。碼頭旁的木造船已由玻璃纖維船取代，變電箱在碼頭的盡頭靜靜地嗡嗡作響，除此之外一切依然如昔。

候船室已經拆掉重建，被列為文化遺產的船屋保留原貌，柴油油桶還在原處破壞通往村莊的小徑。沙棘的模樣也許改變了一些，不過依然在同樣的位置。這些事物看著他上岸，看著他差點溺斃，如今也看著他走過無人的村莊，一面踢著小石頭一面前進。

你們知道的遠遠勝過於我。

他專注在自己的步伐上，走到基督徒聚會所時才注意到裡面點了一盞燈。除了非常特殊的情況外，聚會所只在星期六早上開放，提供一小群年老的居民聚會喝咖啡，伴著風琴唱詩歌。

窗簾拉上了，天花板的水晶吊燈是聚會所裡最引以為傲的物品，這時只是一大塊蒼白的斑點。希蒙走到窗前，聽得到裡面的說話聲，可是聽不清楚詳細的內容。他想了一會兒，走到一旁打開門。

他們在開村民大會，我也是村民。

希蒙進門時所看見的景象一點也不特別，十來個六十到八十歲的居民三三兩兩地坐在許願凹室下方的椅子上，有些他認識，有些只知道名字，包括艾洛夫・隆德貝和他的兄弟約翰，瑪格麗塔・拜芳和卡爾艾瑞克什麼的，他住在村子南端。還有霍里耶、安娜葛蕾塔，及其他人。

希蒙一開門，大家的談話就中斷了，一個個轉頭看著他，臉上的表情既不像被抓到做什麼壞事，也不是難為情，而是清楚表明不歡迎他的闖入。他看著安娜葛蕾塔，她臉上異樣的神情似乎暗示著痛苦，或是祈求。

拜託，走開。

希蒙假裝什麼都沒注意到，只是愉快地進門說，「所以你們在盤算什麼？」

大家互看一眼，似乎不言而喻的一致同意該由安娜葛蕾塔回答。經過片刻的不安後，她仍然不發一語。約翰・隆德貝開口說，「有一個斯德哥爾摩人想買這棟建築。」

希蒙深思地點點頭，「原來如此，你們打算怎麼做？」

「我們在討論是否該賣。」

「這個斯德哥爾摩人是誰？叫什麼名字？」

並沒有答案出現，希蒙走到他們面前，拉了張椅子坐下來。

「請繼續討論，我也覺得很有意思。」

現場的沉默令人窒息，老舊木牆傳來一絲微弱的喀答聲，一片花瓣從凋謝的花朵飄到祭壇上。安娜葛蕾塔瞪著他說，「希蒙，你不能留下來。」

「為什麼？」

「因為……就是這樣。你就不能接受嗎？」

「不能。」

卡爾艾瑞克是在場保養得最好的一個，捲起的襯衫袖子露出肌肉發達的手臂，他起身說，「嗯，你得照做，」他說，「如果你不打算自己離開，我只得把你架走。」

希蒙也站起來，跟卡爾艾瑞克比起來他沒什麼嚇人之處，可是還是瞪著他說，「歡迎試試看。」

卡爾艾瑞克挑起濃密的眉毛，向前一步，「如果你想這樣的話……」希蒙一手握著口袋裡的火柴盒，不帶任何明確的目的。卡爾艾瑞克生氣地甩開幾張擋在面前的椅子，越來越憤怒。

安娜葛蕾塔大叫，「卡爾艾瑞克！」可是已來不及阻止他。他眼神中帶著一種光芒，肩負重任地走向希蒙，雙手抓住他的夾克。希蒙一個腳步不穩，頭撞上卡爾艾瑞克的胸部，一手還抓著火柴盒。

希蒙的額頭撞到對手的肋骨時，他要求卡爾艾瑞克血液和組織裡的水往上衝。希蒙要求的力道沒有徒手握住水靈時那般強烈，可是也已足夠。卡爾艾瑞克突然腳步踉蹌，鬆開抓住希蒙的手，雙手抱頭向後蹣跚幾步，又向前彎身吐在古董地毯上。

希蒙鬆開火柴盒，雙臂交握胸前，「還有什麼事嗎？」

卡爾艾瑞克又是咳嗽又是吐，眼神惡毒地看了希蒙一眼，又吐了一次，接著他擦擦嘴巴厲聲說，「你他媽的做了什麼……」

希蒙在他的椅子上坐下，「我想知道你們在討論什麼。」他看看大家，「是大海，對不對？大海發生了什麼事。」

艾洛夫・隆德貝一手揉揉禿頭，少了必戴的軟帽，光禿禿的很不得體，他問，「你知道多少？」

幾個人生氣地看著艾洛夫，因為他所問的問題間接承認有什麼該知道的事。希蒙搖搖頭，「不多，不過足以知道出了什麼差錯。」

卡爾艾瑞克振作起來，走回座位時經過希蒙身邊，不以為然地問道，「你打算怎麼解決？」希蒙拉下外套拉鍊表示打算留下，可是那群人緊緊圍著隱形的中心而坐，完全不打算邀請他參與。安娜葛蕾塔不肯看他，使他覺得很受傷。他本來就有不好的預感，可是不想相信會是這樣的結果。

到底是什麼原因讓他們這麼害怕？

只有一個可能。他們像某個小型宗教派別的信徒般聚集在一起，恐懼地保護著他們的祕密與信仰，深怕被闖入干擾。令希蒙無法理解的是，安娜葛蕾塔居然也參與其中，若說他這輩子遇過哪個天不怕地不怕的人，那就是她。可是如今她眼神閃爍地坐在這裡，就是不想注意他。

「我沒什麼打算，」希蒙說，「我能做什麼？我只是想知道。」他提高聲線，「霍里耶！」處於沉思中的霍里耶嚇了一跳抬起頭，希蒙問他，「希格麗到底是怎麼回事？」

霍里耶大概根本沒有意識到先前對希蒙的不友善，因為他酸溜溜地回答，彷彿希蒙早已知道答案：「我們就是在討論這件事。」

希蒙正要語帶諷刺地說他以為大家是在討論聚會所出售的事宜，可是真的這麼做的話只會受到大家的攻擊，繼續鬥嘴到會議結束。因此他只是雙臂交握胸前說，「我哪裡也不去，要怎麼處理你們看著辦。」

安娜葛蕾塔終於肯直視希蒙了，可是她的目光直接而難以詮釋，沒有愛、沒有憎恨、也不帶任何情緒，只是一個角色看著另一個角色，評估著情況。她直視希蒙良久，希蒙也回視著她，彷彿兩人之間隔著一個大海。最後她抿著嘴，簡短地點點頭說，「你可以至少好心地出去幾分鐘嗎？讓我們決定一下。」

「決定什麼？」

「決定你能不能參與。」

希蒙考慮了一會兒，認為這個要求很合理。他誇張而謹慎地拉上外套拉鍊離開，就在門關上之前，他聽到卡爾艾瑞克說：「可惡的夏日度假客，他們以為……」然後門掩蓋了他接下來說的話。

希蒙從聚會所的門口向前走了幾公尺，審視著秋天的景色。聚會所牆邊的野薔薇花叢覆蓋著昆蟲般栩栩如生的紅色玫瑰實，所有的葉子都在慢慢變黃，潮濕的鏽色屋瓦微微發亮。一道陽光穿透樹葉灑在碎石小徑上，些許碎片閃閃發光。

這是全世界最美麗的地方。

他並不是第一次感受到度瑪雷的美，特別是秋季時，他經常忍不住駐足欣賞。這裡怎麼可能人煙如此稀少，為什麼大家不想住在這裡？

他沿著小徑走一段路，更多秋天的奇蹟盡收眼底：岩洞裡清澈的水、潮濕的樹幹、吸飽了綠意濕氣的苔蘚、上了白漆的警鐘塔樓朝向天空延展。他知道自己可以思索眼前景物以外的事，思索也許即將發生的改變，可是他拒絕這麼做，只想看到當前的景物。也許他是在以某種方式道別。

教堂大門打開時，他已經走了約五分鐘的距離了。安娜葛蕾塔揮手要他過去，他無法從她的表情看出他們的決定為何，他還沒走到她面前她就轉身進去了。

回到溫暖的室內後，希蒙不需要詢問結果，因為原來的圈圈裡已經多了一把椅子，一邊是約翰・隆德貝，另一邊是兒子接手前負責經營商店的瑪莎・卡爾森，他的對面就是安娜葛蕾塔，希蒙不知這是否經過刻意的安排。

他脫下外套掛在椅背上，就座後兩手放在膝蓋上。卡爾艾瑞克坐在他左邊隔兩個位子，彷彿腿上抱著一桶硝酸甘油，若是移動或鬆手就會爆炸。

安娜葛蕾塔看看其他人，舔舔嘴唇，顯然被推舉為主席，也許她原本就擔任這個角色。

「首先，」她說，「我要你告訴我們你知道多少，怎麼知道的。」

希蒙搖搖頭，「這樣你們才知道要告訴我多少？不行，看來你們似乎已經決定了……」希蒙很快地看了卡爾艾瑞克一眼，「……我可以知道。所以告訴我吧。」

安娜葛蕾塔又用那種眼神看著他，只不過這次有點不同，希蒙花了點工夫才想出不同點在哪裡，接著意識到原來安娜葛蕾塔覺得難為情，認為這都是她的錯，因為她是希蒙的伴侶，他是她的責任。

艾洛夫・隆德貝雙手拍拍膝蓋說：「我們不能整天坐在這裡，告訴他，從固瓦岩開始。」安娜葛蕾塔照做了。

固瓦岩

在氣象學尚未普及的年代，捕魚是一門危險的行業，漁夫無法求助氣象預報，無從得知大海打算友善到什麼程度，是否打算與強風共謀，打得人船皆亡。

倘若遇上危急的情況，脆弱的漁船出發收網卻遇上強風襲擊，船員哪有機會傳達遇難的消息？頂多只能希望上帝聽到他們的求救，只不過祂伸出援手的意願卻總是反覆無常。

縱然如此，他們仍盡力求援。當船員眼見所有的希望破滅，一字排開站在舷緣阻擋海浪沖上甲板時，有時他們暗自許下承諾，詳列下次上教堂時願意奉獻的清單內容——倘若他們真上得了岸。要是上帝被說服了，下個星期天的教堂禮拜裡就會大聲念出這份清單，依序收取漁夫所承諾的奉獻。

然而，這個方法並不可靠，許多許下承諾的漁夫和他們用以榮耀上帝的一長串清單一起沉入海底。也許有人無法理解，可我們的天父並不是生意人。

是的，在過去那個年代，鯡魚漁夫是一門危險的行業，不過有時收穫也不少。整家人在夏季搬到遠處的島嶼，花幾個月的時間撒網、收網、保養漁網，將捕到的鯡魚鹽漬在桶子裡保存起來，等秋季再運回島上出售。

瑞典以鹽漬鯡魚立國。他們拿什麼餵軍隊、蓋教堂的外國人和其他工人？鯡魚，就是鯡魚！在不見天日的冬季，還有什麼能讓海邊的居民不至於餓死呢？

沒錯，就是鯡魚。

人們非常擔心惹惱這珍貴的魚類，以至於官方的海港細則文件上明確記載：「對任何一種魚類表達不敬之意，以不正確的名稱對魚類表達藐視之意者，需罰款六馬克。」

那是大海裡的銀礦，必須撈捕，也有一定的風險。可以說人們想盡辦法採取對自己有利的手段，以降低風險，讓自己更有安全感。

安娜葛蕾塔訴說的故事發生在數百年前，當時，包括現今納丹在內的地區都還有部分仍在海面下，最外圍的島嶼由度瑪雷和附近的群島組成，自古以來被稱為固瓦岩的那塊岩石正位於此地。人們習慣於航程安全結束後，例如成功渡海往返奧蘭之後，在此地留下禮物奉獻給大海。

沒有人知道接下來的習俗究竟是如何開始的，也許是有人被困在固瓦岩上，繼而被海浪捲走或消失。無論如何，人們注意到此事發生後漁獲量顯著增加，而且大海一整個夏天都很合作。

人們因而開始思考。

第二年夏天，一名視此為無稽之談的年輕人傲慢地宣布，自己願意留在固瓦岩上當實驗品，他帶著一星期的糧食與飲料，如果安然度過這段期間，自然會有人前往救援。

他們把那名年輕人留在光禿禿的岩石上，把船划回一海里外的漁場，若無其事般地繼續下網。第二天，他們捕到的漁獲量創下夏季新高，接下來的幾天，鯡魚也繼續源源不絕而來。
一星期後當他們回到固瓦岩時，年輕人已經不見蹤影，帶去的食物與飲料幾乎原封不動的留在原地。大海收走貢品再以鯡魚回報之前，這個年輕人似乎沒有在固瓦岩停留太久。
至此情勢已經很明朗，問題在於未來如何進行。
那年夏天的漁獲量驚人，市場在十月售出的漁獲超出前幾年兩倍之多。那年冬天，人們討論後做出以下決定：由於沒有人願意主動獻身大海，只好投票決定。女人與兒童不得參與投票，也沒有被犧牲的風險，這是男人的事。
如果能說中選者以英雄式的認命接受結果，那也就罷了，不幸的是實情並非如此。人們毫不留情，投票過程變成純粹在票選漁村裡最不受歡迎的人物，被選上的通常是某個憤怒又不合情理的傢伙，那令人半信半疑的榮譽也沒有使其更心悅誠服。
人們把激烈掙扎的犧牲者送到固瓦岩，隨即盡快把船划走，任憑他的詛咒聲迴盪在海灣裡，也沒有人抬頭。
後來，人們一律先把犧牲者上了手銬腳鐐後再送到固瓦岩。隨著時間一年一年過去，人們更進一步地合理化這個習俗。一方面沒人想踏上固瓦岩，另一方面，原來只要把犧牲者綁好丟進海裡，還是可以達到效果。鯡魚一湧而入，大海也沒有要求更多的祭品。
這時，人們已經開始在度瑪雷定居，與大海的交易使居民因捕魚而富庶，島上的房屋比起本土毫不遜色，可是它卻不是個快樂的島嶼。
這一年一度的獻祭使居民的靈魂付出極大的代價，不久就不再把女人和兒童排除在外，而這些人被選上的機會也最大，因為還是只有男人有投票權。真是可恥！
沒有人樂意把哭求一命的小孩綁起來拋過舷緣丟下海，眼睜睜地看他沉入海裡，可是他們還是這麼做了。他們這麼做，因為那是習俗，就算內心不斷受到煎熬，也非做不可。

春天的來臨並未使人歡欣，因為這表示夏天也不遠了。群島的樹葉發芽較晚，度瑪雷開始出現綠意時，表示夏至已近在眼前，這是傳統的投票日，所有居民都對這一天膽戰心驚。

你也許以為被選上的風險會使人們擔心被視為難以相處，因而較為通情達理，比較不願惡言相向。你當然會這麼以為，可是事實並非如此。

他們並沒有對彼此更加友善，反而變本加厲的逢迎討好；虛情假意取代了誠實，陰謀與私語取代了友善的言語，人們紛紛祕密聚集結盟。原本投票排除的是為團體福祉貢獻最少的人，這已經夠糟了，可是那個時代已經過去，如今他們溺斃的是密謀遊戲中的失敗者。

當然還是有發自親情的英勇行為，父母取代子女犧牲，兄長取代姊妹上鐵鍊。可是，幾年後這種愛也消失了，就算今年逃過一劫，明年也可能成為犧牲者。人們漠不關心，只在乎帶回滿滿的漁獲，卻毫無幸福可言。

這時的度瑪雷與世隔絕，只有在夏季出售漁獲時，才與外界聯繫。然而，隨著時間一年一年過去，無可避免地開始謠言四散。偶爾出現的訪客提到島上壓抑的氛圍，度瑪雷的居民在市場裡從不與人來往，只有做生意時才會開口，也不曾露出微笑。畢竟島上不斷有人失蹤，這種事不可能長期隱瞞。

一六七五年，官方終於針對度瑪雷的情形進行了徹底的調查。斯德哥爾摩盛行著異教邪說與惡魔崇拜，市議員、神父及警察從首都來到島上調查這些行為是否已散播到群島。

他們發現的確如此。在壓力之下，習慣互相詆毀和共謀的度瑪雷居民很快就開始互揭瘡疤。深鎖的大門背後不乏傾巢而出的自白，只是自白的內容總是鄰居的惡行，永遠都是關於鄰居。

調查團的成員完全無法處理這些糾雜的互相指控，只好先逮捕幾個名譽似乎最糟的男人，送到斯德哥爾摩拘留。

在詰問下，這些男人承認的確有獻祭的行為，目的在於得到物質利益，可是他們拒絕承認與邪惡力量達成交易。經過幾星期的激烈偵訊，加上應用腳鉗和拇指夾，他們大都改變了說法。說到底，看來人們的確向邪惡力量禱告，並與之共舞。

最後，官民之間終於製作出一份全面性的文件，其內容恰好符合有關單位擔心可能出現的結果。度瑪雷這個大鍋子正緩緩地燉煮著惡魔的毒湯，可能危及整個群島。

調查團回到度瑪雷召集剩餘的居民責問，很意外的，居然無人逃走。他們將此舉視為居民的執迷不悟，頑固地相信邪惡力量會與之同在。既然如此，居民無須受到寬貸，他們一個個被驅離家園，冗長的調查過程開始。

調查結果在整整一年後出爐。相較於當時進行中的其他審判，此案證據確鑿，不只是言談間可能玷污上帝榮耀的字眼，或小孩和僕從模稜兩可的自白。不，度瑪雷的居民的確把人當成祭品，邪惡力量如雲朵般圍繞著被告。他們決定拿度瑪雷的人開刀，殺一儆百。

度瑪雷所有的男人及許多女人皆被判死刑。有些人先獲斬首，但原因不甚明確，也許是他們在揭發他人時特別地無微不至。其他人則被活活燒死。

剩下的女人被送往紡織廠工作，兒童則分送各地的育幼院。度瑪雷上的漁網在乾枯的架子上腐爛，冬天的海冰把船撞擊成碎屑。沒人想和度瑪雷扯上關係，如果不能讓它從地表上消失，至少也要將它從海圖上抹去。

從某個程度而言，他們還真的如願以償。第二年夏至的幾天後，一場暴風雨侵襲群島，所有有人居住的大小島嶼都感受到它的威力，可是受災最慘重的是度瑪雷。

如同上述，沒有人願意靠近度瑪雷。可是當暴風退去，人們趕著搭船出海時，他們從遠處看到島上的情況：一切都消失了。度瑪雷居民與邪惡力量交易方得建造的壯觀大屋、他們的船隻、停靠的碼頭，全部毀於一旦。

這些東西並不是憑空消失的，完全不是。房子的地基還在，但殘骸四散在岩石上，碼頭的幾根木頭還插在水裡，可是一棟建築也不剩。

唯一的解釋是度瑪雷的存在激怒了上帝，這個島是上帝的眼中釘，因此祂讓大海橫掃一切，讓群島得以擺脫這令人憎惡的存在。

那年夏初到深秋的期間，本土和附近島嶼皆為度瑪雷的漂流木所苦。來自房屋和碼頭的原木漂到附近島嶼的岸邊，人們視之為死於瘟疫之人所留下的衣物，避之唯恐不及。大火是唯一的答案，因此岩石上不時有營火燒掉度瑪雷所遺留的東西，片瓦不留。

度瑪雷故事的第一章就此結束。

出動

希蒙覺得很不舒服。安娜葛蕾塔不像是在訴說一個冗長而無聊的滑稽故事，反而像是在背誦經文。她的表情冷淡、聲音沙啞，故事的嚴重性使她時而口齒不清。希蒙完全看不到他所認識的安娜葛蕾塔。

不過，希蒙很難將這個故事當成不知何故成了真理的民間傳說，就此打發掉。五十年前，希蒙在汽船碼頭的經歷與安娜葛蕾塔剛剛訴說的故事不謀而合。

大堂裡一片沉默，希蒙閉上眼睛。故事說了很久，外面的天色一定已經暗了。聆聽故事時，希蒙聽到遠處大海的聲音，起風了，他的背脊一陣發癢。

大海和度瑪雷的帳還沒算完。

希蒙睜開眼睛，發現大家都看著他，眼神中不帶焦慮或詢問的意味，也沒有「你相信我們吧對不對？」的感覺，只是靜靜地等他說些什麼。他決定以同樣的脈絡回應，清清喉嚨說出自己表演脫逃術時發生的事。當他說完時，瑪格麗塔・拜芳說，「對，安娜葛蕾塔說過了。」

約翰・倫德瓦不屑地對希蒙搖搖手指：「我就知道你有撬鎖器。」

希蒙告訴安娜葛蕾塔這件事時，她的態度不置可否，可是她卻轉述給其他村民。

「所以這是歷史上實際發生過的事？」希蒙問完轉向安娜葛蕾塔。

「是的，有偵訊記錄。還有訪談記錄……有人提到撒旦之前的記錄。」

「你們不相信是他？撒旦？」

眾人發出一波竊笑與傻笑，他們露出笑容、搖搖頭，這種反應本身就是答案了。

希蒙右邊坐著一名較年長的女子朵拉・艾斯特貝，她在教會非常活躍，在島嶼南端過著幾乎與世隔絕的生活。她拍拍希蒙的膝蓋說，「撒旦的確存在，這一點你可以肯定，可是他跟這件事毫無關係。」

古斯塔夫・楊森目前為止都不發一語，這是很少見的。在他的全盛時期，他是村裡拉手風琴的第一把交椅，享有盛名的酒鬼，愛講笑話。這會兒他也忍不住了，「朵拉，也許他去看過妳？」

朵拉瞇起眼睛，「對，古斯塔夫，他來過，而且長得跟你一模一樣，只是鼻子沒那麼紅而已。」

露出笑容的古斯塔夫環顧四周，彷彿自己真的有那個膽量，也因為被拿來和撒旦相比而沾沾自喜。希蒙意識到眼前發生的是一個正常的反應機制，這是一個封閉的團體，每個人扮演固定的角色。如今團體中出現了新的觀眾，他們馬上過度扮演各自的角色，也許只是為了擺脫正在討論中的話題。

「可是為什麼這麼神祕呢？」希蒙問，「為什麼不是每一個住在這裡的人都知道這件事？」

本來氣氛已經變得比較輕鬆了，這會兒又凝重了起來，沉重得有如物理作用力般壓得眾人肩膀下沉，身體癱在椅子上。安娜葛蕾塔說，「我想你已經瞭解到這並不只是過去發生的事，而是目前還在發生。」

「對，可是——」

「我們已經不用活人祭祀大海了，可是大海還是照樣奪走人命。也許不再是一年一個，可是仍然奪走了許多人命，不分夏天或冬天。」

安娜葛蕾塔述說這個故事的期間，希蒙體內的異議之聲不斷沸騰，使他對度瑪雷的原始居民非常憤怒，同樣的憤怒也適用於如今坐在聚會所裡畏縮著的這群人。他終於把這股憤怒化為語言：「可是你們只要搬家不就得了！他們大可以這麼做，你們……我們可以這麼做。如果大海真的以不自然的方式奪走人命，如果大家都害怕成為下一個犧牲者，我們何不搬家，離開這個島就好了？」

「很不幸的，事情並沒有那麼簡單。」

「為什麼？」

安娜葛蕾塔深呼吸一口正要回答，卡爾艾瑞克挺直腰脊說，「如果我說錯了請糾正我，可是我以為今天開會的目的，是為了討論希格麗的事，所可能代表的意義，而不是討論我們已經知道的事。」他看看手錶，「我不知道你們怎麼想，不過我想趕回家看新聞。」

大家看看手錶，有人表達對時間的顧慮，希蒙成為大家斜眼一瞄的對象，正是因為他的出現，才使整件事拖得這麼久。

希蒙無法想像他們坐在這裡討論著這股可怕的力量，該如何面對，如何生存。然而比起錯過電視新聞，此事的重要性卻相形失色，希蒙進而瞭解到只有在自己的眼裡才是如此。對島上的居民而言，這個威脅已是他們日常生活中的一部分，一個令人沮喪的事實，並不是什麼需要討論的事。他們就像住在戰區或圍城裡的居民，緊緊抓著生活中仍然存在、微不足道的快樂——如果新聞報導也是一種快樂的話。

希蒙舉起雙手表示放棄，目前他不打算繼續佔用他們的時間。

安娜葛蕾塔對艾洛夫點點頭，他的表情很迷惑，接著意識到自己該從幾個小時前還沒講完的地方繼續。

「好，嗯，如我先前……在我們被打斷之前所說的……我只能認為這是正面的發展。」希蒙注意到好幾個人在搖頭，可是艾洛夫繼續說，「以前從來沒有發生過，從來沒有人……回來。我會說這表示那個……變得比較微弱了，不知為何。」

他動動嘴唇，可是想不出該如何接下去。安娜葛蕾塔開口幫忙，「你認為我們該如何處理？」

「嗯……」

他還沒有機會繼續說下去，就被一個聲響打斷。一開始希蒙還以為是遠處傳來的霧號聲，接著才想起這個聲音的來源。六月底時，某個斯德哥爾摩來的笨蛋把灌木叢弄得起火，差點燒掉整個卡度南，當時聽到的就是這個聲音。

大家馬上站起來。

「失火了！」

大家紛紛穿上外套和夾克，一分鐘之內全走光了，只剩下希蒙和安娜葛蕾塔。他們無言以對，接著希蒙轉身離開。

在大堂燈光的對比下，秋日的黑夜顯得特別濃密。警鐘塔樓上的小型擴音機播放出一陣陣的音調，可是村子裡並沒有失火的跡象。無論如何，風打西南邊吹來，如果火勢從那個方向來的話應該聞得到煙味。

村裡的消防隊著重在港口附近的區域，也就是村落的原始舊址。碼頭旁一座強而有力的消防栓連著一條四百公尺長的水管，緊急時可用來抽取海水，灌救村莊中央區域大部分的建築。

可是火勢並不是在村子中央。希蒙的雙眼習慣黑暗之後，他看到參與會議那些人的輪廓正前往卡度南。東方低垂的雲層帶著一絲粉紅，當他開步往那個方向前進時，安娜葛蕾塔出現在一旁抓住他的手，卻被希蒙甩開。

走了大約五十公尺後，他們追上朵拉・艾斯特貝，她的長筒雨靴緩慢地在黑暗中嘎吱作響，跟隨著她在輪推助行器的協助下移動。她走得太靠近小徑的路緣與水溝，很可能會跌下去。安娜葛蕾塔抓住她的手臂，防止她跌到水溝裡。

「朵拉，回家去吧，」安娜葛蕾塔說，「這裡不需要妳。」

「不是被需要的問題，」朵拉不悅地說，「我想看看發生了什麼事。」

希蒙趁機拉開自己和安娜葛蕾塔之間的距離，奮力開步走，等到朵拉憤慨的聲音遠不可聞之後才減速。他對安娜葛蕾塔真是失望透頂，完全不知道該拿她怎麼辦才好。

這麼多年來，他所支付的象徵性租金使他存下一大筆錢，大概買得起房子。也許他可以向安娜葛蕾塔買下他現在住的那棟房子？

他露出苦澀的微笑。不可能的。一來他買不起這棟濱海小屋，二來他也許不想再住在安娜葛蕾塔附近了，而且……而且這麼做看起來好像是為了付清他應付的租金。

去她的，去她媽的那群人。

希蒙突然腳下踩空，跌了一跤。森林裡的黑暗及腦袋裡的黑暗害他踩到小徑邊溝跌倒，在岩石上擦傷了手臂，痛苦和憤怒的淚水浮上眼眶，他大聲尖叫：「見他媽的鬼！」

他振作起來，看看自己的傷勢，既沒骨折也沒受傷。他不希望安娜葛蕾塔看見自己的窘樣，爬出水溝站起來，用襯衫一角壓著手上的傷口。正當希蒙要開步走時，他聽到森林傳來引擎接近的聲音，來自通往島嶼北岸的小徑。

那引擎聲聽起來很勉強、很滑稽，好像小綿羊機車的引擎超出負荷。他探頭進森林裡，看到小綿羊機車的頭燈在狹窄的小徑上跳動著，引擎發出怒吼聲。

那是什麼鬼啊？根本就不可能在那上面騎車！

那個方向唯一的房子是霍里耶家，而霍里耶並沒有小綿羊機車。除此之外，他也絕對不可能騎著附有載貨架的小綿羊機車——因為從嘎嘎作響的聲音聽來，希蒙知道那是一輛附有載貨架的小綿羊機車騎在凹凸不平的小徑上。

那輛小綿羊機車在他前方十公尺處快速轉彎，被強力頭燈照到的希蒙頓時目眩。他以為小綿羊機車會轉向相反方向，朝火場而去，可是機車卻右轉朝他而來。他正要往路邊靠時，想到自己已經站在路邊了。

令人目眩的燈光使他什麼也看不到，只聽到小綿羊機車快速經過面前時發出的怒吼聲，以及金屬車體經過眼前時微弱的空氣推力。小綿羊機車繼續以高速朝向村子裡前進。

安娜葛蕾塔！朵拉！

他轉身看到小綿羊機車的車燈在小徑上快速前進，也看得到駕駛模糊的輪廓，可是看不出是誰，只看得出有一個人影彎腰抓著龍頭，載貨架上的東西大約是一個小孩站著的高度。

接著他立刻看到車燈照在安娜葛蕾塔和朵拉身上，她們機警地站到一旁，讓小綿羊機車有足夠的空間通過。希蒙鬆了口氣，他也許對安娜葛蕾塔深深地失望，可是絕不想看到她被小綿羊機車上的瘋子給撞倒。

那是誰？

希蒙心裡暗自思索著住在島上的少數幾個年輕人，可是連一個可能的人選都想不出來。就他所知，他們都很文靜，花太多時間玩電腦遊戲，渴望離開度瑪雷的那一天。要說做壞事的話，頂多是在汽船碼頭的候船室牆上塗鴉髒話，咒罵斯德哥爾摩人。

這個時候再多的臆測也沒有用，撲滅火勢比較重要，站在這裡和自己辯論毫無益處。可是他覺得頭暈、疲倦至極，完全沒有心情參與救援。

上一次他倒是參與了，他們成功地把幾條花園用的水管接在一起，對著燃燒的土地澆水，不過大部分的水是從海邊以人力一桶一桶接運上來的，那次參與的人比較多。

走出森林後，他看到卡度南最高級的房子正在燃燒，也就是葛隆瓦爾家，夏日度假客的熱潮剛開始時最先蓋的房子。

救火行動為時已晚，外牆已經全燒光了。在黃紅相間的火光中，橫梁和房屋的骨架變成深色的線條，傳出劈啪巨響。希蒙站立之處距離火場至少一百公尺，仍然感受得到一絲火勢的熱度。

這麼美麗的房子燒光了真可惜，不過同時也很幸運。這棟房子坐落在寬廣的花園裡，只要大家注意可能隨空氣飄散的火苗與燃燒的碎片，火勢似乎不太可能延燒到周圍的房子。

在明亮的火光下，人們的輪廓有如火柴人，大家似乎看法相同。沒人忙著救火，只是站在安全距離外或四處走動，檢查有沒有火花突圍成功。

希蒙真的很想回家，可是意識到這麼做不太妥當。他看到站在一邊講手機的戈藍，便朝他走過去。戈藍對著手機說了什麼，點點頭，啪的一聲闔上手機，看到希蒙時也朝他走過來。

「嗨，」他說，「消防隊已經上路了，可是我想主要是來控制火勢而已。」

他們並肩而立，無言地注視著燃燒的房子，熱氣如臉上的一層乾燥薄膜。屋頂的一支橫梁崩塌，一陣火花四濺。

「房子是怎麼起火的？」希蒙問。

「不知道。不過好像蔓延得很快。」戈藍用大拇指指著上坡森林方向的一棟房子，「那是李貝家，好像是這麼叫的，他們住在上面，他說轟的一聲，整棟房子就突然燒起來了。」

「有人在裡面嗎？在房子裡？」

「就我所知沒有，可是，我的意思是不可能這樣莫名其妙突然起火。」

「葛隆瓦爾家——他們只有夏天才來對不對？」

「沒錯，不過我記得他們家的女兒偶爾會過來住。」

他們往火場前進幾步，希蒙注視著明亮的火焰之間，彷彿期待在火焰中看到什麼，一個人，移動的身影，焦黑的骨骸。又一根骨架崩塌，連帶幾根屋梁也在劈啪作響的火焰煙塵中倒塌。就算本來還有什麼活著的東西，這會兒也沒命了。

花園裡，房子四周的草皮已經乾枯，有幾片也著了火。希蒙看著火勢向水井延燒，有股衝動想做出什麼驚人之舉。他可以從井裡召喚出水，命令它們滅火，這樣消防隊就不用來了。若是空手握著水靈，也許辦得到。

要是人命關天，他也許會這麼做，不過在目前的情況下只是無意義的展示魔法罷了，只會引來不愉快的問題。希蒙不想碰水靈，他不知道原因，可是就是如此。

誰在敲門？

安德斯被困在一個奇形怪狀又可怕的噩夢裡，不知道自己在往上游向水面抑或往下游向水底。他從未經歷過這種感覺，幸好隱約中知道這只是夢境，否則大概會瘋掉。

他處於水裡全然的黑暗中，連一絲有助於分辨方向的微弱光線都沒有，只知道自己即將溺斃在黑暗的水裡。

他絕望地揮動著手臂，如瀕死般睜大雙眼，卻只是徒勞一場。據說溺斃或凍死之人臨終前會經歷聽天由命的平靜時刻，他靜待著，卻只感覺驚慌，確切地知道自己只剩下幾秒鐘的生命。

可是時間一秒一秒地過去，他繼續溺水，生命卻不願結束。如果恐懼是具體的物質，那麼他就處於那具體的物質之中，越來越濃密。他的心跳加速，腦袋快要爆炸。他想尖叫，卻無法張嘴。

越來越濃密，越來越靠近。有個東西穿過黑暗朝他而來，那沒有輪廓的巨大身軀聞到他的味道，越來越靠近。他左右扭動著頭部，卻看不到那是什麼，眼前只有一片黑暗，並意識到有什麼無法想像的龐然巨物正逐步接近。

他的耳畔出現重擊和敲擊聲，使他如釋重負。有別於黑暗，那是來自現實的噪音，有方向，有存在感，毫不客氣，但並非來自他的體內。黑暗瞬間四散，困住他的無底洞只剩眼皮那麼重而已。

他睜開雙眼，最後一擊的敲門聲如回聲般迴盪在空中，經過片刻他才意識到自己在破厝裡，而且還活著。他起身跑到大門前，在廚房地板上滑了一下差點跌倒，他趕緊扶著廚房溫熱的爐子，繼續朝大門前進。

這次你跑不掉了。

安德斯冷不防地打開大門大叫，又猛然抽身退後避開門廊上的東西，往後跌在玄關地板上，只看到一把笑臉迎面而來。他還身陷盲目的恐懼中，往後倒退一公尺，連帶拖著地上的碎呢地墊。接著，較為理性冷靜的聲音出現，剝下恐懼的外皮，現出原形。

只是冰淇淋叔叔而已，他無法傷害你。

原本激烈搖擺的塑膠人形越趨緩和，安德斯躺在玄關地板上看著，恢復理智。他聽到兩種聲音：村子裡傳來警笛聲，還有小綿羊機車加速上坡、漸漸消失於遠處的聲音。他也聽到微弱的嘎嘎聲，意識到那是小綿羊機車的載貨架。

冰淇淋叔叔還杵在那裡瞪著安德斯，安德斯站不起來，深怕自己只要稍微一動，它就會跳到他身上。為了打破這個魔咒，他的目光從冰淇淋叔叔催眠般的凝視中移開，讓自己腦袋往後倒在地板上，瞪著天花板。

沒什麼好害怕的，別再怕了，只不過是……只不過是個為了商業目的而製作的塑膠娃娃而已。別怕了。

但這番話一點用也沒有，彷彿他是兩個人，就像唐老鴨一樣，兩個肩膀上一邊是天使，另一邊是魔鬼，兩邊發出互相矛盾的訊息和建議。他無法讓自己恢復理智。

「走開你這笨鬼！你不存在！」

那是誰說的？是阿飛・艾金斯③！阿飛想去地下室卻又怕鬼出現，於是他爸爸教他這麼說。那是瑪雅最喜歡的錄音帶。安德斯抬起頭，冰淇淋叔叔還站在那裡，已經完全不動了。

「走開你這笨鬼！你不存在！」

村子裡的警笛聲消失了，小綿羊機車的引擎聲也聽不見了。安德斯縮腳起身，打起精神走到冰淇淋叔叔面前，徒勞地凝望著屋外的黑暗，什麼也沒看到。

是誰放的？

顯然是小綿羊機車的騎士，可是是誰呢？

安德斯的手心害怕地抗拒著碰觸，但他還是成功地抓住冰淇淋叔叔尖銳的塑膠片邊緣，把它拖下前

③阿飛・艾金斯是瑞典作家金妮斯・貝斯壯筆下的人物，出現於童書與漫畫中。

廊。它所固定的水泥塊意外地沉重，安德斯在草地上拖了約一公尺就得放手。冰淇淋叔叔就地前後搖擺了幾下後終於作罷，不過依然瞪著安德斯。

應該把它砸爛的。

安德斯考慮找來斧頭，可是柴房那邊和他的夢境同樣黑暗，而且……而且冰淇淋叔叔也許會復仇。

他試著把人像轉個四分之一圈，可是沒用，它依然用眼角餘光看著安德斯。

是誰？誰會知道？

把冰淇淋叔叔放在他家前廊的人這麼做是為了嚇他，誰會知道他怕冰淇淋叔叔？不對，誰會知道他「變得」害怕冰淇淋叔叔。是誰？

偷看我的那個人。

冰淇淋叔叔看著他，安德斯拿了個黑色塑膠袋套往它身上套下，把開口塞在水泥塊下方。塑膠袋在風中微微地沙沙作響，對其他人而言，這個冰淇淋叔叔恐怕看起來令人更不舒服了，可是至少現在它被蒙住了眼睛。

「我不怕。」

他對著黑暗大聲說了一次又一次。塑膠袋裡的冰淇淋叔叔低聲說：你連去拿斧頭的勇氣都沒有，可是沒錯，你說對，你既勇敢又堅強，一直都是。

安德斯生氣了，他回到玄關穿起外套，確定口袋裡的瓶子還有酒，便抓了手電筒出門。他站在冰淇淋叔叔套著塑膠袋難以辨識的身影前，舉起瓶子說：「乾杯，你這醜陋的混蛋。」他喝了一大口，打開手電筒朝小徑出發。

他想看看那警笛聲是怎麼回事，聽起來有點像空襲警報，可是不太可能。

只要不是俄國人回來就好。

手電筒的光束照亮著眼前的小徑。他把玩著手電筒，一下照著樹林，一下照著水溝，假裝是好奇的小動物探索著周遭的環境。這光線組成的好奇小動物伸長鼻子在草叢裡尋找，跑過草地，沒人抓得到。為了測試自己，他關掉手電筒。

十月的黑暗襲來，安德斯等著被困在夢境的恐怖中，但什麼也沒有。他聽著自己的呼吸聲，他不在水面下，沒有東西在追他，仰頭看到天空星斗滿布。

「沒事，」他說，「沒有危險。」

他打開手電筒再次出發，拿出瓶子又喝了一口，以資慶祝。經過前一天的辛苦工作之後，他的身體還有些脫水、肌肉疼痛，所以他又喝了一口。快喝光了。

從健行山莊開始有街燈，空氣中飄散著輕微的霧氣，街燈的燈光穩定地照耀著，形成一圈光暈。他關上手電筒，看著那一排令人安心的燈光。就算面對秋天的黑暗與潮濕，這排通往民家的街燈也讓他覺得沒有不好的事會發生。

健行山莊矗立在靜謐與黑暗中。他記得小時候時常為了不得不投宿此處的人難過，因為那些人沒有真正的家。健行山莊的建築風格很時髦，可是投宿的人實在太多。那些健行者開船來住個一、兩天就離開了，也許前往下一家旅舍。

現在居然有人坐在那裡。

安德斯打開手電筒照在山莊的台階上，的確有人低頭靠在膝蓋上，坐在那裡。安德斯左右揮舞著手電筒，查看小綿羊機車是否在附近，並沒有。不過他仍然謹慎地接近。

「哈囉？妳還好嗎？」

那名女子抬起頭，一開始安德斯沒認出是艾琳。她的面孔比上次變了更多，變得……更蒼老。她對著手電筒的光線瞇起眼睛，彷彿很害怕地退縮。安德斯用手電筒照著自己的臉。

「是我，安德斯。怎麼了？」

安德斯用手電筒照著艾琳右方一公尺處，避免直射她的眼睛，她也放鬆下來。安德斯過去坐在她下面的台階上，關掉手電筒。

艾琳拱著背，雙手緊緊抱著膝蓋，他一手放在她的脛骨上，發現她在發抖，「怎麼了？」

艾琳緊緊抓住安德斯的手，「安德斯，亨利和畢昂把我家燒掉了。」

「不，」他說，「不，艾琳，他們死了。」

艾琳緩緩地不斷點頭，「我看見他們騎著那輛見鬼的載貨用小綿羊機車，他們把我家燒掉了。」

安德斯閉上嘴巴，擋住自己正要說出口的話。

載貨用小綿羊機車。

可是度瑪雷有很多載貨用的小綿羊機車，幾乎每兩個人就有一輛，並不能證明什麼。另一方面：還有冰淇淋叔叔。亨利和畢昂最喜歡的嗜好就是把東西搬來搬去。把某人的儲水桶搬到島上另一端的花園裡，或是把某人柴房裡的電鋸偷走放在鄰居的柴房裡。

看起來都很合理，可是這個想法有一個最重要的問題。

「可是他們十七年前淹死了，不是嗎？」

艾琳搖搖頭，「他們沒有淹死，他們只是失蹤了。」

哈巴與布巴

每個小團體都有這種不合群的人。他們也許曾經努力融入，可是一旦知道不會成功，就開始發揮外人的角色，彷彿那是個榮譽徽章。

他們。如果有人作伴的話還算運氣好，問題是，通常這外人的角色只有一個人扮演。有時他們的確被欺負得很慘，受到霸凌，不過未必總是如此。可以說他們這個角色的功能通常是作為比較之用，小團體之所以是小團體，就在於他們不是外人。

這些個體正因為這樣的理由受到容忍，他們是衡量的標準，是觀眾，通常故事也很悲慘。如果一個小團體是皇室宮廷的話，這個人就是弄臣，主子偶爾施捨一些零碎的友誼或誘惑，讓他有所反應，或說些日後可以拿來奚落的蠢話。一次又一次。

弄臣的角色就是如此，並不是很愉快，不過只要懂得分寸，還是有可能配合得宜。只有當他意圖僭越自己的角色時，慘劇才會發生，一切便急轉直下。

扮演這個角色的有兩個人：亨利和畢昂。

他們跟小團體的其他人不一樣，他們的家人是島上的居民，畢昂的父親是蓋碼頭的木匠，母親是老人看護。亨利和母親一起住，不過她到底做些什麼則不是很清楚。

倘若不是安德斯這個中間人，夏日度假客的小孩和島民的小孩通常不會互相來往，也不會玩在一起。安德斯的母親曾經是度假客，認識了安德斯的父親，在安德斯出生時搬到度瑪雷，可是只待了一年，就帶著兒子搭船搬回城市裡。

安德斯放假時會到度瑪雷探望父親，偶爾週末也會來，因此腳踏兩個陣營。暑假和卡度南的朋友一起玩，冬天則和亨利及畢昂玩在一起，當時他們是村子裡唯一的同齡朋友。

他們從斜坡上坐雪橇滑到汽船碼頭，在廢棄的穀倉裡玩，叫彼此「白癡」。

「白癡，我們該做點什麼事嗎？」

「白癡，可以啊，另一個白癡在哪裡？」

由於安德斯的因素，幾年下來，亨利和畢昂與這群度假客的小孩變得比較熱絡，最後算是成為他們其中的一分子。不過，在其他人面前，他們還是盡量克制自己，不互稱白癡。

有一年夏天，也只有那一年夏天，亨利和畢昂成為這個小團體的正式成員。那是一九八三年，亨利十三歲，畢昂十二歲時，他們不管到哪裡，都是大家追捧、討好的對象，而他們受歡迎的原因也很簡單：亨利入手了一輛載貨用小綿羊機車。

度瑪雷沒有汽車，小孩只要熟悉了騎單車的技術就可以盡情的騎車，他們飛馳在房子之間，在森林小徑上，在港灣和卡度南之間。一九八三年夏天，他們的單車突然看來頗為幼稚，因為出現了更酷的東西。

當時亨利還不到騎機車的年紀，可是他的父親給了他一輛老舊但整修良好的三輪小綿羊機車，他的理由和六歲小孩可以任意騎單車的理由相同：如果發生意外，也是因為小孩撞到東西，而不是因為被車撞到。而且小綿羊機車的車速不快，最高也不超過三十五英里，這還是順風下坡的好天氣才會有的速度。

不過小團體裡年紀最大的也不過十三歲，比起通常生鏽又只能在鄉下騎的單車，小綿羊機車有如藍寶堅尼跑車：速度快、又酷、是地位的表徵。由於亨利和畢昂形影不離，因此畢昂也分享了亨利頓時爆炸的人氣。

那年夏天，也只有那年夏天，亨利純熟地周旋於每個小團體都有的慾望、失望與小手段之間。這突如其來的地位使他膽量大增，左右逢源。他沒有在眾人面前妥協，讓約爾騎小綿羊機車，而是私下獨處時才讓約爾試騎。這樣一來，亨利既得了人情，也沒有因為讓約爾在大家面前主導而失去自己的地位。

在確保其他人看得到的時候，亨利會載艾琳一程，蠢蠢欲動的荷爾蒙加上艾琳已長出的胸部，小綿羊加上艾琳簡直就是舉世無敵。亨利在商店前停下車，坐在載貨架上的是因崎嶇的小徑而胸部上下抖動的艾琳。那一年夏天，亨利就是國王。

除此之外，他和畢昂常常騎著小綿羊機車在小徑上、下去海邊、穿過森林。除了亨利和畢昂以外，小團體裡只有安德斯還住在舊村子，因此晚上去過馬丁或艾琳家後，他也常常搭便車回家。

「白癡，上車。」

八月中，這個小團體在幾天內便各奔東西。亨利和畢昂留在原地，其他人消失到斯德哥爾摩或烏普薩拉。聖誕節假期時，安德斯的父親家下方的海口已經結冰，安德斯回度瑪雷一個星期，和亨利、畢昂用小綿羊機車拉著雪橇玩，到處滑行。

第二年夏天好景不再。亨利試圖用兩輪騎著機車跑完整條森林小徑時，沒什麼人有興趣。有些人在城市裡騎過小綿羊機車了，而且是改裝過或更時髦的機型，真要比較的話，載貨用的小綿羊實在很……寒酸。

亨利和畢昂頓時摔落雲端，而且摔得很重。也許是前一年夏天所享受的人為地位出現了反作用力，如今他們成為嘲笑的焦點；衣服不對勁，髮型也不對勁，說話的樣子很可笑，對音樂一無所知。就是在這一年夏天，有人想到了口香糖品牌哈巴與布巴，還有他們的廣告詞「大泡泡，不麻煩」④。

④「大泡泡，不麻煩」這個廣告詞用來強調哈巴與布巴口香糖的黏性較低，容易吹出泡泡。

在冬季，馬丁和約爾都留長髮，安德斯則一如以往留著中等長度的髮型，約翰也是。哈巴與布巴剪得很短的髮型飽受嘲笑，說這樣才不會卡到魚鱗和糞便。

瑪琳和艾琳都學瑪丹娜留著一頭蓬鬆的髮型，噴上大量定型液。小一歲的希西莉雅和芙瑞達還沒有開始化妝，不過也重視起自己的外表了。

約爾有一件胸前寫著「法蘭基說放輕鬆」的T恤。由於他的父親去倫敦出差，因此大家都還未在音樂頻道上聽過〈兩個陣營〉前，他就已經擁有這首歌的單曲唱片了。亨利和畢昂不知道「法蘭基去好萊塢」是一個當紅樂團的名稱，只因為約爾一直叫他們法蘭基，他們也就以為這是個人名。

某天晚上在艾琳家，約爾不停地說〈兩個陣營〉的音樂錄影帶有多棒，雷根跟那個不知道什麼名字的俄國傢伙一直互揍到流血。約爾在市區的那幾天看了電視上的「音樂盒」頻道，知道所有最新的消息。

音響傳出〈兩個陣營〉的音樂轟隆作響，畢昂隨著節奏點著頭。約爾的獨白停下來時，畢昂說，「他很不錯對不對？」

正如燕鷗看到水裡一絲銀色便俯衝，約爾逮到畢昂的話頭立即問道：「誰不錯？」

畢昂對著音響點點頭，「他。」

「你指的是誰？霍利・強森？」

畢昂意識到自己如履薄冰，趕緊看了亨利一眼，可是他什麼忙也幫不上。畢昂不確定地說，「當然是法蘭基。」

後來這個答案不斷地被拿來重述。只要小團體裡有人問是誰，答案早已準備好，「當然是法蘭基。」這件事具有代表性，接下來幾次類似的狀況使一切更明朗化：就算亨利和畢昂還算過得去，基本上他們就是鄉下人，不值得理會。

馬丁爬上警鐘塔樓是本領一樁。可是大約一個星期後亨利也仿效時，沒人有興趣。就算亨利爬得比馬丁還高，高到可以用指節去敲鐘，而且塔樓根本應該塌下來才對，可是蠢蛋做的事一點也不重要。

安德斯並沒有參與亨利和馬丁的地位之爭。他和希西莉雅就是在那年夏天的某個晚上爬到巨岩的，而且還有其他事佔據他的心思。他在市區的家也有「音樂盒」頻道，偶爾也讀《OK》音樂雜誌，所以他跟得上流行，躲得掉危險的暗礁，有時甚至還能提供一點意見：「真不知道喬治・麥可為什麼搭上安德魯・雷格利，他們一定是搞上了或什麼的。」不過他最喜歡的還是「流行尖端」樂團，不過沒人分享他的品味。

夏末的某天晚上，安德斯和希西莉雅單獨在他家，回家的時間來到前，他終於做了：他放了布萊恩・亞當斯的〈某人〉給她聽。使他如釋重負的是她也很喜歡，而且想再聽一次。後來他們就稍微接吻了一下。

安德斯聖誕節回到度瑪雷時，亨利和畢昂變了。他們的年紀相差六個月，可是外在與內在的改變卻像連體嬰。兩人都長高了，也都長了一臉青春痘。本來天真無邪的特質被拋在腦後，他們變得更文靜、更內向。

不過他們週間還是偶爾會玩在一起，騎著小綿羊機車到貓島，在森林裡玩奇幻遊戲，不消說，這事不需要特別講明不要說出去。同樣的默契使他們不再叫對方白癡，那些日子已經過去了。

安德斯告訴他們自己的新發現：史密斯合唱團。他收到一個隨身聽當聖誕禮物，裡頭放的是史密斯合唱團的新專輯《無盡空虛》，不斷的重複播放。亨利被允許將花園的客住小木屋當作自己的房間，他們在裡面聆聽〈我的痛楚無人知曉〉和〈痛苦依舊〉。安德斯要回市區前，亨利問他是否能幫自己做一捲錄音帶，安德斯把自己的那一捲給了他，因為他回去再錄一捲很簡單。

第二年的夏天來臨時，亨利和畢昂顯然也找到了自己的興趣。史密斯合唱團的新專輯《肉食是謀殺》在幾個月前發行，安德斯覺得還好而已，沒有《無盡空虛》那麼棒。亨利和畢昂的看法則不同，他們把整張專輯的歌詞背得滾瓜爛熟，而且成為度瑪雷上的素食先驅。

沒有必要詳述那年夏天很酷的音樂，只消說史密斯合唱團絕對不酷便可。如果亨利和畢昂的地位較高的話，也許整個小團體都會加入，支持肉食是謀殺這個理念，只不過事實並非如此。當然，以後見之明看來，亨利和畢昂才是最時髦、最跟得上倫敦潮流的人，可是當時對他們有什麼好處呢？完全沒有，他們是莊稼漢，是瘋子。

他們設法說服安德斯加入他們一國，可是安德斯不願意，一來沉迷音樂並非他的本性，二來這時哈巴和布巴身上有一股病態的氛圍，如果跟他們在一起，很容易被當作受到瘋子病毒感染的人。整群人在一起時，大家還是忍受他們，可是沒人想被視為他們的朋友。

當小團體聚在岸邊烤香腸喝淡啤酒時，亨利和畢昂拒吃香腸，因為吃肉是謀殺。當約爾的大型手提音響播放阿爾發村的〈青春永駐〉時，他們輕蔑地用破碎的英文嘲笑著幼稚的歌詞，拿當時在世最偉大的詩人史蒂芬・派翠克・莫里西⑤相比。

諸如此類。他們充分發揮外人的角色，知道至少有一個來自曼徹斯特的蒼白年輕男子是他們的朋友。他知道在鳥不生蛋的地方長大是什麼感覺，是他們放逐的兄弟。

那年冬天，安德斯在度瑪雷停留的短暫時間裡也避開亨利和畢昂。春天來臨時，他們打算前往斯德哥爾摩朝聖，購買史密斯的新專輯《女王已死》，他們出發前打電話問安德斯是否能在他家住一晚，安德斯說他要和希西莉雅的母親共進晚餐。這是事實，只不過時間是下個星期。

那年夏天，那股風潮退燒了，亨利和畢昂沉迷的程度卻越發嚴重。他們模仿莫里西的穿著，剪了鄉村

⑤史密斯合唱團的主唱。

搖滾風的髮型。畢昂發現自己視力不良需要配戴眼鏡，這使他非常高興，如此一來，他就有理由買那種陸軍用的灰色斑紋鏡框，這樣一來就更像……嗯，你想像一下就好。

他們詳細研究史密斯合唱團的歌詞，因而英文程度比島上其他人都來得優秀。由於〈墓地之門〉的歌詞引用王爾德、葉慈和濟慈的詩句，他們刻意要求北塔耶圖書館調閱這些作者的原文小說與詩集。那年的春天灰濛一片，他們就在字典的協助下解讀這些書籍。

他們大可以快樂的。

他們知道不可能融入小團體，因此不再嘗試，也不掩飾對其他人的藐視。他們手腕綁著皮帶，聽重金屬搖滾樂，常常把史密斯合唱團的歌詞翻成瑞典文插入對話裡，用來暗喻並強調「富有的窮人」。

只不過，其實這是〈我想要卻得不到的那一個〉裡的歌詞，也正是問題所在。若是亨利和畢昂認知到自己在小團體的地位，就這麼當個邊緣的怪人那倒還好，只可惜他們對得不到的東西起了慾念。

一九八六年夏天，瑞典首相歐拉夫・帕爾梅去世。度瑪雷南側的藍莓叢吸飽了東方雲層挾帶的雨水，引發思量。《邁阿密風雲》的主角桑尼・克羅特是時尚偶像，所有的事物都是柔和的淺色調加上「黑暗祭典」。雖然音樂頻道不斷播放〈慾望的難題〉到至死方休，安德斯仍然是「流行尖端樂團」的忠實歌迷。亨利和畢昂覺得小團體的那群人都是白癡。他們唯一認可的是BBC的舊作《羅馬帝國興亡錄》的迷你影集。來自英格蘭，來自倫敦。畢昂很會模仿口吃的國王，只可惜這是對牛彈琴。除了他和亨利之外，沒人有興趣看「一群披著床單、講話又很奇怪的老人」。

這樣說夠明白了。有人記得當時的情景，其他人只記得那些黑色背景上的淺色潑濺。一九八六年夏天，對死亡的恐懼，白牙，世界末日，健身。夠明白了。

至於小團體的那些人，他們在那年夏天開始喝酒。前一年他們只是偶爾偷喝父母庫藏的酒，在一九八六年夏天，他們開始搭渡輪去奧蘭。

馬丁身材高大健壯，甚至也開始長了體面的鬍子。每次他們搭約爾的船帶整群人到卡佩拉赫港搭渡輪時，馬丁總記得前幾天就開始留鬍子。馬丁在免稅商店買到酒後，他們一群人在瑪麗港一面大喝，一面醉醺醺的四處遊蕩。

並不是每次買酒時亨利和畢昂都分得到一份。因此，八月初他們第三次搭渡輪時，亨利和畢昂決定自己下手。回程途中他們比以往安靜，在免稅商店只買了糖果。

大家安然無恙地在卡佩拉赫港下船時，他們神祕兮兮的原因終於真相大白。當他們拉開外套時，大家才知道，他們在褲子的腰帶和口袋裡藏了十二瓶半公升裝的百加得蘭姆酒。大家都覺得他們真是他媽的瘋了，而他們也得到大家拍肩以報，並且可以當約爾的第一批乘客回家。

通常，他們從瑪麗港回到島上時，只剩下一、兩公升的酒，這次卻突然有了「庫存」，最重要的是這些酒還是免費的。他們決定把酒藏在貓島的舊船屋下方。當然，討論此事時也算上亨利和畢昂一份，畢竟他們是當時的英雄。

第二天，大家都忘了這回事，那令人無法瞭解的評論和奇怪的行為混雜著順從和令人發瘋的高傲，使他們再度成為大家嘲弄的對象。可是酒是他們偷來的，這一點不容置疑。

因此，當時間來到夏末的最後一場派對時，一開始就把亨利和畢昂算在內，反正就算沒有受邀，他們通常也會自行出席，坐在一旁說些只有自己聽得懂的評論，其他人則嘲弄著亨利和畢昂的揶揄。

然而，亨利和畢昂的行為也扮演了特殊的功能。他們坐在外圍，使用不同的語言，反而使小團體的那群人更團結，使他們之間的語言更穩固。沒有人承認、甚至意識到這一點，可是好的派對就是需要亨利和畢昂像兩個外星人一樣坐在那裡，氣氛才會對。

夜幕低垂，香腸、木炭、洋芋片和飲料都被運到貓島，大夥兒齊聚一堂。約爾和馬丁、艾琳和瑪琳、安德斯和希西莉雅。芙瑞達的母親不准她去，但她還是去了。住在納丹的森謬爾和約爾在同一個足球隊，他開自己的船過來。就連每年只在度瑪雷待幾個星期的卡洛琳娜都去了。還有當晚的大戶亨利和畢昂。

他們拿出百加得蘭姆酒，倒在塑膠杯裡再加入可樂，有人在船屋外生了火。蘭姆酒是亨利和畢昂帶來的，卻還是聽到有人批評他們所帶來的淺灰色素食香腸看起來像男性生殖器。

終於有這麼一次，安德斯被准許播放「流行尖端樂團」的音樂，從〈慾望的難題〉開始。喝光幾瓶酒後，沒人想聽這麼陰沉的音樂，於是在女孩子的堅持下換了「轟」樂團的音樂。

營火熄了，派對在船屋裡繼續進行。這裡原本只有一張桌子、兩張椅子和一張上下鋪給過夜的漁夫使用，後來加了幾張木椅和碎呢地墊。所有的人都擠在裡面，安德斯和希西莉雅爬到上鋪散發著霉味的馬鬃床墊上，幫了大家的忙，他們躺在上面接吻親熱。

去年夏天被瑪琳撞見他們接吻之後，安德斯和希西莉雅忍受了不少冷嘲熱諷，不過這都過去了。現在他們是一對，沒什麼好說的，只不過他們在一起這麼久，這一點很奇怪。他們冬天第一次上床，到了春天還沒分手，因此這天晚上躺在馬鬃床墊上時，已經不如一開始那般地熱切。他們現在可以放鬆一點了，停留在彼此的嘴唇和指尖。

下頭的氣氛反而更熱烈。有人帶了一副紙牌，他們正要玩脫衣紙牌遊戲。卡洛琳娜馬上退出，也沒人認真地抗議，反正她長得胖嘟嘟的，又不是特別漂亮。不幸的是她沒辦法自己回家，只能遠遠地縮在下鋪，假裝對整件事沒意見。

就剩下艾琳和瑪琳的好戲上場了，她們才是最漂亮的女孩。芙瑞達還算漂亮，但沒有可供討論或幻想的身材。另一方面來說，如果其他女生願意玩的話，她也不會退出。

艾琳和瑪琳互相擊掌說「加油」時，安德斯看到芙瑞達眼神左右觀望，肩膀下垂，但還是咬緊牙根，挺起胸膛。也許她希望自己不會輸，要是退出她會輸得更多。

安德斯從裝著蘭姆可樂的瓶子喝了一大口，把鼻子埋在希西莉雅的頸根。他對這件事有不好的預感，很慶幸他和希西莉雅距離中心這麼遠，被大家所遺忘。

大型手提音響傳出「歐洲合唱團」的喬依・坦柏斯唱著〈最後的倒數〉。馬丁先發牌，發到亨利時猶豫了一下，亨利說，「我想對著世界脫褲子。」畢昂咯咯笑，沒人聽得懂這話哪裡好笑，可是他們還是拿到牌。

馬丁繼續發牌，有些人贏，有些人輸，一件件衣物褪下後丟在地板中央堆成一堆。過了約二十分鐘後，安德斯一定是睡著了，因為他抬起頭時情況已經大大不同。

剛進屋裡關上門的約爾全身一絲不掛，只用一小片破漁網遮住晃來晃去的老二。

桌子周圍傳來噓聲和笑聲，約爾張開雙臂跳了幾個舞步，似乎對這個情況並無不悅之處。他常常上健身房，剛好趁機炫耀身上的肌肉。

船屋裡很熱，滿頭大汗的安德斯頭髮黏乎乎的，所有的氧氣都被蠟燭和身體燃燒的酒精吸光了。他們又喝光了兩瓶半公升的酒，空瓶放在那堆衣服旁。他們比以前至少多喝了一公升，森謬爾正在開一瓶新的。

芙瑞達的成績不錯，還穿著胸罩和內褲，她指著約爾抗議，「承認你輸了，那根本就是作弊。」

約爾走到她身邊，在她面前搖搖肚子，「妳是什麼意思？我有穿東西不是嗎？沒關係，摸摸看。」

芙瑞達推開他，約爾往後倒，差點跌在卡洛琳娜身上，不過他抓住床框站起來。他已經醉得差不多了，脖子和背部都滴下汗水，一手在漁網做成的內褲前揮舞，「最後一次機會好嗎？最後一回合，然後我就……輸了，好嗎？」

安德斯沒喝那麼多都覺得頭在轉，而且比平常沉重三倍。

他們該把門打開的。

他張嘴想說出口，但就是沒力氣。他看看下面其他人坐的桌子，約爾輸最多，但亨利、畢昂和艾琳也不遑多讓。亨利和畢昂脫到只剩內褲，艾琳的下半身藏在桌子底下，安德斯看到她選擇先犧牲的是內褲而不是胸罩。

安德斯從希西莉雅的呼吸聲聽出她睡著了。他一手放在她的臀部，視線離開艾琳交叉的雙腿間冒出的毛髮，努力讓自己的思想也保持忠誠。

他的意志堅定，可是雙眼很脆弱。他試著專注在亨利背上幾顆熟了一半的青春痘，可是眼睛拒絕聽命，視線不斷滑向艾琳雙腿間的陰影，胸部上方發亮的汗珠。他的陰莖底部開始發熱，他翻過身躺著，瞪著距離鼻尖只有五十公分的天花板。

我得出去呼吸點空氣。

發牌時發出喀答聲、說話聲模糊不清。他希望約爾輸掉，這樣遊戲就會結束，他們可以出去呼吸新鮮空氣，再度為人。

輸的是亨利，安德斯聽到布料摩擦皮膚的聲音及衣服越堆越高的沙沙聲。似乎沒有人在意，眾人想要的並不是亨利的赤裸，這只是途中的點綴。又有人發牌，下鋪的卡洛琳娜嘆了口氣，這一夜與她的想像相去甚遠。

安德斯的汗水刺痛眼睛，衣服下的發癢不甚舒服。他希望這裡只有他和希西莉雅，他大可以搖醒她，問她是否想在月光下游泳。目前這個情形，他只能躺在這裡瞪著越來越像棺材蓋的天花板，由熱度判斷起來才剛被放進烤箱而已。

「操他媽的鬼！」他聽到艾琳在下面大叫，「可是我也有三個對子！」

「對，可是妳看這裡……」馬丁似乎很難表達想說的話，「看這裡……妳看芙瑞達有……她最大的牌比妳的大，所以她的牌比較大，比較大。」

有人隱約同意著，艾琳發出微弱的抗議，接著出現虔誠的沉默，微弱的金屬碰撞聲，一件衣物落在那堆衣服上，一張椅子推開。約爾問，「妳要去哪裡？妳該坐在這裡然後……」

「去他的，」艾琳說，「你能做我也可以。」

接著傳來赤腳走過木板的聲音，幾個男孩吹口哨。安德斯繼續瞪著天花板，雙眼再度掌控，瞄了門口一眼，正好看到艾琳消失在門外。

有人開大音量，「啊哈合唱團」的〈接受我〉在船屋裡大聲迴盪，趕走了一些黑暗，空氣也變得比較舒暢，可能是門在開關之間放進了一些氧氣。

坐在桌子四周的人都跟著副歌一起唱著。希西莉雅醒來，惺忪地轉向安德斯。他撫摸她的臉頰，皮膚黏在一起。希西莉雅眨眨眼，揉揉眼睛，「天啊，這裡好熱喔。」

安德斯抱住她，「我們出去好嗎？」

她壓在他身上說「等一下」，越過她的肩頭，安德斯看到亨利從桌前起身走到門口。接著希西莉雅的嘴唇貼上來，他沉入那柔軟、黏稠的溫暖中。

他們一直吻到〈接受我〉的歌聲漸漸消失在一陣和聲與鼓聲中，在一刻的沉默後聽到屋外傳來艾琳的尖叫聲，彷彿通往心臟的腎上腺素突然停止一般，船屋內一片震驚，緊貼在一起的皮膚分開，椅子被推開發出刮吱聲，隨著〈我是如此幸運〉第一小節的音樂倒下。

約爾和馬丁首先衝出門外，其他人緊追在後，畢昂是最後一個。希西莉雅從上鋪下來，跟在後面的安德斯差點撞倒卡洛琳娜，她正像個老女人般呻吟著爬起來。

凱莉・米洛正在唱她的想像裡如何缺少錯綜複雜之事，可是被船屋外艾琳歇斯底里的尖叫聲淹沒了。

「你這噁心的混蛋……他媽的噁心……」

安德斯出去時，正好看到約爾把手放在艾琳的肩膀上，她身上綁了一張漁網，正在打亨利，而亨利則護著自己的臉。低垂水面的滿月在他們身上灑下一絲光亮。

「怎麼了？怎麼了？」約爾問。

艾琳還在打亨利，亨利則朝著岸邊倒退，她大叫，「這個噁心的混蛋想強暴我，他噁心他媽的老二朝我過來想……想強暴我！」

亨利舉起雙手，彷彿在表明自己沒有武器，他說，「我沒有，我只是……」就算無法證明他的犯罪，那明顯可見的武器卻從亨利的身軀突出，向上指著一個角度。亨利臉上滿是恐懼，它卻拒絕下垂。

約爾一個箭步走向亨利，往他的肚子揍了一拳，亨利噴出一口氣彎下腰。約爾抓住亨利的頸根，把他拖到閃亮的營火餘燼前，大叫，「你就是不能這麼做，聽懂了嗎？我要讓你聽懂，我要確定你聽懂……」

很難想像亨利和畢昂的友誼承受過更嚴苛的考驗，可是畢昂高分通過。約爾把咳嗽、無助、揮著手的亨利拖向營火的餘燼時，畢昂跑向前抓住他，拖住他的腳步。

「別鬧了，你這個瘋王八蛋，放開他！」

約爾用空出來的那隻手打畢昂，畢昂則抓住他的肩膀。擺脫不了畢昂的約爾對馬丁大叫，「看在老天爺的分上，過來幫我一把！」

馬丁趕忙上前用自己的體重優勢把畢昂拖開，強迫他趴在地上。肚子被狠狠揍了一拳的亨利還在咳嗽，一面用力吸氣。約爾對著亨利的頭又打又搖，一面厲聲說，「你想幹是嗎？我覺得你應該去幹想被幹的人，你這個混蛋。」

他把亨利拖到畢昂身上，馬丁踩在畢昂的手上，使他動彈不得。

「好了，現在你們可以幹了，」約爾尖叫著，兩腿張開站在亨利的身體上方，抓住他的屁股往上拉又往下按。亨利想甩脫，可是約爾拿起一顆雞蛋大小的石頭增加分量，用力砸在亨利的後腦勺。

「很享受是嗎？也許你還沒全部進去……」

亨利無助地趴在啜泣著的畢昂身上，約爾抓住亨利蒼白的屁股指引他正確的方向。

「好了，約爾，拜託他媽的放手吧！」

安德斯放開希西莉雅，走向扭成一團的赤裸身體，他又說一次，「約爾，夠了！別鬧了！」

安德斯距離一步之遙時，約爾轉身面對他，嘴角滴著唾沫，眼神中毫無人性，臉上的表情很簡單：敢碰我我就殺死你。約爾舉起拿著石頭的手準備出擊，安德斯只得放棄，胃部一陣作嘔使他後退轉身。

其他人動彈不得地瞪大雙眼看著眼前這一幕，只有艾琳臉上的表情洩漏了一丁點恐怖的意味：她在微笑，她的嘴角揚起一抹僵硬的微笑，而她的雙眼……貪婪。安德斯聽到背後的約爾無法使亨利達到想要的結果，也許羞辱終於迫使那邪惡的勃起消退了。

畢昂如受到鞭打的動物般哀嚎、絕望地啜泣。約爾一面喘氣一面詛咒，終於放棄，轉身背對地上的軀體吐了口唾沫，經過營火時赤腳踢了些閃亮的餘燼到亨利背上。

亨利抽搐一番，從畢昂的身上滾下來。約爾進船屋後隨即帶著一瓶蘭姆酒出來，雙眼依然迷濛，閃爍著興奮。安德斯注意到打架和懲罰使他硬起來，那片披在老二上的漁網彷彿是在晾乾。

他走到艾琳面前抓住她的手，「妳和我要來聊一聊。」

艾琳跟著他，漁網做成的沙龍像婚紗般拖在背後，跟著他們繞過船屋，消失在森林裡。

接下來一片靜默。馬丁踩著畢昂雙手的腳早就移開了，此時低頭凝視著地上縮成一團哭泣的男孩，表情很是內疚。他看看四周，彷彿希望有人告訴他自己為什麼這麼做。大家都避開彼此的視線。

希西莉雅進船屋挖出亨利和畢昂的衣服，這時他們也已聽到森林傳來的聲音，約爾不是在索取就是接受他的報酬，從艾琳的聲音聽來應該是後者。森謬爾進去把音樂的音量轉大。

錄音帶又回到最前面了，隨著〈最後的倒數〉嘹亮的號角聲，亨利和畢昂緩緩穿上衣服。安德斯永遠無法再聽到那首歌而不覺得內疚。

他看到畢昂滿是淚痕的臉龐，瘦長、顫抖的雙手拉上醜陋的內褲。安德斯想起他們一起蓋的雪碉堡，畢昂的母親給的巧克力，他們一起看的兒童節目、一起嘲笑的事。他真希望自己拿起一顆更大的石頭，往約爾的頭上砸下去。

可是他卻沒有這麼做。這時畢昂發現他的莫里西眼鏡從中間折斷了，哭得更悽慘。

安德斯走到他面前蹲下來說，「你還好嗎？」

畢昂揮手打到他的額頭，不是很重，可是意思很清楚。他不想別人看著他或跟他說話。幾分鐘後，亨利和畢昂穿好衣服走向岸邊，經過停靠的小船。

後來，安德斯發現他們游泳回到卡度南。

那年夏天的最後一星期彷彿處於宿醉狀態。船屋派對結束，真正的宿醉過去後，大家說話的音量變低了，笑聲也沒那麼頻繁，來去之間帶著一絲啃蝕的痛苦。除了約爾和艾琳之外。

他們終於對彼此認真起來，也想向大家炫耀。他們隨處調情，完全不理會其他人，即使和大家相聚，也只是為了上下其手時有個觀眾。也許這是他們處理內疚的方式，可是沒人理他，大家多半覺得很難受。約爾幾次半開玩笑的甩艾琳耳光，他後來虐待女人的事業很可能就是從那年夏天開始的。

沒人聽說亨利和畢昂怎麼了，也沒人探查。這些年來，他們被排除在小團體外是遲早的事，現在終於成真了。他們並不真的是被驅逐，比較像是被唾棄。很可惜，可是也沒得解決。

安德斯回市區的前一天還是去了亨利的小屋，走近門口時，聽到裡面傳出〈有一道光它永不熄滅〉的音樂聲。他敲了門。

音樂聲停止，亨利開了門，看來和往常沒什麼兩樣，只是青春痘更多了點。安德斯看到屋內地上一堆巧克力餅乾的包裝紙，亨利沒打算讓他進門。

「嗨，」安德斯說，「我只是……我明天要回家了，所以我……我過來說再見。」

一道苦澀的笑容扭曲了亨利的嘴。安德斯沒再說什麼，也沒有動作，於是亨利的笑容消失了，臉上毫無表情。

「我沒有做，」他說，「只是想讓你知道我什麼也沒做，我只是……根本什麼事也沒發生。我只是碰巧碰到她，她就開始尖叫。」亨利毫無掩飾地凝視著安德斯的雙眼，「你相信我嗎？」

安德斯點點頭，「相信。」

「很好，」亨利臉上又恢復了笑容，他說，「以前你窮得要死的時候，我比較喜歡你。」

安德斯知道這是一句歌詞，可是不知道來源，所以他只說，「唔。」

「再見嘍，」亨利說完關上了門。

第二年夏天，小團體從內部開始瓦解。有人去了歐陸鐵路之旅，有人利用暑期打工。有人看到亨利和畢昂騎著小綿羊機車到處跑，只有安德斯會點頭打招呼，可是他們從不停下來聊天。

村子裡開始發生奇怪的事，有些東西消失後出現在別處，商店外的告示板被拉下來：一天早上，一名去游泳的夏日度假客發現一件恐怖的事：有一隻天鵝被掛在更衣室旁低矮的松樹枝上，脖子綁著鐵絲。

另一名夏日度假客在一個大籠子裡養了三隻兔子，一天早上發現它們全死光了。籠子裡唯一還活著的是鄰居出了名壞脾氣的鬥牛犬。並沒有跡象顯示鬥牛犬自己挖洞跑進籠子裡，它是被解開鍊子後放進籠子裡的。

大家都懷疑是亨利和畢昂幹的好事，他們騎著車在村裡到處跑，詭異乖張的行徑甚至已經到了邪惡的地步，不論走到哪裡都受到指責，可是他們全盤否認。既然無法證明，也就無法處理，人們開始鎖好財物和動物。

冬天來臨時，史密斯合唱團解散了。安德斯在聖誕節和新年之間的那個星期來到度瑪雷，看到亨利和畢昂穿著喪服來來去去，可是既沒跟他們碰面也沒說話。

隔年夏天，安德斯和希西莉雅前往歐陸進行一個月的鐵路之旅，剩下的時間安德斯在一家超市倉庫裡工作。那一年冬天，他去度瑪雷時既沒看到亨利也沒看到畢昂，從父親的嘴裡聽說，他們已經變得令人無法忍受。他們不跟任何人說話，和青少年心理諮商小組見過幾次面，可是破壞的行徑和令人作嘔的小事件仍舊持續發生，只是沒有以前嚴重。

安德斯二月時打電話給父親，聽他說起亨利和畢昂溺死了。他們騎著小綿羊機車上冰層，結果冰層破裂，他們都沒穿救生衣，也許一切發生得太快了。

村民如釋重負，哈巴與布巴終於被驅逐了。他們的父母親沒多久就離開了島上，不再是一般人關心的對象，年輕人失去生命總是非常令人難過，可是……

總算結束了。

我們沒人愛

你若是存在

在廚房餐桌上方燈光的照射下，艾琳臉上自戕的成果較為清楚。縫線還在，癒合中的傷口組織腫起，也看得出最近的手術目的為何。

鼻孔外緣到嘴角這兩條深邃的法令紋成了瘀青的疤痕；深陷的雙眼下方這兩片鮮紅色的皮膚布滿許多交叉細紋，延伸到太陽穴。她加深了臉上的皺紋，手術的目的正好與一般整型手術相反，她使自己更老、更滄桑、更醜。

由於嘴巴不方便，艾琳謝絕了咖啡，而是接受了用平底玻璃杯裝的葡萄酒。安德斯找不到吸管，只好剪一段細的橡皮管給她用，看著她一口氣吸了半杯。

真可憐。

一想起亨利和畢昂，便更強烈地提醒安德斯艾琳過去的所作所為，她曾經是什麼樣的人。十七年後，她雙手顫抖地坐在這裡，面孔殘破不堪，只能用橡皮管吸葡萄酒。

也許，世上畢竟存在著某種正義。

艾琳的臉孔實在慘不忍睹，因此安德斯的視線游移到餐桌上，注意到磚片上的珠子數量增加了很多，加上一整片白珠子後，總共佔去了整整六分之一的桌面。

艾琳吸光葡萄酒時發出極大的聲響，臉上的表情很難解讀。安德斯正要問到亨利和畢昂的事，卻被艾琳捷足先登。由於她無法正常使用嘴唇，因此發出的子音都很微弱，聲音也很單調。

「我一直不斷重複做這個夢，」她說，「因為常常做這個夢，我都睡不好，已經好幾個星期沒有好好睡一覺了。」

她幫自己添了酒，安德斯也倒了一杯陪她喝。艾琳一次吸光半杯，咳嗽一下繼續說：

「有一個男人躺在船上，一艘舊的小船。他躺在船尾，頭垂在船緣。他死了，眼睛張得大大的，身邊……船上有漁網，裡面有魚，一些沒卡在漁網上的魚掙扎著四處亂跳。漁網裡也有很多魚在動，它們還活著，可是躺在那裡的男人卻死了。你懂嗎？魚在船上卻還活著，可是他卻死了。」

艾琳再吸一口酒，露出疼痛的表情，也許其中一個傷口的縫線裂開了。

「那個影像一直存在，無時無刻。我覺得我該習慣，可是每次它出現時……每次我在夢裡都同樣害怕。我走近小船，看到那個男人躺在魚之間，覺得自己好像會崩潰，我真的很害怕。」

艾琳吸光最後一滴葡萄酒時嗆到了，咳嗽個不停。她不斷地咳嗽，一直咳嗽，咳到痛得停下來嗚咽，又繼續咳到讓安德斯擔心她會嘔吐，才終於停止。艾琳大口喘了一會兒氣，眼淚滴在臉頰的傷口上。

安德斯對艾琳的夢並不是特別有興趣。他喝下一大口酒，閉上雙眼，模糊地看到月光下亨利和畢昂的軀體，艾琳的豐唇露出醜陋的微笑。

過去並沒有消逝，一切歷歷在目。

他張開眼睛看著艾琳，她正駝著背瞪著地板。

「妳說他們失蹤了，妳說亨利和畢昂沒有淹死是什麼意思？」
「沒人找到他們的屍體。」
「可是他們摔進冰層裡。」
艾琳搖搖頭，「我聽到的不是這樣。」
「那妳聽的是什麼？」
二十分鐘前他們來到破厝時，艾琳看到包在塑膠袋裡的冰淇淋叔叔，她本來想跑掉，是安德斯阻止了她，她現在露出同樣的表情，彷彿受到包圍、無處可逃的動物。唯一解決的辦法就是向內爆炸，縮小消失。
「安德斯，是他們做的，就是他們拿著那他媽的塑膠人像，他們沒有……變老，你懂嗎？他們的樣子和以前一樣……和當時一模一樣，他們完全沒有變老。」
安德斯靠在椅背上，「當時到底發生了什麼事？」
艾琳緊閉雙唇，鼓起雙頰，帶著乞求的表情看著他。這一招以前可能有用，現在只令人覺得反胃。她食指纏著橡皮管，垮著肩膀說：「你知道約爾在監獄嗎？」安德斯沒回答，她繼續說，「有一個女的……他差點把她打死，我不知道為什麼，應該不是她的錯。」
她吸吸鼻子，更用力地拉橡皮管，指尖出現的深紅色很像臉上的兩塊皮膚。她看著餐桌桌面說，「我不知道，我什麼都不知道。我猜我很邪惡，人有可能邪惡嗎？」
安德斯聳聳肩，深深吐納，胃部沉重的感覺舒緩了些。他起身拿一盒新的葡萄酒，「妳想再喝一點嗎？」
她點點頭，拉直橡皮管。他們各自安靜地喝著自己的酒，過了一會兒安德斯問，「他們的事妳聽說了什麼？」

艾琳的嘴角流下幾滴葡萄酒，她小心擦掉說，「他們騎著小綿羊機車到冰層上，然後就不見了。」

「妳是說他們沒有跌到冰層下？」

「對。」

「冰層沒有破洞，沒有……沒有裂開，他們……？」

「對，他們就這樣不見了。」

安德斯手握成拳頭用力壓在嘴上，帶來一股金屬味。他起身在廚房裡蹣跚地走動，艾琳的視線跟隨著他，一面繼續吸入葡萄酒。接著她問，「怎麼了？」

安德斯搖搖頭表示不想談，只是抓住香菸盒狂亂地抽菸，一面來回踱步，走進玄關進入起居室。

我能做什麼？我該做什麼？

發生在亨利和畢昂身上的事不見得也發生在瑪雅身上，也許他們只是……離開了。去了別的地方，開始新生活。

然後他們現在回來了，卻沒有變老？

安德斯站在起居室的窗前，眺望著遠方的固瓦岩燈塔發出閃光，不禁熱淚盈眶。

沒有變老……

他看到六歲的瑪雅伸出小手拿裝著果汁的奶瓶，瘦小的手指扣住邦瑟漫畫的邊緣，躺在自己的床上讀著，棉被底下露出雙腳。

安德斯瞪著無盡黑暗中單一而閃動的燈光。酒精的效力發作了，燈光在海面上閃動、滑行，他看到穿著紅色雪衣的瑪雅在黑暗中閃閃發光，走在水面上。她小小的身軀及柔軟的肌膚，全身都塞進溫暖的雪衣裡。一道紅點接近，等他專注凝視時卻又消失了。

他低聲說，「妳在哪裡？妳到底在哪裡？」

沒有回應，只有海水拍打著岩石，固瓦岩如同每座燈塔般傳送出單一、不間斷而重複的訊息：我在這裡。我在這裡。注意。注意。

安德斯站在窗前瞪著一片黑暗，直到鑽進窗框的冷風使他發抖，他才回到廚房裡。

艾琳側趴在餐桌上，頭靠著手臂。安德斯搖搖她的肩膀，她迷惘地抬起頭，「妳最好去床上睡，」他指著臥室，「去睡大床。」

艾琳消失在臥室裡，留下安德斯坐在廚房餐桌前喝下更多葡萄酒，抽了幾根菸，瞪著桌上的刻字。抱我。

醉醺醺的安德斯點點頭，彷彿禱告般闔起雙手，「我會的，我會的。可是我要去哪裡找妳？妳在哪裡？」

過了半小時左右，艾琳披著棉被從臥室出來，緊張地抓著被套。安德斯得閉上一眼，才能把她看得更清楚，她的外表真是悲慘至極。

「你可以來床上睡嗎？」她問，「我真的很害怕。」

安德斯和她一起走進臥室裡，躺在她身邊的被子上，她伸出一隻手握著他。

有什麼關係？他媽的有什麼關係？

安德斯抓著艾琳的手捏一捏，彷彿在告訴她一切都會沒事，沒什麼好擔心的。他想放手時，她卻抓得更緊，他也就順著她的意。北角燈塔的光束掃過房內，照在對面的牆壁上，凸顯出艾琳平坦鼻子的剪影。

安德斯躺在那裡看著光束掃過十餘次後，終於忍不住又問了一次，「妳為什麼要這麼做？為什麼要動這些手術？」

「我必須這麼做。」

安德斯眨眨眼，意識到自己睏了，迷迷糊糊的思緒中突然出現一絲懷疑，他問道，「是為了……懲罰嗎？」

艾琳沉默良久，安德斯以為她不打算回答。燈塔光束掃過房內許多次之後，她才終於說道，「我猜是的。」她鬆開他的手翻過身。

安德斯躺在床上思索著罪與罰，也許是內建於世界及人類靈魂的平衡機制。他想不出什麼結果，腦中的推論開始分解成支離破碎的影像，這時他才恢復理智。艾琳的呼吸聲顯示她睡著了，安德斯起床脫掉衣服，爬上瑪雅的床。

可是他卻無法成眠。他在大床上打了幾分鐘的瞌睡，現在清醒得不得了。他數著燈塔的光束數到兩百二十，正考慮打開床頭燈拿邦瑟漫畫來看時，艾琳下床了。

安德斯以為艾琳要上洗手間，可是她的動作有點怪，只穿著胸罩和內褲的腫脹軀體毫無線條可言，她走向安德斯，眼裡卻看不到他。燈光打在艾琳的臉上時，安德斯突然萌生一股畏懼，以為自己將受到襲擊，於是縮成一團。

怪物來抓我了。

可是，艾琳就這麼毫不在意地走過安德斯身邊，他的恐懼消失了。艾琳夢遊般地開門走出房間，安德斯遲疑片刻後，也起身穿上襯衫跟著她。

艾琳穿過廚房進入走廊，並沒有轉向洗手間，而是走向大門。當她摸索著門閂要開門時，安德斯走向她。

「艾琳，妳在做什麼？」他再問一次，艾琳仍毫無反應，「妳不能就這樣出去。」

門鎖喀答一聲，艾琳壓下門把，安德斯抓住她的肩膀，「妳要去哪裡？」被他抓住的身軀很僵硬，她頭也不回地回答：「家，我要回家。」

門打開時，一陣冷風吹上安德斯的赤足，他更用力抓住她的肩膀，把她轉過來面對自己，「妳不能回家，妳沒有地方可以回去了。」他抓住艾琳的另一邊肩膀搖一搖，可是她面無表情。

「聽我說，」他說，「妳哪裡都不能去。」

艾琳表情空洞地看著他，嘴唇猛然抖動，彷彿在說什麼，什麼，什麼，什麼，卻沒有發出任何聲音。接著她緩緩搖頭，跟著安德斯說，「我哪裡都不能去。」

「對，來吧。」

安德斯把艾琳拉回走廊，關好門鎖上。艾琳順服地被帶回床上，馬上睡著。安德斯沒有臥室的鑰匙，只好用椅子卡住門把，如果艾琳又想出去，希望他會聽到。

她出去又怎麼樣？又不是我的責任。

安德斯再度滑進瑪雅的床，意外地注意到身體終於決定可以如願入睡，他也的確想睡了。他閉上眼睛，很快就在一片平緩的斜坡平原進入休息狀態，他沉入夢鄉前的最後一個想法是：*我承受的還不夠多嗎？*

失火後

消防隊完成滅火工作後，火場只殘留焦黑的橫梁與灰色的污泥。起火的建物與四周灌進了數百立方公尺的海水，殘骸中尚存零星的嫋嫋煙霧，不過整個區域都已濕透，所以也沒有再度引燃的危險。

很多人都回家了，希蒙站在惡臭的灰燼前檢視這片廢墟，思索著人間的無常。

你擁有一棟房子，然後就這麼化為灰燼。

只要誤放一根火柴或一絲火星，你所擁有、裝飾、安全保守多年的東西瞬間就化為烏有。一個不小心的字眼，一瞥不該看到的東西，視為理所當然的人生之網頓時在眼前撕裂成碎片。

頓時無以立足。

這一幕再真實不過：你走在那張橢圓形的安全毯上，另一頭的人影是誰？天使還是魔鬼？抑或只是個穿著灰色西裝的老人，一個疲憊的軀體等待著他的機會？無論如何，手握安全毯另一端的他很有耐心，非常有耐心。他很能等。

只要你一個腳步不穩，只要被發現表現不佳，他會迅速抽走那張安全毯。當你雙腳離開地面，瞬間水平飛起，腳尖與鼻子平行時，只能用神奇來形容，可是接著身體猛然受到地面的迎接，痛不欲生。

希蒙雙手插在褲袋底，走到火場餘燼前，腳下吱吱作響，灰燼的味道令人窒息。他和這棟遭祝融吞噬的房子沒什麼特別的關係，也沒有進去過，卻又彷彿對他具有某種意義。

對他而言，這一天令人迷惑。他覺得是自己太敏感，可是他也已經受夠將度瑪雷發生的事視為毫無關聯的單一事件。他已經被欺瞞——

是的，欺瞞。

——得夠久了。腳下的煤灰污泥發出咯吱聲，在腳底吱吱作響。消防隊員表示，以起火的方式看來，起火的原因絕對非常可疑，可是調查起火原因不是他們的工作，警方會在天亮後接手。

雖然這麼做有可能破壞重要的線索，希蒙還是穿越一片混亂，來到火場邊緣，無意識地來到了目的地，在水井前幾公尺處停下腳步。

這是一口老舊的水井，一公尺高的圓形石牆以混凝土接合，井口蓋著一片木板。老舊的結構、轉動機制、鐵鍊和水桶還保留著作為裝飾之用，蓋子上的洞口露出一條粗厚的塑膠水管，大抵連接到屋內的抽水機。這會兒水井附近幾公尺的水管也受到火苗波及了。

希蒙稍微移開蓋子，低頭看著井裡的一片黑暗。

我在做什麼？

他並不知道，就像他完全不知道自己為什麼來到這裡，只知道就是有什麼東西……吸引著他。他一手握著火柴盒等著。

沒有。什麼都沒有。

希蒙所感應到的東西太模糊了，只隱約知道自己感覺到什麼已消失的蛛絲馬跡。彷彿魚躍出水面後引起的漣漪，可是魚已經游開很遠了。

縱然如此，他還是解開水桶，用鐵鍊下垂到水井裡，抵達約五公尺深的水面。水桶拉起時裝著半桶清水，他先用水清理了手上已經開始癒合的傷口，接著捧起水喝了一口。

鹹水。

這個地點這麼靠近大海，水井裡滲進鹹水也很正常。當初他們若是詢問希蒙的意見，他不會建議他們在這裡鑿井，不過也無計可施了。他把水桶掛回原來的位置，那股感應既沒有增強也沒有減弱，彷彿一股依稀存在的味道，無法辨別。

他後退一步看著水井。

真可惜。

真可惜這麼一口古老的好水井已不再屬於某棟房屋。他轉身看著餘燼，剛剛站的位置有一個人影，在黯淡的星光下無法辨識，希蒙舉起一手打招呼，對方也回禮。

希蒙走近時才知道，原來那是安娜葛蕾塔在等著他。他的身體僵硬，原本抱歉的表情換成拒絕，帶著最強烈的自尊，以最沉重的腳步穿過最後幾公尺的灰泥。

安娜葛雷塔臉上露出笑意，「你在做什麼？」

「沒什麼，只不過是渴了。」

安娜葛蕾塔指著十幾公尺外路口的公共水龍頭，「比較簡單的作法不是……」

「完全沒想到，」希蒙一面說一面走過她面前，繼續快步走向回家的路，可是安娜葛蕾塔的雙腿更有勁，毫不吃力就趕上他。她走在他身邊，用手電筒照亮眼前的路面。

「你餓了嗎？」她問。

「不會，只是很失望。」

「為什麼？」

「妳覺得呢？」

他們走到棕樹間的小徑時，希蒙不得不慢下來。看在老天的分上，他的心並不想離開安娜葛蕾塔，他指的是真正的那一顆心臟；至於另一個心的狀況如何他則無法確定。不過這個問題的確值得徵詢死神的意見：就算他想甩開安娜葛蕾塔也做不到，她走路的速度實在是太快了。

進入森林一百公尺後，希蒙停下來喘口氣。安娜葛蕾塔冷靜地在他身邊等著，用手電筒照著小徑，四顧無人。

「讓我這麼說好了，」安娜葛蕾塔說，「我什麼都沒告訴你是為了你好。」

希蒙露出不屑的表情，「我們在一起多久了？將近五十年？妳怎麼能……妳還有什麼沒告訴我的事嗎？」

「有。」

她的承認本該使他意外，可是希蒙很瞭解安娜葛蕾塔：她有話直說，不顧情面。這也是此事這麼難以吞下去的原因：也許他並不真的瞭解她，一點也不瞭解。

「嗯，讓我告訴妳，」希蒙說，「我結過一次婚，妳知道瑪麗塔對她嗑藥的事用的藉口是什麼嗎？她是為了我好才沒告訴我。所以，也許妳可以說我對這個說詞過敏。」

「這不能相提並論。」

「我覺得可以，而且我很難接受。我不確定是否還想跟妳在一起，安娜葛雷塔，我不認為我想繼續跟妳在一起。」

希蒙本來彎著腰，雙手撐著大腿，這會兒他挺起腰桿走入黑暗之中，安娜葛蕾塔的手電筒並沒有跟上來。希蒙覺得胃部有一個硬塊，也沒在看路，不過至少他說出口了，現在得承擔後果，不計代價。他無法與這種說謊的人共同生活。

森林裡一片漆黑，他得小心才不會再跌進水溝裡。手電筒的一圈光暈還停留在他的視網膜上，他停下來等它消失。回頭看看小徑時，真正的手電筒在地上照亮著安娜葛蕾塔的雙腳，她躺在一旁。

希蒙張開嘴想大叫，可是找不到適當的字眼。

不公平，用這種方式吵架不公平。

他咬緊牙關。話已經說得很明白，他的感受也解釋得很清楚，她卻來上這一招，真是可恥，真是……

希蒙探頭看看躺在地上的輪廓，不安地扭動雙手。

她該不會出了什麼差錯吧？

安娜葛蕾塔身體很健康，不太可能因為遭到拒絕就突然心肌梗塞或腦出血，有可能嗎？希蒙沿著小徑看著舊村子的方向，萬一那輛小綿羊機車回來了怎麼辦？她可不能就這樣躺在那裡。

她為什麼那樣躺在那裡？

希蒙嘴裡嘗得到鉛的味道。在手電筒燈光的引領下，他趕緊回到安娜葛蕾塔身邊，距離只剩幾公尺時看到她還活著，只是身體不斷顫抖，泣不成聲。希蒙走過去站在她身邊。

「安娜葛蕾塔，別這樣，我們不是小孩子了，別這樣。」

安娜葛蕾塔身體捲成球狀啜泣著，希蒙覺得雙眼刺痛，淚盈於睫，他生氣地抹掉淚水。

不公平。

希蒙無法忍受這一幕，這個頑固、堅強的女人，他愛了這麼多年的女人，她就這樣一把鼻涕一把眼淚地躺在森林的小徑上，像個無助的嬰兒。他從來沒想過自己說的話會引起這種反應，不禁喉嚨哽咽，淚流不止，也顧不得擦了。

「來吧，」他說，「來吧，安娜葛蕾塔，起來吧。」

安娜葛蕾塔一面啜泣一面說，「你・不可以・這麼說。你・不可以・說・你不要・跟我・在一起。」

「好，」希蒙說，「我不說。起來吧。」

他伸手要扶她起來，可是她看不見他的手。希蒙不認為自己能彎下腰抱她起來，一個沒弄好，說不定最後兩個都倒在地上。

他從來沒有參與過這種事，更不用說對象是安娜葛蕾塔。吵起架來她會變得很嚇人沒錯，吵完會哭一陣子，可是他從未見過安娜葛蕾塔如此絕望。另一方面，他也從來沒有說過或暗示他想分手。

他在她面前揮揮手，「來吧，我扶妳起來。」

安娜葛蕾塔吸吸鼻涕，呼吸緩和了點，也放鬆了些，不過還是有點喘不過氣，只得徐徐地吐納。靜靜地躺了一會兒後她問：「你想跟我在一起嗎？」

希蒙閉上雙眼揉一揉。這真是太荒謬了，他們是成年人，比成年人還要成年，然而他們居然繞了一大圈又回到最簡單、最基本的問題，幾百年前就應該解決的問題。

可是並沒有解決，是不是？也許永遠都不會解決。

「想，」他說，「是的，我想跟妳在一起。可是妳得先起來，妳躺在那裡會生病的。」

她握住他的手卻沒有起身，只是把自己的手放在他的手裡，用指尖撫摸著他的掌心，「你確定？」

希蒙露出微笑，搖搖頭。在僅僅幾秒鐘的時間裡，他穿過內心迷宮般的房間，四處尋找那個告訴他想離開她、永遠不想再見到她的感覺，然而卻已消失，彷彿從未存在。

塵埃落定。結束了。

「我確定，」他說完扶她起來。安娜葛蕾塔不發一語鑽入他的懷裡，他們擁抱良久。等他們鬆手時，手電筒的微弱燈光已經由白轉黃。結束了。

這次是結束了，希蒙想。他們手牽手在微弱的手電筒燈光下找到回家的路，兩人都因這陌生的情緒風暴而疲憊至極，因不習慣的激烈情緒而心頭疼痛。他們手牽著手，話已說盡。可是走出森林後希蒙說，「我想知道。」

安娜葛蕾塔握握他的手。

「我會告訴你的。」

回到安娜葛蕾塔家之後，他們重重地躺在沙發上休息，恢復元氣，又彷彿很害羞，難以正眼看著對方，每次眼神交會時，便遲疑地對彼此微笑。

像青少年一樣，希蒙想，青少年在爸媽的沙發上。

也許現在的青少年不需要這麼做了，可是為了讓他的道歉更完整，希蒙進廚房拿出一瓶葡萄酒。為了緩和氣氛，自己一時嘴快……讓它發生。

不過不是像這樣，不，敬謝不敏。那樣的話只是……

他拿著開瓶器鑽瓶塞，鑽到一半停下來。上次和安娜葛蕾塔做愛是三天前的事嗎？感覺上好像不止三天了。就算他們的行為像青少年，並不表示體力也一樣。

瓶塞卡住了，希蒙盡可能用力拉，意識到其實並沒有那麼難。

如我所說……

他把瓶子遞給安娜葛蕾塔，她坐起來，瓶身穩穩卡在雙腿間，成功地把瓶塞拉出來。彷彿為了給希蒙一個藉口，她說，「卡得很緊。」

希蒙在沙發上重重坐下，「唔。」

安娜葛雷塔倒酒，他們各自喝了一口，在嘴裡漱一漱後吞下。那粗糙、陌生的味道停留在舌尖，如今已不常喝葡萄酒的希蒙發出愉快的嘆息聲，對安娜葛蕾塔投以挑戰性的眼神，她放下杯子，雙手放在膝蓋上。

「我該從哪裡開始？」

「從我問妳的問題開始。當時人們為什麼不搬走，現在為什麼不搬走？妳說是為了我好才不告訴我是什麼意思？為什麼沒有人——」

安娜葛蕾塔舉起一隻手阻止他，拿起杯子喝了一小口，用手指撫摸著杯緣。

「就某種層面而言，這都是同一個問題，」她說，「如果我告訴你，你也無法離開這裡了。」她看了一眼漆黑的大海，「也許已經發生了，你大概已經無法離開了。」

希蒙頭歪一邊，「如我所說的，我沒打算去哪裡。妳不需要嚇唬我留下來。」

安娜葛蕾塔露出淡淡的微笑，「它會來找我們。如果我們試圖離開島上，它很有可能會來找我們。」

「『它』，」希蒙打斷，「妳說『它』是什麼意思？」

「大海。不論我們在哪裡，它都會來找我們，把我們帶走。」

希蒙質疑地搖搖頭，「可是妳會去北塔耶，有時候也去斯德哥爾摩，我們還搭渡輪去芬蘭，妳和我，目前為止都沒事啊。」

「唔，可是你偶爾會建議去比較遠的地方，像西班牙的馬約卡，我都說不，因為……這樣它可能會以為我想離開。」

安娜葛蕾塔舔舔食指再撫摸玻璃杯的邊緣，單一、悲傷的聲音如鬼魅般擴散到整個房間裡。一個如此清純與清晰的完美音符，似乎把空氣當成擴音的音箱。希蒙把手放在安娜葛蕾塔的手指上，使其靜默。

「可是這聽起來很瘋狂，」他說，「妳是說大海會到岸上來找妳？這是不可能發生的。」

「不需要發生，」安娜葛蕾塔說，「大海無所不在，和每件事物都連結在一起。大海就是水，它不需要去哪裡就已經無所不在了。」

希蒙喝下更大一口葡萄酒，回想前一天的經驗。當他把水靈握在手裡時，他知道水如何流過一切，基本萬物皆由水組成。此時他拓展心裡的視角，看到大海由河流、河川與溪流連結而成，水脈流過岩床、沼澤、水池。水，水，無處不在。

目前為止都沒錯，可是……

「我只是很好奇，妳說『帶走』是什麼意思，它怎麼把妳『帶走』？」

「我們會在最不合理的地方溺斃，小溪、小水窪、洗手台。」希蒙皺著眉頭，正要以邏輯繼續追問，安娜葛蕾塔先發制人：「不，我完全不知道是怎麼發生的，沒有人知道。可是那些……屬於度瑪雷又試圖離開的人……他們遲早會溺死。通常留下來的都活下來。通常。」

希蒙把手放在安娜葛蕾塔還放在杯緣的手上，「可是這聽起來非常——」

「聽起來怎麼樣一點也不重要，事實就是如此。我們知道，現在你也知道了。用一個已經不常用的字眼，我們都被詛咒了，而我們也接受了。」

希蒙雙臂交握胸前，猛地靠在沙發上，說好聽點，是一下子很難接受這麼多。他所得到的答案只引發更多的疑問，他不認為今晚能再面對更多的問題了。由於不習慣喝酒，他所喝下的少量葡萄酒已足以使他昏昏欲睡。

他閉上眼睛，試著看到眼前所有的一切：和大海達成協議的漁夫，這麼多年來如何持續、散播這個協議，大海也不斷地持續、擴散、滲入每一個裂縫。

滲入……

他砸砸嘴唇，想到自己從那棟失火屋子的水井裡喝到的水如何帶有微微的鹹味，大海果然找到方法滲入。這時那個味道已經消失了，取而代之的是葡萄酒濃烈的甜味。希蒙沒有張開眼睛，直接問道，「現在我也屬於度瑪雷了嗎？我也……受到詛咒嗎？」

「應該是，可是只有你自己知道。」

「我怎麼會知道？」

「你就是知道。」

希蒙緩緩點頭，探索自己的內心深處，讓鉛垂線下垂穿過黑暗、穿過那些不言而喻，不用說出口就知道的事，發現比預期更快到達底部。那些知識早就在那裡了，他只是尋找的工具。他屬於大海，他也屬於大海，或許已經發生很久了。

「有什麼事發生了，」安娜葛蕾塔說，「我們今天碰面就是要討論這件事，希格麗的事。就我們所知，從來沒有人……回來。」

「可是她死了。」

「對，可是就算是這樣，以前也從來沒有發生過。」

「所以那是什麼意思？」

安娜葛蕾塔摸摸膝蓋，「嗯，我們被你打斷的時候就是在討論這件事。」

希蒙打個呵欠，努力想將腦袋裡盤旋不去的太多問題付諸言語，還沒做到，安娜葛蕾塔就先說了，「我也有問題要問你。」

「是嗎？」

希蒙又忍不住打呵欠，手在嘴巴前揮一揮，表示做得到的話他寧願不打呵欠，只是做不到。

安娜葛蕾塔雙手抱著縮起的雙腳，沙發上的希蒙眨眨眼，很訝異她居然柔軟靈活到可以這般築起自己的小堡壘，上次他可以這麼做一定是十五年前的事了。

安娜葛蕾塔下巴貼在膝蓋上，專心看著他問道，「你願意跟我結婚嗎？」

希蒙努力抗拒，可是另一陣巨大的呵欠來襲，使他的視線離開安娜葛蕾塔。他舉起手，意思好像是不要了，不要了。接著他說，「我已經到達一天之內所能處理的極限了，我們明天再討論這件事。」

你在看什麼？

安德斯醒來時，迎接他的是一股陌生的香味與聲音。香味是咖啡，聲音則是有人在廚房裡走動、打開抽屜和櫃子。他賴在床上，假裝這是平常家居生活的一天，在廚房裡煮咖啡、走動的是他廝守終生的愛人，而這是他們美好人生裡另一個美好的早晨。

他雙手交握放在肚子上，看著窗外十月中的多雲天空裡點綴著片片藍天，也許氣溫很低。除了誘人的咖啡香，他也聽到廚房傳來瓷器相碰的聲音。

希西莉雅在準備早餐，瑪雅坐在廚房餐桌前忙著。我躺在這裡，準備好了，在休息，在……瑪雅的床上。

安德斯幻想的這一幕從邊緣開始磨損，身體感受到昨晚喝酒抽菸所產生的垃圾。他看看自己泛黃的手指與指縫的黑色污漬，散發出一股菸臭味。他覺得嘴巴黏答答的，靠在床緣找到一個裝著三分之一稀釋酒的塑膠瓶，拿起來喝了一口，以酒解酒。

好，回到現實。

前一天晚上，艾琳描述了亨利和畢昂消失的經過之後，安德斯大為振奮，興奮不已。可是，這股興奮的感覺已在冰冷的晨光中消退，他明白這不見得有所幫助。兩件事並不相關，也不見得有關聯。就算有的話，他又能做什麼？一籌莫展而已。

安德斯掙扎著下床，光腳丫接觸到冰冷的地板。他穿上冰冷的襪子和冰冷的T恤，太陽穴砰砰作響。他穿上牛仔褲，走進廚房。

艾琳正把乳酪和麵包放在餐桌上，她抬起頭說：「早安。」在廚房窗戶照射進來的明亮晨光下，她看起來真是糟糕透頂。安德斯嘟囔著回答，從食物櫃裡拿出一盒新的葡萄酒，打開喝了幾大口，毫不在乎艾琳盯著他看。頭痛越來越嚴重了，他皺著眉頭按摩太陽穴。

「你酗酒問題很嚴重對不對？」她只是這麼問。

安德斯露齒而笑，一句相聲表演聽來的笑話脫口而出：「我是酒鬼妳是醜女。我可以不用再喝了。」兩人之間一片靜默，正如安德斯所願。他倒了咖啡，看看時鐘指著十一點多，才知道自己睡得比平常還久。雖然艾琳半夜差點溜走，也許她的存在使房間多了一份安全感，他因而睡得比較安穩。

安德斯喝了幾大口咖啡，看了艾琳一眼。頭痛已稍微減緩，他看著她先把乳酪三明治剁成小塊才放進嘴裡，覺得很內疚，想說些什麼。要說傷人、自以為聰明的話輕而易舉，但補救的話語卻苦思不得。

安德斯喝完了咖啡，正想幫艾琳倒一杯時才想到，她大概沒辦法喝這麼熱的飲料，所以咖啡是為了安德斯而煮的。他把杯子放在瀝水台上，對她說，「謝謝妳泡的咖啡，真好心。」

艾琳點點頭，小心翼翼地從杯子裡喝了一點果汁，沒有用吸管，一定是傷口開始癒合了。她糟蹋自己的臉蛋這件事令人難以理解。她和安德斯一樣都是三十五歲，看起來卻越來越像是歷盡滄桑的六十歲。

「我要去看有沒有信，」安德斯說。

他快步走出廚房，套上海利・韓森牌上衣，逃離艾琳身邊那圈令人痛苦的愁雲慘霧。

包在塑膠袋裡的冰淇淋叔叔站在門廊下方。安德斯無法理解自己為什麼這麼害怕。他舉起冰淇淋叔叔搬到柴堆旁，踢了一腳使它倒下。

「這下子你他媽的沒那麼厲害了吧，哼？」他對著那俯臥著、無法為自己辯駁的輪廓說。

空氣清新而冰冷，夜晚的惡魔已散去。他滿意地看著放滿柴薪的柴房，雙手伸進口袋裡走向村子。他彷彿有兩種心理狀態：一種心理狀態相對清楚、清醒，可以劈柴，可以理智的思考，逐漸恢復正常；另一個心理狀態則陷在夜晚之中，迷失在恐懼與臆測的黑暗迷宮裡，逐漸向下沉淪。

安德斯又想，*至少我在對抗。在城裡時，除了漠不關心外，也沒有什麼具體的作為。*

無論如何，安德斯將因工作磨損的雙手插在口袋裡，一步步走向商店，決定目前先選擇這樣的看法。陽光間或穿透雲層，使大海閃閃發亮，他正面對新的一天。當夜晚來臨時，一切看起來無疑都會有所不同。

他打開希蒙給他的舊郵箱，以為會和往常一樣空空如也，可是今天郵箱裡有一個黃色信封。底片和照片已經沖洗好了。

安德斯用手掂掂比平常來得輕薄的信封，他只照了幾張照片後就再也沒有拿起相機了，可是那些最後拍的照片都在裡面。他撥開信封口，看看四周杳無人跡，便撕開信封。

由於艾琳在他家，安德斯不想回家，只想一個人靜一靜。他坐在商店的台階上，從信封裡拿出較小的封套掂一掂，裡面有幾張照片？十張？十一張？已經記不得了。他深呼吸一下，小心地拿出一小疊照片。

我的親愛的……

首先是幾張破唐的照片，拍得不太好。然後是往燈塔的路上拍的那幾張照片，瑪雅穿著紅色雪衣在前方費力地穿過雪地，希西莉雅緊跟在後，雖然地形險惡卻依然挺直背脊。燈塔前方的她們玫瑰般的臉蛋兒湊在一起，希西莉雅一手放在瑪雅的肩上，瑪雅則一如往常地往別處掙脫。

更多她們倆在燈塔前的照片，這兩個全世界他最關心的人都走了。安德斯用各種焦距拍的照片，手放在不同的位置，從遠處拍、大頭照、特寫、瑪雅在反射鏡旁，

安德斯的喉嚨一陣哽咽，呼吸困難。他坐在這裡，手上還握著她們的照片，她們怎麼可以就這麼消失，不再為他存在？怎麼可以？

安德斯的淚水汩汩流下，胸前一陣絞痛，他放下照片承受著，雙手抱住自己想著：如果有辦法的話……

如果有辦法、有機器、有方法把人從照片裡釋放出來，捕捉那些靜止的時刻，釋放她們，如果能把她們變成真人，帶回這個世界就好了。他點點頭，淚水直流，胸口不斷絞痛。

「應該有可能，」他喃喃地說，「應該有可能……」

他一直坐到痛苦漸漸消退、淚水乾枯為止，接著他一張一張看著照片，手指撫摸著二度空間裡的面孔，這些已不再屬於他。

這很奇怪……

他來回翻著這疊照片，瑪雅沒有一張是看著鏡頭的。每張照片裡希西莉雅都規規矩矩的看著鏡頭，其

中一張甚至露出微笑。可是瑪雅……

在幾張照片裡，她在看著其他地方，不只是目光的焦點而已，而是整張臉轉到左邊面對東方。

更仔細研究之後，安德斯發現每張照片裡，瑪雅的視線似乎都固定在一個特定的點上，就算面對鏡頭時也一樣。在一張特寫的照片裡，她的目光仍然被左方的某件事物吸引。

安德斯放下照片，瞠目結舌。他想起來了，在燈塔時，她曾指著一個地方說……

爹地，那是什麼？

什麼意思？

那邊，在冰上。

遠處的固瓦岩只是灰藍海面上隆起而擴散的物體。安德斯用雙手的食指和大拇指比成菱形，透過中間看出去使焦距更清晰。固瓦岩的輪廓更清楚了些，可是仍然看不出有什麼特別之處。

她究竟看到什麼？

他從台階上站起來，把照片塞進口袋裡，意志堅定的走回家。他有工作要做。

安德斯繞著一艘倒放的小船走動，僅從實用的角度檢視。沒錯，看起來很寒酸，但可以發揮功用嗎：漂浮水面、載運能讓他到固瓦岩的引擎？

就實際的角度而言，這艘小船最弱的一環在於裝引擎。船尾的金屬片由於生鏽而破損，倘若硬要裝上引擎，可能會掉進海裡。安德斯研究小船的結構，可能可以用螺絲釘釘上一片木材強化金屬片，不會很複雜，不過必須把船翻轉過來才能動手。

他進屋找來艾琳幫忙。兩人辛苦地把船翻過來平衡好，安德斯繞到另一邊扶住，讓船以正確的方向著地，避免摔壞。

艾琳看看裂開的座位、槳架周圍的裂縫、破損舷側上緣的一排玻璃纖維，「你打算搭這艘船出海嗎？」

「對，如果引擎可以用的話。妳有什麼打算？」

「關於什麼？」

「關於一切，妳的人生，妳打算怎麼辦？」

艾琳摘下幾片苦艾葉用手指揉碎，聞一聞做個鬼臉。安德斯瞄到她背後有人接近，發現是希蒙。看到他時，艾琳低聲對安德斯說，「如果他問的話別說是我，我沒辦法……」

她沒時間再多說什麼，希蒙就已經走到他們面前，「所以，」他對著船點點頭，「你要出海嗎？」

「對。」

希蒙轉向艾琳，嚇了一跳，皺著眉頭瞪著她的臉，接著伸出手。

「哈囉，我是希蒙。」

他依然瞪著艾琳的臉，彷彿在回想什麼，安德斯無法理解他的反應。沒錯，艾琳的臉看起來很恐怖，可是希蒙的行為非常失禮，而且一點都不像他會做的事。要是遇到人家臉上有嚴重燒傷留下的疤痕，你不會那樣目瞪口呆的盯著看。

希蒙似乎意識到這一點，他放開艾琳的手，驚訝的表情恢復正常，問道，「所以妳是……」

艾琳沒聽完就藉故走開進屋去了，希蒙看著她離開後轉向安德斯問，「她是妳的朋友嗎？」

「對。不然……說來話長。」

希蒙點點頭，等著安德斯繼續說，安德斯卻沒動靜。希蒙檢視小船一番，說道，「看起來狀況不太好。」

「對，不過我覺得應該不會沉。」

「引擎呢？」

「不知道，還沒試。」

「如果有需要，歡迎拿我的船去用，你知道的。」

「我想要有自己的船，不過還是謝謝你。」

希蒙雙手交握，繞著船身走動，不斷喃喃說著「唔」。接著他在安德斯身邊停下腳步，雙手揉揉臉頰，顯然有話要說。他清清喉嚨卻說不出來，只好再試一次，這次比較順利。

「我有事想問你。」

「請便。」

希蒙深呼吸一口，「如果安娜葛蕾塔和我要……如果我們結婚的話，你覺得怎麼樣？」

希蒙的表情非常憂慮，安德斯的胸腔內有某個東西頓時爆開，一時之間不確定是什麼，只知道是一種很不習慣的感覺：啞然失笑。「你們要結婚？現在？」

「嗯，我們在考慮，對。」

「你說的那些不認識另一個人的問題呢？」

「我覺得我們最好把它當成……有點誇大了。」

安德斯抬頭看著安娜葛蕾塔的房子，彷彿預期她站在那裡焦慮地偷聽著。他不懂，「你為什麼要問我？你要我做什麼？」

希蒙難為情地抓抓頭，「嗯，我當然想這麼做，不過這也是問題……我是說，如果她比我先走的話，我會繼承一切。看起來不太可能，可是……」

安德斯一手放在希蒙的肩膀上，「如果真的走到這一步，我很確定我們可以準備文件，說明我可以保留破厝。其他的我都不在乎。」

「你真的沒問題嗎？你確定？」

「希蒙，不只沒問題，我已經很久、很久沒有聽到這樣的好消息了，而且……」安德斯上前擁抱希蒙，「恭喜你，是時候了，至少可以這麼說。」

希蒙離開後，安德斯手插口袋佇立良久，茫然地瞪著小船。總算有這麼一次，他覺得體內有一股溫暖的感覺，而且容易承受。他想保留這種感覺。

稍後來到木材行時，他發現自己還保留著那個感覺。當他切割一片防腐木板，鑽孔、釘在船尾時，他體內都還保留著這個感覺。

會舉行婚禮嗎？

他沒有問希蒙他們是否打算在納丹的教堂舉行正式婚禮，或打算在家舉行，或只是公證結婚。不過既然他們什麼都還沒決定，大概也都還沒想到。

是誰先求婚的？

他實在無法想像他們怎麼想到要結婚，怎麼做出這個決定，不過光想到就很有趣，這個感覺也一直停留在他的體內。

當他把一塊厚木板釘在兩棵樹之間，把引擎抬上去連接壓力槽時，往常的憂鬱才再度出現。引擎不肯合作，他加了汽油，拉了阻流瓣，拉了發動索，直到手臂發麻，都沒有用。

為什麼每一樣東西都得他媽的出問題？為什麼沒有一樣東西正常運作？

他掀起蓋子，看到自己造成了引擎溢油，灌進太多油氣使汽油從化油器滿出來，積在油網下方。他用盡所有方法，檢查所有接頭，清洗火星塞，把蓋子放回原位再拉發動索，拉到汗流浹背卻還是無法發動，這時天色已漸漸昏暗。

他抗拒一股衝動，不把木板上的引擎扛下來搬到碼頭邊丟進海裡，而是再度打開引擎，斷念地把除鏽潤滑液噴在整個引擎上，蓋上蓋子，留在原地。

重要和微小的問題

希蒙在逐漸昏暗的天色下走向安娜葛蕾塔家，看到她在廚房點了蠟燭。他的胃部絞成一團，突然緊張起來。他和安娜葛蕾塔有相當程度的默契，他也在外套下穿了最好的套頭毛衣，只是不確定自己是否能夠面對慶祝的氛圍。

回顧自己的人生，希蒙似乎不曾真的下過什麼決心，他總是順應情勢發展，也許只有和水靈的結盟是例外，不過那也是出於需要，不可能有其他的選擇。

有可能嗎？

也許他只是從未面對過這麼明確的問題，像求婚這麼確切的選擇。也許他以前也下過決心、做出選擇，只不過都是靜靜地發生，並無大肆宣揚，沒有蠟燭，也不覺得忐忑不安。

就拿孩子的問題來說吧。希蒙和安娜葛蕾塔一直生不出小孩，也許是他的問題。他們並沒有刻意要生小孩，若是有了愛情結晶，無疑地會樂意接受，可是沒發生也無所謂。他們沒有接受檢查，也不曾討論是否要領養。

就是沒有那個緣分。

這樣的宿命論總結了度瑪雷許多人對生活的態度，希蒙亦然。在聚會所舉行的會議使他知道這宿命論所為何來；有事發生了，結果就是如此；或是沒有發生，因此就沒有往那個方向發展。沒有必要改變。

然而，此時希蒙正走向那照明美麗的屋子裡回答一個問題，這事不會自然而然的發展，重要的是要或不要，而他最好的套頭毛衣摩擦著脖子。他真希望自己帶了禮物，一朵花或什麼可以拿在手上的東西。

希蒙兼具城市和鄉村的習慣，先敲敲門再自行開門，把外套掛在玄關，一隻手指摸摸套頭毛衣領口的線條，走進廚房。

他在爐子前停下來，感受到的慶祝氛圍盡在眼前：乾淨的白色桌布上放了分枝大燭台和一瓶葡萄酒，安娜葛蕾塔穿著藍色高領洋裝，裝飾著中式刺繡。希蒙至少已有十年沒看過這件衣服了，他也因此動彈不得。

她就站在那裡，那個女人……

那個他要……

那個女人。

她。另一個人。你。她毫無疑問，真是美麗動人又優雅。燭光照映得洋裝的絲綢閃閃發光，使她的臉蛋煥然一新，而非年輕個二十歲。這就是安娜葛蕾塔，經歷了歲月風霜和不同樣貌之後的安娜葛蕾塔。

希蒙吞下一口唾沫，不知道兩手該往哪裡擺。他手上本應拿著什麼可以表示心意的東西，現在卻只能不明確地對著餐桌、房間和安娜葛蕾塔揮揮手說：「這實在是……太棒了。」

安娜葛蕾塔聳聳肩，「偶爾總得花點心思。」儀式般的氣氛稍微舒緩了些，希蒙在餐桌的另一頭坐下，伸出一隻手，手心向上，安娜葛蕾塔也伸出手握住。

「願意，」他說，「當然。」

安娜葛蕾塔向前傾，「當然什麼？」

「我當然想娶妳，我當然願意。」

安娜葛蕾塔露出微笑，閉上雙眼。她就這麼緊閉雙眼，沉默地點頭。希蒙吞下喉頭的哽咽，緊緊握住她的雙手。

就是這樣了，他想，往後就是這樣了。

他另一隻手伸進褲袋裡，拿出火柴盒放在他們面前的餐桌上。

「安娜葛蕾塔？」他說，「我有事要告訴妳。」

可惡的遊客回家去

安德斯和艾琳晚上的時間大都在喝酒，鮮少聊天。艾琳在起居室生了火，待在那裡。安德斯在廚房瞪著磚片上的珠子，絞盡腦汁想找出模式，但一無所得。他獨自在家時可以接受的沉默卻由於艾琳而變得令人窒息。

安德斯從廚房櫃子裡挖出父親的舊錄音機，幾包裝著錄音帶的塑膠袋，大都來自一個排行榜前二十名的節目，阿爾夫・羅柏特森和拉薩・藍道⑥。他本來已決定聆聽阿爾夫・羅柏特森嘶吼的叫聲一會兒，又

⑥兩人皆為瑞典知名歌手。

找到一捲標籤已經磨損不清的錄音帶，不過他認得這捲錄音帶，知道上面寫的是「凱勒・山德勒熱線電話」⑦。

錄音機沒有電線，他奮力而期待地在抽屜裡尋找。他和父親一起聽過這捲錄音帶許多次，小時候覺得凱勒的惡作劇電話很有趣，他很想知道現在怎麼想。

他找到電線接好，放進錄音帶按下播放鍵，聽到微弱的嗶嗶聲顯示對話開始了，便轉大音量。錄音帶已經老舊磨損，放出來的聲音好像受到腐蝕。

「啊，午安，我的名字是馬斯特森，我是個工程師……」

安德斯耳朵緊貼著錄音機，聽著凱勒假裝為了購買斯維雅牌蜂巢箱而詳細詢問預購的商品內容。電話另一頭無辜的被害人欣然回答越來越瘋狂的問題。

當凱勒問到蜂巢箱有沒有配備類似船的油箱反射鏡時，安德斯失聲大笑，凱勒說到自己在德國看過埋在地下的蜂巢箱時，安德斯已經忍不住捧腹大笑了。最後，凱勒說到一艘冬天卡在冰上的競賽用小艇，和蜂巢箱完全無關，「然後春天來的時候……船就浮起來了！」這時安德斯已經笑到錯過最後一部分，還得倒帶重聽。

安德斯聽完錄音後按下停止鍵，肚子很痛，眼中帶淚，可是那是好的痛，好的眼淚。他抹去淚水，再倒了一杯葡萄酒。正當他要按下播放鍵聽下一通電話時，艾琳進了廚房。

「你在聽什麼？」

「凱勒・山德勒，妳不覺得他很棒嗎？」

---

⑦瑞典知名喜劇演員，以惡作劇電話聞名。

「一點也不。」

安德斯不太高興，得自我克制才不致說出難聽的話。艾琳打個呵欠說，「我要去睡覺了。」

「妳去吧。」她又逗留了一會兒，安德斯說，「我要再坐一會兒，妳先去。」

艾琳進了臥室，留下安德斯一個人和凱勒・山德勒在廚房裡。他對著錄音機舉杯，點了根香菸繼續聽。凱勒在一個舞蹈樂團找到鼓手的工作，調查伐木的工作機會，很想買一把電吉他。沒有令人捧腹大笑的內容了，不過安德斯還是咯咯咯笑個不停。

聽完錄音帶後，廚房一陣靜默，他從未經歷過這種被遺棄的感覺，凱勒溫和、友善的聲音陪伴了他。安德斯拿出錄音帶在指間轉來轉去，那是一九六五年錄的。

這就是文化。

裡面的幽默幾乎都是語言上的轉折，凱勒自始至終都很友善，對毫無疑心的被害人完全沒有嚴厲或嘲諷的意味。他只是個有趣、無關緊要的老人，是瑞典生活特別的一部分。

想到這幾年在電視上看到的喜劇節目，安德斯哭了。凱勒・山德勒已經不再，而現在的一切都是那麼地糟糕。他哭了一會兒，起身用冷水洗臉，試著打起精神。

別這樣。你不能再繼續這樣下去。

他用擦碗布擦乾臉，感覺內在純淨不少。笑聲和淚水總是形影不離，至少他已經累到可以入眠了，總之算是一個不錯的夜晚。走到臥室時，他還用一根手指撫摸錄音帶。

艾琳一定也聽得到凱勒・山德勒的錄音。臥室門半掩著，顯然錄音帶發揮了搖籃曲的效用，她睡得很熟，呼吸很沉。安德斯很慶幸自己不需要說話，他換下衣服，爬上瑪雅的床，躺在那裡看著艾琳在大床上縮成一團。

我該拿她怎麼辦？

他也無能為力，她得自己決定。他會告訴她需要的話可以再待幾天，可是她還是得找到解決的辦法。他不想讓其他人住在這裡，他想和自己的鬼魂獨處，還有凱勒・山德勒。

安德斯臉上露出微笑，還有另一捲錄音帶跑到哪裡去了？「魔術師艾謅謅的故事與冒險」講的是一隻猴子進出紙袋提把拿出不同的工具……

他墜入夢鄉，猴子在側。

安德斯被一股冷風驚醒，眨眨眼睛坐起身子，看看擺在床邊地上的時鐘。十二點半，他睡了約一小時。

一個晚上就好，可不可以讓我好好睡上一整晚？

臥室房門大開，大床空空如也。安德斯倒回枕頭上聽著，屋內鴉雀無聲，但屋外傳來的聲響過於清楚，彷彿通往屋外的大門開著。他忘了卡住臥室房門，這會兒只好面對後果了。

他打著呵欠穿上衣服，走進廚房，果然大門洞開，通往屋外的夜色。屋內刺骨嚴寒，廚房窗外的溫度計顯示攝氏四度。艾琳的衣服整齊摺好放在臥室的椅子上，所以她只穿著胸罩和內褲回家。

前一天晚上她打算回家，現在大概也是同一個目的地。穿過島嶼到卡度南大約有兩公里路。

安德斯生氣地用掌心揉揉面孔。

可惡！可惡可惡可惡！

別無他法。安德斯找來一件保暖的毛衣和外套，把艾琳的衣物丟進購物袋裡，戴上羊毛帽出發。倘若幸運的話，她還沒走遠，也許可以追上她。

安德斯腦袋裡即將成形的宿醉嗡嗡作響又戛然停止，沿著小徑飛舞的手電筒光束使他有點不舒服。走到小徑的分岔路口時，他靈機一動轉向希蒙家。

希蒙的腳踏車是一輛舊的陸軍單車，沒有上鎖，直接倚在路邊的樺木上，就連最三餐不繼的小偷也覺得不值得偷。而且希蒙說他已經用不著了，需要的人歡迎騎走。

安德斯把單車牽走時注意到不尋常之處：希蒙的屋子裡一片漆黑，安娜葛蕾塔家還點著燈。他想起來了。

他們大概在計畫結婚事宜。

想到這裡，他心情好過了些，夜晚冰冷的空氣使他腦袋清醒。他把裝衣服的袋子掛在龍頭，上了單車騎走，用手電筒照亮路面，因為單車前方的車燈早就壞了。也許別人會阻止艾琳，不過不太可能，度瑪雷只有夏天才有人半夜出來走動。

他騎車經過商店和基督教聚會所，都沒看到夢遊者的身影，等他穿過森林小徑時已氣喘噓噓，汗流浹背，嘴裡一股酸臭、煙燻味。他用手電筒掃過陰暗的森林，沮喪再度降臨。

我本來沉醉在微燻的煙霧裡，老天知道我現在有多悲慘……

史密斯合唱團的歌。上一次想到他們的歌詞已經是許多年前了。他一面踩著踏板穿過森林，不自覺地跟著思維回到那個年代。他穿越森林後來到通往卡度南的空地，再繼續往前騎了五十公尺左右，眼前的景象使他緊急煞車，輪胎在碎石路上打滑。

他努力平衡單車，可是沒能成功，車子往側面滑行，他啪地摔下車，鈴聲發出咚的一聲。他的右膝蓋在碎石路上摩擦，車速使他翻滾了幾圈，最後在一道圍籬前停下來。他用手把自己撐坐起來，努力理解眼睛看到的景象。

亨利的載貨用小綿羊機車停在一盞路燈下，艾琳和兩個人一起走在一旁的花園裡，安德斯撞車的聲音使他們轉過身，那兩個人是亨利與畢昂，他們的樣子與安德斯上次見到時相去不遠，可是那是十八年前的事了。

這不是真的，不可能發生這種事。

安德斯像個頭昏眼花的動物坐在路燈的光線下，亨利和畢昂冷靜地檢視著他，艾琳沿著房子的邊緣繼續走。安德斯不知道那是誰家的房子，只知道是眾多夏日小屋裡的一棟。艾琳手上拿著什麼沉重的東西，可是她在街燈的照明範圍外，很難分辨。

安德斯嘴裡嘗到血的味道，他摸索著找手電筒，發現就在腳邊，而且還亮著。他拿起手電筒對著亨利，他被明亮的光線照到時嚇了一跳，接著露出微笑。

「安德斯，算你倒楣，沒那麼簡單。」

亨利手上的東西反射到燈光，安德斯一陣炫目之後那反射才消失。是一把刀子，亨利用食指和中指拿著刀柄，讓尖銳的邊緣前後擺動，刀身之長幾乎碰到地上。要不是刀身的形狀有所不同，那很有可能是把開山刀。

安德斯站起來，右膝的褲管撕裂了，膝蓋隱隱作痛。沒必要質疑眼前的證據，亨利和畢昂就站在那裡，外表和多年前一模一樣，連亨利的聲音也沒變。安德斯吐出一口混著血的唾沫問道，「你們在做什麼？」

亨利看著畢昂，畢昂說：「燒掉迪斯可舞廳。」

亨利對他舉起大拇指。安德斯用手電筒照著房子，艾琳真的只穿著內衣褲，胸罩的細肩帶閃著亮光。她手上拿著一桶汽油，正在把剩下的汽油灑在房子一角。

為什麼……

安德斯的腦袋裡一連串的想法快速的打轉，伴隨著警示，但他毫無頭緒，唯一說出口的是一個簡單的問題：「……為什麼？」

亨利抿嘴皺眉，彷彿安德斯的無知使他不悅，他說，「我覺得你知道。」

「不。」

「喔少來了。」

「我不知道你在說些什麼。」

亨利揮舞著刀子對畢昂說，「現在我他媽的很失望。你不失望嗎？」

畢昂嘴角下垂，「我非常、非常失望。」

他們在耍把戲，安德斯不想加入。他們活生生地站在他的眼前，說著話，耍著他們的把戲，他卻難以接受這個事實，因此緊緊抓著前來此地的理由，「這跟艾琳有什麼關係？」

畢昂搖搖頭，「你真的什麼都不懂是不是？你的身體掌管心智嗎？還是心智掌管身體？我不知道。」

亨利對著艾琳揮舞刀子說，「來吧，老女人。」

艾琳如夢遊般走過去站在他們兩人中間，雙眼如前一夜般空洞無神。寒冷的天氣使她皮膚慘白，很難分辨出皮膚與布料。安德斯四處搜尋放著艾琳衣物的袋子，亨利雙手撫摸著艾琳的胸部和腹部說，「寶貝妳掙到了沒？我不認為，還沒。」

那個購物袋落在安德斯撞車後摔落的圍籬旁，只有幾公尺遠。不論亨利和畢昂到底是鬼還是瘋子，或是兩者皆是，總之不能這樣繼續下去，艾琳會凍死的。

安德斯從袋子裡拉出她的毛衣，走向他們。雖然亨利和畢昂的存在是如此的不可思議，雖然亨利手上拿著刀子，可是安德斯並不害怕。正如同參加同學會時常讓人重回以前所扮演的角色，在他的眼裡，亨利和畢昂只不過是以前那兩個有點荒謬的男孩，他一點也不把他們看在眼裡。他把毛衣遞給艾琳。「拿去穿上。」

艾琳動也不動，目光轉向自己。安德斯把毛衣捲起幫她穿上，亨利向前一步擋在中間，直視著安德斯的雙眼，「一切都沒有改變。我仍然愛你，只比以前少一點點。」

他說完後，一手以弧形劃過安德斯的雙腿，安德斯感覺彷彿被鞭子抽到，低頭一看，牛仔褲的大腿處被割破了，腿上兩道開口有手掌那麼寬，頓時看到傷口粉紅色的肉。接著血流布滿傷口，暗色的血漬在布料上渲染開來。

安德斯還沒有時間想：我被割傷了，刀把尾端的金屬圓形隆起物就打在他的下巴上，使他頓時眼前一片黑暗，踉蹌地往後倒退幾步跌倒，肩膀撞到小綿羊機車的載貨架。腎上腺素在他的體內亂竄，使他簌簌發抖。

亨利用刀指著他吟誦：「大海想要帶走你，刀子想要割你。」

畢昂彷彿聽到什麼異常好笑的笑話般大笑。亨利的視線還停留在安德斯身上，他伸出掌心，畢昂與他擊掌，「漂亮。」

安德斯彎起膝蓋，溫暖的血液從大腿流下滴到鼠蹊部，堆積在臀部。他的腦袋裡迴盪著教堂鐘聲般揮之不去的回音，他虛弱到無法站起來。亨利繼續教訓他。

「這個艾琳，」亨利一手放在她的肩膀上，「她是個很棒的女孩子，可不是？很會照顧自己，有人太接近她就開始尖叫，真的今非昔比了。」

安德斯愛莫能助，只能舉起一隻手，無力地企圖結束這一切。他靠在小綿羊機車上，看著亨利抓住刀身，把刀把的金屬圓形隆起物推進艾琳的內褲裡。他看了安德斯一眼，點點頭，把整個把手推進艾琳的陰道。

艾琳一聲不響，刀身如金屬陰莖般從她的內褲突起。安德斯抬頭看著她，她臉上露出開懷而醜陋的微笑。他的胃部一陣翻攪，雙唇間噴出的酸臭嘔吐物四濺在身邊的碎石上。

他擦擦嘴巴，深呼吸，刺痛的喉嚨擠出兩個沙啞的字：「艾琳！」

艾琳眼皮抖動地看著他，雙眼回神後，低頭看到自己的肚子，立刻發出尖叫聲。亨利不屑地抓住刀身，拉出刀把。畢昂從背後抓住她，鎖住她的雙臂，亨利用刀身輕撫她的皮膚，轉向安德斯。

「你還沒有回答問題。」他說。

安德斯開始恢復一絲絲的氣力，他很快站起來，一面思索著：武器，哪裡能找到武器？同時說道，「什麼問題？」

「關於迪斯可舞廳的問題，」畢昂用文謅謅的語調說，彷彿對象是一個愚蠢至極的學生，「我們為什麼要燒掉迪斯可舞廳？」

「我不知道。」

圍籬柱子，鬆掉的那一根。

艾琳無言地尖叫，想掙脫畢昂的箝制。亨利一手繞住她的脖子，一手摀住她的嘴，再轉向安德斯簡短地點點頭，在她的肚子上劃下一刀。

亨利緊緊摀住的嘴發出一聲悶悶的尖叫聲，艾琳雙腿往外踢，努力掙脫，鮮血沿著她肚子上一條平行的皺褶散開。安德斯蹣跚地站起來，亨利手上的刀子指著他。

「冷靜，」他說，「冷靜一點，這個問題該給個提示。」

安德斯不確定自己如果試著衝到圍籬旁，身體會不會順從，因此他留在原地，嘗試恢復體力。這時畢昂說，「和我們要把DJ吊死的理由一樣。」

亨利點點頭，摀住艾琳嘴巴的手放開，伸進她的胸罩裡抓住一邊乳頭拉出來，用刀刃抵著。艾琳無助的懸吊在畢昂的掌握中，怕得連尖叫都不敢。

「最後一次機會，」亨利說，「我們為什麼要把DJ吊死，燒掉迪斯可舞廳？」他在艾琳身上那道狹長、粉紅色的皮下組織上方幾公分處，用刀子做幾個拉鋸的動作，然後說：「快點，安德斯，你知道答案。」

安德斯完全不可能在亨利下手前衝到圍籬的柱子旁，他手腕壓著太陽穴。吊死DJ，燒掉迪斯可舞廳。

他突然靈光乍現，轉換一下句子，脫口說出和他目前處境再類似不過的歌曲。

「驚惶失措！」他大叫，「驚惶失措！」⑧

亨利一愣，抓著艾琳乳頭的手鬆開，也放下刀子，做了個鼓掌的手勢。「你看！不會很難吧對不對？」

安德斯不理會他的問題，「你們為什麼要這麼做？」

亨利思索片刻，搖搖頭轉向還抓著艾琳的畢昂。畢昂說：「唔……因為……我們是人，和大家一樣需要愛？」

「不對，」亨利說，「再試一次。」

畢昂皺起眉頭，接著眼睛一亮，「我們知道結束了卻還繼續逗留，因為我們不知道能去哪裡。」⑨

亨利點點頭，「悲哀，」他說，「可是是事實。」

安德斯大腿的傷口沒有一開始想像的那麼深，已經不再流血，可是他的褲子濕透了，雙腿冰冷，「我們可以停止這個把戲了嗎？」他說，「讓艾琳走。」

亨利的表情很驚訝。

「那是不可能的，我們要把她淹死。」

⑧史密斯合唱團於一九八六年發行的歌曲。
⑨史密斯合唱團於一九八六年發行《女王已死》專輯中之一曲〈我知道一切都結束了〉。

艾琳又開始尖叫，亨利和畢昂合力把她拖向水邊，她的赤足在碎石路上留下一道痕跡。安德斯蹣跚地走到圍籬邊拉著鬆脫的柱子，直到鬆脫。

當他轉身時，艾琳已經被拖行了二十公尺，還剩四十公尺就到海邊了。安德斯讓腎上腺素接手，只覺得身上的傷口一片麻木。他跑步追上他們，剩下幾公尺時他大叫，「讓她走！」

亨利轉身，安德斯用一公尺長的圍籬柱子砸他的頭，亨利出手防衛，柱子打到他的胳膊。本來安德斯的手應該感覺到硬物相撞的衝擊力道，可是卻非如此。木柱打到亨利身上時，感覺好像打到一塊吸滿水的大海綿。亨利手臂勾著柱子，一攤水潑到安德斯臉上。

亨利把柱子拉開他的雙手，丟到地上，「我不認為你的時辰到了，還沒。所以住手吧。」

他們繼續把艾琳拖向水邊，安德斯站在那裡，雙手在兩側擺盪。接著他轉身跑向他們的小綿羊機車，雙手在口袋裡尋找著。*拜託有，拜託有……*

找到了。他在口袋裡找到香菸和火柴。他跑到小綿羊機車旁，打開油箱蓋，對著此時已經非常接近岸邊的那群人：「你們聽好！放她走，否則……」他舉起一根點著的火柴，靠在油箱口。

他們停下腳步。安德斯搖搖火柴盒，發現裡面還剩一半。他沒有計畫，也想不出接下來該怎麼做。他被迫設法阻止他們，目前是成功了，可是接下來怎麼辦？他可以在這裡把火柴點光，然後又該怎麼辦？

無論如何，他們一定是看透他了。他並不打算為了艾琳跟他們的小綿羊機車同歸於盡。他看看快燒光的火柴。

而且……

而且他想起來了，這麼做沒有用。記不清是誰還是什麼情況，可是曾經有人為了吸引他人的目光在油箱裡丟了一根火柴，可是火柴就這麼熄掉了，因為汽油需要空氣才會燃燒。那個人很有可能是亨利，他們和小綿羊機車稱霸的那年夏天。

也許真是如此，因為他們對他的威脅毫不在乎，繼續拖著放聲尖叫的艾琳走向岸邊。空氣……

安德斯抓住載貨架的邊緣把小綿羊機車打斜，機車翻過來以龍頭著地，油箱裡的汽油流了出來。他抬頭看到他們和艾琳已經走到岸邊了，沒時間再發出威脅。他退後幾公尺，點了一根火柴丟到滴在碎石間的汽油上，同時往後跳。

地上升起一道藍色和黃色的火牆，安德斯盡可能放聲大叫，「你們聽！」透過吞噬著載貨木架的火焰，他看到亨利和畢昂放開艾琳，快步朝他跑來。

他已經盡其所能的給艾琳機會逃跑，剩下的得靠她自己。他跑到單車旁快速地騎上單車，盡其所能的用力踩踏板，快速騎向森林，腿上的牛仔布扯著疼痛的傷口。他甚至沒有回頭看看他們是否尾隨在後。

水的敵人

安德斯踩著踏板，雙腿彷彿不屬於自己，而是由其他的力量所控制。四周一片漆黑，他卻完全沒有想到自己可能隨時掉進水溝裡，也許就是因此才沒有發生。他憑著直覺順著小徑奔馳，成功地穿過森林，沒有跌倒。

村子裡微弱的燈光引領他騎完最後一段路，這時他才首次搖晃，差點翻車。不過他在車子倒向一邊前就先煞車，一腳踩在地上。他回頭看看森林小徑，他們似乎沒有追上來。

他再度跨上單車穿過村子，蒼白的街燈使他覺得受到些許的保護，直到過了健行山莊才釋放自己的思緒，腦海裡充滿可怕、無法理解的影像。頓時之間，他覺得自己似乎發著四十度的高燒，身體失去穩定性，只想讓自己倒下，倒在小徑上，倒進黑暗之中休息。

然而他鞭策自己騎到小徑分岔路口，朝向左側前進。通往安娜葛蕾塔家的小徑有點坡度，因此他只需騎在車上，雙腳放開便可。他搖搖晃晃地騎上通往房子的車道時，看到廚房窗戶裡還有一絲亮光。

他把單車丟在草地上，拖著沉重的腳步走到門口，身體在流汗、發抖，第一次出手抓門把時還落空，第二次才抓住打開門。

希蒙和安娜葛蕾塔坐在廚房餐桌前，低頭看著桌面上的一些照片。看到安德斯時，希蒙露出愉快的表情，接著轉變成驚恐。

「安德斯，你怎麼了？」

安德斯靠在爐子上，朝著卡度南的方向揮揮手，雙唇擠不出半點聲音。希蒙和安娜葛蕾塔走到他面前，他倒入他們的懷裡，躺在碎呢地墊上。他平躺在地上，呼吸了幾次後說，「只是需要……休息一下。」

他躺在地上，廚房點上了燈，希蒙和安娜葛蕾塔接了水，拿了枕頭墊在他的頭下。這時安德斯已不再顫抖了，或許也能起身了，可是他依舊躺在地上接受他們的照顧，只因為偶爾能接受別人的照顧是極端幸福之事。

他們脫下他的長褲，清洗腿上的傷口，用紗布壓緊再貼上薄紗貼布，希蒙給他兩顆止痛藥配水吞下。幸福地接受了幾分鐘的照顧後，安德斯起身坐在廚房椅子上，努力整理思緒，看著散布在餐桌上的照片。

那些照片真的很舊了，許多因年代久遠而泛黃。照片裡拍了房子、農場、工作中的人們與特寫，他們的臉上帶著舊照片中常見的陰鬱專注表情，彷彿被拍照是一件非常辛苦的事。

安德斯面前的一張特寫照片嚇了他一跳。那張拍攝於戶外的照片看似布面卡紙，幾道黃色的污漬彷彿有人在上面灑了尿液。照片裡，一名六十歲左右的女性憤怒地瞪著鏡頭。

「對，」希蒙說，「我就覺得我認得她。」

安德斯在桌面上找到同一個女人的另一張照片，這張拍攝的距離較遠，她站在海角一棟破舊的小屋子前。

「她是誰？」安德斯問。

安娜葛蕾塔走過來站在他身後指著，「她叫艾兒莎・帕森，是霍里耶父親的表妹，以前住在那棟位於卡度南的房子裡。霍里耶的父親把土地賣掉後，她被逐出，房子被拆，然後夏日度假客就來了。」

「這張照片是你曾祖父拍的，」希蒙說，「安娜葛蕾塔說托里尼拍下了島上所有房子的照片。有時候我喜歡坐下來看這些照片，所以我才認得她。」

粗短的下巴、扁平的鼻子、深陷的雙眼和薄唇，艾琳現在的長相跟照片中的女子相去不遠。也可以說艾琳的長相就是模仿這名女子後的成果，只是改造得很馬虎，細節尚未到位。不過，就像喬治・布希的廉價塑膠面具很明白的是代表了他，此處很明顯的是……

艾琳改造的目標就是這個女人的長相。

安德斯由背景裡貓島所在的位置認出照片拍攝的地點，不過他還是指著女人背後的房子問道，「艾琳現在住的房子就是這棟房子的所在地對不對？」他又糾正自己，「那天晚上火災之前艾琳家所在的地點。」

希蒙點點頭，安德斯張大嘴瞪著照片，接著他說，「我猜她投水溺斃了？」

安娜葛蕾塔拿起看似艾琳憤怒的照片，嘆口氣，「這都是我懂事之前發生的事，可是……托里尼說，她威脅他們，如果奪走她的小屋她就要投水自盡。然後他們把小屋奪走，接著她就失蹤了。」

若說安德斯回到度瑪雷後所接收到的所有訊息都放在一個容器裡，那麼這最後一滴訊息已讓容器滿溢了。

他開始滔滔不絕地告訴他們所有的事，從第一次感覺到瑪雅的存在，到越來越深信她就在屋子裡。珠子拼成的圖案緩緩地增加，他送去沖洗的照片，刻在廚房餐桌上的字。從半夜第一聲敲門聲到感覺自己被監視，到今天晚上碰見亨利和畢昂，他終於全盤托出。

希蒙和安娜葛蕾塔很認真地聆聽，沒有以問題打斷他。安德斯說完時，安娜葛蕾塔拉出一張廚房的餐椅墊腳，從上方的櫃子裡拿出一個瓶子，放在餐桌上。希蒙以質疑的表情看著安娜葛蕾塔，似乎也不知道那是什麼。

不管瓶子裡裝的是什麼，它看起來像是某種浸泡飲料。瓶子裡塞滿了樹枝和樹葉，裡面的液體半滿。安娜葛蕾塔拿了一個烈酒杯，倒滿這霧狀液體。

「那是什麼？」安德斯問。

「苦艾，」安娜葛蕾塔說，「有提防的作用。」

「提防什麼？」

「大海。」

安德斯看看希蒙又看看安娜葛蕾塔，「所以這表示……你們相信我？」

「現在相信了，」希蒙指著杯子說，「但不確定能不能相信這東西。」

安德斯聞一聞杯中物，發現有酒精味，在某種程度上不是問題，只不過那酒精味油膩又苦澀，還帶著一絲腐敗的味道，「苦艾不是有毒嗎？」

「是的，」安娜葛蕾塔說，「少量的話沒關係。」

他當然不會以為祖母想對他下毒，可是，他聞過最接近毒藥濃縮液的東西莫過於手上這一杯。

苦艾……

杯子舉到唇邊時，安德斯腦海裡閃過一系列的畫面。

岸邊的苦艾草原……柴房裡鳥兒坐在塑膠瓶上……星星的名字是苦艾……車諾比……河水會被下毒……苦艾，水的敵人……

安德斯最後決定喝下是因為他非常需要喝一杯，因此他一口喝光。

那味道苦得連安德斯的舌頭都捲起來抗議，酒精直衝腦門，他放下空杯，只覺天旋地轉，連舌頭都麻痺了。他含糊地說，「不好喝。」

熱度穿過靜脈抵達指尖，轉頭再快速衝過他的體內，噁心的味道使他捲著嘴唇問道，「可以再喝一杯嗎？」

安娜葛蕾塔再倒了滿滿一杯，蓋上瓶蓋放回櫃子裡。安德斯一口喝下，第一次的震驚已麻痺了味蕾，這次他甚至感覺到一絲後勁，還……不錯。

他撐著桌子起身，「我可以借一件褲子嗎？我得去破厝看看艾琳在不在，否則……我不知道我們該怎麼辦。」

希蒙到收藏過去幾代舊衣物的小儲藏室「藏衣閣」裡，留下安德斯和安娜葛蕾塔在廚房。他眼帶渴望地看著空的烈酒杯，不過安娜葛蕾塔收起瓶子時已經表達得很清楚。

「提防大海，」安德斯說，「是什麼意思？」

「我們改天再談。」

「什麼時候？」

安娜葛蕾塔沒有回答。安德斯仔細端詳照片裡的艾兒莎，她看起來很憤怒，憤怒且失望。若說其他人的表情彷彿表達出被拍照是很辛苦的事，那麼艾兒莎的表情所傳達的是一種侮辱。她憤怒的眼神穿越七十年的時空，來到安德斯的眼前，使他異常不安。

「她一直都是一個人嗎？」安德斯問，「艾兒莎？」

「不，她有一個比她大很多歲的丈夫，我記得他叫安東，他有心臟方面的問題，後來……心臟病發作去世了。」

「出門打魚的時候？」

「對，你怎麼知道？」

「而且是她發現他死在船上，有些魚還活著，可是他卻死了。」

「這一點我倒不清楚，可是屍體是她發現的，這一點絕對沒錯。這些事是誰告訴你的？」

「艾琳。」

希蒙拿著一條帶著陸軍風格的輕薄褲子走進廚房裡，連同皮帶一起遞給安德斯，「不知道能不能穿，不過我只找得到這一條。」

安德斯穿上實在過於寬大的褲子，只得在腰間繫上皮帶。寬鬆的褲管穿起來很舒服，傷口附近也不會緊繃。希蒙雙臂交握，杵在那裡看著他。

「你真的要再出去嗎？這樣好嗎？我該跟你一起去嗎？」

安德斯微笑，「我不認為你能做些什麼，而且……」他對著廚房櫃子點點頭，「現在我受到保護了，對不對？」

「這我可不確定，我也不認為安娜葛蕾塔就真的能確定。」

「沒錯，」安娜葛蕾塔說，「只是道聽塗說。」

「我下去看看，」安德斯說，「不管她在不在，我都會打電話給你們，然後我們再決定該怎麼辦。」

他借了手電筒，捲起褲子時拉到傷口，整張臉皺成一團。他走向大門時突然意識到什麼，停下腳步轉身。他已經知道一陣子了，但直到此刻，一切才變得明朗化，讓他能大聲說出來。

「鬼，」他說，「有鬼。」

他向希蒙和安娜葛蕾塔點點頭，走進黑暗裡。

打開手電筒前，安德斯先抬頭凝望天空，卡度南上方薄薄的雲層似乎沾染上一絲橘色？是的，沒錯，但他一點也不關心。不過他還是轉身回到廚房，漠不關心的說，「我想卡度南那邊又失火了。」

希蒙和安娜葛蕾塔若是想幫忙的話，他們大可以這麼做，不過安德斯力不從心。今晚真是沒完沒了，都快三點了，他只希望回家時艾琳已經在床上熟睡了，彷彿發生在她身上的事都是能夠遺忘的夢境。

快到破厝時，他先轉向工具棚拿斧頭，也許像圍籬木樁一樣沒用，可是拿在手裡多少能安心些，也許尖銳的武器比較有用。

他正要壓下大門門把時，村子裡的火警警報響起。大門鎖著，他想了一想，沒有，他出去的時候沒有鎖門，而且廚房窗戶沒有燈光，他出去的時候是亮著的。

「艾琳！」他透過關著的門大叫，「艾琳，妳在裡面嗎？」

門已經舊了，狀況也不好，經歷過許多個冬天的油漆使它安穩地卡在門框上。他把斧刃推進鎖頭上方的寬縫隙裡，撬開門時發出斷裂聲。他踩進玄關，試探地問道，「艾琳？艾琳，是我。」

他脫下鞋子，鎖上如今更加扭曲的門，覺得瘦弱的身軀無法承載如此巨大的疲憊，可是恐懼使腎上腺素激增。他手拿斧頭，悄悄走進走廊。

別再來了，他想，別再來了。

在手電筒光束的照射下，完全正常的廚具投射出令人不安的陰影，帶來不祥的預感。

「艾琳，」他低聲說，「艾琳，妳在裡面嗎？」

安德斯腳下的廚房地板發出嘎吱聲，他停下來聆聽，火警警報的聲音在室內變得比較模糊，不過如果屋裡還有別人，警報的聲音仍然足以掩蓋其蛛絲馬跡。

他走進起居室，羅斯拉根火爐還散發出些許的溫暖，他用手電筒照照四周，除了臥室門關著之外，毫無異樣。他舔舔仍因苦艾而僵硬的舌頭，味道似乎穿透味蕾深處，永遠洗不掉了。

他壓下臥室的門把，可是門從裡面卡住了，只是卡得不好，他一推門，原本應該卡在門後的椅子就倒下了。

艾琳坐在床上，靠在床柱旁，用棉被包住自己，只露出頭部。床尾的床單沾滿鮮血，覆蓋著一塊塊的泥巴。

「艾琳？」

她雙眼驚恐地瞪著安德斯。安德斯不知道她會有什麼反應，因此不敢進房也不敢開燈。他意識到自己手上還拿著斧頭，遂放在門邊，用手電筒照照房內，聽著火警警報聲。他看著艾琳，突然打了個冷顫。

她死了，他們殺死她，把她放在這裡。

「艾琳？」他低聲說，「艾琳，我是安德斯，妳聽得到我說話嗎？」

她點點頭，非常非常輕微地點頭。他比了個手勢要她待在原地，便轉身離開。他轉身時聽到艾琳說，「不要留下我。」

「我只是去打個電話，馬上回來。」

安德斯進廚房開燈，打電話告訴安娜葛蕾塔艾琳回來了，等他們睡個幾小時後再來處理。安娜葛蕾塔掛掉電話後，安德斯手拿話筒站在那裡，瞪著桌上骯髒的錄音帶。

你所播放的音樂，你會說……就我們兩個知道就好……那是快樂的音樂嗎？

他想打電話向某人求救，他想打給凱勒．山德勒。坐在廚房餐桌前，電話壓在耳朵上，凱勒溫和的哥特堡口音彷彿靈魂的慰藉，談論著無足輕重的事，偶爾發出笑聲。

世界怎麼會是這個樣子？今天晚上發生的事怎麼可能和凱勒・山德勒同時存在？

他放下電話，胸口一陣詭異的疼痛。他想念的不是凱勒・山德勒，而是他的父親。凱勒只是一個比較容易、比較能面對的替代品。因為他們和凱勒一起度過太多快樂時光，凱勒遂成為父親的代名詞，只是少了痛苦的聯想。

其實他想交談的對象並不是他的父親。拒絕承認的失落感緩緩湧上心頭，以長長的爪子伸到心臟。他把它推回去，回到臥室裡。

艾琳還坐在原地，他小心翼翼地在她身旁的床沿坐下，「我該開燈嗎？」

艾琳搖搖頭，來自廚房的燈光已經足以使他看到她的臉，在半明半暗中更像艾兒莎。艾琳本來下巴很明顯，現在沒有了，跟艾兒莎一樣和喉嚨連在一起。

他們是怎麼做到的？他們一定是……砸爛了她的腿。

他的視線移到床尾的血跡和泥巴，「我們得……幫妳包紮。」

艾琳把身上的被子拉得更緊，「不要，我不要。」

安德斯沒有力氣堅持，他的脖子上彷彿掛了一條連接船錨的鍊子，腦袋不停地往下掉，他只想上床睡覺。偶爾，眼前閃過一絲白光，他不知道只是疲倦，還是苦艾真的毒害了他疲倦的身體。

「我有什麼地方不對勁，」艾琳低聲說，「我瘋了，我應該殺死自己。」

安德斯坐在床沿，胳臂撐著膝蓋，瞪著衣櫃，不知道怎麼做最好：該說還是不該說。最後，他在一句簡單的話裡找到答案：知道比較好。他在跟疾病有關的狀況裡聽過這句話，不確定此處是否一體適用，不過也無力思考了。

「艾琳，」他說，「有人促使妳做這些事，這些手術，妳晚上做的事，妳的夢，那不是妳的夢。」

在隨之而來的沉默中，安德斯注意到不知何時，火警警報已經停止了。他聽到艾琳的呼吸聲，耳畔則是自己中毒的血液流動的聲音。

「那它們是誰的夢?」她問。

「別人的，另一個女人，她在妳的體內。」

「怎麼會?」

「我不知道，可是妳的房子蓋好前，她就住在卡度南，她想復仇，她在利用妳。」安德斯遲疑了一下又說，「她的長相就是妳現在這個樣子，她就是想促使妳……透過這些手術重現她自己。」

如果安德斯還有力氣的話，他會因接下來發生的事感到意外。艾琳深長地嘆了一口氣，身體委靡、放鬆，緩緩地點頭說，「其實，我內心深處早就知道了。」

安德斯雙手抱頭，閉上雙眼，白光出現又消失。

知道比較好。比較好……

他一定是盹著了，快要往旁邊倒下時突然驚醒，艾琳輕聲說，「去睡吧。」

安德斯起身，跨一步倒在瑪雅的床上，頭靠著枕頭，手抓起被子蓋好。他睡著時正聽到艾琳說，「謝謝你，謝謝你來找我，來幫助我。」

他張開嘴要回答，可是還沒有機會說出口，就睡著了。

有一個小孩在尖叫，發出拉長的哀號聲。

尖叫並不是恰當的字眼，哀號也不是恰當的字眼，小孩也不是恰當的字眼。那是一個人被困在牆角，眼看著全世界最害怕的東西正在冷酷地接近，處於純然恐懼時所發出的單一聲調。沒有用到舌頭，也沒有用到嘴唇，只有空氣被逼出肺部、經由閉鎖的喉嚨所產生的共鳴。那單一的聲調是死亡接近時透過胸骨所傳送的原始聲音。

安德斯醒來時，眼前的一切有如霧裡看花。房間依然昏暗，聲音來自大床。那聲音是如此恐怖，令他非常害怕。他全身蜷縮，拉緊身上的棉被。艾琳繼續發出聲音，有什麼東西把她嚇得神智不清。

他聽到前廊的腳步聲，有人在敲門，三聲用力、尖銳的撞擊。艾琳拉長的尖叫越來越大聲，如震盪般穿透安德斯的身體，傳達到他的體內，使他顫抖。

他體內理智的那部分瞪著門邊的斧頭，告訴自己該衝過去抓起來，可是盲目的恐懼把他的身體緊緊釘在床上。

是冰淇淋叔叔，冰淇淋叔叔來了。

大門被撞開，安德斯把棉被拉過頭上，縮起雙腳，牙齒格格作響，身體的任何一小部分都不可以露出棉被之外。

斧頭！去拿斧頭！

玄關傳來沉重的腳步聲，可是他無法行動，被包覆在自己的繭裡，只能透過細小的縫隙看著斧頭，他的意志伸出手，可是身體拒絕。艾琳的恐怖之歌更上一層，安德斯突然覺得屁股一陣溫暖，他拉在褲子裡了。

腳步聲穿過起居室，接著傳來亨利的聲音：「哈囉～～有人在家嗎？」

做點什麼！做點什麼！

他閉上眼睛，雙手摀住耳朵。一陣靜默後，腳步聲也停了，棉被底下傳來穢物的臭味。他不想張開眼，可是還是透過隙縫看出去。

亨利和畢昂站在房裡，亨利拿著刀子，畢昂拿著一個裝滿水的白色塑膠水桶。

我在作夢。這不是真的。如果是真的，我就會做點什麼。

安德斯像小孩般用力掐自己的手臂，讓自己醒過來，可是亨利和畢昂還站在那裡。他們面對著大床，艾琳的恐怖音符繼續傳送到房間外。

安德斯還待在床上，他們一面把艾琳拖下床，一面說，「抱歉，親愛的，不能再這樣繼續下去了，妳知道他們說漂亮的女孩子怎麼樣對不對？漂亮的女孩造墓。」⑩

他們把艾琳拖到地板中央，強迫她把頭伸進塑膠水桶裡，安德斯咬著自己的指節。畢昂抓住她的雙腿，亨利孔武有力的抓住她的頸根，把她推進水桶更深處，水滿出來，艾琳雙腿扭動，畢昂穩穩地抓住她的腳踝往地板壓。

水桶裡傳來悶悶的尖叫聲，泡沫升起，水灑在地板上。艾琳的身體突然彎曲、癱軟不動。亨利一手纏住她的頭髮，把她的頭拉出水桶外，看著她的臉，遺憾地說，「我不會拒絕跟妳在一起十五分鐘。」接著他鬆開手，艾琳的臉濕淋淋地撞在地板上。

亨利和畢昂彷彿聽到信號似地同時轉向小床，安德斯縮得更緊，啃著指節的皮膚，「拜託，」他嗚咽著說，「拜託不要傷害我，我很小。」

亨利走到他面前拉起棉被，「今天晚上是你的最後一夜，」他彷彿很自豪地揚起眉毛，彈彈手指，「受苦的小孩，真是太完美了對不對？」

他抓住安德斯的肩膀，卻彷彿觸電般退縮，厭惡的表情使他的面孔扭曲。

「怎麼了？」畢昂問，「他把大便拉在褲子裡對不對？」

亨利看著躺在小床上的安德斯，懇求的雙眼是僅存的武器。亨利凝視著他的雙眼，彷彿在尋找什麼。

畢昂走到床邊放下水桶，裡面有某個，某個東西使僅存的少量水移動，某個看不見的東西。

⑩史密斯合唱團於一九八四年發行之同名專輯歌曲〈漂亮的女孩造墓〉。

畢昂看著亨利問，「他躲起來了嗎？」

亨利點點頭，在床邊蹲下。安德斯一面顫抖，一面氣喘噓噓地吐氣，亨利的表情好像聞到什麼令他想嘔吐的味道。他沒有正眼看著安德斯，問道：「所以你是怎麼發現的？」

「我們該怎麼辦？」畢昂問。

「沒什麼能做的，」亨利說，「目前就只能這樣了。」

他低頭往水桶裡看去，似乎很滿意眼前的景象。裡面有什麼東西在旋轉、拍水。亨利站起來後遠遠高於安德斯，他彎腰在他的耳邊低聲說，「小瑪雅，妳也不能待在這裡，我們遲早會帶妳走。」

畢昂拿起水桶，他們離開房間。安德斯聽到他們的腳步聲穿過起居室和玄關，接著外門關上了。他動也不動地躺在床上，瞪著地板上艾琳了無生氣的屍體，濕髮如黑色太陽光束般從頭部向外擴散。

他害怕冰淇淋叔叔，他引述阿飛・艾金斯的歌詞，他開始用珠子拼圖，他只想躺在她的床上讀小熊邦瑟的這些事實：我很小。

他終於瞭解那是什麼意思：**抱我**。

第二部　附身

只要那小船還能航行
只要心臟還能跳動
只要陽光依然閃耀
在藍色的洶湧波濤上

——伊維特·陶柏（Evert Taube），〈只要那小船還能航行〉

水中的屍體

小心大海，小心大海
大海是如此浩瀚，如此巨大……

處理後事

黎明自東側的島嶼後方緩緩現身，一抹陽光從波塔耶島上被風吹歪的松樹間探頭。安德斯站在希蒙的碼頭盡頭，對著接近的晨光瞇起眼睛。雖然圍著圍巾，穿著鋪棉外套，但他還是冷極了，全身不住地發抖。他背後的希蒙把一條鐵鍊丟到船上，嚇了他一跳。他努力在體內找到一絲溫暖，找到瑪雅，可是卻什麼也沒找到，只覺得自己剩下一層皮而已。他轉過身。

鐵鍊堆在船首，艾琳的屍體放在船尾。他不記得他們為什麼決定用兩個黑色塑膠袋把她包住，再用封箱膠布綑起來。他希望他們沒有這麼做，寧願露出她空洞、瞪大的雙眼，也不要是這個看起來恐怖至極、讓他完全不想接近的人形包裹。「我們要這麼做嗎？」

「是的，」希蒙說，「我想這是我們唯一能做的事。」

安德斯屁股夾著半乾的織物爬到電話前打電話給希蒙。希蒙來了之後，先在艾琳的臉上鋪了一塊擦碗布，再幫安德斯清洗。他們面對面坐在廚房餐桌前，瞪著窗外，直到一朵霞雲飄過天空，標記著一天的開始。

他們有兩個選擇。

沒有人會相信兩個死掉的青少年現身用水桶把艾琳淹死。另一方面，在大家的印象裡，自從失火後就不見艾琳的蹤影。

因此，第一個選擇是編造一個故事，一個能通過警方嚴密檢驗的故事，因為這是謀殺案。當警方開始盤問時，安德斯能不能堅持他所編造出的故事呢？也許做不到。

如此一來只剩下第二個選擇：把艾琳的屍體處理掉，假裝此事沒有發生過。

希蒙和安德斯討論了一陣子，經歷一番天人交戰後，他們同意這個作法是兩害相權取其輕。

安德斯手裡拿著手電筒，到工具棚拿塑膠袋，進門後卻停下腳步，雙腿發軟，罪惡感如一顆閃亮的黑色保齡球般卡在胸口。他們謀殺艾琳時，他只能躺在床上袖手旁觀。

「不是我的錯，」他輕聲說。

說個一次、兩次、一千次，最後可能會相信真是如此。

壓在胸口的保齡球使他呼吸困難，他用僵硬的手指拿著手電筒照射工具棚的牆壁，看到塑膠瓶。

苦艾……

安德斯打開瓶蓋，舉起瓶子喝了兩大口。如果他的腦袋裡有什麼想法，那就是燒光吧，至於燒光什麼，他則完全不知道。也許是那顆球，也許是他自己。液體順著喉嚨流下，他等待燃燒的感覺出現，卻沒有半點動靜。

這瓶苦艾並不是浸泡在酒精裡，而是其他的物質，流進安德斯胃裡的東西有一股類似油那般厚重、黏膩的黏稠度，待他吞下後才嘗到味道。那股味道並不像他在安娜葛蕾塔家喝下時一般地在味蕾爆發，而是悄然出現，擠壓著他的舌頭、味蕾，他的喉嚨、胸口。

安德斯屈膝蜷縮成一團，上半身內外翻攪，手指失去感覺，呼吸停止。

抽筋，胸腔抽筋，我快沒命了。

其實那是一種毒物反應。不是瞬間產生的衝擊迫使身體立即排出毒物，而是一種危險效應，流入體內後生根，再經由循環系統散布奪命。

安德斯雙手按著太陽穴，腦袋如放電般劈啪作響。他深呼吸一口，不再呼吸困難，胸部也沒有癱瘓，他只是屏住呼吸罷了。他吸入的空氣恢復了味蕾的功能，他化成了苦艾。那味道是如此不堪，根本就不是味道，而是一種存在的狀況。他扶著工作檯站起來。

我就是苦艾。

安德斯胸口的那顆保齡球不見了，被那噁心的味道包覆後縮小消失了。他眨眼、再眨眼，嘗試集中視線的焦點，最後停留在一條脫線的繩子上。他用手電筒照著，總共有五十七條纖維，每一條都看得清清楚楚。

五十七，父親去世時就是五十七歲。櫃子裡有五十七顆螺絲和螺栓，那是希西莉雅和我在宜家家具買來要放在臥室的。瑪雅兩個月大時的身高也是這個數字。同樣……

在手電筒的光圈下，事物的輪廓都很模糊，同時卻又清晰無比。他看到的不是事物本身，而是它們的過去。他伸手拿那捲塑膠袋時還記得剩下八個，總容量一千六百公升。

一千六百公升的東西。樹葉、樹枝、玩具、好幾桶油漆、工具、留聲機、眼鏡、松果、微波爐，一千六百公升的東西……

他拿起那捲塑膠袋，腦袋找到了一個靜止的定點，宛如河裡的一顆石頭，讓他能站在上面清晰地思考，看著所有的事物經過身邊，流過眼前。

拿了袋子，進屋去。

他這麼做。世界繼續漂流、分解、穿透他。他站在石頭上看著自己的雙手協助希蒙，為艾琳的最後一趟旅程套上塑膠袋。接著他的知覺減弱，開始發抖。

安德斯蹲在船首，以盡量遠離那塑膠綑紮的包裹，希蒙得把雙腳塞進艾琳的大腿下才擠得進駕駛座裡。

他怎麼有辦法這麼做。

希蒙雙唇緊閉，額頭布滿皺紋，彷彿無時無刻都非常專注，可是他卻在做這件事。安德斯意識到自己應該感恩才對，卻沒有空間留給這類情緒。世界已如工具棚裡的繩子般磨損脫序。

希蒙發動引擎。他們從度瑪雷出發，繞過北角，設定航線前往介於貓島與列丁亞之間的海灣。微風輕拂，安德斯的視線固定在海平面上，上升的太陽溫暖他的臉頰。

一隻海鷗從距離船身約十來公尺的海面上起飛，發出尖叫聲後繼續高飛遠颺。安德斯看著它穿越圓形的太陽，消失在固瓦岩的方向。

爹地……

有多少個清晨，在旭日東升時，安德斯躺在父親漁船的船首，前往漁場收網？四十次？五十次？

爹地……

他已經很久沒有好好回憶自己的父親了。看到匆匆飛離的海鷗及日出，所有的回憶都回來了，包括那一次。

那一次……

捕鯡魚

那年夏天，十二歲的安德斯打算存錢買一艘無線遙控的小船。他在北塔耶的玩具店裡看到包裝盒上精美的照片，快速通過水面的白色船身及側面的藍色加速條紋深深吸引了他。雖然要價三百五十克朗，不過暑假結束前就會屬於他了。

這並非不可能。他和父親每星期下兩次漁網，收網後安德斯在商店前擺攤賣魚，每公斤賣六克朗，他可以分一半。他算過了，只要賣掉一百一十七公斤的鯡魚就可以買到那艘船，還剩一克朗的零錢。

安德斯並不是守財奴，不過他存下賺到的每一分錢，成功地存下一百九十克朗。他們每次下網的漁獲量都在三十到四十公斤左右，不過六月底時鯡魚開始移向外海，漁獲量漸漸減少。鯡魚季結束前，他還需要五十公斤的漁獲才有足夠的錢買船，可是他們大概只能再撒兩次網而已。

因此，那天早上安德斯醒來時首先想到的就是：五十公斤。

他下了床，從最下層的抽屜挖出捕魚裝，光是那股味道就會使他的母親心悸。他的牛仔褲和套頭毛衣都覆蓋著殘留的魚鱗和乾掉的魚卵，味道相當於餵狗的魚乾。

最後，他戴上軟帽。帽子上的標誌來自父親工作的納丹船塢，同樣沾滿魚鱗和凝固的鯡魚黏稠物，狗大概可以直接吃掉整頂帽子。

安德斯喜歡這身裝扮，他穿上後不再是無名小卒安德斯，而是小漁夫安德斯，這是一種無法與城市朋友分享的經驗。他總是確保自己先換過衣服才在商店前坐下擺攤，不過早上大家都還沉睡在夢鄉時，他只是父親的兒子，一介小漁夫，他喜歡這樣。

那天早上天氣很好，安德斯和父親對坐在廚房餐桌前，各自喝著熱巧克力和熱咖啡，看著窗外平靜無波的港灣。固瓦岩燈塔的反射鏡折射出晨光，天空偶爾飄過一、兩朵雲，彷彿池面上的鵝絨。

他們各吃了一個三明治，喝完手上的飲料，接著穿上救生衣走下碼頭。父親發動壓縮點火引擎，第一次就發動了。夏天剛開始時，安德斯曾要求嘗試發動引擎，又害怕承受引擎沒點著時所帶來的後座力，因此這事都交給父親負責。

好天氣，引擎立刻發動，都是好預兆。五十公斤的目標。

他知道今天不會捕到五十公斤。他只碰過一次五十公斤的漁獲，那是去年夏天的事了，而且是六月初。不過，三十公斤，三十公斤也可以。從現在開始，他要存下每一克朗。

他們的漁船繞過北角，來到陽光燦爛的列丁亞灣。東方吹來一陣微風，低矮的太陽剛從俄羅斯島的松樹頂端獲得自由，陽光散布在波紋海面上以資慶祝。安德斯坐在舷側上緣，手指撫摸著水面。海水的溫度已經可以游泳了，依據風向的不同，大約在十七到十九度之間。

他移到船首，全身平躺在陽光照耀下溫暖的甲板上，凝視著下網的地點，那是列丁亞群島及其海岸線間的狹窄海口。他瞇起眼睛，覺得自己看得到標記漁網地點的旗子。

引擎輕柔而單調的嘎擦聲使他昏昏欲睡，他揉揉眼睛，想到無線遙控小船。小船和遙控器失聯之前能跑多遠？五十公尺？一百公尺？它能跑多快？**大概說什麼都比父親的漁船來得快**，他們滑向海口時他這麼想著。

安德斯的父親減速時，他還沉浸在賽車男孩的幻想中。嘎擦聲變成敲擊聲，間隔越來越長，旗子越來越近。安德斯的父親大叫：「船長，就戰備位置！」接著把引擎打進空檔，安德斯開始行動。

安德斯跳下甲板走向船舵，他的父親則移往船首，他們剛好在引擎的兩邊交會，以前也發生過。他的父親面露微笑說，「慢慢來，小心一點。」安德斯做個鬼臉表示——我以前不也做過嗎？然後坐在船舵前。

他的父親抓了旗子拋上船，拉住繩子，安德斯則操縱船緩緩倒退，直到完全靜止不動。父親開始收網時，他則慢慢往前開，讓船順著漁網邊緣前進。在他們的晨間之旅中，這是他最喜歡的時刻，由他負責。他可以任意加速或倒退，轉動船舵，不過他想這麼做嗎？

當然不想。

他緩慢而謹慎地操舵，控制速度，使父親盡可能容易地收網。安德斯很拿手，他是船長。

他靠在船緣看著深邃的海水，通常能看到許多閃亮的銀色魚群湧上海面，大概就知道有多少漁獲。安德斯低頭看著，皺起眉頭。

那是什麼？有可能是……

湧上海面的並非一條條散落而閃閃發光的鯡魚。不，看來他們的漁網今早捕到的彷彿是一條巨大的鯡魚，一整團密集的魚群體被慢慢地拉上船。

他的父親停下手上的工作，動也不動地站在船首，瞪著海面。安德斯探頭看著海裡，看來堅固的魚群體中的確含有一條條的鯡魚，這破記錄的漁獲超出預期，使他心跳加速。

至少五十公斤，也許更多。我有辦法賣掉那麼多嗎？

他等著漁獲更接近海面，才能看得更清楚，可是什麼也沒發生。他的父親還站在船首，手上的繩子搖晃著。

「怎麼了？」安德斯問，「這次抓到很多耶！」

他的父親轉身面向他，安德斯無法瞭解他臉上的表情。他看起來……很害怕，既害怕又擔心。安德斯搖搖頭。

「你不打算把它們撈上來嗎？」

「我覺得……我們也許不該這麼做。」

「為什麼？我是說，破記錄耶！漁網裡好多好多魚！」

他的父親一手鬆開繩子指著海面，「你摸摸海水。」

安德斯手一碰到海水就立刻縮回，海水的溫度接近冰點。他眨眨眼，小心翼翼地再次將手伸進水裡，感覺指尖一股刺痛，海水的溫度已瀕臨冰點。

怎麼可能？

安德斯疑惑地看著父親，他正低頭瞪著海水，彷彿在尋找什麼。安德斯看看四周，並沒有線索顯示冬天突然來臨，唯一的解釋是一股異常冰冷而強烈的海流，對不對？

「為什麼會這樣？」

他的父親深深嘆了口氣，繩子滑出他的雙手。

「爸爸！」

繩子停下來，「什麼事？」

「我們得把這批魚撈上船對不對？」

他的父親轉頭面向一道道陽光，輕聲說，「為什麼？」

這個問題使安德斯迷惑，也使他有些害怕。他含糊不清地說，「因為……因為有這麼多，而且你知道我在存錢買這艘船，這個……而且……如果我們留下這些魚也沒有什麼好處吧，對不對？」

他的父親再次轉向安德斯，緩緩點頭說，「對，我猜沒什麼好處。也許你說得對。」

他動手繼續拉漁網，下巴的線條彷彿在咀嚼什麼永遠吞不下去的東西。安德斯不明白發生了什麼事，自己說了什麼，可是覺得如釋重負，因為他的目的達到了，他們會把漁獲撈上船。

除了安德斯無法理解的問題之外，他的父親也很難獨力拉起這麼重的漁獲，因此安德斯盡可能幫忙移動船身。可是父親拉上船首的並非裝滿一條條鯡魚的漁網，而是封在漁網中一條條粗厚的銀色電纜。

整副漁網都收回船上後，他們收起船錨，父親不發一語地走到引擎前，雙手放在汽缸蓋的襯墊上。

「你在做什麼？」安德斯問，他的父親在這後半部的行程裡舉止怪異，這又是另一件從沒發生過的事。

他的父親露出淡淡的笑容，「暖暖手。」

安德斯點點頭。當然，至少這部分可以理解，水很冰，就連他的手也凍僵了。他離開船舵看看漁獲，雖然不是專家，不過想當然這不止五十公斤？七十？八十？他看著漁網裡的這一大塊漁獲，注意到不尋常之處。

鯡魚沒有鱸魚或比目魚的耐力，被拉上船後還能存活很久。雖然如此，回航時，它們通常會在漁網裡掙扎跳動好一會兒，可是這次沒有。

這些鯡魚完全靜止不動，一點動靜也沒有。安德斯蹲下來摸摸一條掉出漁網的魚，僵硬的細小身軀都快結冰了，而且魚眼呈現乳白色。他拿給父親看，父親還站在原處，手放在引擎蓋上，「它們為什麼是這個樣子？」

「我不知道。」

「可是……我是說……發生了什麼事？」

「我不知道。」

「可是鯡魚怎麼可能就——」

「我說了我不知道！」

安德斯的父親鮮少提高聲線，這樣子大吼使他感覺到一股燃燒的刺痛穿越體內，令他雙頰鮮紅，閉上嘴不再發問。他不知道自己哪裡說錯了，可是一定是他說的話，這讓他很難過，因為他破壞了他們之間那股美好的氣氛，卻不知道原因。

安德斯掌心的溫度使鯡魚變軟，他把魚放在甲板上，慢慢走到船首，對著太陽瞇起眼睛，腹部有一股沉重感。大豐收已經不好玩了，對他而言，就算他們把整批魚丟進海裡他也不在乎了。

他的臉靠在甲板上，靜靜躺著。奇怪……

他靜靜躺著，耳朵聽著，接著他抬起頭，凝視著海灣的另一端。

他為什麼現在才注意到？視線所及的範圍內連一隻海鷗也沒有。通常，海鷗會在漁獲被拉上船時尖聲呼嘯著搶奪掉出漁網的魚，拍動著翅膀，俯衝的白色身軀等著安德斯丟掉碎屑或太小不能賣的鯡魚。

可是現在一片靜寂，連一隻鳥兒也沒有。

安德斯感覺到父親的手放在他的腳上時，他還在思索這件事。

「你聽我說，很抱歉我那樣……大叫。我不是故意的。」

「好。」

安德斯留在原地不動，趴著等父親繼續說。他的父親沒再往下說時，他喊了聲，「爸？」

「什麼事？」

「為什麼都沒有海鷗？」

一陣簡短的沉默之後，他的父親嘆口氣，不帶一絲憤怒地說，「安德斯，別再問了。」

「好，可是很奇怪對不對？」

「對。」

安德斯的父親拍拍他的小腿，過去發動引擎。幾分鐘後，安德斯坐起身子凝望著大海，真的一隻海鷗也沒有，也沒有其他鳥類。大海一片荒蕪，唯一的動靜是船首帶出的波紋，唯一的聲音是引擎的嘎擦聲。

在回航途中，安德斯幻想自己和父親是地球一場空前災難的唯一倖存者。從此以後，他們的人生該如何走下去？

顯然還有其他生物從災難中倖存，因為希蒙的貓但丁正在碼頭上等著他們。安德斯抓著船尾的繩索，在最遠的繫纜柱跳上岸。貓在他的腳邊徘徊，他小心地用前一年夏天學到的半結打法綁好船。

把船安全固定好之後，安德斯摸摸但丁的頭，爬下船首，丟了幾尾鯡魚到碼頭上。他很好奇貓的反應會如何。起先似乎與往常沒什麼不同，也許由於驕傲所致，但丁總假裝那是它自己抓到的獵物。它蹲下來，慢慢逼近那已無生命的鯡魚，彷彿以最高的警覺確保食物不會逃跑是最基本的。

接著它向前一跳，兩隻前爪抓住其中一條鯡魚，伸長爪子緊緊抓著，確定魚不會逃跑後才要用力一咬。接下來發生的事好笑到令安德斯大笑出聲。

但丁張嘴正要咬下，卻抬頭打了兩次噴嚏，看著安德斯的表情好像在問：這是在開玩笑嗎？接著它用爪子戳戳鯡魚，在碼頭上翻來覆去。

安德斯的父親蹲在碼頭上興致勃勃地看著貓的動作。但丁覺得已經花了足夠時間把魚翻來覆去之後，靜下來用牙齒啃咬，這次他們聽到骨頭斷掉的聲音。貓在一分鐘內就幹掉了鯡魚，接著用嘴巴銜起另一隻，尾巴直指天空離開了碼頭。

他的父親起身揉揉雙手，「好了，我們該開工了。」安德斯還沒上岸拿需要的器材，他的父親低頭看一眼漁獲說，「你知道，這一趟的收穫可真不少。」

喔，現在你可注意到了是嗎？安德斯這麼想，可是他只說，「你覺得有多少？」

他的父親抿起嘴，「大約九十公斤吧。會讓我們忙上好一陣子。」

九十公斤……那就是兩百七十克朗，可是我沒辦法全賣光。如果降價的話……

安德斯上岸去拿清洗用的網子和箱子時，他的父親移開船梁，拉出漁網搖晃，鯡魚從漁網掉進船底，有些掉進水裡，可是海鷗仍然沒有前來搶奪。倒是有幾隻烏鴉來到碼頭的盡頭，雙腳一上一下地站著，不用跟海鷗競爭時，反而不知如何是好。

安德斯帶著清洗的漁網跳上船，丟了幾尾鯡魚給烏鴉。它們整隻吞下，興奮地嘎嘎叫，幾分鐘後又來了三隻烏鴉。

鯡魚的數量多到讓安德斯頭昏眼花，他只能把它們倒進清洗網裡，在海裡沖一沖再倒進箱子裡。由於鯡魚很硬，不斷滑出他的掌心，因此這道手續比往常辛苦。他裝滿一箱後抬起頭，看到幾隻海鷗在碼頭附近的水面上載沉載浮。

安德斯再度彎腰工作，這時他聽到翅膀拍打的聲音，船邊傳來一陣拍水聲。海鷗開始吃那些沉到海底的魚了，一切恢復正常。

他父親花了整整一小時才倒出漁網裡全部的漁獲，然後他們一起清洗鯡魚，倒進箱子裡。完成後，他們各自坐在一個繫纜柱上，看著碼頭上滿滿五箱二十公斤裝的箱子堆在一起。

安德斯摘下帽子，抓抓流汗的頭皮，「我們有辦法賣掉這麼多嗎？」

他的父親做了個鬼臉，「我很懷疑。我得帶一箱去上班，然後，嗯，我猜我們可以把剩下的拿來煙燻。」

安德斯沮喪地點點頭，其實內心狂喜。雖然賣鯡魚可能比較慢，可是當他父親偶爾決定要點起煙燻箱時，燻鯡魚可是賣得很好，因為遊客最喜歡買燻鯡魚了。這想法的來源是，他們覺得燻鯡魚很有古早味。

自從捕魚業結束之後，汽船碼頭邊的商店就由村委員會負責營運，安德斯推著手推車過去拿冰塊。他回來時，父親已經把箱子搬到岸上，掛好漁網晾乾。他們在箱子裝滿冰塊，在所有的箱子上蓋上一塊厚重的大防水布。

安德斯到岸邊用沙子搓搓手，去除魚鱗，並蹲在岩石上享受溫暖的陽光灑在臉上，此刻的太陽已經高掛北角的松樹林上方。

他們回家後，安德斯上床睡了幾個小時。對他而言，這是捕魚的日子裡最棒的一部分。躺在熱烘烘的黃光下，靠著百葉窗，雙手在被子下解凍，昏昏欲睡地聽著海上傳來海鷗的叫聲。倘若沒有馬上睡著，他會在床上躺一會兒，滿意自己的工作做得很好，挑挑手上的魚鱗，隨著夏日在身旁甦醒，他才沉沉睡去。

重量

可是我們還沒到……

安德斯深深地沉浸於回憶中，沒有注意到引擎早在不知不覺間熄火了，不知為何他們才到海口的半路就已減速，港灣中央也不見漁網的蹤影。

接著他注意到躺著的甲板是玻璃纖維材質，空間不足以容納他成人的身軀。他已經長大成人，父親早已去世，那天後來發生的事與目前的任務無關。

可是其實有關。在這裡，每一件事都緊密相連，只有我看不出來。

引擎熄掉了，一片靜謐。希蒙坐在船首看著四周，視線所及之處毫無船影，也沒有可能偷看他們的人。安德斯回到現在，暗暗希望自己仍留在過去。希蒙腳邊的黑色塑膠袋再真實不過了，此刻需要安德斯所做出的行動，他一輩子也不會相信自己做得到。

都是我的錯。我必須……參與。

他收起鐵鍊拖到前方，在黑色包袱上捲成盤狀。希蒙難過地微笑，「你知道這鐵鍊是哪裡來的嗎？」

「是那時候用的嗎……？」

「唔……以前進過海裡。」希蒙若有所思地點點頭，兩人都沉默片刻。希蒙撫摸蓋在艾琳頭上的塑膠袋。

「她死了。對她而言，我們現在怎麼做也沒什麼差別。她淹死了，有人把她淹死了，現在她要葬在大海裡，這一點都不奇怪，也沒有錯。我們得這麼做，因為我們得繼續活下去。」希蒙直視著安德斯，「你不同意嗎？」

安德斯無意識地點點頭，其實那並不是問題。真的動手碰觸屍體，透過塑膠袋感覺到肌肉和骨頭，卻無法確切的知道……她是否真的死了，那才是問題所在。

「為什麼要套塑膠袋？」安德斯問。

「我不知道。」希蒙說，「我以為這樣……比較好。」

「並沒有。」

「對。」

安德斯瞭解此舉背後的想法，對自己即將要做的事視而不見。然而，當他們拉開腳邊艾琳屍體上的塑膠袋時，其實感覺如釋重負。她的皮膚已失去所有光澤，瞪大的雙眼也毫無神采。雖然是一幅恐怖的景象，卻比較好。

希蒙彎腰抓住鐵鍊，看到她臉上和身上的疤痕在晨光中閃爍著白色的光芒。「這是什麼？疤痕嗎？」

「我會全盤告訴你，」安德斯說，「不過不是現在。」

他們合作抬起屍體、翻過身用鐵鍊綁好，再用幾個棘爪固定。不論他們多麼用力拉鐵鍊，艾琳的皮膚都沒有反應，沒有變紅或腫脹。她的雙眼瞪著天空，眨也不眨，空洞的凝視吸引了希蒙的目光。

「她是誰？」他問。

這最後的問題有其必要，不幸的是安德斯不知道答案。

「我不知道，」他說，「我認為她是在……尋求認可。她努力用很多……迂迴的方法……讓全世界認為她很美麗。可是……」

安德斯眼前閃過亨利和畢昂在船屋前被羞辱時艾琳臉上的微笑，他低下頭。

「這樣的話，讓我們記得她是個追求美貌的人吧，」希蒙說著，拉起纏繞艾琳大腿和腹部的鐵鍊。

他們抬起艾琳丟過橫杆，可是她的小腿卡到邊緣，頭部和上半身倒掛在水面上；希蒙輕輕抬起她的雙腳，使她的身體鬆脫，伴隨著輕微的落水聲滑入海裡。

安德斯俯身看著艾琳的屍體下沉，她的嘴邊冒出幾個泡泡，如透明珠子般浮到水面，頭髮向外漂浮。當她被拉進海水深處時，髮絲遮蓋了她的臉龐。幾秒鐘後，她下沉到深邃的黑暗中，只剩下一片模糊、蒼白的影像。安德斯一直瞪著海面，直到不確定是否能看到她，直到她被海面變化的光線波紋所取代。

黑水。他是如此地疲憊，可以睡上一整年。他把頭靠在橫杆上，閉上雙眼低聲說，「希蒙，我真的好累，我已經撐不下去了。」

他的頭顱時而擴張，時而收縮，大腦就像肺部一樣迅速擴張又收縮，不停地喘氣。他的意識彷彿即將溺斃般大口喘著氣，肺部瀕臨爆裂邊緣。

希蒙起身時發出嘎吱聲，他坐在他身邊，輕輕把他的頭從橫杆上挪開，放在自己的膝蓋上。安德斯蜷曲著身子，雙手抱著希蒙的腰部，頭靠在希蒙的大腿上。希蒙冰涼的手撫摸著他的頭髮。

「好了，小安德斯，」希蒙說，「一切都會沒事的，沒事，安德斯，所有的事都會解決的。」

希蒙繼續溫柔地撫摸著安德斯的頭髮，彷彿氧氣一般。安德斯的內在不再喘氣，也不再那麼驚慌。他放鬆下來，也許還睡著了幾秒鐘。如果他真睡著了，那麼等他醒來時，最糟糕的一部分已經結束了。希蒙手放在他的後腦勺。

「希蒙，」安德斯頭也不抬的說。

「什麼事？」

「你記不記得你說過……我們永遠無法成為另一個人，你記得嗎？你說不論我們有多麼親密，我們永遠無法成為那另一個人。」

「是的，我的確這麼說過。不過看起來我似乎錯了。」

「不只是艾琳而已，我也一樣，我也變成瑪雅了。」

「什麼意思？」

其實，發生在安德斯身上的事有一個詞彙可以形容，並不是很恰當的字眼，因為會帶來錯誤的聯想，然而只有這個字眼能描述：魔鬼與惡魔。

「我被附身了，我變成別人，我變成瑪雅了。」

安德斯起身換成坐姿，移過去坐在希蒙對面，根據他更深入的瞭解再說了一次那個故事。他如何腦袋裡偶爾聽到她的聲音，如何害怕冰淇淋叔叔，小熊邦瑟漫畫，她的床，桌面上的字跡，還有磚片上的珠子。

希蒙沒有發問，也沒有提出反對的意見。他只是聆聽，偶爾回應一下。那隻強而有力、越來越緊地抓住安德斯心智的大手，彷彿開始緩緩地鬆開了。

「所以我認為……我知道，」安德斯終於說了，「她透過我在做這些事，用珠子拼成圖畫的是她，讀小熊邦瑟的也是她，透過我的手指我的眼睛做的，我不知道……我不明白該怎麼做才好。」

高升的太陽開始散發出熱度。安德斯敘述的冗長期間裡，穿著保暖衣物的他已經開始流汗。他脫下帽子，伸手撈起一瓢海水潤潤眼睛。希蒙凝視著納丹的方向，早上第一班補給船正從碼頭出發。他問，「所以她要什麼？」

「你……你相信我？」

希蒙搖搖頭，「這麼說好了：這並不是我最近聽過最奇怪的事。」

「什麼意思？」

希蒙嘆息，「我想我們先說到這裡就好。」他注意到安德斯皺起眉頭，又說，「我得先和安娜葛蕾塔談一談。我可以告訴她你剛剛告訴我的事嗎？」

「我猜可以，可是……」

「說到安娜葛蕾塔，我想我們該啟程回家了。她大概已經開始擔心了。」

安德斯點點頭，凝視著橫杆外。此時艾琳已經躺在海床上了，也許有五十公尺深。他想像魚群接近新來之客，聞到食物的海鰻從泥淖間徐徐出現……

他打斷自己的思緒，不讓自己繼續沉溺於屍體的細節。

「希蒙？」他問，「我們做對了嗎？」

「是的，我是這麼認為。如果我們做錯了……」希蒙看看水面，「……如今也難以補救了。」

安德斯起身走到船首，盡可能安穩地蜷曲在座位上；希蒙發動引擎，將船掉頭回航。安德斯的目光流連在他們放下艾琳的地點，那裡應該放個浮標或旗子什麼的，作為紀念，標記有人長眠於此。可是那裡只有不斷變動的海流，而艾琳屬於消失於海裡的那些人。

他們在希蒙的碼頭上沉默地分手，安德斯把自己拖回破厝裡。如果有人從草叢裡跳出來手拿散彈槍對著他，他也無法做出任何反應。他只會繼續蹣跚前進，也許會預期背部出現中槍的燒灼感。

他看著自己的雙腳，缺乏合作或投入，只是自行移動著。他就像被追捕的動物一般，已失去耐力與氣力，僅僅靠著直覺或盲目的自我保護感，連滾帶爬的逃向自己的巢穴。因此他繼續往家裡前進，往家裡前進。

他進門，脫掉身上的衣服，躺在瑪雅的床上，拉起被子蓋住自己，躺在床上瞪著窗戶，累得連闔上眼皮的力氣也沒有。他所躺的這個位置，光線所在的位置，正是那些個早晨，他和父親一同捕魚後回到床上補眠時所躺的位置。

他以為自己是同一個人，同一個小孩，以為時間在兜圈子，把貨物裝滿手推車，朝商店出發的時間很快就會來到。

今早的漁獲真不少……

也許他就這麼睜亮著雙眼睡著了。

拉扯的力量

安德斯的父親患有失讀症，筆跡也糟糕透頂，因此價目牌是安德斯寫的：「新鮮鯡魚一公斤六克朗」。那價目牌就放在他身邊的板凳上，和他一起在商店外等著那天早上的第一批客人。

九點鐘，商店剛開門，兩名剛進去的客人說他們買完其他東西後要買些鯡魚。

感覺很有希望。漁獲量很多，但安德斯並沒有降價，主要是因為他沒時間改價目牌。他罕見地睡了很久，一直睡到八點四十五分才匆忙地把箱子放到手推車上，在商店開門前推到門口。

第一位走出商店的客人是一位老太太，在安德斯的印象裡，每年夏天都會碰到她。雖然不知其名也不知道她住在哪裡，可是他們碰面時她總是會打招呼，安德斯也會回禮，只是不知道打招呼的對象是誰。

老太太走過來說，「請給我一公斤。」

安德斯突發奇想，「我們今天有打折，」他說，「兩公斤十克朗。」

老太太眉毛一揚，俯身看看鯡魚，彷彿在檢查是否有瑕疵，「為什麼？」

安德斯意識到最好說實話，「今天捕到太多了，得趕緊銷掉。」

「可是我該拿多出來的魚怎麼辦？」

「醃製、冷凍，今年夏天可能不會再有鯡魚了，這可能是最後一批。」

老太太笑了出來，安德斯有心理準備，接下來老太太可能會揉揉他的頭髮，可是不為所動，這些回應總得忍受。不過老太太只是笑著說：「真是個小生意人！好吧，既然有打折，那我買兩公斤。」

安德斯鬆開手上的塑膠袋，數了四十二條鯡魚裝進另一個袋子裡，為了保險起見再加了幾條，把塑膠袋打了個結遞過去，接受付款。這時候第二個客人剛好走出商店，從穿著看來，這名中年男子可能是遊艇主人。

老太太舉起裝滿鯡魚的袋子對他說，「在打折唷。」

她戲謔的說法使安德斯懷疑也許打折不是恰當的字眼，這表示你在賣剩下的東西，不適用於新鮮鯡魚。他決定從現在開始改說「特價」。

這個作法並沒有帶來預期的成功，不過大約每四個客人就有一個接受誘惑，多買一公斤，也許是為了幫他的忙而不是貪便宜。安德斯認為對大多數的大人而言，多花個兩克朗並沒有什麼了不起。

不過客人比往常要多，第一箱鮮魚也快賣光了。安德斯及時回家再搬了一箱鮮魚準備迎接十一點的補給船。這箱鮮魚賣得很快，沒有多餘的鮮魚可以贈送；而且客人已經多到在攤子前排隊，因此他也不多放了。如果是不認識、只來島上一日遊的客人，他一個袋子裡只放十八或十九條魚。

到了十二點，他已經準備賣第三箱了。父親的漁船停靠在碼頭邊，休假中的父親剛從船塢回來，顯然解決了第四箱。

看來達成目標已非遙不可及。雖然現在生意清淡了點，安德斯也不是不可能賣光第三箱。鮮魚也許特價中，但這表示他可以安然達到目標，無線遙控船很快就會在海口的水面上奔馳。

這個想法支撐著他把第三箱鮮魚推到商店門口，而且價目牌前有一個客人在等著。安德斯再賣掉兩公斤後，決定買支冰棒慶祝一下，便進商店買了一支梨子雪糕，回到外面的位子坐下。

他往紙包裝裡吹氣，使它跟雪糕分開，讀著可收集的卡紙上有趣的故事，一邊吸著雪糕，一邊數著港灣裡的船隻，彷彿已經看得到自己的無線遙控船咆哮著引擎，快速超越它們。

他正吃到梨子雪糕最棒的部分，雪糕外層在舌頭上融化，甜味和內層的香草冰淇淋融在一起。一名男子從卡度南的小徑走過來。

男子的雙眼看起來很奇怪，彷彿喝醉了。有時候安德斯的父親喝多了也會這樣，走起路來一副意志堅定的模樣，彷彿只看得到眼前的目標，彷彿人生只在於把身體移動到該去的地方而已。

安德斯認得他，他是祖母認識的某人的兒子——也許以前住在本土，現在搬回來島上，可是安德斯記不得了。他的脾氣很不好，曾經為了安德斯的手推車放在商店外擋到路就對他大吼，從此以後，安德斯再也沒有問過他要不要買鮮魚。

進。

他的穿著就像大部分的長住居民，藍色牛仔褲搭配格紋襯衫，腳上踩著木屐，意志堅定地朝碼頭行進。

行進，對，就是這個字眼。那名男子以不容干擾的方式前進，如果有東西阻礙他，他會忽視或穿過，而非讓路。記得安德斯擋到他時他有多麼生氣嗎？他的行為非常一致。

那名男子接近碼頭時轉向右側的沙棘叢，安德斯完全被他的行為吸引住，忘了手上的雪糕，融化的冰淇淋黏答答地從棍子流到他的手指。

男子在沙棘後方消失蹤影，安德斯利用這個機會舔掉手指上黏稠的甜味。接著他又看到那名男子了，他走到岸邊，連木屐都沒脫就走進水裡。

安德斯這時才發現這整件事有什麼讓人不舒服的地方。男子在潮濕的石頭上滑倒，卻馬上站起來繼續走。安德斯看看四周，尋找可以向他解釋或只是冷靜地一瞥表示一切都很正常的大人。

附近不見大人的蹤影，其實說起來一個人也沒有，只有安德斯和那個人。他已經走到水深及腰處，腳步越來越沉重，還繼續向前朝著固瓦岩而去，彷彿有一條祕密步道通往固瓦岩，一條只有用正確的態度才能使用的步道。

水深到男子胸部時，他開始游泳。安德斯站起來，不知道該怎麼做。他吸著雪糕，咬了幾口，看到男子的腦袋離汽船碼頭越來越遠。他的游泳技術似乎不是很好，雙手拍打著水面，做出一些奇怪的動作。

也許是因為他身上還穿著衣服。

安德斯吃完雪糕後，男子仍然沒有回頭的跡象。安德斯把雪糕棍丟進垃圾桶裡，走進商店。

正是午休時間，商店裡也沒人。安德斯在乳製品後方的冰箱找到老闆歐瓦，他正在把牛奶上架。

「生意怎麼樣？」歐瓦頭也不抬地說。

「很好，謝謝，」安德斯說。

「我們也一樣，今天很多人來。」

「對，」安德斯開始猶疑，他從來沒有這樣跟歐瓦交談過，因為他的大肚子和濃眉讓人害怕。安德斯揉揉手臂說，「外面有一個男的在游泳。」

歐瓦把最後一盒牛奶放在架子上，站起來，「我不意外，今天很熱。」

「唔，可是他還穿著衣服，而且……」安德斯不知道該怎麼形容那名男子走下碼頭時所帶來的那種預感，「……而且他有點奇怪。」

「怎麼個奇怪法？」

「嗯……他連衣服都沒脫，就這樣直接走進水裡，而且他走進水裡的樣子也很奇怪。」

「那他現在在哪裡？」

「還在游泳。」

歐瓦關上冰箱門，用圍巾擦擦手說，「那我們最好去看一看。」

安德斯跟在歐瓦後面幾步走出商店時，他所擔憂的景象出現了，男人已不見蹤影。

「他在哪裡？」歐瓦問。

安德斯感覺臉頰浮現一陣微紅，「他剛剛還在那裡。」

歐瓦質疑地看著他，彷彿想為安德斯編造故事找出合理的解釋，但顯然想不出來。他很快走到碼頭邊，安德斯跟在後面。

他們走下碼頭，那裡也沒有人影，歐瓦搖搖頭。

「嗯，小安德斯，這裡似乎一個人也沒有。」

安德斯凝視著水面，看到距離碼頭十公尺處有兩隻鴨子上下起伏著，可是那不是鴨子，是兩隻木屐，他指給歐瓦看，接著騷動開始。

歐瓦打了電話，有人過來，他們搭船出海，也要求納丹的海防隊支援。安德斯得描述那個男人的樣子，大家同意那一定是克里斯多夫和阿斯特麗・艾克的兒子托里尼・艾克，他們家和商店只隔幾棟房子而已。

來自卡度南和健行山莊的遊客都好奇地過來目睹這起騷動。很快地，大家都知道一個可憐的小男孩安德斯目睹了什麼，他們要如何向這個不幸的小男孩展現自己的善意呢？當然是向他買鯡魚了。

老實說，安德斯並不覺得發生的事對他有什麼負面影響，不過還是意識到自己最好擺上嚴肅的表情。隨著他不斷遞出鯡魚，錢湧進口袋裡，他甚至知道應該要避免提到特價，因為那顯然不是個恰當的時機。他的箱子清空後，港灣附近還有很多人在等著看潛水夫會找到什麼。這是安德斯那天第三次推著手推車走向家裡，當他接近破厝時，看到一柱煙霧升到空中。

他的父親正蹲在煙燻器前，把杜松樹枝推進火裡，身旁放著最後一箱鯡魚，不過他還沒有把鯡魚串起。看到安德斯時，他露出意外的表情。

「你回來了？」

「對，」安德斯說，把手推車傾斜讓他看空箱子，「賣光了。」

他的父親站起來，先看看箱子，再看看安德斯，「你賣了……六十公斤？」

「沒錯。」

「怎麼可能？」

安德斯告訴他托里尼・艾克的事，他怎麼走過來，怎麼游出海，所有的人都聚集在港邊。他越講聲音越不穩定，注意到父親不知何故聽了很難過。他坐在煙燻器旁的板凳上，瞪著地上。

「然後海防隊來了……」安德斯的聲音漸漸消失，一陣靜默，只剩下煙燻器裡傳來杜松樹枝燃燒的劈啪聲。「三百二十克朗，我賣了這麼多錢，有點少是因為我特價出售。」

他的父親沉重地點點頭，「做得好。」

安德斯拿起一支金屬串籤，串起幾條鯡魚。他的父親以緩慢的手勢打發他，「你不用管。我不認為今天會燻魚了。」

「為什麼？」

「嗯，你……賣了這麼多。」

安德斯腹部那股沉重感再度出現，把他往地上拉。他放下手上的籤串，「可是……有燻鯡魚總是很好。」

他的父親緩緩起身說，「我沒那個心情。」他努力拉起嘴角硬撐出某種微笑，「你賣了這麼多真的很厲害，你買得起那艘船了。放鬆一下吧。」

他沒再多說，只是垂頭喪氣地走向屋裡。安德斯搖搖手上的籤串，兩條鯡魚吊在那裡，籤串穿過眼睛，眼睛本身則從頭部掉出來搖搖欲墜，只靠細細的薄膜連著。安德斯把鯡魚推到籤串盡頭，手往後拉，甩動手腕，鯡魚以極大的弧度飛走，掉在木堆旁的鋸屑上。

就這樣了。

安德斯在集雨水桶裡洗洗手，回到商店前。他不知道發生了什麼事，不過這批漁獲從一開始就不太對勁。

除了一件事。

他感覺到右口袋裡的一捲鈔票，左口袋裡的銅板。他也許腹部有奇怪的感覺，也許在許多方面這一天都能更好，可是有一件事不容否認：他賺了很多錢。

尋找你所愛的人

只要還有一名子女殘留，雌黑鳧似乎就很滿足，並且表現正常。可是整窩幼鳥經常在一出生就遭到消滅，這時可以清楚地看到它如何發狂。它在幼鳥消失的地點不停地迴旋，日復一日回到同一個地點尋找它們，在它們一起遵循的路線上尋找它們的蹤影——彷彿它們的味道還停留在水面上。

——史丹・雷納多（Sten Rinaldo），《前往外群島》

不去拉斯維加斯而是……

希蒙因上唇發癢而醒來，接著兩片嘴唇貼在他的額頭上。他睜開雙眼，安娜葛蕾塔退後，使他發癢的那撮頭髮已經離開了。

她坐在他的床沿，手放在他的臀部，「早安，」她說，希蒙點點頭回應。安娜葛蕾塔壓低聲音，彷彿有人會聽到，「今天早上進行得如何？」

上岸後，希蒙只告訴安娜葛蕾塔自己很累了，沒辦法談發生的事，接著就直接回家上床睡覺。

他還是不想談今早出海的事，因此只說已經盡可能的順利，然後問她現在幾點。

「十一點半，」安娜葛蕾塔回答，「我不知道該不該叫醒你，不過……我有一個建議，你可能不會喜歡，如果真是如此，儘管拒絕，不用客氣。」

「什麼樣的建議？」

希蒙還以為最近發生的意外已經足以維持一段時日。安娜葛蕾塔的姿態，挑著指甲角質層的樣子，在在顯示她的問題難以啟齒。希蒙嘆口氣，倒在枕頭上，正要說這一刻所有建議的答案都是「不」時，安娜葛蕾塔問了，「你還想跟我結婚嗎？」

那個「不」得再等一會兒。希蒙給了相反的答案，又問道：「妳為什麼這麼問？」

「你想現在跟我結婚嗎？」

希蒙眨眨眼睛，看看房裡，彷彿在檢查牧師是否躲在哪裡。似乎不是如此。他不明白這個問題。

「現在？妳說現在是什麼意思？」

「盡快。」

「有……很急嗎？」

安娜葛蕾塔一手撐著下巴，帶著一股哀傷的表情看著希蒙，她凝視著他，接著說，「也許是很急沒錯，你永遠不知道。萬一……萬一出了什麼事，我希望已經和你成親。」

「什麼意思？」

安娜葛蕾塔用食指撫摸著手心的生命線，回答時沒有看著希蒙：「你知道我並不是特別虔誠的人，但不論如何，還是有某種含義在。我希望我們是……」她深呼吸一口，吐氣，彷彿很辛苦才擠出重要的字眼：「在上帝面前成親。萬一發生什麼事的話。」她帶著歉意看著希蒙，「就是這樣。」

「好，」希蒙說，「我明白了。那妳的建議是什麼呢？」

那天早上，安娜葛蕾塔打了幾通電話，如果要結婚，必須先證明這個婚姻沒有阻礙，必須從北塔耶的全國註冊辦公室取得這份文件。通常要一到兩星期才能取得，如果是急件，則有可能快一點，甚至當天就能拿到。

「我建議將明天的教堂訂下來，」安娜葛蕾塔說，「可是忘了這一項細節，」她看了窗外一眼，「如果我們搭上一點鐘的船，剛好可以趕上。」

希蒙已經忘了自己原本打算說不，開始脫掉睡衣外套，脫到一半又歇了手，「妳訂下教堂了嗎？」

安娜葛蕾塔露出微笑，「沒有，我不知道你是否會認為這是好主意。」

她起身給希蒙空間下床，他脫掉外套，撐著床柱起身。「我不確定好不好，不過我瞭解背後的想法。有沒有可能先喝一杯咖啡再進行……婚禮之旅？」

安娜葛蕾塔進廚房煮咖啡，希蒙靠在床柱上，今天早上的事件從背後突襲，使他腳步不穩。他突然覺得頭暈，便又坐回床上，用感覺不太真實的雙手脫掉睡褲，穿上內褲和襪子，接著整個人停下來，雙手舉在眼前。

我的這些手指。

他畢生的工作成就皆來自這些手指的功能——或是曾經有的功能。他花了幾千個小時站在鏡子前練習最細微的動作，就算指間藏著什麼東西也得使其自然無比。他訓練自己的手指順從，控制自如。

那天早晨，同樣的手指把他的舊鐵鍊纏在一具屍體身上，同樣的手把一雙腳翻過橫杆，讓一名年輕女性消失在海底深處，只為了逃避尷尬的問題，為了避免被詢問。他訓練有素的手指做了這樣的事。

他揮不去這些想法。從床上起身打開衣櫃時，他一直看著自己的雙手，彷彿它們是義肢，當他睡覺時被鎖進手臂盡頭的異物。

他拿出長褲、襯衫和外套穿上，那是他最好的衣服。也許是日常生活的例行公事被打斷而影響了他的思緒，可是他真的覺得手指好像有自己的意志，他得很辛苦才能要它們照他的意思扣扣子，扣皮帶。

他扣上襯衫最上面的扣子時，整個人停下來。

被附身就是這種感覺嗎？

他看著衣櫃門上鏡子裡的自己。並不是說他知道被附身是什麼樣的感覺，只不過他不認為自己現在的感覺是被附身，而比較像是另一個說法：*在自己旁邊*。一個人做出動作，另一個在旁邊看。肩並肩。

他把灰色長髮往後梳，穿上外套，再看著鏡子裡的自己。

我在這裡。

他試著回憶那片楓葉與他交會時一湧而上的感覺，可是沒有成功。不過他還是對著鏡子微微鞠躬，雖然發生了這一切，他還是感謝自己被賜予的分裂人生。

拍手，拍手。

安娜葛蕾塔靠在門框看著他，又鼓掌了幾次。「很優雅。咖啡煮好了。」

希蒙跟著她進廚房，喝了第一杯咖啡，腦袋漸漸清楚了。他看著窗外，看到那次瑪麗塔坐著的那片草地，他手拿散彈槍站在她面前，考慮是否要槍決她。

那次他也覺得自己彷彿靈魂出竅，站在一旁看著自己。

都是藉口，他想，再幫自己倒杯咖啡。我們說自己失去理智、不像自己、控制不住，都只是用不同的方式講同一件事。可是我們一直都是自己，並沒有想像的朋友以我們之名做出什麼行為。

除了……除了……

「你在想什麼？」安娜葛蕾塔問。

希蒙說了安德斯在船上告訴他的事。瑪雅進入他的身體，影響著他，夜間引導著他的手，他像艾琳一樣被附身了。

希蒙說完後，安娜葛蕾塔靜靜端坐看著破厝的方向，最後她說，「可憐的孩子。」

希蒙不知道她指的是安德斯還是瑪雅，不過也不重要。所有的一切似乎突然變得難以理解，安娜葛蕾塔的同情只強化了這種感覺。

「妳真的相信是這樣嗎？」他問，「死者的靈魂從海裡上來，然後……然後……」

「並沒有證據顯示他們死了，我們什麼都不知道，什麼都不知道，無法確定。」

「可是我們能做些什麼？」

安娜葛蕾塔伸手越過餐桌，把自己的手搭在他的手上，「我們現在可以做的事，」她說，「就是搭一點鐘的船去北塔耶，簽幾份文件讓我們可以結婚。」

希蒙看了一眼時鐘，已經十二點四十分了，如果想趕上，他們得馬上出發。他從窗台上拿起火柴盒說，「是的，這是屬於我們的日子，出發吧。妳可不可以……在外頭等我一下？」

安娜葛蕾塔狀似詢問的挑起眉毛，希蒙讓她看看火柴盒，「我得……」

「你做吧。」

「我希望一個人。」

「為什麼？」

希蒙看著火柴盒上小男孩的白色剪影。為什麼？他可以編個藉口，可是他卻據實以告：「因為很難為情，就像是……上廁所的時候有觀眾一樣。妳能理解嗎？」

安娜葛蕾塔搖搖頭，露出微笑，「如果我們要一起變得更老，很有可能最後我們其中一個得幫另一個擦屁股。你繼續吧，該怎麼做就怎麼做。」

希蒙躊躇了一會兒，並沒有意識到自己和水靈之間的關係有多麼使他引以為恥，他推開火柴盒時覺得很骯髒，看了安娜葛蕾塔一眼，她貌似看著窗外。

小蟲看起來真的很不健康，曾經發亮的黑色外殼如今暗沉如羊皮紙，看起來越來越像他曾在偉大魔術師的展示盒裡看過的標本。希蒙清清喉嚨，收集唾沫。

時間很緊湊，一分一秒過去，船快到了。

放手。

泡沫狀的唾沫落下散布在乾燥的外殼，小蟲動了一下吸收液體，微微恢復生氣。希蒙抬起頭，安娜葛蕾塔正望著他。

「可以走了嗎？」她問，指指他的下巴。希蒙擦掉一絲唾沫，起身把火柴盒放進口袋裡。他們出門時，安娜葛蕾塔拉起他的手說，「沒有那麼糟吧，是不是？」

「沒有，」希蒙說，是真心話。

他們要結婚了，該接受哥林多前書裡關於愛的承諾：「當我成了人，就該放下幼稚的事。」

放手。

他跟著安娜葛蕾塔走上小徑，早晨起床時僵硬的四肢逐漸緩解。他看著大海，往來納丹與度瑪雷的補給船已經在中途了。他們加速前進，走到碼頭時希蒙已經累壞了。

安娜葛蕾塔站在他面前，把他的頭髮往後撥，也撥開他肩膀上幾根掉落的髮絲。

「這樣可以嗎？」他問。

「可以。而且還超過標準。你知道哪個字眼適合你嗎？」

「不知道。」

「是個美麗的字眼。你很神祕。」

補給船接近碼頭時逐漸減速。希蒙正要針對玻璃屋和丟石頭說些什麼，背後傳來憤怒的引擎怒吼聲。

當船首碰到碼頭，羅德向前拋下繫船纜繩時，約翰・隆德貝騎著他的載貨小綿羊機車衝到他們身邊停下來。

「妳在這裡，」他說，「太好了。」

不過他的表情並沒有顯示很好——並且正好相反。

他不理會希蒙，直接轉向安娜葛蕾塔。

「妳得來一趟，卡爾艾瑞克發狂了，妳得跟他談一談，他會聽妳的。」

「你說發狂是什麼意思？」安娜葛蕾塔問。

「我們忙著清理燒掉的那棟房子，然後他……妳得過來，他瘋了。」

羅德手上拿著繫船纜繩走向他們。

「你們要上船嗎？我得走了。」

安娜葛蕾塔點點頭，轉向約翰，「很不幸的是我今天很忙。我們六點會回來。」

約翰驚訝不已，彷彿安娜葛蕾塔的回應揭露了宇宙最大的謎團。他還沒有時間想到反對的理由，希蒙和安娜葛蕾塔就已經上船了，羅德跟在他們後面，爬上駕駛艙，船倒退離開碼頭。

約翰站在那裡看著他們離去，臉上的表情彷彿是名仰賴陌生人善心的棄嬰。如果希蒙需要證據證明安娜葛蕾塔是村裡非正式的領袖，他現在可知道了。

補給船轉向朝著納丹駛去，約翰無力地舉手道別，騎上小綿羊機車，發動引擎掉頭騎向村子。

補給船離開度瑪雷駛向本土，安娜葛蕾塔和希蒙倚在橫杆上。港灣裡很忙碌，到處都是逐一或成群起飛的白色海鷗，一群群繞著圈圈飛翔，又再度著陸。

「妳認為發生了什麼事？」希蒙問。

安娜葛蕾塔凝望著大海，「我不知道，」她說，「也不想知道。你看到有多少海鷗了嗎？我不認為曾經看過那麼多的海鷗。」

補給船迂迴地穿過眾多悠閒划水或飛走的白色身軀。這麼多的海鷗真的很不尋常。

希蒙想到婚禮賓客，讓我們歡迎幸福的新人。

他一手摟著安娜葛蕾塔，讓自己的思緒轉向本土。

決鬥

這次毫無疑慮：是縱火沒錯。他們努力滅火時就已經注意到汽油味，火勢撲滅時也找到汽油罐。有人縱火燒掉了范格倫家的夏日小屋，只差一步就可以假設和縱火燒掉葛隆瓦爾家的是同一個人。

半夜有一段時間，情況彷彿不太樂觀。火勢從范格倫家花園裡的針葉樹開始延燒，火星和燃燒的碎片被吹進內陸。消防隊抵達後，在驚慌之下，決定砍掉幾棵可能把火勢帶進森林的樹木。前一年的秋天氣候很乾燥，火勢若是延燒到棕樹林，會一發不可收拾，從森林一直燒到舊村子，不到海邊絕不會停歇。

三名男子帶著電鋸，沿著森林突出的邊緣鋸掉了四十棵棕樹和松樹，這些樹木彷彿一隻亟欲攫取火勢的手臂。這是一種值得歌頌讚賞的本領，只不過這種歌已經沒人在唱了，因此卡爾艾瑞克、拉薩和麥茲頂多只能期待當地報紙稍稍提到而已。

不過，新聞報導應該會提到他們的動作迅速，而且樹木不但不能朝火勢延燒的方向倒下，他們還得確保樹木沒有倒在那個地區的小屋上，也就是說，砍伐每一棵樹的時候都必須很精準，更不用說這一切都是在黑暗中進行，頂多只有路燈和火勢本身的照明而已。

誰有可能擔負這樣的任務，誰成功了？

當然是卡爾艾瑞克、拉薩和麥茲！

好，他們差點把卡爾格倫家的戶外廁所弄倒了，那些歐瑞布魯市來的人家也許溫室少了幾片玻璃，不過總的來說沒人能做得更好，而那拿著電鋸而非長劍的三劍客是當晚的英雄。既然火勢已受到控制，他們可以回家愛睡多久就睡多久。雖然有許多工作要做，但他們已經盡了自己的責任。

第二天早上，他們前來把砍掉的樹木劈成小塊時，受到無比的歡迎：三劍客又來了！

可是只有麥茲露出微笑，說了什麼話回應。拉薩的表情很憂鬱，卡爾艾瑞克則看起來很憤怒，憤怒還只是個輕描淡寫的講法。彷彿前一天晚上合作的記憶已經不復存在，接下來發生的事只能以無法理解來形容，近似南灣的古斯塔夫森和天鵝的那檔子事。

古斯塔夫森以前曾經餵過一隻天鵝，它每年都回來找他，接受他的麵包，陪伴他。只要碰到古斯塔夫森，他就會提起那隻天鵝，它有多麼美麗，多麼聰明，是多好的朋友。

有一天，古斯塔夫森帶著散彈槍到海灣裡，開槍射殺了那隻天鵝。他朝著天鵝的脖子開槍，把它的頭射掉了。事後他悲傷至極，無法解釋自己的行為，只知道他就是想開槍打死那隻天鵝。

不過，卡爾艾瑞克的這個事件層面比較廣，他不只把散彈槍裝上子彈，瞄準開槍，而出事的也不只有卡爾艾瑞克——拉薩也做出同樣不理性的行為。

那天早上，移開樹枝、把樹木劈成小塊的工作如常進行，後來麥茲說卡爾艾瑞克和拉薩不知道哪裡怪怪的。他們都沉默寡言、一語不發的工作，休息時間喝口水、吃三明治時，他們坐得離別人遠遠的。

休息過後，他們三人都戴上護耳，發動電鋸繼續工作。麥茲正在處理其中一棵較粗壯的松樹根，進行得很慢，電鋸變得很燙，因此他結束後關掉電鋸，拿下護耳，開始磨鍊條。

拉薩的電鋸也關掉了，因此麥茲聽得到來自別處的電鋸聲，從上方的村子傳來，跟他們正忙著清理砍下樹木之處有點距離。他起身尋找噪音的來源，找到後丟下電鋸開跑。

當初，霍里耶的父親把卡度南賣給斯德哥爾摩的仲介時，村子裡的幾個家族成功地讓對方承諾他們至少可以買下一小塊分割的土地，這樣才不會將所有權全都交給陌生人。他們被分配到的是距離海邊最遠，靠近森林的幾片分散的土地。

拉薩所屬的拜芳家族就是其中之一。他的母親瑪格麗塔•拜芳現在擁有面西山丘上的兩棟夏日小屋，離岸邊約三百公尺，不過也算有海景。小屋目前租給夏日遊客，不過拉薩的兄弟羅柏特打算整修其中一棟後搬回來。

兩棟房子之間矗立著卡度南最大的一棵樺樹：成人剛好可以雙手合抱那二十公尺高的擎天巨木。卡爾艾瑞克正忙著砍掉那棵樹。

麥茲看到他的行為時，他也放下手上的電鋸，急忙奔向卡爾艾瑞克。那棵樺樹位在兩棟房子之間，但稍微向拉薩母親的房子傾斜。從卡爾艾瑞克下鋸的角度看來，他打算利用樹木的自然傾斜，確保樹木倒下時正好砸在拉薩未來接收的遺產上。

「卡爾艾瑞克！」麥茲一進入聽得到的範圍內就大叫，「卡爾艾瑞克，你在做什麼！」

可是卡爾艾瑞克戴著護耳，什麼也聽不到。他正切完楔形開口，清掉鋸屑，樹根上一道既寬且深的開口如飢餓的嘴巴般對著拉薩的房子。他檢視自己的成果，似乎很滿意，便又繞到樹的另一側開始下鋸，過不了一分鐘，樹木就會倒下了。

麥茲跑到卡爾艾瑞克身邊時，那棵樺樹已開始噴出鋸屑，他抓住卡爾艾瑞克的肩膀用力搖。卡爾艾瑞克抬起頭，麥茲倒退一步。那雙看著他的眼睛既非憤怒也非迷惑，而是空洞，如十一月的水一般冰冷。麥茲的勇氣真不是蓋的，當卡爾艾瑞克再度加速電鋸時，他拉掉他的護耳大叫，「你瘋了嗎？住手！你不能砍掉這棵樹！住手！」

卡爾艾瑞克用電鋸戳他，麥茲被迫再度後退。他雙手抹抹滿是汗水的臉，思索著：他已經完全瘋了，我該怎麼阻止他？

沒有時間思考這一點了，因為拉薩意識到發生了什麼事，也手拿自己的電鋸跑向這邊。當卡爾艾瑞克再度把手上的電鋸插進劈開的樹幹裂縫時，拉薩急忙朝他跑來，麥茲看到他的雙眼也一樣空洞，直直瞪著卡爾艾瑞克，完全不帶一絲情緒。

麥茲現在才開始覺得害怕。

卡爾艾瑞克的電鋸在麥茲的背後發出怒吼聲，鋸屑使他的小腿發癢。拉薩高舉著電鋸，馬達開到最大，朝他衝過來。麥茲的反應毫不意外，正如任何人於此情境下會有的反應。他往旁邊退了幾步，對著下方正在清理火場的人大叫，「救命啊！上面這裡！他們要殺死對方！救命啊！」

正當麥茲尖叫時，卡爾艾瑞克最後一刻才抬頭看到接近的威脅，他拉出樹幹裂縫中的電鋸，拉薩一面向前衝，一面對著他揮舞著手中的電鋸，卡爾艾瑞克往後跳，咆哮的電鋸以些微之差錯過他，他自己動作的力道使拉薩頭朝下跌倒，手上還拿著電鋸，鍊條上的機油灑得他滿臉。

麥茲看到卡爾艾瑞克把電鋸速度調到最高，低放在拉薩背上，他才剛只有時間想：他要做了！一個反射動作使他衝向卡爾艾瑞克。刀片劃穿拉薩粗棉工作服的帶子，碰到皮膚。要不是麥茲就在那時撲到卡爾艾瑞克身上，使他往旁邊踉蹌，無法完成切口，拉薩早就像腐爛的木塊一樣被切成兩半了。

拉薩站起來，褲子落到腳踝，背上的傷口湧出大量鮮血。他舉起自己的電鋸，張口獠牙。有幾秒鐘的時間，兩個男人面對面以空洞的凝視鎖住對方，手上的電鋸尖叫著。

麥茲看到有人已從岸邊上來，可是最近的至少還有一百公尺左右，他轉向搏鬥的雙方，帶著滾燙的淚水，像個絕望的小孩般大叫：「住手，住手，住手！」

可是毫無用處。拉薩蹣跚地向前一步，用電鋸對著卡爾艾瑞克揮舞，可是卡爾艾瑞克成功地舉起手上的電鋸閃開這一擊，咆哮的電鋸短兵相接，發出火光。

卡爾艾瑞克擺低姿態，對著拉薩毫無保護的雙腿回擊。拉薩的褲子在腳邊擠成一堆，但他還是成功地向後跳向樺樹，嗡嗡作響的刀片錯過他的脛骨，只掃到泥土和草。

兩名男子再次對峙，電鋸加速運轉，一陣短暫停歇。

麥茲看看四周地上有沒有東西可丟。他看到一顆拳頭大小的石頭，知道沒有用。就算他成功地把其中一個打倒在地，也會被另一個殺掉。他聽到背後的大叫聲，只能祈禱其他人及時抵達。

這時，卡爾艾瑞克的臉上出現了一絲情緒，嘴角揚起，露出不懷好意的微笑。他把電鋸往後揮，倒退一步，左手放開，右手抓著節流閥，以弧形拋向拉薩的頭部。

麥茲驚呼一聲，可是為時已晚。只不過拉薩在最後一刻成功地舉起自己的電鋸防禦，兩把電鋸的刀片就在他耳朵幾公分之處相碰，火花四射，接著一聲清脆的折斷聲，拉薩往後傾倒。

事後證明，拉薩電鋸上的鍊條斷了，打在他的額頭上。當時他們只看到拉薩的頭往後倒，電鋸飛出他的手。他重重摔在樺樹上，滑向一邊。

不論卡爾艾瑞克的本意是什麼，他沒有成功。戈藍先到場，約翰・隆德貝緊跟在後，他們三人成功地把卡爾艾瑞克制伏在地，奪走他手上的電鋸。

只是另一方面來說為時已晚。他們將注意力轉向拉薩，注意到他平躺在地，額頭有傷口。他還活著，可是樺樹……他撞到的樺樹樹幹上灑滿他的鮮血，而且已開始倒下。

那棵樺樹逐漸倒下，無法阻止。樹木太高大了，麥茲和眾人只能張口結舌的看著那宏偉的巨木以深思熟慮的姿態緩慢傾覆、傾斜、倒下。

那楔形切口的完美位置就是為了這個目的，粗壯的樹幹先穿透玻璃前廊的屋頂，粉碎了窗框，接著打在煙囪上，撞斷屋頂大梁。破碎的屋瓦發出劈啪聲，小屋的屋頂整個塌陷倒下。樹幹倒到一半，樹頂在一片木頭碎片和磚瓦粉塵中反彈，靜止不動。

這時已經來了好幾個人，他們在照顧拉薩，他頭上及背上的傷口湧出大量鮮血。倒下的樺樹吸引了大家的注意力，片刻之間完全忘了卡爾艾瑞克。他有很多得交代，可是等他們轉身時，他已經不見人影。不過他沒跑多遠。他若無其事的起身拿起電鋸，走向附近的一座花園，直接砍向幾棵綁著鞦韆的高大松樹。

這次沒有讓步的餘地了。麥茲，戈藍和約翰追上他的腳步，把電鋸從他手中扭下，在他能繼續造成慘劇前就抓住他。卡爾艾瑞克掙扎著，可是不論他是不是真的瘋了，他們三個對一個，成功地制伏他。當麥茲和戈藍抓住他的雙手時，約翰站在他面前試圖看著他的雙眼，但完全沒用。那對眼睛也在看著他，可是毫無接觸。

「卡爾艾瑞克？」約翰還是問了，「你怎麼了？你在搞什麼鬼？」

在整個可怕的纏鬥過程中，卡爾艾瑞克一聲不響，他們也不以為他現在會回答。可是他們仍然得想辦法跟他交談，彷彿他是個理智的人，行為其來有自。而他們也得到一個答案。

卡爾艾瑞克彷彿不習慣他的嘴巴，試探性地用聽起來像卡爾艾瑞克、可是又不像卡爾艾瑞克的聲音說：「那些房子，得解決掉。」

「什麼意思？」約翰問，「那不是我們的房子，由不得我們決定。」

卡爾艾瑞克對此反對意見無動於衷，他以嚴厲、憎恨的表情說，「那些房子得解決掉。」他在他們的束縛中扭曲掙扎，可是麥茲和戈藍還抓著他。艾洛夫・隆德貝走到他們面前，看了卡爾艾瑞克一眼後問道：「他怎麼了？」

「他完全失去理智了，」約翰說，「你可以留下來幫忙，我去找安娜葛蕾塔。他會聽她的。」

這就是約翰．隆德貝為什麼騎上他的小綿羊機車，到舊村子請安娜葛蕾塔幫忙，最後卻像個孤兒般站在碼頭上，看著她和希蒙駛向本土，消失在一群海鷗之間。

他失落地騎上小綿羊機車，出發回卡度南收拾殘局。

那個魔術師，他一面騎一面想，我們沒有他比較好。

在北塔耶

下午三點半，希蒙和安娜葛蕾塔坐在北塔耶的一家披薩店裡，面前各放了一份四季披薩。他們把披薩切成較易入口的小塊，配著微溫的芬達汽水一起吞下。需要的文件放在希蒙的外套內袋裡，兩枚素面金戒則放在外層口袋。安娜葛蕾塔在全國註冊辦公室裡借了電話打給納丹的蓋爾牧師，預訂兩天後在星期天的大彌撒後舉行婚禮。他們準備好了。

他們這麼匆忙地處理這些事有點……青春的味道。也許是這種回春的感覺，讓他們以披薩慶祝迅速完成的準備工作。自從披薩還是新鮮事兒之時他們倆就沒吃過了，選擇四季披薩只因為隱約認得這個菜名。她自己的披薩吃了約一半之後，安娜葛蕾塔推開盤子說，「剛開始很好吃，可是好像越吃越膩。」

希蒙也有同感，覺得肚子好像用湯匙倒進了半公升的麵粉在冒泡、膨脹，他趁嘴裡還有美味時趕緊停下來。

安娜葛蕾塔看著窗外，希蒙戳著大概是這輩子最後一片披薩僅存的部分，不餓的時候，看起來還真不像是給人吃的食物。

「希蒙，」安娜葛蕾塔說，「你得小心。」

希蒙還在沉思披薩作為食物的適當性，他回答，「妳指的是我吃的東西嗎？」

安娜葛蕾塔搖搖頭，「我如果知道你今早打算要做的事，我絕不會讓你去。」

「我們一定得談這件事嗎？」

跑註冊辦公室及金匠店的差事，可以使希蒙暫時不去想那天早上的恐怖，他也想盡可能處於這個遺忘的愉快境界裡。安娜葛蕾塔掌心上揚，表示自己不打算繼續這個話題，然後深深吸一口氣說，「很久以前，當我在戰時到處做生意時，我參與了一件事……我沒有告訴過你。」

希蒙不需要問。情況已經改變了，如今他屬於知道的人，可以被告知的那群人。他盡量靠在直挺挺的椅背上，讓安娜葛蕾塔繼續說。

「有時我獲准和士兵同行，因為我……滿受歡迎。我不認為平民真的可以上船，可是畢竟我很清楚群島的地理環境，所以……」安娜葛蕾塔抬起臉，皺著眉頭：「你在傻笑什麼？」

希蒙揮揮手，「沒什麼，沒什麼。我只能說，船上的美女。」

「我才不是船上的美女！我認識每一個……」

「對，對。可是我很肯定有很多人更熟悉群島的地理環境，只是沒妳長得漂亮。」

安娜葛蕾塔倒抽一口氣，停下來質疑地看著希蒙，「你在嫉妒嗎？」她問，「六十年後，你才坐在這裡覺得嫉妒？」

希蒙想一想，「現在經妳這麼一說，是啊。」

安娜葛蕾塔看著希蒙，對其荒謬之處搖搖頭。

「他們考慮在往列丁亞的航道放置水雷。由於通往斯德哥爾摩的主要運輸航線經過此處，我便一起參與這些……探勘行程。他們派潛水夫下去勘察海床的狀況，當時他們剛開始啟用現代潛水設備，背著氧氣筒，可是因為水底的能見度不佳，他們也不確定這些新設備的功能如何，便在潛水夫身上綁一條安全索。」

安娜葛蕾塔自顧自點著頭，彷彿剛想起什麼般模糊地指著空氣，「我猜可能就是為了這個，我才一起去的，因為我想看潛水。」

希蒙正想脫口說出非常機智的評語，但還是決定保留給自己就好。安娜葛蕾塔繼續說：

「所以這個潛水夫下水了，甲板上的滑輪拉著繩索，有種催眠的感覺。我是說，你看不見潛水夫，只看得見這個轉動時發出喀答聲的滑輪，他一面下水一面拉著繩索。然後……停了，繩索不再移動，彷彿他已經到達海底。可是那是不可能的，因為繩索才拉了七、八公尺而已，下面至少有三十公尺深。有好一陣子繩索就是沒動，我還以為他找到了新的暗礁，站在那裡思索該怎麼命名，如果要命名的話。然後……」

安娜葛蕾塔輕輕用手劃了一個圓。

「……然後繩索又開始移動了，只是這次比較快，而且快很多。十公尺、十五公尺、二十、二十五，接著滑輪不再發出喀答聲了，而是……嘎嘎作響。然後速度增加，變成持續的嗡嗡聲，就在幾秒鐘內到達三十、四十、五十公尺。他彷彿是在空中下降，而不是在水中下沉。我們束手無策，有人試著抓住繩索，可是手掌被割傷。接著繩索又不停地拉了三十公尺到底，就此從滑輪鬆脫，以同樣的速度消失在水裡。」

安娜葛蕾塔喝一口芬達汽水，清清喉嚨。

「這就是事發經過，所以我才叫你要小心。」她放下杯子又說，「當然，他們得想出個解釋，所以決定那名潛水夫不知何故讓自己纏到潛水艇上了。這個說法真的很愚蠢，可是只能如此。軍方一直沒有找到那名潛水夫，不過也許你已經猜到了。」

希蒙看著安娜葛蕾塔用餐巾紙擦擦嘴，表情不像剛描述了什麼無法理解的事，倒比較像是被迫解釋電流是怎麼一回事，這樣你才不會把手指伸進插座裡。

「我很小心，」希蒙說，「我是這麼認為的。」

他們在北塔耶散步，討論婚後的生活要做出多大的改變。嗯，並不真的是討論——而是在開玩笑。其實他們一開始就都同意一切照舊。

沒有蜜月的問題，不過他們決定搭船去芬蘭好好吃一頓，至少象徵性的跳幾個舞，如果老天（還有他們的臀部）允許的話。

他們五點鐘搭公車回納丹，五點四十五分就已經搭上了補給船。希蒙眺望著黑暗的大海，覺得大海改變了。他不再看到表面，而是大海深處。他研究過海圖，也和人們討論過，知道納丹外海大約有二十到六十公尺深，往北和往東有至少約一百公尺深的海溝。

大海深處。

它龐大的程度，度瑪雷和納丹之間巨幅的水量在它的黑暗中蟄伏著，只露出閃亮、無害的表面。

希蒙內心深處彷彿看到他們不久就會搭乘前往芬蘭的渡輪：希兒雅交響曲號。有數以百計的船艙，船中央一條長長的購物街，十層樓高，船首到船尾至少一百五十公尺。

他低頭看著大海與船首濺出的泡沫想著，「我們有可能在這裡下沉，然後就不見了。完全不見我們的蹤影，只會躺在海底。」

他突然背脊一陣發涼，一手摟著安娜葛蕾塔的肩膀，他們朝著度瑪雷接近。

碼頭上站著一群人，是由聚會所的那群人所組成的歡迎部隊，除了朵拉・艾斯特貝和霍里耶，還有卡爾艾瑞克。

朵拉的身體還沒有復元，霍里耶和戈藍一起看守著卡爾艾瑞克。「這樣他才不能再搞飛機，」約翰・隆德貝是這麼說的。

拉薩被送到北塔耶的醫院縫合傷口，可是拒絕多待一分鐘。他被送回家時，他的妻子琳娜同樣地不近人情。通常來說，她是你想像所及最友善、最樂於助人的人，可是她卻對拉薩身邊的人口出惡言、厲聲以對，完全判若兩人。她讓先生進門，如此而已。她甚至沒有請他們進門喝咖啡。

大家轉達這些訊息給安娜葛蕾塔，刻意無視希蒙的存在。雖然安娜葛蕾塔牽著他的手把他留在身邊，這群人卻緊緊圍著她，將希蒙排除在外。幾分鐘後，希蒙受夠了，他捏捏安娜葛蕾塔的手，低聲說他要去看看安德斯。

他轉身走了幾步，看到碼頭上的她被一群深色的人影圍繞，彷彿一群烏鴉，不免深感內疚。他走向破厝時想著，也許不是內疚，而是嫉妒。

她不屬於你們。她是我的，我的！

破厝一片漆黑無聲。希蒙走進廚房裡，看到臥室的門縫露出光線。他輕輕打開房門，發現安德斯在瑪雅的床上熟睡著，手上抱著小熊邦瑟。希蒙靜靜地站在那裡看著他，然後走出臥室，無聲地關上門。

在廚房裡，他開燈找到紙筆，在紙條上寫了婚禮的事。正當他要離開時，他看到磚片上的珠子，仔細研究一番後，在紙條上又再加了幾句話，然後才離開。

安娜葛蕾塔已經到家了。其實也沒什麼好討論的，他們唯一能同意採取的行動已經就緒：監督拉薩和卡爾艾瑞克，觀察後續情況如何發展。她脫下最好的那雙靴子，按摩著雙腳，感受在北塔耶走那麼多路的後果。「抱歉其他人那個樣子，」她說，「我相信他們遲早會習慣的。」

「我很懷疑，」希蒙說完坐下來，「妳告訴他們了嗎？艾琳的事？」

「我怎麼可能這麼做？」

「對，當然不行。」

安娜葛蕾塔雙腳放在希蒙的膝頭，他心不在焉地揉著，雙手又恢復原狀，成為身體自然生成的一部分。

神奇。神祕。

整件事就像魔術戲法，是一種表面的假象，看起來似乎很神奇，其實背後有一個基本上非常簡單的機制，只要你能瞭解就會懂。也許是，也許不。希蒙希望自己能把以前的才能運用在這個特別的假象，找到隱藏的暗格，祕密機關。如果看得出來，也許就像一條看不見的線或假的底座那麼簡單，問題是他看不到。

「有一件事我不明白，」安娜葛蕾塔說，搖搖腳趾發出細微的喀答聲，「艾琳、安德斯、卡爾艾瑞克、拉薩、琳娜。為什麼針對這些人？為什麼是他們？」

「我不明白的事很多，那只是其中之一。他們的共同點在哪裡？」

捉迷藏

安德斯終於摸到鬧鐘，睡眼惺忪地解讀上面的指針時，簡直不敢相信自己的眼睛。上面指著六點四十分，從外面的光線看來是早上而不是晚上，這表示他雖然疲倦至極，卻睡不到十五分鐘。

他翻身平躺，鬧鐘壓在胸前。很奇怪的是，他很久沒有這種休息過的感覺了。他的身體柔軟，腦袋放空、放鬆，感覺彷彿他已經睡了……

等一下……

還有一個可能，那就是他已經睡了一整天，而今天是星期六。他閉上眼睛，可是已經甦醒的雙眼當然不肯再閉上，而且他既然已經睡飽了，那就沒有其他解釋：他一定是睡了二十四小時又十五分鐘。

或是四十八小時，或七十二小時，或……

他的膀胱脹得像個巨大的腫瘤，急著上廁所，可是他還是沒有起床。躺在床上覺得既溫暖又得到充分休息，那種感覺真是美妙得無法形容。自從回到度瑪雷之後，他還沒有好好睡過一個晚上，現在他覺得全都補回來了。他拉起膝蓋，轉向牆壁，找到一個老朋友。

邦瑟。

他們在度瑪雷的期間，瑪雅最喜歡的就是大邦瑟了。她不想把它帶回市區的家裡，不，邦瑟屬於度瑪雷，得留在這裡等她下次回來。

安德斯撫摸著邦瑟藍色的毛氈帽，睜大的雙眼和粗棉工作服上的鈕扣。

「哈囉，邦瑟。」

他感覺異常平靜。要是昨天或前天，他的腦袋裡大概已經開始充滿混亂的思緒，努力解釋邦瑟為什麼躺在他身邊。雖然安德斯睡著時它就在床底下。

可是現在不用解釋，沒問題，邦瑟在這裡。很好。

而且，現在他知道是怎麼回事了，把邦瑟拉出來的是他，或說是他的身體。瑪雅希望邦瑟在身邊陪她睡覺，所以利用安德斯拿到她要的東西。

「早安，甜心。」

他聆聽自己的體內是否有所回應，但並沒有出現，不過也沒關係。他覺得自己應該能感覺到什麼，能在體內找到瑪雅，只是現在他不打算研究。目前一切這樣就好——邦瑟和其他的事。她在這裡。

他的臉上露出微笑，「妳記得這個嗎？」他清清喉嚨，無聲地唱著瑪雅版本的邦瑟歌：

嘿邦瑟，最強壯的熊，
可是喔，他好喜歡打鬥！
雷電蜂蜜，外婆的雷電蜂蜜，
開始打鬥前他就吃兩口。

瑪雅真的很喜歡用歌曲、措辭和語言玩文字遊戲，此外她還喜歡讓事情……嗯，更糟，通常是從錯誤的發音開始，然後接著發揮。她最喜歡的是把「聖誕節」變成「聖蛋節」。他們互送聖蛋禮物，搬聖蛋樹，聖誕節開始前玩各種不同的聖蛋拼圖，然後聖蛋老公公來了。

安德斯腹部一陣疼痛，使他皺起眉頭。他想起瑪雅如何坐在那裡喋喋不休的用「蛋」取代一連串的字眼：聖蛋音樂、聖蛋氣氛，她改編「我看到媽咪親吻聖誕老人」，變成爹地進來殺死聖誕老人，聖蛋老公公。

我不能再這樣繼續下去了。

安德斯迅速翻身下床，半蹲著跑進廁所，在這裡創下大概是尿尿最久的世界記錄。他覺得身體很潔淨，有能力、也準備好迎接一切。他沖了馬桶，想到艾琳，想到她下沉時頭髮朝外漂浮在頭顱四周……

不！

他用冰水洗臉，解渴。他不會再想這件事了，永不。已經結束，不見了，屬於過去了。感覺上彷佛他今天早上被賦予了這個新的身體，新的腦袋。他不打算用來辛苦地穿過這些已經無法改變、泥淖般的混亂。這些他已經做得夠多了。

他餓壞了，站在冰箱前狼吞虎嚥地吞下一片片塗著乳酪醬的脆餅麵包，咖啡在咖啡機裡滴著。他咀嚼又咀嚼，腦袋裡聽到嘎嘎的咬碎聲，一面看著窗外，注意到港灣裡滿是海鷗。他不害怕。

我不害怕。

他用力咀嚼最後一塊脆餅麵包，研究著海鷗的動作，看著它們隨海流漂浮、起飛，被低矮的陽光照到時反射光線，又漂回水面。

我不害怕。

這麼長久的時間以來，他或多或少處於恐懼和害怕之中，已經成為本質的一部分，如今卻消失了。只剩下港灣、藍天、海鷗和他自己的身體，無懼地看著秋陽下的一切。

真是美好。

他轉身背對窗戶，看到磚片上的珠子，瞪大雙眼走過去看，撫摸著光滑的表面，比凹凸不平的區域大許多。珠子的數量變多了，珠子多了很多——

珠子是我加上去的。

——他睡覺時，加上了很多很多的藍珠子，中間的一大片白色部分已經完成了，圍繞著藍珠子，左邊斜對角也有一小片白珠子。

他站在那裡思索著無法理解的畫面，一個想法開始成形，不過他還沒想到是什麼，就看到紙條了。

安娜葛蕾塔和我星期天兩點要在納丹結婚，我們很希望你能出席。希蒙。

在簽名下方是一個附記，安德斯讀完後拍拍額頭大叫：「白癡！這麼明顯！」他再次研究磚片上的珠子，不明白自己為什麼沒有馬上看出來。

P. S. 那不是海圖嗎？

藍色的部分是大海，中間白色的部分是度瑪雷，比較小片的白色是固瓦岩。拼得很笨拙，明暗處和一般海圖剛好相反。可是他還是很不高興，度瑪雷的輪廓開始成形後，他居然沒有早點看出來。

天機揭曉，大概的意思就是：**最後一片終於拼湊完成，恍然大悟，撥雲見日。**這個發現使安德斯頗為陶醉，他衷心喜悅地拍手，可是又停下來瞪著珠子。

的確是海圖，對。所以呢？

他眼前是一張粗略的海圖，上面有度瑪雷、貓島和固瓦岩，列丁亞正慢慢成形。

所以呢？

看起來只是一般的海圖，只是沒有那麼精緻，就像放在書架上的普通海圖。他該拿這幅圖怎麼辦？它能告訴他什麼還不知道的事？

「妳為什麼這麼做？妳為什麼做了這個……雜亂無章的海圖？」

安德斯突然覺得一股怒氣上湧，有一股強烈的衝動想把這些他媽的東西全都丟掉，甚至都已經伸出雙手去拿磚片了。幸好他及時阻止自己，看看自己的雙手，一手抓住另一隻手，搖一搖。

他突然想到自己玩過的文字遊戲，瑪雅不覺得很好玩，可是他覺得很有意思。在不同的字句裡用「獵犬」代替「手」，用獵犬抓住某人，給我你的獵犬，我是妳右邊的獵犬。還有他最喜歡的，他看著自己的雙手大聲說出來，「左獵犬（手）不知道右獵犬（手）的把戲」。

沒錯。

他砰的一聲坐在廚房椅子上，那突如其來的怒氣不屬於他，而是瑪雅。她總是為了小事沒來由地生氣，就像她失蹤那天生襪子的氣一樣，透過安德斯，她剛剛在生海圖的氣。她看到的確是顯示著大海和島嶼的海圖時，她是這麼地高興。

不。對。

安德斯俯身看著磚片上的珠子。如果海圖是她拼的，那麼她不可能因為發現的確是張海圖而高興。而且……瑪雅到底要怎麼用珠子拼一張海圖出來？他們坐船出海時，安德斯可能曾經給她看過海圖，可是她不可能做得出一張……圖像出來。

只有他做得到，因此是他在不知不覺之中做了海圖，而她……

他把珠子放在自己的手裡。

左手不知道右手的把戲。

如果瑪雅想跟他溝通，為什麼要用這種既複雜又費時的方法？為什麼不直接用寫的或用說的就好了？

因為左手不知道右手的把戲。

而且……

安德斯深深吸一口氣，屏住呼吸，聽著自己體內與體外的聲音。什麼也沒有，沒有人在看著他，沒有人在追他。目前如此，可是他們的確存在。

小瑪雅，妳也不能待在這裡，我們遲早會帶妳走。

問題在於小心。過度暴露自己就會被人家看到，艾琳就是這樣。也許。所以你得小心謹慎，一次做一點點才不會被發現。

瑪雅玩捉迷藏一向很拿手，幾乎是太拿手了。如果找到一個好的躲藏地點，她能躲很久、很久。就算他們放棄了，大聲叫她出來，她也不會出來。他們每次都得找到她才行。

那年夏天他們在戶外玩捉迷藏，同樣的情形又發生了。她做其他的事可以很沒耐性，可是玩遊戲的時候，那股耐性真是沒完沒了。她會躲得遠遠的，直到該找到她的人卸下心防，往另一個方向尋找，然後她才會跑出來。她會等到天荒地老。

安德斯倒了一杯咖啡，緩慢而井然有序地喝著，想像滾燙、微微毒性的液體在體內流動，再次清洗著路徑。他覺得大腦又開始阻塞了，他不希望這種情形發生。

他看著大海、天空、海鷗，專注在喉嚨、胸部、胃部的溫暖。

某種程度上起了作用，他以頗為清晰的雙眼再度看著磚片上的珠子。若是如他所想，瑪雅是在玩某種捉迷藏遊戲，重點在於不被發現，那麼應該有某種線索才對。

他去拿真正的海圖與磚片上的珠子比對，大致而言距離和比例都很正確，島嶼的形狀過於方正，不過多少是正確的，與原圖比較起來，並沒有明顯的偏差之處。

他放下海圖，揉揉雙眼，再看一次，這次看到某個並非特別突出之處，而且正好相反。

是少了什麼東西……

他俯身研究代表固瓦岩的那片白珠子，最上方有一小條狹窄的通道，上面沒有放珠子，一條荒蕪。

那是什麼意思？那代表什麼意思嗎？

他從廚房抽屜裡拿出照片鋪在餐桌上，專注的看著瑪雅的臉龐，瑪雅的雙眼，是的，正如他所猜想，東方有某個東西吸引了她的注意力，就是那空曠的帶狀處。

爹地，那是什麼？

安德斯看著窗外，正好看到一大片海鷗覆蓋著港灣，後方小小的白色燈塔在晨光中隱隱約約地閃爍著，有如天空的一個點。

十分鐘後，他換上出門的衣物，帶著工具，把船外馬達裝在一條木板上。氣溫下降幾度後接近零度，不過拉了幾次發動索之後，他已覺得頗為溫暖。

所有能檢查的東西他都檢查了，在所有會移動的零件上噴了潤滑油，在空氣濾網裡注入點火燃料，原本就是乾的火星塞也拿出來擦一次再放回去，汲出汽油，用手拍拍引擎。

「發動吧，你這混蛋。」

他拉了發動索五次，引擎完全沒有要發動的意思，連化油器都毫無動靜。

他大叫：「你他媽的是怎麼回事，你這邪惡的他媽的混蛋！」接著他用盡力氣再拉一次，用盡全身的力氣，當發動索從他手裡彈開時，他往後一倒，腰部撞到堅硬的地面。

安德斯眼前出現一團紅色霧氣，他跳起來，抬下木條上的引擎，踉蹌地走下碼頭邊，把肩上的引擎用力朝遠處的水面丟下去。

引擎碰到水面沉入視線之外，把幾隻在碼頭邊載浮載沉的海鷗嚇了一跳，拍拍翅膀飛走了。安德斯因費力而氣喘噓噓，他彎下腰，雙手放在膝頭，低聲說，「不教訓你一番，你就不知道會這樣吧，對不對？」

海鷗安穩地回到水面，黑色的雙眼看著他。

安德斯恢復理智後，才意識到自己的作為不算特別聰明，有可能只是很簡單的故障，村裡有人知道該怎麼修理這種東西。同時，他突然有一股衝動想跑掉躲起來，他做錯事了，現在得去坐在黑暗的地方，沒人找得到他的地方。

他腦海裡閃過柴房，如果他躲進一堆木頭後面，在頭上蓋上布袋，就沒人看得到他了。

快點！趁還沒有人來！

他轉身沿著碼頭跑了一半，腳步短小、偷偷摸摸地跑著，接著突然停下腳步，搖搖頭，雙手抱著身體。

我在做什麼？

他知道自己在做什麼：他不知道自己在做什麼。右邊的獵犬不知道，他們在繞圈圈追逐對方的尾巴。

他抱著自己，用令人安心的輕柔聲音說，「沒關係，沒事的，我沒生氣。沒有人生氣。」

確定嗎？

「對，對，很確定。引擎很笨。」

不要這樣說引擎，它會很難過。

他聽到的不是瑪雅的聲音，只是他自己的想法，可是它們受到……引導，他被引導進入一種不屬於他的模式與想法。他用手腕壓住太陽穴。

我快抓狂了，人們總是這麼說，可是這一切……真的快讓我抓狂了。

他挺起身體，深呼吸幾次。他是安德斯，一切都在控制之中。他聽到輕風的颼颼聲，海浪拍打的聲音，來自汽船碼頭的聲音，焦急的聲音，兒童的尖叫聲。有那麼一下子，他以為是自己的關係，可是距離太遠了。碼頭上站著很多人，那邊發生了爭吵，可是他聽不出來是什麼。

和我無關。

他打起精神離開海邊。希蒙說他隨時可以借用他的船，他正打算這麼做。

他一步步走向希蒙的碼頭，迷惑也漸漸遠離，恢復了那天早上的果決與清明。他知道該怎麼做，也找到方向了。

如今他只需要遵循這個方向便可。

討人厭的小孩

度瑪雷上住著七名一到六年級的小孩，他們每天早上七點四十五分在汽船碼頭等著搭補給船前往本土和納丹上學。大人和高中生則提早出門，到魯曼上學或到北塔耶上班。

這群小孩的年齡差距不小，有一年級的莫頓和艾瑪，也有六年級的阿維德。不過他們很有向心力，大孩子會教小孩子怎麼做，他們一起通學，一起等候，確定一切按部就班。

在某種程度上，這種向心力也延伸到學校生活。如果有較年幼的度瑪雷學童在操場上被取笑或霸凌，團體中一名較年長的學生可能會出面干涉制止。也許是為了度瑪雷的榮譽，也許是這樣他們才能對彼此有所交代，也有可能是每天早上一起在冰冷的雨中或燦爛的陽光下上學所培養出來的戰鬥情感。

無論如何，他們知道自己屬於一個小團體，這個小團裡有七名成員，來自度瑪雷。

這天早上，數量繁多的海鷗聚集在港灣裡，吸引了好幾個小孩的注意。半夜裡氣溫降了好幾度，海面上的海鳥隨著海流飄蕩，偶爾搖搖身子，彷彿在保持溫暖，它們看起來非常冷。

小孩們穿得比較暖。莫頓和艾瑪包在雪衣裡，五年級的瑪麗亞戴著超大帽子和圍巾。三年級的約翰和艾琳穿著比較樸素，不過一樣包得很暖。

阿維德在等候亭裡發著抖。他從祖父那裡繼承了一件皮衣，是他最珍藏的財產，可是在這種天氣裡無法禦寒。他的祖父曾在海防隊工作，既不怕冷也不怕熱，可以赤手從冰層的洞裡拉出漁網，也能用大拇指和食指捏熄香菸。他是阿維德的偶像，幾個月前死於癌症後，阿維德接收了他的外套，卻因為過於寬鬆而不夠暖和。可是那是祖父留給他的，而且老實說，穿起來很酷。

這樣就六個小孩了，還沒看到第七個，拉薩和琳娜的女兒蘇菲亞・拜芳。瑪麗亞凝視著路口，蘇菲亞今早遲到了，蘇菲亞比她小一歲，不過她是瑪麗亞最要好的朋友，她們從小就一起上托兒所，蘇菲亞不在，等船時，就變得很無聊。瑪麗亞轉身面向大海，看到補給船正從一大片海鷗後方接近，再過幾分鐘就要停靠了。不過蘇菲亞總是會及時趕到，瑪麗亞咬著嘴唇，果然看到蘇菲亞從商店走過來。

瑪麗亞揮揮手，可是她最要好的朋友似乎沒有注意到她，而且走路的樣子有點怪，彷彿很辛苦。她穿著單薄的衣物，正入神地思索著什麼困難的問題。瑪麗亞知道前一天她的父親拉薩出了事，猜想也許和那件事有關。

蘇菲亞來到碼頭時，連招呼都沒打，就走到碼頭較遠的那一端瞪著海鷗，隨著補給船越來越靠近，它們也三三兩兩地起飛。

「蘇菲亞，怎麼了？」瑪麗亞一手放在朋友的肩上，蘇菲亞卻不屑地轉過身。瑪麗亞仔細看看她身上的衣服，搖搖頭。好奇怪，平常蘇菲亞的母親總是確保她穿著合宜，今天她卻既沒戴帽子也沒戴手套，只穿著一件薄薄的風衣，根本擋不了風。

瑪麗亞胸口一陣疼痛，她從小就是個很敏感的孩子，只要別人有問題，她就會覺得很難受。因此她拿下圍巾，套在蘇菲亞的脖子上。

「妳一定冷死了，我是說——」

蘇菲亞轉過身，眼神恐怖到讓瑪麗亞發出了嗚咽聲，鬆開了圍巾，「真的冷死了」這幾個字就此停在嘴邊。

「別碰我！」蘇菲亞厲聲說道，瑪麗亞舉手防衛自己，表示沒打算做其他的事，可是她還沒有機會開口，蘇菲亞就已抓住了她的外套。

阿維德正在研究等候亭裡的塗鴉，聽到瑪麗亞的尖叫聲時並沒有特別注意，以為她們只是在鬧著玩。可是接下來，尖叫聲的音調改變，沒多久他就聽到噗通一聲。

阿維德的目光轉向等候亭外，正好看到蘇菲亞跑向莫頓和艾瑪。她抓住他們雪衣的胸襟往自己拉，艾瑪扭動掙脫了，蘇菲亞剛好空出雙手抓住莫頓。那小男孩扯直喉嚨尖叫，蘇菲亞把他拉向碼頭邊緣，丟進水裡，他落水時還在尖叫，接著叫聲突然停止。

補給船距離碼頭大約五十公尺，飛到空中的海鷗如一片拍打著、尖叫的簾幕般拉向空中。

整件事是如此的脫序、不合常理，阿維德的腦袋花了幾秒鐘才接受他們不是在玩捉人或其他的遊戲，蘇菲亞真的把小莫頓丟進冰冷的海水裡了。

瑪麗亞在哪裡？

蘇菲亞張牙舞爪地衝向其他小孩，他們驚恐尖叫著逃離碼頭，好像在玩「狼先生，現在幾點了」遊戲⑪，可是這隻狼是真的很危險，踮著腳尖小心向前走完全沒用。

阿維德跑到碼頭邊緣，發現補給船距離還太遠，羅德幫不上忙。他低頭看著水裡，莫頓淺藍色的雪衣就在水面下。

他遲疑了一會兒。這種事不該由他來做，他才十三歲，水溫接近零度，一定有大人可以——

祖父，祖父會——

---

⑩「狼先生，現在幾點了」類似「一二三木頭人」的遊戲。

他沒再多加思索就付諸行動，雙手拉下皮衣外套的拉鍊後脫掉。莫頓下沉時，淺藍色的雪衣越來越暗，只有阿維德能救他一命。

阿維德脫掉外套，正要深呼吸一口，背後有人用力推了一把，使他落水。他轉過頭，剛來得及看到蘇菲亞瘋狂的雙眼瞪著他，接著就落入兩公尺下的海水裡。

冰冷的溫度使他肺部缺氧、收縮，無法再吸入空氣。他看到補給船的船首從十公尺外朝他迎面而來，也聽得到羅德打進倒檔時引擎發出的咆哮聲。

阿維德用盡力氣才吸進一點點空氣，他屏住氣，一頭栽進水裡往下游，鼻子、嘴巴和眼睛都立刻冰冷無比。可是此刻他的心裡只有一件事，那就是抓到正下方的藍色身影。

他又划了一次水，雙腳離開水面時，腦袋裡都是引擎的怒吼聲，耳朵承受巨大的壓力。他試著踢掉笨重的靴子，可是沒有成功。不過他在沒氣前又划了一次水，伸出手臂，成功地抓住莫頓背上的布料。

不可置信的是，阿維德游上水面前居然還沉著地先轉向，他用另外那隻手拍水，用盡力氣踢水，彷彿舉起獎盃般地把莫頓推出水面，自己緊跟在後，破水而出，猛吸一大口氣。

他們就在距離補給船船身一公尺處破水而出，他什麼都聽不到，彷彿戴著冰塊做的耳塞，頭頂的天空擠滿無聲的海鷗。

莫頓的雪衣吸飽了水，本來該把他們往下拉的，可是阿維德緊緊抓住固定在碼頭邊的牽引機輪胎，一次抓一個，往岸邊移動。他來到碼頭的角落，聽到遠處有人對著他大叫，可是沒有多加注意。他把莫頓的頭部維持在水面上，朝岸邊前進。

他沿著角落前進，模糊中看到幾公尺外另一個身影爬上岸。

是瑪麗亞……很好……很好……

他的雙手已不聽使喚，當他試圖抓住最後一個牽引機輪胎時，僵硬的手指在堅硬的橡膠表面上滑掉了。

有人從碼頭上伸下一隻船鉤，可是他抓不住棍子。他以為自己會沉入海裡，可是鉤子鉤到套頭毛衣的高領，把他和手上的擔子拉向岸邊。

前進幾公尺後，他注意到自己雙腿移動的方式很奇怪，這才意識到雙腳被拖著走。套頭毛衣上的鉤子解開了，羅德跳進來把他拉上岸時，海水潑上他的臉。他注意到瑪麗亞已經躺在岸邊，瞪大眼睛、臉色蒼白地望著他。

有人在拉他。

「阿維德，阿維德，鬆手。你得鬆開手。」

阿維德左手還緊緊抓著莫頓，羅德想把它鬆開，阿維德也試著放手，卻做不到，那隻手臂鎖死了。唯一還有一絲溫暖氣息的是在他的嘴裡，他張開嘴說，「沒辦法。」

他看著莫頓，他的嘴巴動了動，咳了一些水在阿維德的臉上。他還活著，真是太好了。羅德輕輕移開阿維德的手，讓他放開莫頓。

羅德著手脫掉莫頓的雪衣，用自己的毛衣外套包著他，船上的烏拉和藍納・奎斯特下船照顧瑪麗亞和阿維德。

碼頭上傳來尖叫聲。阿維德撐著站起來，看到兩個大人抓著蘇菲亞，她則奮力左右猛撲，像動物一樣咆哮著，而且想咬他們。海鷗如拳擊賽裡興奮的觀眾般在現場上方盤旋，在他們四周拍打著翅膀，尖叫、加油。

羅德把莫頓抱回家時，他在羅德的懷裡啜泣著，烏拉牽著瑪麗亞的手，她也在啜泣，嘴唇凍得發青。阿維德脫下套頭毛衣，藍納用一件大衣包住他，拍拍他的肩膀。

「做得好，阿維德，做得好。」

阿維德下巴格格作響地打顫，幾乎說不出話來，只能僵硬地朝錯亂的海鷗和被拉扯著、一面詛咒一面雙腳亂踢的蘇菲亞點點頭問，「為什麼・會・這樣？」

「沒有人知道，」藍納說，「沒有人知道。我們得趕快送你回家。」

阿維德踩著顫抖的雙腳，讓自己被牽著繞過沙棘叢，走上坡到村子裡。他看到自己的路徑將會和蘇菲亞交會時，停下腳步。

「你可以幫我一個忙嗎？」

「當然，」藍納說，「什麼都可以。」

「可以幫我拿我的外套嗎？」

藍納回頭去拿外套，阿維德身上緊緊裹著大衣，站在那裡看著蘇菲亞被抱回家。海鷗追逐著他們，在他們的頭頂盤旋，彷彿看見獵物，正等待著適當的時機飛撲而下。

藍納回來時，阿維德把大衣還給他，披上自己的皮夾克，說他覺得好多了。接著他踉蹌地走路回家，靴子裡的水還發出咯吱咯吱的聲音。

走到商店時，他停下來看著小徑上的莫頓，被抱回家找爸媽的他還在大聲哭泣，不過還活著。阿維德拉緊身上的夾克，思索著自己的感覺。

不知為何，這感覺很奇怪。

他第一次覺得夾克彷彿為他帶來溫暖，並且尺寸也不再太大了，而是很合身，可說是分毫不差。

重返固瓦岩

刺骨的嚴寒吹在安德斯的臉上，使他眼眶泛淚。他盡可能穿得暖和，在鋪棉外套下穿著救生衣，可是逆風鑽進每一個縫隙，等到前往固瓦岩的路程來到一半時，他已經凍僵了。

起先他以為是自己的眼睛有問題，看到一點一點的東西。可是來到這個地點之後，他看到固瓦岩四周天空散布的點點其實是鳥兒。無法判斷是哪一種，可是似乎大小不盡相同，因此可能是不同種類的鳥兒。

希蒙的二十馬力引擎單調的嗡嗡作響，海浪拍打在玻璃纖維的船身上。安德斯的臉已經冷得僵硬了，飛濺上來的海水打到臉頰或下巴時，他也沒有感覺。他的目光專注在固瓦岩，左手緊緊抓著節流閥，開到最大。他是一支從度瑪雷射出的箭，直直朝向目標——燈塔——而去。

然而，他無法阻止某個東西的滲透，侵蝕他早已僵硬的決心。隨著他越來越接近燈塔和一大群鳥兒，胸前那股不愉快、如果凍般搖晃的顫抖越來越強烈，正如不受歡迎的親友——恐懼——般熟悉。老朋友恐懼使那支箭歪向一邊，速度減緩。

他降低船速，讓小船在最後一百公尺以平穩的速度前進，引擎發出的共鳴聲越來越低沉。燈塔周圍真的有很多不同種類的鳥，猛烈拍打著翅膀的白頰鴨、身材笨重的絨鴨、沿著海流迅速攀爬的海鷗。燈塔附近的海面上甚至有幾隻天鵝在載浮載沉。

它們在做什麼？

許多鳥兒在空中圍繞著燈塔盤旋，可是更多聚集在海面上。它們的行為似乎沒有任何目的，只是為了表現出團結一致的陣線：我們在這裡。

然而這一幕卻令人很不舒服。安德斯沒看過《鳥》這部電影，可是很容易想像，這麼大一群鳥決定攻擊的話會是什麼景象。目前它們完全沒有這個跡象，可是保不定是在等他上岸。

當小船滑進第一群鳥兒之間時，它們迅速地划水閃開，安德斯覺得它們眼帶挑釁地瞪著他。他決定使用手上唯一的武器，至少得保護自己。

他放開節流閥讓引擎怠速，拿起塑膠瓶，深呼吸，再大口喝下苦艾濃縮液。嘔吐感燃燒著他的嘴巴、喉嚨和胃部，火焰衝上腦門，四處拍打著大腦。他強忍住想吐的衝動，蓋上蓋子，抓住節流閥。鳥兒游開了，留下一條沒有羽毛的路徑通往岩石。

他躊躇片刻才上岸，爬下船看看四周。鳥兒還在天空盤旋，在他眼裡，它們的尖叫聲越來越激烈，不過並沒有攻擊。他盡可能把小船往岸上拉，把纜繩綁在一塊岩石上。

就這樣，他再度踏足固瓦岩。

安德斯第一次和上次來的時候，岩石上覆滿白雪。這次他看到岩石已被海水磨亮，灰色的岩石上散布著粉紅與白色相間的紋理，上面沾著海鳥糞。他靜靜站著，雙手放在兩側，嘴巴張大，看著這紋路從基石上脫落、漂流，形成一個……字母。

語言。

這些紋路縱橫交錯，分開的點點和花體都是字母，形成一個複雜的書寫系統，他的大腦無法理解，只知道這個東西存在。

如同嬰兒拿起聖經卻發現無法咀嚼後棄置一旁，安德斯的目光從岩石上的書寫移開，繼續往上爬向島嶼東側。那不是他的語言，對他毫無意義。

安德斯不知道自己在找什麼，因此也不知該從何找起，只能以意識試探這個地區，彷彿有個需要打開的結。他得找到那個點，那一小片讓他可以著手的空隙。

他找不到這樣的地方，這個世界堅固得無法穿越，充滿他無法解讀的訊息。

岩石的結構彷彿斷斷續續通往大海的台階，在個別佇立的石塊和裂縫裡，一排排的碎石似乎形成新的字母，想傳達什麼訊息。安德斯抬起頭，看到鳥群在天空形成混亂的圖像，不斷分解後又重新形成新的圖像。

萬物都在向我說話，我卻不瞭解它們在說些什麼。

安德斯蹲下來，雙手伸進一小窪清明如鏡的雨水裡，揉揉臉和眼睛，閉眼不會兒。

他睜開眼睛，那視覺影像已消失了些。他瞇著眼睛往上走到燈塔，和上次一樣，門沒上鎖。苦艾所產生的幻覺效果幾乎擋住了所有的記憶，強而有力地逼迫他專注在此時此地，這一點使他很感恩，雖然已經到了痛苦的地步，但還是比另一個選擇要好。

他打開門，歡迎他的是一個請求捐款的小獻金箱，他翻翻口袋，一毛錢也沒找到，只好直接跳過。他停下來吃吃地笑。

也許現在鳥兒會攻擊了。

不。他走上台階時聽得到它們還在外面尖叫著，互相發出咯咯聲。不同種類的鳥兒也能瞭解彼此的語言嗎？也許不，不過如果真是如此，它們怎麼知道該這樣聚集？

萬物都在說話，萬物皆在聆聽。

他一面往上爬，右手一面撫摸著外牆，穿過圓形房間，再繼續爬上樓梯到放置反射鏡的那一層。

這個房間如他印象所及，完全沒有改變。巨型窗戶和反射鏡上閃閃發光的鏡子把日光反射在四周，因此室內比室外還要明亮。他站在瑪雅問他「那是什麼？」的地點，眺望著大海，等著看自己有什麼感覺。

起先什麼也沒有。

他的雙眼對光線異常敏感。雖然天空覆蓋著雲層，他卻得瞇著眼睛才能看著戶外微微起泡的海水。他低頭看著岩石尖銳的邊緣、聚集的鳥群，感覺那有毒的液體彷彿發亮的綠色絲線般流過他的體內。

沒有。

然後它出現了，起先很微弱，就像在暗室裡感覺到另一個人的呼吸。接著強烈了一些，可是很難形容這種知覺。安德斯倒抽一口氣，蹣跚欲倒，只得靠在圍繞著反射鏡的玻璃箱子上。

大海深處。

大海深處。有多深……

他所在之處空無一物，只有大海的深度才是一切。

據說，冰山突出在海面上的部分只有總體積的百分之十。安德斯全身上下在這冰冷、刺痛的一刻感受到類似的感覺，只是更巨大、更強烈：他所在的突出部分根本連百分之一都不到，根本不算什麼，只是無底洞上方的一根棉線而已。

他雙腳發軟，身體沉到地上往後倒，腦袋撞到木頭地板。

我們是如此渺小。只是可憐的小人，和我們閃閃發亮的燈光。

他愚蠢地以為這一切和燈塔有關，都是那鬼魅般的眼睛在夜間閃過大海誤導他。可是燈塔是什麼？只是人類用木頭和石頭所發明出來的東西，一座有燈的建築物，如此而已。燈可以熄滅，建築也會腐壞，可是大海的深度……

大海的深度依然故我。

這個見解如捲離岸邊的海浪般離他而去，只留下躺在地板的他和理論上的知識。毒藥如潺潺小溪般在他的血液裡稀釋，他深深呼吸，吸氣吐氣，吸氣吐氣。

他翻身側躺，看著燈塔內側石灰牆上的塗鴉。

芙瑞達到此一遊21/06/98

J
M

遇到麻煩時，懷疑時，
跑圈圈，尖聲大叫

納丹男孩=白癡

其中一個句子的字母比其他的塗鴉更大、更清楚，安德斯記得上次來的時候曾經見過，可是不覺得重要。現在他覺得重要了。

28/01/89的日期下方寫著：

陌路，我們來了。

亨利和畢昂就是大約那個時間失蹤的。

《陌路，我們來了》是史密斯合唱團的告別專輯。

他們坐在這裡，用原子筆在牆上寫下，幾乎是刻下最後的訊息，然後……沿著陌路出發。

他們知道。他們知道自己在做什麼。

安德斯站起來跑下樓。

「你們這些混蛋！我會找到你們的！我知道你們躲在哪裡，不論用什麼方法我都會找到你們！我對天發誓，我要把她找回來！」

安德斯站在東側的岩石上對著大海和海風大叫，跟著那些鳥兒一起尖叫，它們如巨型簾幕般飛過眼前，他的手臂太短，知識有限，不足一窺究竟。可是他會做到的，不論用什麼方法，他一定會做到。

他繼續尖叫威脅著大海，直到喉嚨腫起，憤怒消退。

安德斯恢復理智之後，鳥兒更靠近了，幾乎所有的白頰鴨、鴨子和天鵝都聚集在固瓦岩東側的海面上，就在他眼前的海浪裡載浮載沉。幾千隻海鳥如此緊密地聚集，彷彿能踩在它們的背上在海面走好幾百公尺。海鷗已不再盤旋於島嶼上空，而是在他面前拍打著翅膀，彷彿是從大海升起的一大朵白雲，朝著他所在之處飄過來。

它們隨時會收到一個聽得到或聽不到的命令，他會被那群劈砍撕裂的鳥嘴淹沒。

它們知道。我得離開這裡。

他慢慢地、一次一步地倒退走回船上，視線始終停留在海鳥身上。它們若是表現出一絲絲攻擊的跡象，只要確定自己盯著它們，安德斯也許有機會在它們把他撕裂之前逃到燈塔。

這一面的岩石因苔蘚而滑如肥皂，他失去平衡一次，但雙眼還是緊盯著海鳥，一屁股摔在地上，才沒讓自己跌下去。

那群海鷗越來越接近了。他一面盯著它們，一面解開繫纜繩，用背部把船推進水裡，它們還在岩石東側上方盤旋。海鷗不安的尖叫聲把空氣撕成碎片，充滿他的腦袋，使他無法理智地思考。他心目中唯一看得到的是：把船開走，離開這裡。

小船平穩地離開岩石旁，他倒退走進水裡，爬上船時一腳用力推離海床，小船滑了幾公尺離開島嶼，現在已經毫無機會躲到燈塔裡了。他不敢轉身面對海鷗發動引擎，因此抓住一根船槳，學平底船的船夫那樣，一次一邊反方向划槳。

距離固瓦岩約一百公尺時，海鳥冷靜下來，海鷗群分散成較薄的雲層，覆蓋住整座島嶼。安德斯放下船槳坐下，顫抖地深深吐了口氣。他雙手掩面，看到塑膠瓶在船底滾來滾去。

他已經忘了這瓶，忘了裡面的東西可以保護他安全地從鳥群中撤退，或許已經發揮效用了。他看著瓶子，海浪舉起小船時瓶身也轉了一半，他父親童稚的筆跡出現在視線裡：苦艾。

他懂了。至少他懂了發生在父親身上的事。那一天還有其他的那些日子。

苦艾

他真的該回家把錢放在存錢筒裡，可是安德斯想在外面待一會兒，享受有錢的感覺。他就像穿著黃金長褲的男孩，口袋裡滿滿是錢，可以剝開一張鈔票，發出悉索的聲音，再剝一張，又一張。

他心無旁騖地走向商店，只為了以目前度瑪雷最有錢的小男孩這個身分到處溜達。

那些船還在尋找托里尼•艾克，不過碼頭上的人群已經逐漸散去。安德斯躊躇了一會兒，他若是去碼頭，會有一群大人問他問題，他不確定自己是否想這麼做。

「嗨。」

希西莉雅騎著單車在他身邊停下，安德斯舉起一手打招呼，手接近鼻子時，才發現自己滿身魚腥味。他把兩手藏在後褲袋裡，一副輕鬆自得的模樣。

「你在做什麼？」希西莉雅問。

「沒什麼特別的。」

「碼頭上出了什麼事？」

安德斯深呼吸一口，彷彿隨口一問，「妳想吃冰淇淋嗎？」

希西莉雅看著他，露出不確定的微笑，彷彿他在開玩笑。

「我沒有錢。」

「我有。」

「你要請客嗎？」

「對。」

安德斯很清楚這個問題很奇怪，這麼做也很奇怪。可是附近沒有別人，他的口袋又裝滿了錢。他就是得問問她。

他陪她推著單車走到商店前，雙手還插在後褲袋裡。她的頭髮綁成兩條中等長度的辮子，鼻子上有雀斑，他有一股衝動想摸她的辮子，看起來好……柔軟。

還好他的雙手埋在後褲袋裡，才不至於向這個衝動屈服。

希西莉雅把單車靠在牆上，問安德斯，「你賣了很多鯡魚嗎？」

「對，今天早上賣了很多很多。」

「我通常賣聖誕雜誌。」

「值得做嗎？」

「還好。」

安德斯開始真正放鬆下來。他今年夏天才首次領悟到自己和朋友不一樣，他們只是暑假的遊客，他則坐在商店外賣鯡魚賣到滿手魚腥味，這件事有點難為情，他像個……鄉巴佬。可是原來希西莉雅也賣東西，雖然聖誕雜誌應該是沒有臭味的。

他們進到店裡研究冰箱中的商品。

「我可以吃什麼？」希西莉雅問。

「隨妳喜歡。」

「隨我喜歡？」她質疑的看著他，「一支大甜筒？」

「好。」

「兩支大甜筒？」

「好。」

「三支大甜筒？」

安德斯聳聳肩，希西莉雅打開蓋子，「你要吃什麼？」

「一支大甜筒。」

她拿出兩支大甜筒，安德斯彎下腰再拿一支時，希西莉雅拍拍他的肩膀說，「白癡！我是開玩笑的啦。」接著把手上的冰淇淋遞給他。

在收銀台前，安德斯從口袋裡掏出一張十克朗的鈔票，不過並沒有出現黃金長褲男孩拿出現金時發出的那種特殊的悉索聲。

他們坐在商店外的長凳上吃甜筒，安德斯告訴她那天早上發生的事，希西莉雅覺得他親眼看到一個人把自己淹死真的很厲害。

他們一面吃甜筒，安德斯一面說故事，接著他們坐在那裡眺望水面，安德斯的腦海裡閃過一絲祈禱，**別讓任何人過來，別讓任何人過來**。他不知道希西莉雅是否也這麼想，這種事對女孩子是不是很正常。好，坐在這裡和希西莉雅一起吃他付錢的甜筒，並不是什麼特別難為情的事，不過他也不希望這一刻、這個氣氛被破壞。他不確定、也不真的知道該如何表現，可是和希西莉雅坐在這裡真是快樂的時光，最棒的時光。

他們吃完甜筒，眺望了海水一陣子，接著安德斯確認女孩子的確比較習慣這種事，因為希西莉雅起身在短褲上擦擦手問，「我們該回你家嗎？」

他只會點頭而已。希西莉雅扶起單車，指著貨架說，「上來，我載你。」他跨在貨架上，希西莉雅腳一踢就從商店往下坡騎。

不需要做其他的事，完全自然。起先他努力在貨架上保持平衡，可是小徑的路面不平，他搖搖晃晃地差點翻車，只好用雙手扶著她的臀部。

他的掌心感覺到她皮膚的溫暖，天空的太陽燦爛地照耀著，微風輕拂他的額頭。他抓著她，他們沿著村子順勢滑下，滑行到他家的幾分鐘是他目前人生裡最快樂的經歷，真是……太完美了。

希西莉雅把單車停在柴房前，對著還散發出微微香味的煙燻器點點頭。

「我們本來要燻點東西，可是沒時間。」

「你們打算燻燻鯡魚嗎？」

「唔。」

安德斯懶得糾正她。燻鯡魚就是燻的鯡魚，說「燻燻鯡魚」就像說「彎曲的彎道」，或「冰的冰淇淋」一樣。可是大概只有鄉巴佬才會知道這種事，沒什麼好炫耀的。

希西莉雅和他在一起時，他看得非常清楚：他家的花園和他們家的不一樣。他家的花園裡有木柴堆、煙燻器和父親留下來的一些垃圾，因為「可能會用到」。沒有修剪整齊的美麗草坪或一排排整齊的水果叢，沒有羽球場也沒有吊床。他通常不會注意，可是現在注意到了。

希西莉雅走向他家，安德斯覺得幸好他的房間跟其他人的房間沒什麼兩樣。

我們要去我房間做什麼？女孩子對什麼有興趣？

他有很多漫畫，他不知道希西莉雅看不看漫畫。他也有書，也許他們可以烤東西？他會烤糖漿麵包和司康餅。她喜歡烘焙嗎？

他沒有再多加思量，因為希西莉雅停下腳步，低頭看著地上的東西。他急忙走到她身邊，看到她凝視的對象時心頭一沉。

在房子外頭紡錘型的醋栗叢旁，他的父親臉朝下，雙手擺在兩側，趴在地上。希西莉雅正要走到他身邊，安德斯抓住她的肩膀。

「不要，」他說，「來吧，我們走。」

希西莉雅把他推開，「別傻了，我們不能這樣把他丟在這裡，他可能會窒息的。」

安德斯從來沒見過父親喝得這麼醉，醉到大白天趴在地上睡成這樣，可是對他而言，酒並不是什麼新奇的事。有時他晚上回家會遇到父親雙眼迷濛的坐在那裡，滿口胡言亂語。這種時候，安德斯總是盡量不要留在家裡。此刻他難為情得不知道該去哪裡。

希西莉雅蹲在他睡著的父親面前，搖搖他的肩膀。「嘿，」她說。「哈囉。」她轉向安德斯，「他叫什麼名字？」

「約翰。妳聽我說，不用管他，他喝醉了。」

「約翰，」希西莉雅說，更用力地搖他，「約翰，你不能躺在這裡。」

約翰的身體抽搐，胸口深處湧起一陣咳嗽。約翰抬頭翻身側躺時，希西莉雅後退一步。他躺在一個半滿的塑膠瓶上，瓶身已經被他的體重壓得扭曲變形了。

約翰看著希西莉雅的眼珠混濁，嘴角一絲唾沫滴到草地上。他砸砸嘴唇，清清喉嚨，口齒不清地說，「要相愛。」

安德斯被一陣羞辱擊倒，面紅耳赤。他的父親伸手去摸希西莉雅的腳，彷彿想抓住卻沒有抓到，這時他抬頭看著她說，「只是要小心大海。」

這些羞辱爆發成盲目的憤怒，安德斯跑到父親身邊打算踢一腳，幸好一絲絲的理智使他在最後一刻改變方向，才沒有踢到父親的頭，而是踢到塑膠瓶，瓶子彈起來，飛越過度茂盛的草地。

這還不夠，他的父親居然試圖露出愚蠢的微笑。安德斯正要衝過去把怒氣發洩在他父親身上時，希西莉雅抓住他的手臂，把他拉到一旁。

「住手！住手！沒有必要。」

「我恨你！」安德斯對他父親大吼，「我真的恨透你了！」

然後他就跑掉了。他對希西莉雅無話可說，沒有藉口，也沒有解釋。他是個廢物，有個廢物老爸，更糟的是他是個鄉巴佬廢物，別人的父母都不會做出這種事。他們喝的是葡萄酒，並且很有意思，才不會大白天躺在自己的小屋外流著唾沫，只有沒用的鄉下小孩的父親才會這麼做。

他跑過岩石下到港灣裡的船屋，他只想離開，離開，離開。他會選一顆最大的石頭，從那裡跳下海。他會除掉自己，使自己不再存在。

他經過船屋跑到其中一座較小的碼頭上，那裡停靠著顏色鮮豔的遊艇，他一直跑到盡頭才停下來，低頭看著閃亮的水面，然後在碼頭邊緣坐下來。

我要殺死他。

他在那靜坐良久，思索著以各種方式殺死他的父親，不久聽到背後傳來腳步聲。他考慮跳進水裡，可是仍原地不動，接著就聽到希西莉雅的聲音。

「安德斯？」

他搖搖頭，不想說話，他不在這裡，不是安德斯。希西莉雅在他身旁坐下，短褲的布料發出微弱的悉索聲。他不想聽她安慰或說什麼好聽的話，反正他也聽不進去。他只希望她走開，不要煩他。

他們並肩坐了一會兒，希西莉雅說，「我媽也一樣。」

安德斯又搖搖頭。

「真的，」希西莉雅說，「嗯，沒有這麼糟，可是也差不多。」安德斯不發一語，她繼續說，「她喝很多，然後……做一些很蠢的事。她把我的貓從陽台上丟下去。」

安德斯半轉頭說，「貓有死掉嗎？」

「沒有，我們住在二樓。可是那隻貓後來變得很害怕，什麼都怕。」

他們靜靜坐著，安德斯想像貓被丟下二樓陽台，所以希西莉雅住在公寓裡。他轉過頭，用眼角餘光瞄到她雙腿交叉坐在碼頭上，雙手撐著下巴。他問，「妳和妳媽一起住嗎？」

「對。她那樣的時候我通常去外婆那邊。她很棒，讓我過夜什麼的。」

安德斯見過希西莉雅的母親幾次，當時她並沒有喝醉。可是現在回憶起來，她的臉上的確有那種表情，那種雙眼迷濛、不自然的表情。也許當時她的確喝醉了，只不過他無法像看自己的父親那般地清楚。

他們繼續聊了一會兒，轉移到其他的話題上。原來希西莉雅喜歡烘焙，也喜歡讀書，尤其是瑪麗亞·葛列伯的書。安德斯讀過一個她寫的故事，不過希西莉雅描述她其他的書給他聽，聽起來還不錯。

事後看來，安德斯知道那天帶來的大都是好事。他到第二年夏天才和希西莉雅在巨岩上接吻，成為情侶。

可是，一切都是從那一天開始的。

返家之路

引擎第一次就發動了，安德斯咆哮著離開固瓦岩。速度帶給他安全感，他不認為海鷗能飛到每小時五十海里。當他開了幾百公尺回頭看時，海鷗仍然圍繞著燈塔盤旋。

他用空出來的那隻手拿起塑膠瓶搖一搖，裡面的液體變成不透明的霧狀。安德斯喝下這毒藥後所產生的痛苦的洞察力，那天也出現在他父親的眼裡，當他看著安德斯和希西莉雅的時候。

要相愛，只是要小心大海。

簡單的說，從那天之後安德斯的人生差不多就是如此。可是他的父親又為何要喝下那毒藥呢？畢竟最後讓他送命的並不是大海。

是嗎？

當時安德斯二十六歲，他的父親已經由於再度陷入惡習而提早退休。他會腳步不穩地去船塢上班，好幾天不見人影後又回來，如常上班一個星期後再失蹤。不能這樣繼續下去了，所以他們成功地想出了提早退休這個辦法。

不過他還是很受歡迎，因此船塢若是需要人手，就會打電話來看看他的狀況，如果狀況不錯，他就會前往需要他的地方效力。拿現金，沒人質疑。

他尤其對建造停放夏日度假客船隻的新木屋貢獻良多，因此在籌畫結構落成的派對時，他也自然在受邀之列。當時木屋尚未全部完工，不過結構和屋頂都蓋好了，再加上他們很久沒有開派對了，於是就這麼決定。

他們一群人喝酒聊天，時間越來越晚。凌晨時分，約翰道了晚安，蹣跚地走向港灣要開船回家。此舉一點也不奇怪，大家都知道，若有必要他可以蒙眼航行到度瑪雷。

因此他們互道晚安及旅途平安，別撞上麋鹿等等，卻再也沒有見過他。

沒人知道到底發生了什麼事，不過，大家認為約翰在黑暗中走到港灣時突然覺得太疲倦了，或決定不要開船回家，因此隨便拉了幾片防水布鋪了床。幾片當床墊，幾片蓋在自己身上。

第二天早上七點，一輛載滿沙石的卡車在港灣倒車時，他還躺在那裡。司機托比昂也去了派對，而且很晚才下班。當他從照後鏡看到一堆舊防水布時，懶得下車移走，就這麼直接壓過防水布倒車。後輪有壓到什麼，可是他繼續開。前輪壓到什麼比較小的東西，他還是繼續開。他開了幾公尺後才回頭看看那堆防水布，這時看到下面流出什麼東西，他才停車下來察看。

後來托比昂一再責罵自己，為什麼沒有注意到約翰的船還停在港灣裡。倘若早注意到，也許會懷疑什麼，因為約翰的確習慣到處亂睡。可是他沒想到這一點，所以才載著五噸重的沙石從他身上輾過去。托比昂永遠忘不了他拉開防水布時看到的景象。

有人提到約翰的屍體旁放著一瓶利口酒，現在安德斯知道那是什麼了。

那天晚上，面對大海，面對他必須橫越的大海深處，他的父親突然害怕了。他從船上拿了那瓶苦艾，想給自己一點勇氣，想保護自己。

到底是毒藥還是無法消除的恐懼，使他像個孩子般蜷縮在防水布底下？

像我一樣。

蜷曲在被子下，希望它會離開，不要理他。

安德斯心裡看得太清楚了。大海、夜晚、恐懼。離開燈光和人們，突然被恐懼侵襲，無法討價還價，只有一個解決之道：*躲起來，別讓它看到你！*

「喔爸爸……可憐的爸爸……」

魚叉

希蒙直挺挺地坐在廚房餐桌前，雙手工整地在膝蓋上交握。安娜葛蕾塔在「藏衣閣」裡翻找，選擇她的新娘禮服，他則等著被展示不同的選擇。

那天早上的時間用在準備第二天的婚禮。他們四處打電話給想邀請的賓客，訂了社區禮堂舉行小型婚宴，向北塔耶的外燴公司訂了自助餐。早上舉行婚禮前，安娜葛蕾塔會先前往納丹，一名曾任髮型設計師的朋友知道該怎麼讓她打扮出色。

「所以我該做些什麼？」希蒙問。

安娜葛蕾塔笑了，「嗯，我猜你可以好好利用最後幾個小時的自由，練習打領結。」

希蒙打電話邀請戈藍時，他們也決定要希蒙利用這個時間過來解決戈藍的水井。他得做點事，否則只會來回踱步，越來越緊張而已。

雖然安娜葛蕾塔加速了整個籌備的過程，彷彿只想趕快解決，可是當情勢明朗後就改變了。首先是婚宴，接著是邀請函，然後她想到需要事先打扮。現在則是禮服。

這突如其來的行為對希蒙不是沒有影響的。此時他坐在那裡擔心自己是否該穿皮鞋，不知道還合不合腳，該不該抹髮油。

安娜葛蕾塔挑選衣物時，藏衣閣變得很安靜，接著她出現了，希蒙也挺起腰桿。老實說，他覺得整件事很有趣。婚禮及相關的一切帶出了安娜葛蕾塔全新的一面，比她日常的人格特質更女性化。他很喜歡，只是不要太誇張就好。

她走進廚房裡，手臂上掛了一疊禮服，手上拿著什麼東西放在流理台。她一件一件舉起禮服，希蒙最喜歡的是一件鑲著白花、厚重布料的米色禮服，結果安娜葛蕾塔最喜歡的也是這一件，所以就這麼決定了。安娜葛蕾塔收起那些被拒絕的禮服，拿起剛剛放在流理台上的東西，擺在希蒙面前。

「你記得這個嗎？我在裡面找到的。」

餐桌上是一支金屬製的小魚叉，希蒙拿起來用手指轉動。

喔是的，他記得很清楚。

約翰十八歲時，他和希蒙一起在安娜葛雷塔的房子旁挖了一個種香草的花床，在挖掘的過程中，約翰發現了這個魚叉。他們借來書籍查閱，結論是至少有一千年的歷史。

這個發現引起了約翰的興趣，那年夏天，他借了更多書籍閱讀這方面的資料，其中最吸引他的內容在於原來他們家的那塊土地，他們家所在的位置曾經位在海面下，而且是非常深的海面下。

當然，約翰在學校學過陸地上升，學到島嶼每年以半公分的速度從海底隆起，可是魚叉使它變得真實而具體。一千年前，有個出海叉魚的人坐在船上，經過他們的花園正上方時掉了魚叉。這個想法使約翰寢食難安。

他一向對閱讀沒有興趣，可是那一整個夏天他埋首研究群島的歷史，特別是度瑪雷，甚至考慮申請大學讀地質學或類似的科目。可是秋天來臨時，他成功地在納丹的船塢找到學徒的工作，便放棄了高等教育的計畫。

魚叉被遺忘了，最後流落到藏衣閣裡。

希蒙用食指和中指平衡著大約一公斤重的魚叉，可能曾經附著在一根早就腐爛的棍子上。魚被魚叉叉到，拉出水面吃掉了。漁夫可能做了一支新的魚叉，捕到更多的魚吃掉，可是徒勞無功，最後他也掉進海底腐爛。只有魚叉還存在。

「安娜葛蕾塔？」希蒙問，「約翰到底發生了什麼事？」

安娜葛蕾塔小心翼翼摺好禮服，放在塑膠袋裡包好。希蒙不知道這是否是個愚蠢的問題，但在某些方面來說，她把魚叉拿給他，就代表自己主動掀起了這個話題。

正當他開始認為不會得到答案時，安娜葛蕾塔把塑膠袋放在廚房的沙發上說，「你聽過哥尼索拉嗎？」

「有，」希蒙說，「那是偶爾才看得到的島嶼，會出現又消失。為什麼提起它？」

「你認為呢？」

希蒙不明白這段對話的方向，不過還是盡力回答，「我不知道我認為怎麼樣，真的。我知道它被詮釋成從天堂之岸到惡魔的居住之地都有，不過其實應該只是一種光學現象吧？跟天氣有關。」

安娜葛蕾塔用手指撫摸著魚叉，經過約翰清理之後變得乾淨而光滑。「它呼喚他，他抓到了不該抓的東西。」

「呼喚他？什麼東西呼喚他？」

「他說是固瓦岩那個方向的島嶼，可是並不是固瓦岩。它會一直移動，某天晚上就在破厝的附近，他說它在呼喚他。你不記得他有多害怕嗎，希蒙？他如何無時無刻都很害怕？」

「是的，」希蒙說，他記得那個挖到魚叉、興致勃勃的男孩，後來他變成越來越迷惑、越來越疏遠的男人。「可是這聽起來很瘋狂。一個島？追捕一個人？」

安娜葛蕾塔俯身面對他，放低聲線輕輕說，「你沒聽過大海嗎？沒聽過它的呼喚？」

如果安娜葛蕾塔一星期前這樣顫抖地認真問他這種問題，希蒙會憂心她的心理狀態。一星期前他沒看過大海的深處，尚未把屍體丟進大海深處。

「我不知道，」他回答，「也許。妳聽過嗎？」

安娜葛蕾塔看著窗外，凝望著遠方，目光去到最遠的航道，「我告訴過你古斯塔夫•楊森的事嗎？」她問，「那個燈塔看守人？在大十字島那裡？」

「有，妳認識他對不對？」

安娜葛蕾塔點點頭，「對我而言，一切都是從他開始的。」

看守人

大十字島是面向奧蘭海最後的前哨，地處偏遠。除了本薪之外，燈塔看守人還可以領到偏遠加給，算是忍受孤獨的一點獎勵。

從一九三〇年代末期到一九五〇年代初期，古斯塔夫・楊森在那裡掌管一切。來自度瑪雷的他和當地人處不來，當這個燈塔看守人的職位出現時，他認為平靜度日的機會終於來臨。他在那裡過了十三年，只有四隻母雞為伴。

他不喜歡那場戰爭，必須對打靶的喧鬧和漂流的水雷不以為意是一回事，可是最糟糕的是來到島上的訪客。軍事人員敲門問東問西，執行偵察任務的船隻停靠在他的碼頭上，有一陣子還提到在大十字島上建築要塞，幸好計畫沒有成形。

要是真的成形會是多麼糟糕啊！燈塔下方的岩石上安置砲台，士兵踏著沉重的步伐，抽菸嚇壞母雞。不，如果發生的話，他會立刻要求離開。

不過，那場戰爭卻帶來一件好事。

古斯塔夫・楊森終生未婚，並不是他對女人有什麼意見，不，他不喜歡女人正如他不喜歡男人，只因他本質上是個孤獨的靈魂，不適合婚姻這種伴侶關係。

不過，這場戰爭帶來一名他能忍受的女性。並不是說如果有可能的話他會娶她，而是他能忍受她的陪伴，漸漸發現自己期待她帶著鼻煙和報紙來到島上的日子。

雖然他是這樣的人，但男人的本性仍使他欣賞女性的美，他最喜歡安娜葛蕾塔的地方在於她不多話。古斯塔夫的沉默寡言使別人緊張，反而更加喋喋不休，彷彿得達到說話的配額不可。

安娜葛蕾塔不會。大約在認識一年之後，他們才開始在交易過程絕對必要的交談之外多說上幾句。那次古斯塔夫向安娜葛蕾塔買了一副拼圖，拼完後又買了一副新的，因而引起某種程度的討論：哪一種圖片，幾片的拼圖？

結果他開始固定訂購。古斯塔夫特別喜歡大海主題的拼圖，由於他沒有空間也沒有意願保留拼圖，因此他會小心翼翼地拼，完成後把拼圖拆開放回盒子裡。安娜葛蕾塔每個月來一次島上，到時她會把新的拼圖以半價賣給他，把用過的舊拼圖再拿去賣給別人。

幾年下來，他們偶爾會聊到跟生意無關的事，漸漸培養出某種情愫。

戰爭結束後的那些年裡，一般人認為古斯塔夫・楊森已經瘋了。他把燈塔看守人的工作做得很好，這一點沒有人抱怨，可是你就是沒辦法跟這個人說上幾句，他花了太多時間讀聖經。

安娜葛蕾塔心裡清楚得很。在他的小島上，讀聖經是古斯塔夫在拼圖之外唯一的消遣，這一點也沒錯。他對聖經知之甚詳，甚至會與自己對話，同時扮演嚴格的先知與自由思想家。

可是他並沒有瘋。古斯塔夫只是意識到，嚇走任何不受歡迎的訪客最穩當的方法，就是對他們傳教。人們在古斯塔夫的碼頭上固定繫船纜時，只要一聽到頌揚上帝的字眼就變得非常不舒服，於是便縮短停留的時間。古斯塔夫得以清靜的與他的燈塔和上帝為伴。

一九五〇年代初期的某天下午，安娜葛蕾塔每月來訪的時間比平常晚。北風以每秒十二公尺的風速吹著，古斯塔夫很驚訝居然見到她。安娜葛蕾塔在燈塔看守人的小屋裡打開古斯塔夫訂購的貨品，北風吹得更強勁了，偶爾陣風還使風速計衝上二十。

看來安娜葛雷塔得在大十字島上過夜了。古斯塔夫成功地用短波無線電與納丹聯絡，他們答應把安娜葛蕾塔沒事的消息轉達給托里尼、瑪雅和約翰，一等天候轉好她就會回家。

安娜葛蕾塔和古斯塔夫之間雖然有生意上的來往，也許稱得上是朋友，可是對古斯塔夫而言，有女性在房子裡過夜還是有點難為情。他不知該如何自處，彷彿自己是這棟小屋裡多餘的人。

發現安娜葛蕾塔不會拒絕喝一點利口酒使他如釋重負，他們在餐桌前對坐，看著窗外洶湧的大海，閃亮的燈光照耀在碎浪上，幾杯酒就化解了兩人之間的尷尬場面。

沒有親耳聽到的人都拒絕相信，然而隨著夜晚降臨，古斯塔夫越來越健談。他生了火，隨著溫度升高開始說故事：沉船，刻在平整岩石上的海圖，秋天遷移的海鳥撞到燈塔，數量多到得用手推車計算。

古斯塔夫脫掉毛衣時，安娜葛蕾塔注意到他的背心穿反了而提醒他，古斯塔夫看著她，眼睛半睜半閉的說，「嗯，你得盡量保護自己。」

「古斯塔夫，想當然你是不相信那些鬼話的。」

「不，可是我相信這個，」古斯塔夫說，拿出一瓶裝著霧狀液體的瓶子，「如果妳要在這裡過夜，妳也應該相信。」

安娜葛蕾塔喝了一個烈酒杯的苦酒，完全是出自於禮貌。她知道許多燈塔看守人都種苦艾，用來當利口酒的香料。可是古斯塔夫的酒也未免太誇張了，那味道真的很噁心。

「不是什麼好喝的東西，」安娜葛蕾塔用力放下杯子時，古斯塔夫這麼說，「可是可以保命，還是值得一喝。」

安娜葛蕾塔沒打算這麼輕易就放過這件事。那瓶利口酒使她更想問問題，進而使得古斯塔夫更健談，結果他第一次解釋了大海的情形。

大海想要他，他說，召喚著他，給他看東西，對他做出虛假的承諾，威脅他。他只好轉向聖經尋找引導。要不是燈塔周圍的苦艾長得這麼茂盛，他永遠不會想到。

而且這些苦艾似乎也發揮了作用。自從他開始以苦艾稀釋自己的血液之後，大海已不敢以危險的方式碰他，夜間的低吟果然變成一片靜默。

第二天早上風勢平息了，安娜葛蕾塔出發回家。她離開前，古斯塔夫給了她一個咖啡罐，裡面裝的是種在土裡的苦艾根。

「小心保管，」他以深沉、先知般的聲音半開玩笑地說，「希望能夠生生不息布滿地球。」

安娜葛蕾塔揮手向古斯塔夫道別，離開大十字島，可是出發不到一海里就聽到引擎傳來奇怪的聲響。她擔心會進一步造成傷害，於是立刻關掉引擎，檢查線路和周圍的襯墊。

雖然引擎已經關掉了，噪音卻還在，那是一種安撫、低吟般的聲音。她四處察看，卻都找不到聲音的來源。她靠在橫杆上，低頭看著水面，水面如情人的懷抱般輕柔可親，她想待在那裡。

那是她第一次聽到呼喚。

她發動引擎，專注在平穩的震動聲中，成功地打破魔咒，可是活塞和轉輪不斷運轉時，她還是聽得到那無語的低吟，承諾著溫暖和無比的單純。

古斯塔夫堅持度瑪雷有人知道大海的祕密，只是絕口不提罷了。安娜葛雷塔現在覺得自己明白原因了。古斯塔夫的個人見解中少了一個重要的細節。

只有知道的人才聽得到。

安娜葛蕾塔繼續在島嶼間做了好幾年的生意，不過認識希蒙後就把船賣了，以免再聽到大海那警報般的召喚。隨著時間過去，大海似乎已對她失去興趣，停止了呼喚。

她把古斯塔夫的苦艾種在小屋下方的岸邊，在那裡靜靜地蔓延，沒有人詢問。

安娜葛蕾塔和希蒙一起開始了不同的生活，大海無法介入。要不是許多年後的某天晚上，約翰告訴她不斷困擾著他的島嶼，對著他說話的聲音，一切可能就此維持原狀。

長話短說，她終於成功地從瑪格麗塔・拜芳口中知道了大海的事。她手上有王牌，因為她可以提供目前為止所缺乏的防衛。幾年內，苦艾在那些知情者的花園裡茂盛的生長，安娜葛蕾塔在大家心裡的地位變得更崇高。

她謹慎地不把希蒙牽扯進去，就算大海反覆無常，偶爾會從一無所知的那群人裡選擇受害者，不過顯然知道得越多，聽到呼喚、被帶走的風險也越高。

後來古斯塔夫・楊森怎麼了？

沒人知道發生了什麼事，也許他的苦艾用完了，也許出了什麼差錯。在一九五七年刺骨的冬天，燈塔突然熄滅了。那天晚上下著大雪，第二天早上才有辦法前往大十字島。

古斯塔夫的戶外衣物和靴子不在小屋裡，因此他一定是到冰層上了。然而，夜間降下的大雪掩蓋了所有的足跡。

春天來臨，冰層上的雪融化之後，他們才找到線索顯示古斯塔夫發生了什麼事。他們在大十字附近閃亮的冰層上看到足印，古斯塔夫走過之處的雪經過壓縮，比周圍鬆散的雪融化得較慢。

一排鬼魅般的白色足印穿過冰層走向本土的方向，卻在追蹤一公里後就消失了。最後的足印出現在那遙遠、不為人知、勉強看得到列丁亞之處，然後就斷了蹤跡。

也許剩下的足跡被風吹散了，也許古斯塔夫就在那裡倒下，以不知名的方式被搬走或拖走或抬走。

無論如何，他不見了。第二年，大十字燈塔改為自動裝置，燈塔看守人的小屋出租給鳥類學團體，他們在燈塔周圍架起警示燈，警告小海鳥的危險。

修正

安娜葛蕾塔才剛說完她的故事，大門就打開了，他們從門被一把拉開的方式和腳步聲聽出是安德斯。他進廚房時目不轉睛，希蒙從他搓揉雙手的方式看出約翰緊張、不耐的影子。

「只是想讓你知道我借了你的船，」安德斯說，「還有我明天會去。恭喜你們。」

正當安德斯似乎要轉身出門，安娜葛蕾塔喊他，「坐下來，跟我們一起喝杯咖啡。」安德斯咬咬嘴唇，搓搓手，接著脫掉外套，拉了一張椅子坐下。

「所以你開船出去了？」希蒙問，安德斯點點頭。安娜葛蕾塔幫他倒了一杯咖啡，安德斯雙手捧著咖啡杯喝下，彷彿自己凍僵了，「我去了固瓦岩。」

安娜葛蕾塔一手按著他的手臂，「發生了什麼事？」

安德斯猛然聳肩，「沒什麼，只是我被自己的女兒附身，她在外頭大海的某處，海鷗在看守著……」

「有好幾個人，」安娜葛蕾塔說，「好幾個人被……附身。」

希蒙很訝異安娜葛蕾塔會公開談論和大海有關的事，也許她判斷這事不能瞞著安德斯，讓他知道比較好。安德斯本來一直用腳敲著地板，突然停下，仔細聆聽安娜葛蕾塔告訴他發生在卡爾艾瑞克身上的事，還有碼頭上的小孩。

「為什麼？」她說完後，安德斯問，「為什麼會發生這種事？怎麼會發生？」

「我沒辦法回答，」安娜葛蕾塔說，「可是的確發生了，不是只有你而已。」

安德斯點點頭，瞪著咖啡杯的杯底，嘴唇微微抖動，彷彿在解讀咖啡渣無形的文字。他突然抬頭問道，「他們為什麼討人厭？我是說，聽起來彷彿他們就是……討人厭。」

安娜葛蕾塔回答時，彷彿在吐出每個字之前都得先經過慎重的考量，「其實……真的只有討人厭的傢伙……會失蹤。回顧起來，這些年來失蹤的都是討人厭、有侵略性的人。艾兒莎・帕森、托里尼、希格麗等等。」

安德斯看看安娜葛蕾塔再看看希蒙，「瑪雅並不討人厭。」他說，尋找他們眼中的支持，可是一無所得。他們兩人都迴避他的視線，不發一語，安德斯從椅子上跳起來，張開雙臂。

「瑪雅並不討人厭！我是說，她只是個孩子，她並不討人厭！」

「安德斯，」希蒙伸手想抓他的手臂，卻被安德斯掙脫了。

「你們是什麼意思？」

「我們沒有什麼意思，」安娜葛蕾塔說，「我們只是——」

「不，你們沒有什麼意思。你們沒有什麼意思，你們的意思是說瑪雅……很討人厭。她不是這樣的人，完全不是，你們所說的話太瘋狂了。」

「是你這樣說的，」安娜葛蕾塔說。

「沒有，我沒有！完全不是這樣！」

安德斯轉身衝出廚房，打開大門又用力關上。希蒙和安娜葛蕾塔在廚房靜靜對坐良久，最後安娜葛蕾塔說，「他忘了。」

「對，」希蒙說，「而且他得強迫自己這麼想。」

過去的情形

安德斯在村子裡漫無目的地行走。他走到卡度南，望著摧毀的殘跡，坐在岸邊，把石頭丟進最靠近岸邊的薄冰，回到舊村子，站在汽船碼頭良久，瞪著固瓦岩的方向。

他回到破厝時，天色已經漸漸變暗。希蒙在門上留了紙條，告訴安德斯，他該過來安娜葛蕾塔家好好談一談。安德斯把紙條撕掉揉成一團。

屋子裡很冷，可是他不想生火，因為他們看到煙囪排出的煙會想下來找他談談。安德斯不想談，他完全不想討論這件事。

他從起居室拿了毛毯蓋在身上，坐在廚房餐桌前，藉著最後消退的日光研究在固瓦岩拍的照片。希西莉雅的微笑，瑪雅心不在焉的表情，轉向東方的目光。

他以為自己要在度瑪雷重新開始，因此把公寓裡所有的物品都寄放在倉儲裡，連瑪雅的照片都沒帶，那張戴著面具的照片。

山妖怪。

安德斯揉揉眼睛，搖搖頭。不需要擺在眼前提醒他，也能記得那張照片，瑪雅嚇他們的時候臉上露出期待的表情。

聖蛋老公公，聖蛋禮物……

「不！」

安德斯從餐桌前站起來，雙手摀住耳朵，彷彿這麼做可以阻止她聲音的記憶進入，她站在樹下唱歌時微弱幼小的聲音……

「我看到爹地殺死聖誕老公公，我……」

每一個小孩都會做那種事！

安德斯打開食物櫃，找到最後一盒葡萄酒，撕開封口貪婪地喝著，葡萄酒從嘴角滴下。

那是很美好的生活，我是這麼地愛她……

「愚蠢愚蠢的白癡！我恨你！」

他轉身看到那瓶苦艾，喝下一大口，再用更多葡萄酒沖淡那燃燒的作噁感。他的胃部翻攪抗議著，他趕緊衝到廁所嘔吐，可是彎腰靠近馬桶時卻只打了幾個帶著酸味的嗝。他坐在地板上，背靠在溫暖的散熱器上。

瑪雅討人厭這一點不是真的。是的，她很容易發脾氣。沒錯，她的想像力很豐富。可是她並不討人厭。

安德斯猛地搖頭，頸根撞到散熱器的邊緣，眼前出現一陣紅色陰影。他蹣跚地走到廚房裡，再把照片拉近，看著他的家人，希西莉雅溫暖、善良的雙眼凝視著他。當他拿起電話撥她的號碼時，下唇微微顫抖，她在鈴響第二次時接起。

「嗨，是我，」他說。

他聽到電話線那一頭微弱的嘆息聲。「你想怎樣？」

安德斯用手拉拉頭髮，揉揉頭皮，「我得問妳一些事。我有話要說。瑪雅並不討人厭吧，有嗎？」

沒有回答，安德斯用力抓頭皮都抓到流血了。

「他們是這麼說的，」他繼續說，「他們是這麼想的，可是妳和我……我們知道這不是事實，對不對？」

在希西莉雅沒有開口的每一秒鐘裡，安德斯的腦袋裡有什麼東西越來越大，巨大且痛苦得使他亟欲把腦袋扯下來。

「安德斯，」希西莉雅終於說了，「後來……你改變了對她的回憶，和她以前的樣子不一樣。」

安德斯的聲音變成低語，「妳說這話是什麼意思？她很棒。她只是……很棒。」

「對，沒錯，那也是。可是——」

「我從來沒有過別的感覺。我一直覺得她很棒，一直都是如此。」

希西莉雅清清喉嚨，再度開口時聲音出現一股尖銳的不耐，「如果你要這麼想的話也可以。可是安德斯，以前並不是這樣的。」

「那是怎樣？我一直認為她是……想像中最棒的小孩。」

「那是後來你編出來的。你根本沒辦法應付她，你曾經開玩笑說要拿她去換——」

安德斯摔下電話。窗外一片漆黑，他冷得發抖。他跪下來爬到浴室裡，背靠在散熱器上，瞪著洗手台，啃著嘴唇，直到嘴巴出現一股金屬味。

他雙手無力地放著，手背靠在地板上，聞到一股微微的尿騷味。他整天只喝了葡萄酒和苦艾，嘴巴黏黏的。他是個枯萎微小的空無，某個也許根本未曾存在過的枯萎的殘餘物。

「我是空的。」

他在黑暗中大聲對自己說，那些字眼有著安慰的作用，因此他又說了一次，「我是空的。」

他的人生在過去幾年盪到谷底，這一點並不是新聞，他也很清楚。可是至少他相信自己擁有回憶，和希西莉雅與瑪雅共同生活的那幾年，活在光亮之中的珍貴記憶。

可是那也不是真的，連那些都不是。

他吃吃地笑，又吃吃地笑。接著他趴在地上舔馬桶旁的地板，一路舔到馬桶上。味道鹹鹹的，他的舌頭黏著幾根頭髮，可是他還是繼續舔。沿著邊緣清潔，舔掉馬桶座上那一層，吞下累積在嘴裡黏黏的垃圾。

所以。就這樣了。就這樣了。

他爬起來，深呼吸幾次後說，「我是空的。」

好了，他既已說出口，便都完成了。他用較為穩定的雙腳走到餐桌前坐下，眺望著固瓦岩，燈塔開始把訊號送入夜色之中。他漂浮在大海上，處於平靜無波的狀態中，沒有期待的波浪或虛假的記憶模糊他的視界。

妳離開了我。

是的，那個感覺還存在時，他一直無法明確的指出來；可是如今那個感覺消失了，他才感受到其空虛。瑪雅已經沒有和他在一起了。他把她趕走，她離開他了。

空的。

他頭靠在手臂上坐了半個小時，當他接受過去的情況時，感到冰冷徹骨。瑪雅很難帶，他常常希望他們根本沒有生下她。他曾經大聲說過幾次：他真希望她可以消失。他們可以拿她換一隻狗，一隻很乖的狗。

我希望她消失，於是她消失了。

只要不順她的意，她就大哭大叫踢人。如果東西沒有達到她要的效果，她馬上摔東西，任誰也阻止不了她。有一次，電視上一個卡通人物說了什麼很蠢的話，她拿起花瓶丟向電視螢幕，後來他們再也不敢讓她看兒童節目了。他們花了多少個小時撿起瑪雅丟在地上的珠子，花了多少個小時處理撕開的畫簿和漫畫？

當時是這樣的，是有過這樣的情況。就像家裡住了一個怪獸，每一步都得小心翼翼，無時無刻都得保持警覺，以免觸怒她。他們去過診所，見過兒童心理學家，可是都沒有用。他們只能希望她長大後會有所改善。

安德斯牙齒格格作響，他把身上的毛毯拉得更緊。

這就是他深深內疚的原因，他試圖喝酒擺脫、以不懈的努力成功壓抑的想法：一切都是他的錯。是他希望瑪雅消失，就這麼消失，結果真的發生了。是因為他才發生的。

「孩子出事時，所有的家長都會自責，」希西莉雅強迫他一起去看家庭治療師，那個人是這麼說的。這無疑是事實。可是，這些家長至少能說自己的小孩被車撞了，得了癌症或在森林裡迷路不是他們的錯，至少他們未曾希望這樣的事發生在自己的小孩身上。如果他們曾經如此希望，至少他們的孩子是以自然的方式失蹤的——如果這種事真的存在。

瑪雅就這麼不再存在，彷彿從來未曾存在過，彷彿她被……許願送走。不可能這樣發生的，因此是安德斯的希望把她變不見的，這個解釋和其他的解釋同樣合理，因此他打算就用這個解釋。無論以什麼角度來看，他總是得到相同的結論：是他殺死了自己的小孩。

只有當瑪雅離開他，只有當他把自己喝到不省人事之後，那最後的一絲希望才出現在黑暗中：他開始重新塑造回憶。在日夜酩酊之時，他塑造出新的過去，在那個過去裡，瑪雅一直很完美，他很愛她，就這麼簡單。

他對她從未有過不好的想法，因此她的失蹤是無法理解的。那是一個與他無關的大悲劇，他愛女兒甚於世上的一切。

原本他的過去是這樣的。直到現在。

電話鈴聲響起時，安德斯嚇了一跳。他沒有心力去接，鈴聲響了六次之後再度陷入沉默。他沒辦法跟任何人說話。他不存在。他什麼也不是。

他把頭靠在手臂上，聽著空虛，想到一件先前沒有想過的事。

如果當時我想擺脫她……那麼為什麼她失蹤這件事會感覺這麼糟糕呢？我是說，我應該很……高興才對，我的願望終於實現了。

他從椅子上站起來，轉彎時僵硬、凍僵的膝蓋發出嘎吱聲。

答案很明顯：在內心深處，真正的內心深處，他從來都不曾希望發生這樣的事。不論她有多難應付，他們都有過較美好的時光，快樂的時光，也開始更常出現，維持得更久。他們所希望的改變已經出現，那天去固瓦岩的旅程就是一個例子，有好幾個小時，她的行為幾乎無異於正常的小孩。

當時他很愛那個小孩，那個質疑、熱情、活潑的小孩，他已做好心理準備，等她走過歇斯底里的脾氣和摔東西的過程。當時情況已經好轉，然後她消失了，他只記得自己那些負面的想法，然後又完全傾向另一個極端。

卻從來沒有好好地認識過她。

不，如今他站在廚房中央，身上披著毛毯，意識到可以這樣解釋：他從來未曾好好地認識過瑪雅，而是忙著想方設法。如果小孩能討人厭，那麼瑪雅真的討人厭嗎？他完全不知道，因為他並不瞭解她。

如今她已經離開他了。

天堂

「爹地，人死的時候會怎麼樣？」

「嗯，會……」

「我覺得會上天堂，你覺得呢？」

「……嗯對。」

「所以那邊是什麼樣子？有天使跟雲朵那些的嗎？」

「妳希望是這樣子嗎？」

「不希望。我討厭天使，他們很討人厭又醜，看起來很蠢，我不想跟他們在一起。」

「那妳想待在哪裡？」

「這裡，可是在天堂。」

「那我認為就是會這樣。」

「才不會！是上帝決定怎麼辦的！」

「這樣的話，我想上帝可以決定每個人都能依照他們的願望。」

「可是那是不可能的。」

「為什麼？」

「因為如果這樣的話，每個人都有自己的天堂，上帝不會喜歡這樣的。」

「妳這麼認為嗎？」

「對，因為上帝是白癡，他把所有的東西都變糟糕。」

家訪

快八點了，安德斯坐在廚房餐桌前拼湊著前一段人生的斷簡殘編，努力讓自己振作起來。就在此時，他聽到小綿羊機車的聲音。

他們來了。

他差點忘了亨利和畢昂。經過漫長的沉睡，他們已消逝成遙遠的夢境，只是發生於久遠的事，和他一點關係也沒有。可是他們來了，全世界最可憐的男孩決定繼續執行大海的命令，他們要來抓他了。

來吧。

小綿羊機車的引擎在空轉，好像一直停留在一檔，也許他放火破壞成功了。咆哮的引擎聲越來越接近安德斯的房子，他等著引擎停止，大門打開的聲音。他已經斷念了，雙手上下交疊放在桌上，等著將要發生的事。

引擎聲接近房子後並沒有停止，而是繼續沿著外牆，越過岩石，在廚房窗外停下，這時才降低轉速，發出隆隆聲。他們在等他。安德斯往前扶著餐桌站起來，把毛毯當外套披在肩膀上，走到窗前。

他看到他們在岩石上的身影，亨利坐在駕駛座，畢昂在貨架上。安德斯打開門子推開窗戶，亨利關掉引擎，只剩下無聲而單調的嘎嚓聲。

「你們想怎樣？」安德斯問。

「我們也許死了，」亨利說，「可是我們就在——」

「少來這套，你們到底想怎樣？」

「我們想打得你滿地找牙，因為你在打擾我們。別再打擾我們了，換作是我的話就會收手，真的。」

「為什麼？」

「這麼說好了，因為你關心的人可能遭遇不測……」亨利繼續狂熱的引述歌詞，可是安德斯沒在聽。他已經轉身背向窗戶找手電筒。畢昂懷裡抱著什麼東西，倘若是如他所想……

手電筒在放雜物的抽屜裡，他一把抓起打開，一個箭步衝到窗前用手電筒照著畢昂，亨利還在喋喋不休地繼續引述只有少數人知道的歌曲〈昏迷中的女友〉，他怎樣有機會大可以殺人之類的，沒完沒了。

手電筒的光束照在畢昂身上，他雙腿交叉坐在貨架上，懷裡抱著一個穿著紅色雪衣的小孩，衣緣的反光線發出白光，那是瑪雅的雪衣，她失蹤那天穿的那一件。

安德斯也許花了很長的時間什麼也沒做，光是思考，可是現在所有的想法都在瞬間一掃而空，只剩下行動。他穿過廚房跑到起居室，同時，背後小綿羊機車的引擎又開始運轉。

卡住的前廊大門使他損失了寶貴的幾秒鐘，他用肩膀猛撞，結果跌到前廊裡，正好看到小綿羊機車的燈光在岩石上起伏，朝著大海的方向而去。

現在給我逮到了吧，你們這些混蛋。你們無處可逃了。

安德斯若是停下來思索片刻，也許便能意識到，亨利和畢昂不會笨到以為他只會站在那裡看著他們帶他女兒騎車離開，而他們騎向大海的方向這件事很是奇怪。

可是他沒有停下來思考。他看到瑪雅在畢昂的懷裡，聽到亨利威脅要傷害他，根據這兩件事起而行動。他腳上只穿著襪子，兩步跳下前廊台階，看到亨利和畢昂在海邊。

安德斯捲起嘴唇，露出掠奪者的笑容。他們無處可逃了。就算他們是鬼魅，可是小綿羊機車只是普通的小綿羊機車，無法穿越水面。他忘了自己以前見過他們，現在也沒有武器能對抗他們。他腦袋裡唯一的想法是：逮到你們了，還有他體內的苦艾所知道的事實：他們無法傷害他。

他們騎在海面上時，安德斯和他們之間的距離只剩下五公尺。安德斯憑著意志力拼命向前衝，結果在岸邊跌倒。小綿羊機車越過碼頭旁的水面，亨利向他揮手再見，只留下安德斯站在岸邊，拳頭抓緊，腦門充血。

那是不可能的！他們不能這麼做！

「停下來，你們這些混蛋！停下來！」

亨利轉頭揮揮手指。安德斯在盲目的憤怒下衝進水裡，卻發現那並不是水。他走了幾公尺才驚覺自己站在冰層上，有那麼一瞬間由於太過訝異而停下腳步，他用還在手上的手電筒照照四周和眼前的景色。

大海還沒有結冰，可是亨利和畢昂的背後有一條結冰的堤道，寬度正好足夠讓小綿羊機車騎在上面，一條結冰的橋從他們進入海水之處開始延伸。

安德斯開始跑。

若是在不同的情況下，他會很訝異自己居然跑在碼頭的海面上，低矮的波浪打在兩側。可是，此刻他只看得到自己和瑪雅之間的那條直線，他把她抱在懷裡前必須跨越的距離。

他大步跑著。每跑一步，濕掉的襪子就黏在冰層上，得用力拉一下才能扯開，因而使他腳步踩得很穩；他開始追上了，開始追上了。在他跑上海面之前，他們之間還有二十公尺的距離，現在他每跑一步，他們之間的距離就縮短一點。小綿羊機車的速度並不快，他追得上的。

然後呢？

他甚至沒有在思考這一點。

高掛天空的月亮投射出一條銀色步道，和冰層形成的堤道交會，固瓦岩燈塔的光束正對著安德斯。那就是他們的目的地，可是他們不會得逞的，他會阻止他們。不論用什麼方法，他都會阻止他們。

他已經從岸邊跑了約三百公尺，雙腳已失去知覺，只是一雙凍僵的肢體在幫助他前進。他已經非常接近小綿羊機車，在月光下甚至看得到亨利的髮絲。他努力驅動身體做最後衝刺，這時，有東西從貨架上掉下來。

安德斯腳一滑，踉蹌地跪在冰層上，小綿羊機車繼續朝大海而去，他用手電筒照著眼前的包袱。

瑪雅，瑪雅，瑪雅。

毫無疑問是她。他用手電筒照明時看到雪衣胸前的補靪，那是瑪雅穿不上時，生氣的用刀子刺了一個洞，而希西莉雅用小熊邦瑟的圖案補起的補靪。

「甜心？親愛的？」

安德斯爬到瑪雅身邊把她拉近，抱起雪衣，卻放聲尖叫。

她沒有頭。

他們做了什麼。他們做了什麼，他們做了什麼……

他眼前一黑，癱軟在那已經沒救的短小軀體上，就這麼倒在她身上。無所謂了，她沒有頭，沒有雙手，沒有雙腳。

黑暗使安德斯的腦袋緊繃。他聽到在遠處做夜間飛行的海鷗。瑪雅的身體被他壓在下面，擠壓在一起。

安德斯在冰層上縮成一團，微微抬頭，用手電筒照著雪衣的領口，裡面並沒有身體。他虛弱地伸手觸碰裡面的東西，是海草，雪衣裡塞滿了浸濕的褐藻。

他動也不動地躺在那裡消化這件事，海鷗的尖叫聲越來越接近。他感覺到什麼冰冷的東西滴在耳朵上，抬起頭，縮起雙腿起身，懷裡還抱著那件雪衣。

他看到小綿羊機車在一百公尺外掉頭，頭燈如邪惡之眼般瞪著他，越來越接近。

陷阱。這是個陷阱。

他轉身朝岸邊蹣跚地跑幾步，腳下嘎吱作響，水沫四濺，剛剛踩在腳下的冰層已開始融化。跑了約十公尺後，他已經踩在水面下了，腳下的冰橋開始傾斜。

他緊緊抓著雪衣繼續跑，幾公尺後，腳下的冰層開始破裂，他沉進水裡。安德斯沒有武器，只有月亮看得到他。他躺在冰冷的海裡，頭燈越來越近。

聰明。他們真聰明。

不過他們忽略了一個很小很小的細節。他們用來塞滿雪衣的褐藻在某種程度上可以用來輔助漂浮，因此安德斯沒有馬上下沉。在冰冷和海水吞沒他之前，他得到一分鐘的緩衝時間。

他的身體已經凍僵了，幾乎無法活動，只剩下一股純粹、無意義的直覺想要自保。他開始划向岸邊，感覺骨架和碎冰鏗鏘作響。

小綿羊機車經過他身邊，亨利和畢昂煞住車擋在他面前，可是安德斯的眼睛彷彿結了一層冰，他們的影像很模糊，背後上百個微弱的輪廓在星空下移動著。

海鷗也加入他們了。

他感覺體內有一股平靜與一絲溫暖。結束了，他的努力白費了，不過也不重要了。至少它給了他些什麼，讓他看到瑪雅的雪衣，那也不錯。他會帶著它一起前往海底的墳墓。唯一難過的是，海鷗也會爭相撕裂他，也許在他尚未……就啄他的眼睛。

「過來！」亨利大叫，卻被包覆在一群海鳥之中，「尋找你所愛的人！」海鷗高頻的尖叫聲充滿夜空，朝著小綿羊機車上的男孩俯衝，撕裂他們的頭髮，啄他們的臉。

畢昂站在貨架上，對著粗暴拍打著翅膀的海鳥出擊，可是他每趕走一隻海鷗，就有五隻停在他的身上，啄著他的衣服，鳥嘴戳進他非人類的肌膚裡。

安德斯眼皮一陣抽搐，只想睡覺、下沉。這時他感覺溫暖，眼前有一幅美麗的景象。海鷗的白色翅膀在月光下閃閃發光，它們猛烈地捍衛他這個小小的人類。

美麗的海鳥，謝謝你們。

安德斯左手還緊緊抓著瑪雅的雪衣，雙腿已不再移動。亨利和畢昂騎著小綿羊機車急速逃走，消失在固瓦岩的方向，一群海鷗追著他們。安德斯虛弱地用右手划水，希望能再漂浮一下，享受這美麗的景象。

晚安，拍打的浪花。晚安，拍打的浪花……

他以為亨利和畢昂擺脫了海鷗又回過頭來，可是不知何故，越來越接近的引擎聲卻不一樣。他凍僵的思維緩緩地在腦海裡移動，一面下沉。海水蓋過他的眼睛，流進嘴裡，這時他才想到也許那引擎聲是來自希蒙的小船。

引擎減速，轉到空檔，安德斯剛好有時間喝下幾口冰冷的海水，一隻手抓住他的頭髮把他往上拉。

接著他以無法理解的方式被撈上船，彷彿海水把他往上拋離海面，使他跌在甲板上。

安德斯平躺著，抬頭看著星星和希蒙的臉。一隻緊握的拳頭放在安德斯的眉毛上，他覺得自己看到海水如一團蒸氣般離開身體，感覺到一股溫暖的熱氣流竄過他的血液，接著他便失去意識，什麼也看不到，什麼也感覺不到了。

陌路

所以抱我，把我一路抱回家。
抱我走上小徑，
繞過房子，越過門檻進屋去。
用你的雙手把我抱進去
如眼皮般溫柔地打開。

——米雅．傑維德（Mia Ajvide），《如果一個女孩想消失》

大海又贏了一次

小船停靠在碼頭，安德斯躺在甲板上。希蒙繼續在水靈的協助下弄乾安德斯的衣服，使他的身體暖和。他要求水拋離安德斯的身體，可是沒人幫忙拉他上岸。

那天下午，希蒙和安娜葛蕾塔一直注意著安德斯的房子，關注燈光是否亮起，安德斯是否回家。他們在村子附近散步找他，打了電話也沒人接。夜晚來臨時，他們開始認為他搭上了補給船離開度瑪雷。希望如此。

可是，第二天希蒙去他家試衣服時有一股不好的預感。

安德斯回到島上時，心目中對瑪雅的印象已經過調整，希蒙從未質疑過這一點，似乎也沒有理由這麼做。對希蒙而言，那是安德斯面對悲傷的方式，只要對他有用，他很樂意讓安德斯繼續活在自己的幻想中。

可是情況改變了。

艾琳・葛隆瓦爾在卡度南放火燒房子，卡爾艾瑞克和拉薩・拜芳抓著電鋸發狂，蘇菲亞・拜芳把其他小孩推下碼頭。討厭的人回到度瑪雷了。

希蒙不知道是否真的能說瑪雅是個討人厭的小孩。希蒙也曾和她發生爭執，瑪雅情緒陰晴不定、過動、暴躁，絕對稱不上是個「乖」小孩。是的，有人跌倒受傷她會大笑。是的，她喜歡用手把蝴蝶捏碎。可是討人厭？希蒙也在瑪雅身上看到熱愛生命及生動的想像力，用在對的情況下，對她的未來很有益處。

可是就算如此……就算如此。

倘若瑪雅或瑪雅的一部分真的附身在安德斯的身上，那麼安德斯認為附著在自己身上的是個天使，就不是什麼好事，他應該知道無法保證瑪雅會為他著想。

那天稍早，安德斯希望希蒙為瑪雅的優點掛保證，希蒙卻做不到，多少就是因為這個原因。目前的狀況下，已經不可能這麼做了。

安德斯在甲板上抽搐著，希蒙把拳頭放在安德斯的額頭上，透過他的血液再傳送一波溫暖。安德斯左手還緊緊抓著那件紅色雪衣，希蒙也認得那件衣服。

這怎麼可能？

希蒙正拿著幾件衣服站在臥室的鏡子前比著，就在這時候，他聽到有人大叫：「停下來！你們這些混蛋！停下來！」他丟下衣服衝到廚房窗前。

在月光下不容易看清楚碼頭邊發生了什麼事，而且他所看到的景象一點也不合理。不過，他還能分辨什麼是緊急狀況，因此盡快一跛一跛地衝出外門跑下碼頭。

等他跑到船邊時，安德斯已經在港灣遠處停下腳步。

水靈，水靈……

幸好火柴盒在希蒙的口袋裡，他用手指包住火柴盒，覺得自己看到事件的真相。安德斯也有一個水靈，可是和希蒙一樣什麼也沒說，否則該怎麼解釋大海裡一道黑影上的冰層？

希蒙把汽油打進引擎裡，拉起阻流瓣，發動引擎。他過於不安，因此加油時忘了推回阻流瓣，導致引擎熄火，又花了一會兒工夫才又發動。這時安德斯已經轉頭朝岸上前進，也已開始下沉。

希蒙看著小綿羊機車的頭燈越過海面朝向安德斯而去，意識到另一個水靈也許不是正確的解釋，而他所有的知識都不適用。解開繫纜繩前，他只成功地思考到這裡，接著他全速前進，朝著月光下的那群海鳥駛去。

安德斯咳嗽了幾次，張開眼睛。他看著希蒙，微微點頭，接著把雪衣緊緊拉到胸前說，「他們設計我。」

他沉默良久，動也不動地躺在甲板上，搓揉翻轉手上的雪衣。然後他撐著坐起來，背靠著中央的座位，低頭看著自己的身體，猛拽身上的襯衫。

「我怎麼沒有……濕濕的？」他看著希蒙，皺起眉頭，「你怎麼把我弄上來的？」

希蒙抓抓頸根，研究雪衣上的補釘。邦瑟有一堆蜂蜜瓶子，應該是非常快樂，不過，月光並沒有明亮得足以讓希蒙看出他的心情。

安德斯轉頭看看港灣裡希蒙撈起他的那個地點，「沒有發生嗎？剛剛那……沒有發生嗎？」

希蒙用力眨了一次眼睛，清清喉嚨說，「喔有發生，而且我認為……有好些事你需要知道。」

安娜葛蕾塔家的電視開著，卻沒人在看；她偶爾有這種習慣，也可以說是壞習慣。在人們大吼大叫的聲音下，希蒙讓安德斯坐在廚房餐桌前，幫他披上毛毯，倒了一杯白蘭地。

安娜葛蕾塔走進起居室關掉電視，鋼鐵灰的摩天大樓前一名汗流浹背的男子消失在螢幕裡。跟著她進起居室的希蒙低聲說，「他得知道，所有的事。」

安娜葛蕾塔面不改色。她仔細端詳希蒙的臉，細微到差點察覺不出的點點頭說，「那他也會——」

「我知道，」希蒙說，「可是沒有差別，它已經衝著他來了，他得知道到底是什麼情形。」

他簡短地告訴安娜葛蕾塔發生在港灣裡的事，他們一起進了廚房，坐在安德斯對面，告訴他來龍去脈。

離開

浴火重生。安德斯從未真切地瞭解過這四個字，至今仍然無法確切地知道什麼叫做必須經歷烈火的考驗才能改變，不過大概能體會那是什麼感覺。

他經歷過絕望，一無所有，之後便追逐炙熱的希望。他在短短幾分鐘內從冰冷的大海到快速溫暖的過程，和煉鋼正好相反，就是這種感覺。他被軟化了，每根神經都浮出表面，他的身體就像腐爛的梨子般鬆垮，如果沒有抓住餐桌的邊緣就會分解成小水窪，喝下的每一杯水都使他覺得越來越稀釋。

安娜葛蕾塔和希蒙正訴說著度瑪雷過去的故事，和大海的協議，失蹤的人。關於迫害他父親的島嶼，最近大海的改變。

安德斯聆聽著，知道自己聽到的是驚人的事實，卻沒有完全消化，只是聽到而已。他的目光不斷轉向掛在廚房爐子前烘乾的紅色雪衣上。

他盡可能專心地聆聽，可是聽起來還是像個很古老的故事，一個與他無關的故事。他的故事是瑪雅的故事，如今那個故事已經結束了。「他們設計我」，這個想法像牙醫鑽頭的哀嚎聲般，不斷地在他腦海裡迴盪。他們。還有瑪雅。

瑪雅也參與了這一切。她離開他，回到他們身邊。如今她也屬於邪惡之靈了，那些被處死、犧牲、或在自由意志下前往大海的壞人。所有的一切只是為了設計他而存在的遊戲，為了引誘他去固瓦岩。

而他也去了。倘若不是海鷗出現，他們也許會在白天對他下手。海鷗並不是要對他下手，而是在保護他，在他和想對他下手的東西之間形成一道牆。

你帶我一起去，然後你離開我。

他一直都感覺到瑪雅的存在，起先以為是房子的問題，然後才意識到她在自己的體內。現在她已經離開他了，他知道這一點。她做了必須做的事，然後就離開他了。

隨著時間流逝，他在適當的地方發問，好讓故事繼續說下去。他害怕和自己的思維獨處。

固瓦岩。

它是禮物之石，給予，然後奪取。再奪取。

如今它奪走了一切。安德斯已聽不到希蒙和安娜葛蕾塔的聲音，只是瞪著瑪雅的紅色雪衣，真的結束了。講白一點，已經沒有什麼值得活下去的理由了。

我為什麼該活下去？

他一面聽著背景的嗡嗡聲，努力思索自己為什麼該繼續在天堂與人世間苟活，卻找不到理由。一個人有固定的機會，固定的路要遵循，他已經走到每一條路的盡頭了。

只剩下對痛苦的恐懼。

他沒有注意到的是，當他在思考選項時，希蒙和安娜葛蕾塔已經停了下來。

他最不想做的就是投水自盡。上吊很恐怖，還不一定能成功。他沒有安眠藥。喝酒喝到死太久了。有那麼一刻，他從外面看著自己原來的樣子，發現這些想法使他平靜。他終於下定決心，感覺……不是很好，可是比較不那麼痛苦了，他的內心深處甚至有一股麻麻的期待感。

一切都會好轉的。

那最後、另一邊的確有東西存在的微微閃爍的可能性，一個地方或一種狀態，有歡娛，也有快樂，一個為他而設計的地方。那不是他的信仰，可是……

什麼事都有可能。

對，什麼事都有可能。過去幾個禮拜不是證明了嗎？我們什麼都不知道，什麼都有可能，所以為什麼不可能有天堂或樂園？

然後他想到了，那把散彈槍，希蒙和安娜葛蕾塔的故事裡提到的散彈槍。他知道安娜葛蕾塔很不會丟東西，所以那把槍應該還在房子裡，也許在藏衣閣裡。

安德斯自顧自地點點頭。散彈槍是個好主意，滿足他所有的需要：快速，成功率高；使用救了他父親的槍來拯救自己的生命，有一種任性的美感，用同一把武器結束一切。

就這麼決定了。

一旦下了決心，想好方法，他才意識到廚房裡的沉默。他擔心自己可能不知不覺中大聲說出來，因此對希蒙和安娜葛蕾塔露出一抹不帶情緒的微笑。

「對，」他說，「有很多事要思考。」

安娜葛蕾塔的目光彷彿能穿透他，安德斯說完後深思地點點頭，彷彿他們真的給了他什麼該思考的事。其實他們說的故事他只聽到片段而已。

「安德斯，」希蒙說，「當這一切……都在發生時，你不能待在破厝裡。」

安娜葛蕾塔接下去說，「你要待在這裡。」

安德斯點了很久的頭，然後說，「謝謝你們，很棒，謝謝你們。」他看著希蒙，「謝謝你所做的一切。」

你為什麼不讓我沉下去？

希蒙質疑地看著他，安德斯在記憶裡搜尋一些細節，好證明自己認真在聽。他找到後便說，「真是難以置信……水靈的事。」

「是的，」希蒙說，可是緊繃、警覺的氣氛並無緩和。安德斯意識到自己的表現不太好，而且被注意到了。如果繼續這樣下去，他們會轉移到新的話題，他不希望如此。因此他讓自己身體癱軟，說，「我真的累壞了。」

至少這一點是事實，他也得到期望的反應。安娜葛蕾塔去客房鋪床，安德斯和希蒙則留在廚房裡。

「還有白蘭地嗎？」安德斯問，只為了有話好說。希蒙拿起瓶子再幫他倒了一杯，安德斯記住瓶子放置的地點，萬一需要酒精幫助他執行計畫。

他一口喝光白蘭地，完全沒有效果，只是吞下去後消失在身體的黑暗中。希蒙還看著他，似乎想問些什麼，可是安德斯搶先接續他先前講過的故事，堵住他的話頭。

「拜芳家好奇怪，」他說，「他們似乎都……受到影響。」

使他如釋重負的是，希蒙上鉤了，「我思考了很久，」他說，「為什麼只有某些人受到影響，艾琳、拜芳家、卡爾艾瑞克，還有你。」

安德斯來不及阻止自己就已經說出口，「她離開了。」

希蒙向前靠在餐桌上，「誰不見了？」

安德斯大可以不說，可是他聳聳肩，盡可能一副不在乎地說，「瑪雅離開我了。我自由了。都沒事了。」

安德斯聽到安娜葛蕾塔的腳步聲下樓，他站起來，把毛毯摺好放在椅背上，希蒙也起身。安德斯先過去擁抱他，以免他再繼續問問題，「晚安，希蒙。謝謝你所做的一切。」

希蒙拍拍他的背回應他的擁抱，安德斯卻一點都不想哭。那個決定是如此清明，他在每一層意義上都已經死了，問題只在於現實世界裡決定死亡的時間和地點。

安娜葛蕾塔解釋第二天的安排，安德斯全都點頭。他注意到當你已經死去時，一切都變得很容易，很簡單。死亡是完美的解決之道，神奇的解藥，每個人都應該試試看。他上樓時看到藏衣閣的門。

什麼時候？

盡快。他意識到目前漂浮在胸口那股模糊的幸福感不會維持太久，倘若延遲，那咆哮、無底的黑暗會再度回轉。必須盡快進行，盡快。

進入安娜葛蕾塔房間對面的客房時，安德斯聽到樓下希蒙和安娜葛蕾塔的聲音。她放了一些衣服讓他第二天換穿。他脫下衣服上床，覺得像第二天要過生日的小孩一樣興奮。他的內心裡看得到瑪雅在床上上下跳著，撕開禮物，一面——

不要。走開。走開。

安德斯推開瑪雅的影像，引來舌尖一股金屬味。感覺嘴唇含住槍管，手指放在扳機時，他的胸口一陣刺痛。他吞沒這個影像，再度感覺平靜。

過了一會兒，他聽到安娜葛蕾塔和希蒙上樓進入對面的房間。到了這個階段，他已經深深地沉浸在自己的死亡之中，真的就這麼悄悄離開這個世界，墜入夢鄉。

尋水棒

「你這個老糊塗，你是怎麼想到這種事的？」

「只是覺得時候到了。」

「是你的主意嗎？」

希蒙遲疑片刻，戈藍笑了，拍拍他的肩膀，「對，我就知道。這一點都不像你，可是很像安娜葛蕾塔會做的事！」

希蒙扯個鬼臉淘氣地說，「對，可是我也想結婚。」

「對啦對啦，我不懷疑這一點，」戈藍說，「我只是很難想像你……單腳下跪。」

希蒙看了一眼戈藍僵硬的雙腿和辛苦的步伐，「我也很難想像你單腳下跪。」

他們踏出森林，走向位於下坡的卡度南。最嚴重的殘骸已經清走了，不過一些不得不砍掉的樹木破壞了卡爾格倫家花園的戶外廁所，這些砍掉的樹枝和原木應該會在花園裡再放一陣子，因此他們得穿梭前進。戈藍踢開一個空塑膠瓶說，「其實我不知道到底有沒有意義。」

「什麼事？」

「嗯，我們晚上注意這邊的動靜以防萬一，可是也不能永遠這樣下去。」

「你想到自己的小屋？」

「對，如果這樣繼續下去，我猜我家遲早也會受害，除非抓到他們。」

戈藍的小屋位在卡度南的南端，與霍里耶的父親賣給仲介的地區只有一排樹林之隔。希蒙瞭解戈藍的不安，大火加上不當的風向，火勢很快就會蔓延到戈藍的房子。這麼一來，就算挖了水井也沒什麼意義。

「我們先看看進行得如何，」希蒙說，「我是說，你總是可以晚點再開挖。」

「沒錯。」

他們穿過村子，看了一眼葛隆瓦爾家舊日的夏日別墅。希蒙想到以前住在裡面的女孩與她的遭遇，喉嚨一陣乾澀。他們抄小路到戈藍家。

「你對這些事的看法如何？」戈藍問，「你看得出什麼頭緒嗎？」

「一點也沒有，」希蒙說謊，拿出花楸木做的尋水棒，其實這只是用來做做樣子而已。

「你覺得能在這裡找到乾淨的水源嗎？」戈藍問，「我知道以前出過問題。」

「等著瞧吧，」希蒙說。他們走向房子，他一面偵測水源。

戈藍坐在前廊看著希蒙在花園裡緩緩地走動，一手拿著尋水棒，一手放在口袋裡。戈藍覺得這種技巧很奇怪，他曾經兩度看過別人使用尋水棒，那些人都是雙手拿著分叉的樹枝，他從沒看過、也沒聽過希蒙的單手技巧。

喔算了，就戈藍看來，只要希蒙能找到乾淨的水源，就算他用嘴巴含著樹枝倒著走也無所謂。不論這種意見有沒有價值。

戈藍嘆口氣，轉頭看著祖父在一百多年前蓋的小屋正面，覺得這樣的浪費真是糟糕，只要一絲火苗就會抹去這部分的整段家族歷史。

當他回頭看著花園時，希蒙已停下腳步，低頭看著地面。

所以畢竟還是有水源的。

戈藍起身走到希蒙身邊，希蒙抬起頭與他四目交接，站立不動。哪裡不對勁。

希蒙雙眼睜大，嘴巴張開，樹枝從手上落下，好像受到重擊般搖晃著。

「希蒙！」

戈藍沒有聽到他的回答。他走到在草地上搖晃著的希蒙身邊，他眼睛茫然，勉強擠出幾個字，在戈藍耳裡聽起來像是：

「我……知道了。」

舊線索

安德斯在內外皆安靜無聲、空無一人的屋裡醒來。沒有東西在移動，只有房子本身隱約的聲響，他躺在床上瞪著白漆木製天花板。一切都沒有改變，黑暗勢力已經準備好猛撲，能牽制的唯有他的決定。

他下了床，緩慢而謹慎地穿上安娜葛雷塔準備好的衣服，然後悄悄下樓。廚房的時鐘指著十一點十五分，希蒙和安娜葛蕾塔正出外進行他們個別的任務。一切照常進行，他打開樓梯下方的門。

藏衣閣裡有兩個房間，每間約七到八公尺見方，原本打算當作嬰兒房，如今裝滿各式各樣早已遺忘的廢物和回憶，可能用到但從未使用的物品，最靠近門邊的地方放著工具和繪畫用品等較實際的東西。

他經過一疊用瑞典國旗覆蓋的衣服或碎布，走進裡面那一間。窗戶的一部分被擺在盡頭的舊桌子遮住了，因此光線比較暗，黴菌和久遠年代的味道也比較明顯。他打開燈。

房裡塞滿了舊漁網、農業用具、紡車及類似的物件，來自「古董巡迴」節目的人一定有辦法在這些廢物裡找出有價值的物品。他所尋找的物品就在眼前，靠在一張壞掉的椅子上，彷彿在等著他。

他蹲下身子拾起那把雙管散彈槍，翻過來找到彈匣，裡面是空的。安德斯低下頭，黑暗豎耳聆聽，悄悄地接近，對他而言彷彿腹部的疼痛般，隨著時間一分一秒過去，越來越痛。

他把槍管塞進嘴裡，用嘴巴含住，手指勾住扳機。黑暗停止，後退了點，他得到緩期。

他雙手顫抖地放下散彈槍，在地上、桌上、漁網後方尋找子彈，對黑暗的恐懼使他全身顫抖。他掃開一疊疊的舊報紙，把手伸進五斗櫃的抽屜後方，摸到一粒粒乾掉的老鼠屎。

他坐直身子，拉出最下面那層抽屜，在舊刀石和已經無用的鑰匙之間找到了那只盒子，不起眼的棕色紙盒裡裝著七發子彈。他吐了口氣，拿出一顆子彈研究。

比起散彈槍，這顆渺小的死亡工具相當新。圓柱型的紅色厚紙板裝著一團緊密的鉛彈，底部就是金色引爆裝置和導火線。

安德斯挑開子彈底部中央的小圈圈，只要撞擊那裡，導火裝置就會引爆，進而爆炸，發射子彈。

真的很簡單。

他把槍對著自己，把子彈推進內徑，使槍管復位。他撫摸著擊鎚往後拉，直到它也歸位。

這麼簡單。

這把槍的構造是用環狀槍孔包覆薄薄的擊鎚，用突出的部分敲擊引爆裝置，然後就……結束了。再過幾秒鐘，一切就會結束了。

最好的作法大概是用槍托抵住牆角，這樣後座力才不會使槍移位，否則子彈可能把他打成碎片卻未能奪命。他環顧房內，決定漁網後方的角落最容易清理，這時才注意到自己的自私。

今天是他們的大喜之日。

可是他等不及了。他小心放下槍，拿起一綑漁網。

你可以等。你可以等一天。

他停下動作，把漁網掛在手臂上，搖搖頭。

不論有多難，你都必須等待。為了他們，你不能這樣對待他們。

他知道確是如此。他把漁網貼在胸口，等著黑暗撲上懲罰他的猶豫，可是沒有發生。它信任他，它可以等。

明天。

他知道希蒙和安娜葛蕾塔第二天要前往芬蘭小度蜜月，他可以到時再下手。他也可以顧慮到他們，不要在這裡、他們的房子裡下手，這樣的自私難以言喻。而且，他很清楚該在哪裡下手，禮物和奉獻的完美場所。

他輕輕推回擊鎚，把上膛的槍放在漁網後方，回廚房裡倒了一杯咖啡，等待希蒙。

希蒙沒有出現。

他們約好一起搭一點鐘的船，可是十二點半、十二點四十五分了，依然不見希蒙的蹤影。安德斯以為一定是自己前一天晚上心不在焉而聽錯了，他們該在碼頭碰面才對。

為了他們，他必須再假裝活著一天，這是他最後一次考慮到他人。等他們度完蜜月後回來才發現已經夠糟了，可是沒辦法，他不能光是為了讓他們高興而繼續活下去。

不過他會再假裝一天。他抽根菸，在玄關的鏡子前檢查自己的外表是否符合參加婚禮的標準。白襯衫和長褲都略嫌寬鬆，不過鞋子卻意外地合腳。他在掛鉤上找到希蒙的舊外套穿上。

關上大門時，迎接安德斯的是又一個灰濛濛的陰天。他覺得自己大概可以撐過這一天，槍已上膛，準備妥當，再過二十個小時就能用上了。

目前，黑暗勢力似乎滿足於執行準備的工作，當他下坡走到汽船碼頭時，甚至有幾次將目光移開。

希蒙也不在碼頭上，那裡聚集了約二十人，大家都穿著最好的行頭，正要前往納丹參加婚禮，可是新郎卻不見了。安德斯去找艾洛夫・隆德貝，他穿著一件非常華麗的大衣，與他不離身的軟帽格格不入。

「你見到希蒙了嗎？」

「沒有，」艾洛夫說，「難道他還沒到嗎？」

「對，我猜是如此。」

安德斯走開，試著回想希蒙說了什麼。

他說要去幫戈藍家找水源對不對？

安德斯看看四周，戈藍也不在碼頭上。他無法引以為傲，不過安德斯內心燃起了一絲絲不當的希望：發生了什麼事，使得婚禮必須延期，讓他今天畢竟還是可以回到藏衣閣裡。

補給船悄然靠岸，婚禮賓客一面聊天談笑，一面上船。船倒退時，安德斯站在船首眺望著希蒙的碼頭，也許他開著自己的船去了納丹？

可是希蒙的船停靠在碼頭邊，卻到處不見新郎的蹤影。

合格證明

安德斯整趟船程都待在船首，沒有跟別人交談。船停靠碼頭後他第一個跳下船，快步走向教堂，婚禮賓客跟在後面喧嘩地聊著天。

納丹教堂位於近海小丘上一處美麗的地點，教堂的庭院涵蓋岸邊的整片山坡，點綴在所有教堂文件上。具有象徵意義的船錨如煞車般安頓於此，彷彿要阻止墓碑和十字架落入海裡。

婚禮還有半小時才開始，安德斯猜想婚禮的主角通常會在教堂庭院大門後方的社區中心，等候時間到來的那一刻。他走上台階敲門，沒人回應，他直接進去。

兩張長桌已擺設完成準備宴客，房間中央較小的餐桌上展示著裝飾奢華的自助餐。他聽到房間另一頭的門後方傳來女人的說話聲。

應該告訴她。

賓客的聲音越來越接近，安德斯走到房間另一頭，敲敲門打開。

安德斯已決心一死，一切輕如鴻毛。然而，看到祖母穿著華麗的新娘禮服時，還是不免令他很意外。安娜葛蕾塔的灰色長髮梳成波浪狀，在窗外微弱光線的照射下，如銀色瀑布般流瀉。米色禮服上的白花加強了星光閃耀的效果，使她容光煥發，臉上的化妝很有技巧地凸顯了雙眼的神采。她身邊兩名同齡的女子撥弄著禮服。安德斯迅速看看房內，沒有希蒙的身影。

「我看起來怎麼樣？」安娜葛蕾塔問。

「很棒，」安德斯誠實的說，「希蒙來過了嗎？」

「沒有，」安娜葛蕾塔眼中的光芒黯淡了一絲絲，「他還沒到嗎？」

安德斯搖搖頭，安娜葛蕾塔打算自己出去看，可是其中一名女子拉住她說，「別擔心，他會來的。站好不要動。」

安娜葛蕾塔無助地張開雙臂，彷彿表示自己被俘，「去跟其他人一起等吧，」她說，「我確定他會來的。」

安德斯退出房間，留下她和她的守衛。他做了該做的事，已經不是他的問題了。可是他為安娜葛蕾塔難過，因為她是如此美麗，如此盛裝打扮，如此期待。他的小祖母。

他知道希蒙不會出現。不知為何，他被移動中的力量所擄，就是這樣。希蒙不見了，安德斯打算搭三點的船回去，結束自己的悲愁。

他走上教堂，透過敞開的大門往裡看時，時間是一點四十五分，牧師正在祭壇上調整花瓶裡的白玫瑰。教堂長椅上坐著約三十名賓客，他們有的搭補給船前來，有的來自納丹本地，有的自己開船前來。

安德斯順著斜坡走到墓園，徘徊於墓碑之間，在家族墓園前駐足良久，他的父親及祖父的名字孤零零地刻在托里尼和瑪雅的名字下方，安娜葛蕾塔應該會確保自己的名字加在那一排孤單男人的名字下面。

希蒙呢？希蒙會埋在哪裡？

兩點多時，賓客紛紛走出教堂詢問發生了什麼事，為什麼婚禮還不開始。安德斯繼續沿著下坡走到岸邊，以免受到詢問。他停在一座巨大的船錨前，讀著上面的銘刻。

「紀念那些命喪大海之人。」

安德斯一手撫摸著生鏽的鑄鐵，以及經過處理的木頭。他埋在船錨下方比較合適，因為他早已命喪大海，卻在乾枯的陸地上毫無意義地徘徊了許多年。他順著船錨頂端延伸到地上的鐵鍊。

這東西連到哪裡？

他看著鐵鍊消失在地底深處或海底深處，在內心把身體用力丟向鐵鍊的方向，跟著它向下而去……

……鑽進海床的黏土裡，鑽進泥淖和藍黏土裡，鑽進沒有生物能生存、只有完全靜默之處……

他的思緒被教堂前的呼叫聲打斷，人們指著大海的方向。安德斯轉過身，嘴角終究上揚成微笑。港灣裡一艘小船朝著他們駛來，一艘搖搖晃晃的玻璃纖維船上裝載著二十匹馬力的艾運樂引擎，是希蒙的船。

婚禮賓客如一群焦急的綿羊般湧下斜坡，聚集在小船駛近的岸邊。小船距離陸地約一百公尺時，安德斯看出船上的兩個人是希蒙與戈藍。戈藍開船，希蒙坐在船首，頭髮吹散在耳畔。人們鼓掌歡呼。

魔術師最後一次出場。

小船並沒有駛向港灣，而是直接朝著船錨下方的斜坡駛去。戈藍把引擎打到空檔，最後幾公尺漂浮靠岸。希蒙爬下船，賓客合力把船安全地拉上岸。

希蒙的目光尋找著安德斯，正要開口說些什麼，但賓客抓住他的手臂把他拉向教堂，安娜葛蕾塔雙手交握胸前站在教堂前等著他。這樣的出場效果十足，不過，安娜葛蕾塔若是希望這天不要那麼引人注意，而是稍微莊重一些，也沒有人會責備她。

安德斯跟在他們後面幾步之遙，等大家都進了教堂，他才在最後一排坐下。

讓愛來臨

婚禮的描述就省略了。

奇怪的是，婚禮的描述並不是那麼有意思。我是說，兩個人在上帝面前互相許下永恆的承諾與忠誠，這應該是相當愉快的事，其實卻不然。

而是像恐怖故事一樣，只是情景相反。當怪獸終於露出真面目時，總是令人失望無比，永遠無法符合我們的期待。婚禮也是一樣。愛情路上蜿蜒的旅程充滿驚喜，有些準備工作近似作戰，而整件事背後的基本想法既美麗又使人眼花撩亂。

可是儀式本身呢？

你得找來夏卡爾、莫札特和大衛魔術背後的技術人員，才能使現實媲美想法。人們翱翔在空中，有閃電、瀑布，交響樂團使石膏從牆上掉落在新婚夫婦頭上，盤旋後朝天花板飛舞而去。

納丹的教堂裡沒有這種事發生。

只消說希蒙和安娜葛蕾塔向彼此說「我願意」，管風琴演奏出適合的音樂，許多人都很感動，這樣就夠了。不過發生了一件很美麗的事。安娜葛蕾塔是容光煥發的新娘，希蒙則是一團糟，他是穿上了禮服，可是看起來彷彿匆匆忙忙，領帶歪了，襪子的顏色和長褲不搭，頭髮亂七八糟。

不過還是讓歡樂無拘無束！讓愛來臨，讓愛勝利！

讓這對新人走上教堂台階，讓安娜葛蕾塔兩個知道該怎麼進行的朋友在他們身上撒上碎花紙，讓我們聽到背景天使的合音，讓我們看到從島上收集多月的瀑布般鴨絨羽毛，讓它們像白雪般的蘋果孤挺花從天堂落下，彷彿天父張開溫暖雙臂時從他手中落下。

對！

對，對，對！

接著讓我們一起到社區中心享用自助餐。這一天還沒有結束，還長得很。我們走吧。

水

賓客紛紛在餐桌前坐下，安娜葛蕾塔拉著安德斯坐在她身邊，另一邊沒人，使安德斯鬆了一口氣。他對面坐著安娜葛蕾塔的兩位朋友，安娜葛蕾塔介紹她們是葛達和麗莎，之後兩位女士就專注在她們自己身上。

賓客填滿盤子，打開自己選擇的啤酒或非酒精飲料。這一切當然一點也不新鮮，幸好希蒙的出場令人難忘。

可是希蒙還沒完。

安德斯恭喜祖母，再次告訴她她有多美麗，也靠過去祝福希蒙。可是希蒙心有旁騖，以牢牢刻在臉上的專注表情瞪著桌面，嘴唇微微移動。

安德斯正要說什麼把他拉回現實，希蒙突然起身，用叉子敲敲鄰居的瓶子。

「親愛的朋友們！」他說，「有些事……」他停下來看看安娜葛蕾塔，她正質疑地看著他。他清清喉嚨再試一次，「首先我想說的是，你們今天來到這裡我有多麼高興，我多麼有……福氣，才能娶到這位不可思議的奇女子，上山下海都找不到比她更棒的了。」

有些人笑了，賓客傳出零星的掌聲，安娜葛蕾塔得宜地低頭。

「還有一件事……我不知道該如何……我有事得告訴你們，我不真的知道該如何……有太多……」

希蒙環顧四周，大家一片沉默。一名賓客已經把叉子舉到嘴邊，為了等待希蒙尋找適當的字眼而放下。

「我想說的是，」希蒙說，「既然有麼多度瑪雷的人聚集在此……也許這並不是最恰當的場合，我也不知道該怎麼說，可是……」

希蒙又停下來，安德斯聽到葛達低聲對麗莎說，「他喝醉了嗎？」麗莎點點頭，緊閉雙唇成一直線，安娜葛蕾塔試探地在桌底下拉拉希蒙的褲管，想叫他坐下。

希蒙做了決定，挺起腰桿更清楚地說，「沒有什麼明智的說法可以婉轉表達，所以我只能直話直說，你們自己決定該怎麼解讀。」

麗莎和葛達靠在椅背上，雙臂交握胸前，以嫌惡的表情看著希蒙。其他賓客則面面相覷，不知道接下來要發生什麼事。希蒙似乎開始談起完全不相干的事，有人挑起了眉毛。

「度瑪雷的水井，」他說，「我知道有些人有海水滲進井裡的問題，海水滲進飲用水裡，進而污染水源。」

眾人紛紛點頭，就算無法瞭解希蒙為什麼提起這件事，至少他說的是眾所周知的事實。當希蒙再度開口時，他的目光偶爾飄往安德斯的方向。

「我們最近也有其他問題，人們突然舉止怪異，甚至……惡劣。我是說人們似乎表現反常，如果可以這麼說的話。」

眾人紛紛點頭同意，他們也同意這一點。無疑地他馬上會提到鱈魚也消失了──另一件單調沉悶但無可否認的事實。

「我想說的是，」希蒙說，「我想出了這兩件事是有關係的，這個……疾病或不管我們該稱它是什麼，影響了那些水井裡有鹹水的人，所以……如果你們家的井裡有鹹水滲入，不要喝！」

如果希蒙希望觀眾發出訝異的驚呼聲及認可，那麼他得失望了。他們大都只是帶著質疑與不解的表情看著他。希蒙張開雙臂，提高音量。

「大海就是這樣入侵的！你們還不明白嗎？它們在海上，然後它們……透過井裡的水找到方法進來。我們若是喝下這些水，它們就會進入我們的體內，然後我們就會……改變。」

希蒙還是沒有得到期待的反應時，他嘆口氣，以斷念的語調說，「我只是請你們相信我的話，別喝變鹹的水，那可以說是有毒的。簡單的說，別喝就對了。」

希蒙重重跌在椅子上，場內一陣冗長的沉默。漸漸地，餐桌上出現喃喃的對話，安娜葛蕾塔彎身向希蒙說了什麼，麗莎和葛達仍然雙臂交握，彷彿在等下一段。

而安德斯……

他彷彿到目前為止只聽見片段的旋律，有時微弱，有時透過牆壁從另一個房間傳來，有時彷彿是經過車輛的音響，音量很大卻又迅速消退，有時只是樹葉的沙沙聲，或夜晚的滴水聲所發出的一、兩個音符。

希蒙的一番話使整個交響樂團走出黑暗，鮮活了起來，使他震耳欲聾，全身無聲。

水，當然，飲用水。

雖然安德斯感覺到瑪雅在自己的體內，卻從來沒有想到原來如此。他不停地從塑膠瓶裡喝那些用地下水稀釋的葡萄酒，有時一天好幾公升。醒來時感覺口渴宿醉，又喝了大量的地下水。

他越來越沉浸在音樂之中，差點使他跌落椅子的是：瑪雅根本沒有離開他，只是他沒再喝水了。前一天，他一整天只喝了稀釋的葡萄酒和苦艾濃縮液，去安娜葛蕾塔家時才喝了些水，而他們的水沒有……受到污染。

安德斯感覺有人把手放在他的背上，希蒙靠過來，「你懂了嗎？」他低聲說。

安德斯微微點頭，連結一切的音樂繼續在他的腦海裡迴盪。永恆的大海，永遠唯一、不變，能滲入每一個裂縫，能散布、延伸，但總是回歸自己。一個巨大的軀體，上億個肢體，從巨大的波浪到蜘蛛腿般細的溪流，找到方式滲入，找到方式穿透。大海，還有存在於其中的人。

希蒙拉拉他的手臂，安德斯恍恍惚惚地起身跟著他。

沒有人有這麼長的手指。

希蒙拉他出去時，安德斯內心看到大海摸索著穿越島上的岩石，穿越岩床的裂縫，進入地底與水井，他的腦海中如誦經般的重複著：沒人有這麼長的手指。沒人有這麼長的手指。

「安德斯，你清醒嗎？」

希蒙在他面前揮揮手，安德斯努力讓自己回到現實世界裡，發現自己站在社區中心的前廊，右手扶著冰冷的鐵欄杆，他緊緊抓住，好讓自己站得穩當些。

「你是怎麼想出來的？」他問。

「幫戈藍找水源的時候，」希蒙說，「我感覺到所有的鹹水從岩石間……」

「感覺到？」

「對，」希蒙從口袋裡拿出火柴盒給安德斯看，接著又收起來。安德斯點點頭，他的確記得這部分的故事。

「然後我想到你家的水，」希蒙繼續說，「最重要的是艾琳家的水。火災後，我被吸引到她家的水井旁，裡面有什麼東西吸引我過去，只是當時我沒有想到。可是我試喝了水，的確是鹹的，比你家的井水還要鹹。從此以後，這個想法就一直跟著我……到今天我才看清楚。」希蒙嘆口氣，看了一眼關起的社區中心大門，「不過，我不認為我成功地說服了大家。」

「你為什麼遲到這麼久？」

希蒙聳聳肩，「我得確認。卡爾艾瑞克家還有拜芳家的水井都一樣，井水帶有鹹味。他們可能在伐木時帶著水壺解渴，我猜喝到某個程度，體內的另一個人就會……出現。」

安德斯靠在欄杆上，低頭看著港灣的方向，下一班補給船要一小時後才會橫越大海。被允許橫越大海。

沒人有這麼長的手指。沒人有這麼長的手指。

他的腦海突然出現一個記憶。他大約十歲，他的父親為了好玩，撒了一副長條型漁網，抓到一尾鰻魚。安德斯站在碼頭上看著父親試著抓住鰻魚弄下船，可是根本就辦不到。

最後，他的父親終於成功地把鰻魚塞進塑膠袋裡，可是它滑出來，他再把鰻魚弄進袋子裡，兩手緊緊抓住袋口，一面辛苦地爬下船。他爬上碼頭後停下來瞪著袋子，哈哈大笑。他的力氣很大，雖然手緊緊抓著，鰻魚還是不斷地頂著袋口，緩慢而冷酷的強行通過他抓緊的拳頭，溜出袋子外，掉在碼頭上，向前撲滑進水裡。

「嗯，是這樣的，」他的父親語帶欽佩的說，「那條魚真的很想活下去。」

後來他們拿這件事開玩笑，他的父親高大強壯，鰻魚小而堅韌，結果鰻魚贏了。

沒有人有這麼長、這麼強壯的手指。

只要你的求生意志夠強，還是有可能穿透的。

進來

六點半，補給船停在度瑪雷的碼頭上，一名不再尋死的男子離開那群歡樂的人下船，跑到島嶼西側。當他爬到與健行山莊相同的高度時，得減緩速度，因為想要重新活下去的慾望並沒有帶來新的肺臟。

安德斯跑到小徑的分岔處，氣喘嘘嘘的他彷彿透過吸管在呼吸，最後一段只能用走的。他經過直挺的松木，打開破厝的大門，沒脫鞋就直接走進廚房裡，靠在水槽前，打開水龍頭，如剛穿越沙漠的男人般喝水。他喘口氣，深呼吸後再喝。挺起身子，喘口氣，再喝一次。

他喝到腹脹無比，差點把冰水吐出來。然後他躺在地板上，左右搖晃時，聽得到水在肚子裡拍打的聲音。

進來，我會抱妳。

他閉上眼睛聆聽著，檢查自己的感覺。

他答應希蒙和安娜葛蕾塔，一做完回家後做的事就回去安娜葛蕾塔的家。可是他還躺在地上，等著肚子裡的水逐漸變得冰冷、分離，等著水溫上升到與體溫相同，成為他的一部分。

妳在那裡嗎？

沒有回應，只有懷疑之爪伸來。萬一希蒙錯了呢？就算希蒙說對了，也不表示瑪雅是站在他這一邊。還有，亨利和畢昂是怎麼拿到雪衣的？

這是最後一次的機會。他在懸崖邊搖搖欲墜，只有輕如鴻毛的一觸，正確的一觸才能救他。倘若沒有出現，他就只能直接掉進黑暗深淵裡。

過來。摸我。

他的體內有一個比身體還要巨大的空洞。彷彿海上吹來的夏日微風吹拂過房裡，帶來一顆鬆軟的蒲公英種子，順著氣流飄浮，終於落在他的皮膚裡層，呵癢後停住。就是如此微弱的感覺，可是他知道。

妳在這裡。

那微弱的碰觸漸漸變得強烈，水所帶來的物質透過他的血液散布，進入肌肉；呵癢變成輕柔的撫摸，存在感更強烈，彷彿那絨毛種子真的帶來其他種子，在他的體內生根，小蒲公英開始開花。他看不到，可是它們在表面之下照亮他的世界，使他淚盈於睫。

哈囉，甜心，對不起，我……原諒我，原諒我的一切。

他尋找櫃子和抽屜，拿出所有的瓶子裝滿廚房水龍頭裡的水，最後，大小瓶子的水加起來約有十公升左右，他全塞進兩個購物袋裡，也挪出空間放那瓶苦艾。

最後，他從臥室裡拿了小熊邦瑟的漫畫，把在固瓦岩拍的照片放進口袋裡，然後離開房子。還沒到安娜葛蕾塔家前，他就拿出瓶子喝了幾大口。

那對新人坐在廚房裡，已換上日常衣裝。一切如昔，卻也不再依舊。雖然表面上看不出來，但新的親密關係已然形成。希蒙看到購物袋時問道，「那是……水嗎？」

「對。」

「我可以看看其中一瓶嗎？」

安德斯拿出一瓶放在希蒙面前。這個舊塑膠瓶上的標籤已經掉了，透過透明的塑膠還看得到微微成霧狀的水。他們三人湊在一起看著，彷彿那是個古代遺留下來的物品，神聖的物件。

看不出有何特別之處，這一點安德斯裝瓶時就知道了。破厝的水一向很混濁，由於含有沼氣或化學沉澱物質，因此總是呈現霧狀，略似鬼魅，得置放在開放式容器裡才會變得清澄。

希蒙拉過一個杯子，看著安德斯問，「我可以……？」

安德斯閃過一絲……保護的直覺，不過他還沒開口，安娜葛蕾塔就已經幫他答話了，「你該不會是想喝吧？」

「我以前喝過了，」希蒙說，「不過這次我只是打算倒出來看看，可以嗎？」

安德斯點點頭，覺得有點荒謬，希蒙居然為了倒出瓶子裡的水而請求他的允許。可是其實並不荒謬，已經不再是如此了。希蒙轉開蓋子倒水時，安德斯覺得很不安，瑪雅在那水裡面，希蒙知道這一點，因此他才請求安德斯的許可，就像處理某人的骨灰一樣，一定要先詢問親屬。

她沒有死，她沒有離開。她……

安德斯突然想到很久以前希蒙告訴過他的事，還是幾天前而已？時間已失去了日夜的意義，希望和無能以奇怪的方式交互混雜著出現。

他正要開口問，可是希蒙的實驗吸引了他的注意力。希蒙拿起火柴盒，把裡面的小蟲倒在左手，右手則伸向杯子。他看了安德斯一眼，把食指和中指伸進水裡，閉上眼睛。

希蒙等待時，廚房裡寂靜無聲。經過三十秒後，希蒙把手指從杯子裡拿出來，搖搖頭。

「沒有，」他說，「尤其現在我知道了，裡面絕對有什麼東西，只是太微弱了。」

有那麼一會兒，希蒙不知道該拿沾濕的手指怎麼辦。由於反射動作使然，讓他正要用褲子擦乾，卻又停下來讓手指自然乾燥。安德斯舉起杯子喝下。

「你真的覺得這麼做好嗎？」安娜葛蕾塔問。

「祖母，」安德斯說，「妳都不知道有多棒。」

他無法抵抗，喝了這麼多水使他很想尿尿。也許那些離開他體內的液體，眼淚、汗水、尿液，不知為何使水裡的東西……從他身上蒸發了。可是沒辦法，他只能再多喝一點。

安德斯前往洗手間時經過藏衣閣關上的門，他透過牆壁向裡面的散彈槍揮手道別，暗自提醒自己有機會要拿出裡面的子彈，才不會害別人發生意外。

他一面清空膀胱，一面審視著馬桶上方的裱框照片。主題很經典：一個小女孩拿著水桶走在一條狹窄的步橋，穿越峽谷，身邊盤旋著有著大翅膀和伸出手的天使，彷彿小女孩跌下的話會接住她。小女孩對危險和天使的存在毫無知覺，只有臉上泛著玫瑰紅及眼中閃著陽光。

就是這樣，安德斯想，*真的就是這樣*。

他完全不知道自己是什麼意思，這張圖片和他的故事有什麼關聯，可是他知道一點：那些偉大的故事是真的，那些超越時間，描繪需要、美麗、危險和慈悲的圖片非常重要。

一切都有可能。

他回到廚房裡，安娜葛蕾塔正在生火，希蒙還瞪著瓶子，彷彿在凝視著水晶球，隨時可能靈光乍現。安德斯在他對面坐下來。

「希蒙，」他說，「霍里耶的太太希格麗又是怎麼回事？」

希蒙抬起頭，「我知道，」他說，「我也在想這件事。」

「你想到什麼？」

「你不記得發生什麼事了嗎？」

安德斯抓著瓶子大口喝下，「不記得，」他說，「有很多事我……很多事就這麼消失了，一開始回到島上的那幾天很……模糊。」安德斯露出微笑，再喝一口，「而且我大概不是……自己，不是真的自己，如果可以這麼說的話。」

「現在感覺怎麼樣？」

安德斯手掌順順胸部，「感覺……很溫暖，不那麼孤單了。希格麗又怎麼回事？」

安娜葛蕾塔把一壺熱騰騰的咖啡放在桌上，在他們中間坐下來。

「我有一件事要說，」她說，先看看安德斯再看看希蒙，視線又回到安德斯身上，「記得我們所知道的和發生的事，聽起來也許很……嚴厲，可是我想說的是……什麼也別試，別想……挑戰大海。很危險，可能會出差錯，可能出很大、很大的差錯，比我們所能想像的還要糟糕很多。」

「什麼意思？」希蒙問。

「我的意思只是……它比我們強大，無限的強大，能壓垮我們，就這樣。以前發生過，而且這不只是我們的事而已，其他人也住在這裡。」

安德斯思索安娜葛蕾塔的話，當然有道理，可是有一點他不明白。

「妳為什麼現在才這麼說？」他問。

安娜葛蕾塔倒咖啡時，手一個不穩倒進盤子裡，伸手拿方糖時也是，「我覺得可能該這麼做，」她說，「提醒你們。」她把方糖塞進嘴裡，喝下一口滾燙的咖啡。

「我發現希格麗時，她入水沒有多久，」希蒙說，「只不過幾小時而已，可是她卻已經失蹤一年了。」

「可是她已經死了是不是？」安德斯說。

「喔是的，」希蒙，「當時她已經死了。」

安娜葛蕾塔把咖啡壺遞給安德斯，他不耐煩的揮手拒絕。她把咖啡壺放回桌墊上，手摸額頭，閉上眼睛。

「你們在說什麼？」安德斯說，「我以為她已經……死了一年，卻只入水幾個小時。這才是詭異之處。」

「不是，」希蒙說，「她失蹤了一年，可是在我找到她的幾個小時前才死於溺水。」

安德斯看著祖母，她依然閉著眼睛坐在那裡，彷彿很痛苦，雙眉之間有一道深深的焦慮。他用力搖頭說，

「這麼長的一段時間裡，她人在哪裡？」

「我不知道，」希蒙說，「可是一定是在某個地方。」

安德斯動也不動地坐著，全身冒起雞皮疙瘩，打了個寒顫，瞪著前方，想到那張圖片，又打了個寒顫。

「瑪雅現在就是在那裡，」他低聲說，「少了身上的雪衣。」

他們三人沉默良久。安娜葛蕾塔推開她的盤子，左右張望，就是不看安德斯，希蒙則把玩著火柴盒。環繞他們的大海呼吸著，顯然在沉睡中。安德斯不動如山地坐著，偶爾打個寒顫，另一個影像如冰冷的刀子般刺入他的胸膛。

他體內的某個部分知道這一點，也許其實他的內心深處記得希格麗發生了什麼事，也許他就是知道。瑪雅的一部分存在於他的體內，另一部分存在於……其他的地方。在這個地方，她找不到他，他也找不到

她。

安娜葛蕾塔打破沉默，轉向安德斯說，「你曾祖父小的時候，村子西邊有一個男人的老婆葬身大海，他從來沒有談過是怎麼發生的，可是也從未停止尋找她。」

安娜葛蕾塔指著東邊。

「你知道那片殘骸嗎？在列丁亞的岩石上？我小時候還有一些殘骸留著，現在都不見了，那就是他的船。我不知道他做了什麼事……惹它生氣，可是無論如何，最後他的船就是在那裡被發現，非常內陸的山丘上，摔成碎片。」

「抱歉，」希蒙說，「妳剛剛說他是來自村子西邊嗎？」

「對，」安娜葛蕾塔說，「我正要說這一點。在一場來自西方的暴風雨之後，他家和附近的房子都……消失了。你們也很清楚，暴風雨不會來自西方，不可能從本土過來，可是這場暴風雨就是。暴風在夜晚降臨後立刻轉強為颶風，八棟房子被……侵襲得片甲不留，五人死亡，其中三個是來不及逃走的小孩。」

她說出最後一句話，目光堅定的落在安德斯身上，「還有一開始出海的那個男人，開始這一切的那個人。」安德斯不發一語，她繼續說，「你知道更久之前度瑪雷發生什麼事，我們昨天告訴你了。」

安德斯抓起瓶子又喝下幾大口，沒有回應。安娜葛蕾塔的表情扭曲，一種介於同情和憤怒之間的表情——不過其實比較像因痛苦而扭曲。

「我瞭解你的感受，」她說，「至少我……猜得到。可是大海很危險，不只是針對你，對於住在這裡的每一個居民都一樣。」她伸手越過餐桌，放在安德斯冰冷的手背上，「我知道聽起來很糟糕，可是……昨天我看到你站在那裡看著船錨，在納丹，的確有人是自然地……溺死，有人失蹤，如果可以這麼說的話。瑪雅也可能是其中之一，你可以這麼看。請原諒我這麼說，可是……為了你自己，為了每一個人，你必須這麼看待。」

移交（我們是祕密）

安德斯坐在客房的床沿。今晚閃過腦海的影像裡，有一幕一直揮之不去，不肯讓他清靜。

瑪雅沒穿雪衣。

安德斯從廚房上樓的時候把雪衣也帶著，小心翼翼地掛在窗前木椅的椅背上。此刻他把雪衣抱在懷裡，前後搖晃著。

不論她在哪裡都會冷死的。

要是他能幫瑪雅穿上雪衣就好了，要是他能這麼做就好了。他撫摸著微微磨損的布料，小熊邦瑟和蜂蜜罐的補靪。

希蒙和安娜葛蕾塔一小時前就上床了。安德斯考慮到這是他們的新婚之夜，也許他們不希望……受到打擾，因此自願睡在樓下的沙發，而不是樓上的客房。不過他們表示這絕對不是問題。就新婚之夜而言，今天晚上和平常沒什麼不同，都是早早上床休息。

安德斯抱著雪衣，掙扎於兩個世界之間。在正常的世界裡，他的女兒兩年前溺斃，只是諸多命喪大海的人之一。在這個世界裡，你可以討論睡在沙發上，得到寬容的答案，人們結婚，享用自助餐。

還有另一個世界。在那個世界裡，度瑪雷受到黑暗勢力的鐵腕所掌握。在那裡，每一步都要小心謹慎，隨時要有心理準備，人際關係可能遭到撕裂。同時，並不是每一件事物都會消失。

邦瑟，邦瑟，邦瑟……

瑪雅會這麼喜歡小熊邦瑟的故事大概正是這個原因。故事裡有問題、有壞人、有笨蛋，可是不曾有過真正的危險，也從不曾真正懷疑過該如何舉止。大家都知道，連邪惡的克羅斯田鼠都知道。他之所以是壞蛋，是因為他的本質如此，不是因為受到排擠而焦慮。

還有邦瑟，他永遠站在好人的那一方，保護弱小，永遠誠實。

不過他可真喜歡打鬥……

安德斯噴口鼻息。瑪雅版本裡的邦瑟比較有趣，他是一隻滿懷好意的熊，不過只要一有機會，就無法克制地惹事生非。

就像瑪雅一樣。

對，也許正是如此。也許就像她破壞了歌曲一樣，瑪雅也必須破壞東西，她必須把這些東西撕裂成碎片，讓它們像她一樣具有分裂的人格，這樣才更有意思。

安德斯拿出帶在身上的一本邦瑟漫畫，發現裡面的故事居然非常吻合目前的情況。白兔小蹦贏得滑雪度假村的假期，結果飯店有鬼，這鬼似乎想抓小蹦，可是一如往常，烏龜甲殼人很清楚狀況。他蓋了一個機器，讓小蹦的戲服掉到隱形的鬼魂身上，鬼魂在鏡子裡看見自己，就不再使壞了。原來他並不是在追小蹦，而是想像他一樣。

安德斯讀這個故事時，感覺腦袋裡有什麼東西關掉了，放下漫畫時才恢復成自己。

我就是那件戲服，那個幽靈。

安德斯想睡覺。他希望瑪雅接手，提供一些指引。他先把椅子拉到床邊，在椅子上放了一支筆和打開的筆記本。接著他喝了三口水，換下衣服，爬上床，緊緊閉上雙眼。

他才閉上眼睛沒幾分鐘，就意識到自己清醒得很，不論多麼希望睡著都不可能辦到。他坐起身子，靠在牆上。

我該怎麼做？我能怎麼做？

椅子上的紙張閃爍著白光，吸引了他的視線，改變了視野的清晰度，使他看到了不同的層次。在那一瞬間他意識到：我是透過自己的眼睛在看。然後，他不再是自己的一部分了。

一陣嘎吱聲使安德斯回到自己身上。他不知道過了多久的時間，只知道自己坐在地板上，眼前放著邦瑟漫畫，手上拿著筆，棉被堆在床上。

漫畫打開在一篇只有兩頁的短篇故事〈布馬的祕密朋友〉。布馬躲在水槽下的櫃子裡，和刷子、鏟子做朋友。當媽咪呼喚布馬時，刷子害怕地說，「我們是祕密，祕密」，然後它就變成普通的刷子了。

書頁上有圖畫，上面畫滿了線條與形狀，卻沒有字母。安德斯唯一能詮釋出意義的，是畫在好幾個格子上的z字型線條，看起來像神殿。

選擇這個故事有什麼特別的原因嗎，抑或僅是巧合，正如鬧鬼的飯店一般？瑪雅就像以前一樣在讀漫畫、繪圖嗎？

嘎吱聲又出現了，這次出現在門外。安德斯嚇了一跳，把棉被拉到自己身上蓋過頭，身體蜷曲，動也不動地躺著。門把試探性地往下壓後打開，安德斯把大拇指塞進嘴裡。

「安德斯？」希蒙的聲音很低、很輕，他關上門，「你在做什麼？」

穿著睡袍的希蒙站在安德斯面前，他從棉被底下爬出來，「我很害怕。」

「我可以進來嗎？」

安德斯朝著床的方向揮揮手，繼續蓋著棉被坐在地上。希蒙坐在床上，看著漫畫，「你在畫畫嗎？」

「我什麼都不知道，」安德斯說，「我對所有的事都一無所知。」

希蒙雙手交握，俯身向前，深呼吸一口，「是這樣的，」他說，「我前思後想，有很多話要說。不過還是先問個問題，你想要水靈嗎？」

「火柴盒裡的那隻小蟲嗎？」

「對，我覺得它可能會保護你。安娜葛蕾塔和我明天要出門，想到你沒有任何保護……我覺得很不安。」

「你以前不是說這是一種約定嗎？」

希蒙從睡袍口袋裡拿出火柴盒，「對，我不知道到底是什麼意思。不過，我認為是死去時會發生很可怕的事。」

「你想交給我？」

希蒙的手轉動著火柴盒，聽到小蟲變換姿勢時發出的刮擦聲和移動的聲音。

「和世上深邃黑暗的事物達成約定曾經使我害怕，也曾使我後悔，可是我就是克制不住。說得客氣一點，當時的我很愚蠢。」

希蒙碰碰不熟悉的婚戒，繼續說下去，「可是，我如果不相信水靈能幫你的話，也就不會這麼建議了。不論在找你的是什麼，都和水有關，而這個水靈……能馴服水。」

安德斯看著希蒙手上的火柴盒，視線上移到綠色毛巾布睡袍，停在希蒙的臉上。突然間，他看起來既蒼老又疲倦，拿著火柴盒的手幾乎快碰到地面，彷彿裡面的小蟲比表面上看起來重一百倍。

「我該怎麼做？」安德斯問。

希蒙伸出手，把火柴盒遞給他，搖搖頭，「你知道這所代表的意義嗎？」

「不知道，」安德斯說，「可是不重要，真的不重要，一點也不重要。」

希蒙既已達到目的，卻又似乎悔恨不已。也許他還是不想讓安德斯暴露在這樣的風險中，也許他不想和神奇的水靈分開。他心不在焉地用大拇指摸摸火柴盒上的男孩圖案。

「你得吐唾沫，」他終於說，「吐進火柴盒裡。你必須給它唾沫。只要你還活著一天，每天都得這麼做，或者直到你……傳給別人。」

安德斯嘴裡收集唾沫，過了一會兒，他向希蒙點點頭，從他手上接過火柴盒打開，讓一坨唾沫從唇邊滴下……

「不要，等一下！」希蒙說，「我們不要——」

來不及了。希蒙伸出手時，一團淚珠狀、起泡的唾沫已離開安德斯的嘴唇，直接滴在小蟲皮革狀的外殼。

安德斯還以為世界上最噁心的莫過於苦艾濃縮液，可是他錯了。此刻進入他嘴裡，進而散布到全身的東西帶有一種非物質的層面，沒有一種味道足以比擬。他彷彿咬了一口腐爛的肉，同時又變成那塊肉。

安德斯一陣乾咳，張嘴又閉上，身體一陣輕微抽搐使得手上的火柴盒掉落。坐在床上的希蒙雙手掩著臉，安德斯側面倒下，抱著肚子，不斷地吐到沒有東西可吐為止。

火柴盒就在他眼前幾十公分處，邊緣出現了一個圓形的黑色身影，接著那隻小蟲離開火柴盒。它的體型變大了，外殼閃亮，平穩地在地板上朝著安德斯的嘴唇前進，想直接從源頭取得更多所需的精神食糧。

安德斯覺得身體很難過，不過還是坐直起來，讓小蟲無法接近他的嘴巴。他雙手顫抖地用火柴盒蓋起小蟲，以不傷害到它的方式闔上。

火柴盒裡很熱鬧，在地上抽動跳動著。安德斯吞下噁心的感覺問道，「它在生氣嗎？」

「不是，」希蒙說，「我覺得應該是相反。」

他注視著安德斯的雙眼良久。他們之間交流了什麼，安德斯點點頭。

離開房間前，希蒙說，「好好照顧自己，」他指指安德斯又指著火柴盒，「只有第一次才會感覺到那個味道。」

安德斯坐在地板上看著水靈，它在自己狹小的監獄裡像某種恐怖的玩具般蹦蹦跳。

他還是不知道該怎麼辦，該怎麼進行，可是他知道一件事。在那深長的凝視中，希蒙已經同意了：**該怎麼做就怎麼做**。

安德斯克服自己的反感，一手握住蓋著的火柴盒，小蟲感覺到他的體溫與存在後冷靜下來，安德斯開始意識到所有「流動」的東西。

他的身體是一個巨大的系統，由大小不同的管道組成，水以血漿的形式流動。在學校學到的知識告訴他血漿裡含有血球與血小板，可是他看不到，也感覺不到，只看到混濁的液體被心臟打到各處，打進他的動脈裡。他看到，知道自己是一棵樹，一棵由水組成的樹，一直延伸到最脆弱的樹枝。

他也清楚地感受到屋子裡所有流動或靜止不動的水，只不過這個感覺所揭露的強度不盡相同。就像X光片一樣，可以透過牆面看到水管迴路的結構，還有他帶來的那些水……

現在……現在……

他握住地上的一瓶水，另一手握住火柴盒。是的，他感覺得到瓶子裡的水，但僅此而已，就像對體內血液的感覺一樣：他只感覺得到水，只是這個感覺更強烈。

他看著蓋在火柴盒上的手，想到詩人托瑪斯‧特朗斯特羅默的幾行詩。其實他不太讀詩，可是特朗斯特羅默詩集的開頭讀了很多次，所以會背第一首詩。

在一天的前幾個小時我們的意識能包覆整個世界

正如手抓住被陽光溫暖的石頭。

就是這種感覺。唯一不同的是，他的意識所包覆的是由水組成的那一部分。他能透過冷水管追蹤水的去向，感覺它在漏水的廚房水龍頭失聯的半秒鐘，緊接著加入薄薄的一層水，進入廢水管繼續往下流出戶外，最後加入他棲息範圍外更廣大的水域裡。

他緩緩鬆開火柴盒，當他逐漸鬆開手時，洞察力也慢慢消退。當他的手碰觸到臉龐時，那個感覺不見了。他是人，不是樹。

這已經遠遠超過使人失去理智的上限了。

安德斯約二十歲時參加過一個派對，坐在一個剛吞下藍色藥丸的傢伙身邊。他們坐在一張玻璃桌前，那傢伙不斷瞪著桌子，幾分鐘後開始哭泣。安德斯問他為什麼哭。

「因為真的好美麗，」他的聲音充滿情緒，「那玻璃，我看得到它，你懂嗎？它是什麼做成的，到底是什麼，所有的結晶、紋路、細小細小的氣泡。玻璃，你知道嗎？你知道它有多美麗嗎？」

當時，安德斯看著那張其醜無比又笨重的玻璃桌，完全看不出有何特別之處，可是他克制著沒有說出口。也許那傢伙服用了其他什麼藥物，因為後來有人發現他在雪堆裡挖路，他的理由是體內的血液開始沸騰了。

你可能會失去理智。

也許，倘若有工具能幫助我們完整地使用大腦和知覺的洞察力，人類真的能看透玻璃，體驗水。可是我們不這麼做，因為最後只會力竭而亡。為了活下去，我們得克制自己。

安德斯豪飲了幾口水，回到床上。那強而有力的體驗使他意識到水的祕密；他筋疲力盡，卻不想入睡，只是蜷曲在床上，連續好幾個小時瞪著眼前的牆壁，壁紙上的花紋形成未知元素的分子結構。

當窗戶滲入的晨光使壁紙變成灰色時，他才緩緩墜入夢鄉，彷彿聽到遠處希蒙和安娜葛蕾塔房裡的鬧鐘響起。他隱約看到他們起床著裝，準備出發度小蜜月。

親愛的，好好玩。

他睡著時，嘴角帶著柔和的微笑。

那些轉身離開的人

往上的階梯其實是在往下……

——凱勒・山德勒（Kalle Sändare）

瑪雅

「放開我！放開我！」

我不喜歡他。他看起來很討厭。我尖叫。另一個人用手摀住我的嘴。我咬他，味道像水。媽咪和爹地為什麼不來？

他們抱我去某個地方。我不想去，我想去找媽咪和爹地。我太熱了，我的雪衣太熱。我們下樓梯，我又尖叫，沒人聽到，於是我開始哭。有很多台階。

我試著看看才能記得回去的路。沒有回去的路，只有台階，而且沒有用。

我在哭。我已經不那麼害怕了，我不再想尖叫，我只想哭。

然後越來越溫暖，有香香的東西。他們不再緊緊抱著我。我不再掙扎。我不再哭泣。

那輛小綿羊機車

安德斯發現自己醒著時，人已經坐在床上了。他全身被汗水浸透，心臟緊縮，有那麼一會兒還以為自己在囚室裡。接著他認出牆壁，壁紙上的花紋，才意識到他還在祖母家的客房裡。

可是他剛剛在那裡，在瑪雅的記憶裡。

他感覺到那恐懼、熱度、來自肺部深處的尖叫。他看到無法理解的台階，看到亨利和畢昂。亨利抱著他，他尖叫時畢昂一手摀住他的嘴。

夢。那是一個夢。

不。艾琳也被不屬於她自己的記憶所折磨，她不可能知道的影像，其他人的記憶。同樣的道理。

*亨利和畢昂。***哈巴與布巴。**

安德斯知道該怎麼做。他捨棄掛在床柱上那些參加婚禮的衣服，拿起角落那堆自己的衣服。雖然經過海水的浸潤，但鬆軟的海利·韓森牌上衣和邋遢的牛仔褲還是散發出令人不舒服的味道，得好好清洗一番，才能除去沾上的菸味、潑灑的葡萄酒和恐懼的汗水味。

可是還是一樣，這是他的制服。他穿上這些衣物，打算等整件事結束後才換掉。他收起地上的瓶子和漫畫，又看到邦瑟漫畫上的線條，原先以為是神殿的z字型線條其實也很可能是台階。

盒。

他喝下幾口水，瑪雅在體內的這種知覺再度熟悉到幾乎無感，只知道的確存在。他吞下水後打開火柴盒。

小蟲變大了，因此火柴盒變得大小剛剛好。安德斯吐下一大口唾沫後，恢復生氣的小蟲開始在狹窄的侷促裡歪扭、轉動。安德斯闔上火柴盒再用手握住，再次感覺到那包覆性的意識，水在他的身邊，在他的體內。

透過薄薄的紙盒，安德斯感覺得到小蟲的動作，覺得為它有些難過。不過，這不是省思動物虐待和昆蟲權利的時候。無論如何，當時坐在餐桌前的希蒙說這並不是一隻普通的昆蟲，它沒有自己的意志，唯一的功能就是像電池一樣成為持有人力量的來源。水靈。

安德斯把瑪雅的雪衣塞在腋下，下樓進廚房。時間剛過十一點，桌上放著一張安娜葛蕾塔寫的紙條，要他好好照顧自己，他需要的東西屋子裡都有，絕對不需要出門。

咖啡機裡有煮好的咖啡，安德斯倒了一杯喝下，感覺到液體通過身體時每一個細微的動作。喝完咖啡後，他從清潔櫃裡拿了一個塑膠水桶，裝了半桶水，坐在椅子上，水桶放在兩腿中間，一手緊緊握著火柴盒，另一手的手指伸進水裡。

他就是知道。

放在水裡的手彷彿像拿著遙控器，或變成遙控器本身，他已經熟悉到不需要看按鍵就能指引水的去向。他的手並不存在，訊號從大腦直接傳達到他接觸的表面。

他要求水以順時鐘移動，接著逆時鐘，他要求水爬上來溢出水桶，讓他的雙腿浸濕。接著他放下水桶，一手放在潮濕的布料上，要求水離開，一團蒸氣噴向他的臉。

我做得到。

當他用光水桶裡的水之後，他把火柴盒放在口袋裡，拿出散彈槍。他手拿散彈槍佇立良久，不確定對自己是否有幫助。金屬的重量使人安心，漆亮的木頭；這是一把武器。

卻不是他所需要的武器，至少不是這樣的武器。他拿出子彈，放在先前找到的抽屜裡，揉揉雙手。他很乾淨。

玄關有一雙軍用物資店買的靴子，是希蒙穿舊的，只比安德斯的尺寸略大。他穿上靴子，在廚房拿了瑪雅的雪衣後出門。

不論亨利和畢昂變成什麼樣的生物，不論他們的組成成分是什麼，他們如何生存，有一件事很清楚：那輛小綿羊機車只是普通的小綿羊機車，有重量，是固體，能被破壞或摧毀，而且一定在某個地方。

安德斯走到村道時才感覺到有多冷。空氣冷冽，氣溫在零度左右。他把瑪雅的雪衣圍在脖子上，把衣襬塞進上衣裡取暖。

他看看四周，健行山莊在右側，左側是往碼頭的下坡路，不太可能。

一個杳無人跡之處。

島嶼西側沒什麼人住，只有向本土的那一面有幾間偏僻、剛蓋好的別墅。他這才想到自己只有小時候去過那一頭，後來就沒去過了。當時他和小團體的人偶爾會去探索未知，但島嶼西側的世界就是不屬於他們，因為他們沒有認識的人住在那裡。

安德斯雙手伸進牛仔褲的前口袋，可是手一碰到火柴盒馬上意識到水的存在，因此又換到後面的褲袋裡。用這種姿勢走路並不舒服，可是他只能短暫地面對這種提升的意識。火柴盒這麼貼近他的身體，這些意識一直持續存在。

經過拜芳家時，安德斯停下腳步。屋子裡沒有生命跡象，戶外的水龍頭閃閃發亮，也許這家人已經搬到本土去了。

誰在那裡？

這棟房子佇立在一座小山丘的頂端，享有海景，距離岸邊至少一百公尺。安德斯點燃一根香菸，測試他的感覺。他看不到岩石裡的水，可是它們一定存在，一定用其長指頭找到路徑，直到能透過閃閃發亮的水龍頭探查，進入人們的體內。

他走向鮮少使用的小徑，在雜草叢裡發現了從前西村房子的地基。最後他走到岩石上眺望納丹，在海上的濃霧裡模糊難辨。他繼續走向森林，越過停耕的農地，發現一座比破厝還要歪斜的舊穀倉，屋頂幾乎倒塌。他以為自己找對地方了，可是穀倉裡只有腐爛的木頭、生鏽的工具和幾堆從來沒有用上的屋瓦。安德斯坐在其中一堆上，深深吐一口氣。

你在哪裡？你到底在哪裡？

他的計畫很簡單。只要找到小綿羊機車就可以找到亨利與畢昂。他會等待他們出現，等他們出現時他會……計畫到此為止。不過他有水靈，總有辦法。

尋找了數小時後，他又累又餓，得先回家吃點東西才有力氣繼續尋找。

他再度回到村道上，考慮回破厝去等，畢竟他們可能再來找他。對，就這麼做。不論會發生什麼事，他決定回破厝過夜，等他們出現。

由於祖母家的食物比較多，他先過去做了一個烤牛肉三明治，一面凝望著大海一面吃下。已經接近黃昏了，他等著固瓦岩燈塔開始閃爍。

他喝了幾大口開始認為是瑪雅水的液體，心不在焉的摸摸電話的號碼轉盤。安娜葛蕾塔懶得換按鍵式電話，就算當你得與電腦化的機構聯絡時變得很麻煩，她還是表示她要和真人講話。

安德斯完全沒有考慮該怎麼做或為什麼，就發現自己在撥希西莉雅的電話號碼，只因為轉盤式電話很好玩，而他想不到其他的號碼可打。

他不認為希西莉雅會在家。電話鈴聲響起時，他的耳畔迴盪著一股巨大的淒涼感，令他萌生一股可怕而確切的寂寞。那種感覺並不是驚慌，或過去掌控他多次的恐懼，而是真正的哀愁，他在這世上完全孤單一人，那是一股令人無法承受的感覺。

「喂？」

安德斯深呼吸一次，盡力壓抑那股哀愁，可是發出的聲音很虛弱，「嗨，只是我，又是我。」

經過一段如常的沉默，希西莉雅從期待愉快的聊天轉換到預期棘手的對話。

「安德斯，你不該打來這裡。」

「對，我猜我不應該。可是至少我很清醒。」

「嗯，這樣很好。」

「對。」

他們之間一陣沉默，安德斯看著下方的破厝在黃昏中等待著。

「記得那次妳用腳踏車載我嗎？我請妳吃冰淇淋之後？」

希西莉雅發出誇張的嘆息聲，不過回答時聲音沒有上次那麼不耐煩。如他所說，至少他很清醒。

「對，」她說，「我記得。」

「我也是。妳在做什麼？」

「現在嗎？」

「對。」

「我在小睡，」她猶豫了一會兒才補充更私人的訊息，「我沒有其他的事可做。」

安德斯點點頭，眺望著大海，固瓦岩的第一道燈光出現時，他的目光正好迎上。

「妳快樂嗎？」他問。

「怎麼可能。你呢？」

「不快樂。妳認識的那傢伙怎麼了？」

「我不想談那件事。你呢？」

「什麼意思？」

「你在做什麼？」

一道燈光，兩道燈光，三道燈光。天色還太亮，間歇性的光束尚未在大海上留下一道路徑。四道燈光。

「我在找瑪雅，」他說。

希西莉雅沒有回答，安德斯只聽到她放下話筒時的喀答聲。他等了一會兒，聽到她在一段距離外哭泣。

「希西莉雅？」他說，又更大聲叫，「希西莉雅？」

她拿起話筒，聲音低沉，「你……你怎麼可能在找瑪雅？」

「因為我覺得找得到她。」

「安德斯，你找不到的。」

他沒打算解釋一切，那得花上好幾個小時，希西莉雅也不會相信。一道閃光，兩道閃光。有什麼事發生了，他突然感覺到來自燈塔的燈光彷彿是溫暖的，是好的。一道光束找到路徑進入他的體內，迸出一小團受到驚嚇的歡樂。

「妳記得他們在爸爸的葬禮上唱的那首歌嗎？」他問，「只要小船能開，只要心臟能跳，只要陽光閃爍在藍色的波濤上？」

「記得，可是……」

「就是這樣，一模一樣，不會結束的，一切都還在這裡。」

希西莉雅又嘆了口氣，他能想像她緩緩搖頭的樣子。

「你在說什麼，甜——」

希西莉雅吞下最後一個字，習慣使然，她正要用他們以前交談的模式，以「甜心」結束句子。她清清喉嚨，用克制的聲音說，「我覺得我們不該再繼續說下去了。」

「對，」安德斯說，「妳大概是對的。可是我祝福妳，我可能不會再打給妳了。」

「為什麼這麼說？」

「那妳希望我再打給妳嗎？」

「不是。嗯……可是你為什麼那麼說？」

「以防萬一。」安德斯吞下喉頭開始出現的哽咽，很快地說「我愛妳」後就掛斷了。他靜坐良久，手還放在話筒上，彷彿為了防止它跳到空中或響起。

沒有大聲說出來之前，他自己也不知道，也許甚至不是事實。可是聽到她的聲音後，聽了幾分鐘她更友善的聲音後，他突然受到影響。也許他只是渴望另一個人，也許只是快樂回憶所引起的懷舊，也許如今他見不到她了才把她理想化，也許並不是真的。

可是愛情？誰能說清楚哪些只是黑暗的需要與慾望的泥淖，哪些又是真愛？這種東西存在嗎？有沒有可能是這種情形：不論動機為何，只要我們真心真意對另一個人說「我愛你」，那就是愛？

不論有沒有瑪雅，他都愛著遠方位在電話線另一頭的那個人。不論理由可能是什麼，不論什麼改變了，事實就是如此。

這時港灣已經快天黑了。安德斯手臂靠在窗台上，看到固瓦岩燈塔的光束如黃金街道般閃爍在水面上，每五秒鐘忽隱忽現。

鋪滿黃金的街道。

他眨眨眼，為自己的愚蠢搖搖頭。就因為他們以前騎著小綿羊機車在度瑪雷到處跑，不表示小綿羊機車就在度瑪雷，有可能在任何一個地方，任何一個島上。大海就是他們的道路，最該知道這一點的就是他。

大海這麼大，大海這麼大……

然而，他們不可能隨時想騎車亂逛，如此一來就會被人看見。一定是某個不是太遠的地方，人跡稀少之處……

安德斯進廚房拿大手電筒，檢查電池的電力。接著他把希蒙的外套加在自己的海利・韓森上衣外，在裡面塞進瑪雅的雪衣後再拉上拉鍊，他看起來像個孕婦。接著他把水靈移到外套口袋裡。

他出門時，天色並不如從屋裡往外看時那麼昏暗，可是大約再過半小時，夜晚就會降臨。他加快腳步走下碼頭，希望戈藍信守承諾，把希蒙的船開回來了。

的確如此。那艘破舊的小船過去幾天裡參與了這麼多，這時靜靜地停靠在碼頭上，安德斯爬上船，解開繫纜繩，發動引擎。

看起來很完美，幾乎太完美了，他不知道亨利和畢昂是否也感覺到這樣的巧合，他就是這麼懷疑。你不可能崇拜莫里西和史密斯合唱團卻不渴望回到最初，一切開始的時間和地點，善惡皆是。

安德斯把船轉向一百八十度，打開節流閥出發，筆直朝貓島前進。

舊地重遊

那些被暴風雨打斷的樹木彷彿飢渴的長頸恐龍般倒在地上，一直延伸到岸邊。官方宣布了法律假期，冬天海水結冰時，有興趣的居民可以前往貓島砍伐需要的木材，重要的是得把這些樹木清乾淨。

可是那裡只有難以處理的巨大棕樹而已，既難鋸又難劈，而且棕木也不好用，因此沒什麼人有興趣。倘若是容易處理的樺樹，就不需要等海水結冰了，人們會開船過來撿取需要的木頭，很快就會把貓島清理乾淨。

可是倒下的樹木還在，黝黑黯淡的樹幹橫躺在岩石上，樹枝從水面四處伸出，彷彿哀求協助的屍骨般，受到大家的忽視與拒絕。

月光漸漸黯然縮小，無助地平衡在少數仍然佇立的棕樹樹枝上。一片片薄雲飄過，安德斯越來越靠近，貓島沐浴在毫無光輝的照明下，彷彿失去光澤的鋁製品。他繞過北角，一座水泥浮標標示著已不再使用的航道，繼續沿著島嶼東側的岩岸前進。

船屋還在原地，水平原木建造的牆壁得經過好幾百年的磨損才會倒塌。船屋上沒有倒塌的樹木。安德斯緩緩減速，最後幾公尺漂浮著前進，關掉引擎收好，以免螺旋槳受損。小船一碰到海床，他就跳進水裡，海水馬上滲進靴子裡。他把船拉上岸，打開手電筒照著船屋。

一切毫無改變，和他上次來訪時一模一樣。他們生營火的地方還在，就是閃亮的煤炭被踢到亨利赤裸的背上的那堆營火。不過，被亨利和畢昂的身體壓扁的草地早已又長高了，其濕氣在手電筒的照射下閃閃發亮。

安德斯檢視船屋大門，幾乎可以聽到門後傳來號角聲，歌聲唱著：「這是最後的倒數……」可是他只聽到在乾燥的松針間低吟的風聲。

他向左走幾步，用手電筒照著屋子的邊緣，果然就在那裡。載貨的木架被火燒壞了，不過還固定在機車上。安德斯用手電筒照著亨利和畢昂的小綿羊機車，汽油蓋閃閃發亮，草地上輪胎的胎痕延伸到水裡。

原來是在這裡……

安德斯坐在最下層的台階眺望著水面，一道海浪打到船尾，希蒙的船輕輕搖晃。鋁般的月光使世界看起來如金屬一般，彷彿結冰了。他背後一棵乾枯的樹幹發出吱嘎聲，他發現自己處於一切的開始，一切的結束。定點，最後的倒數。

十、九、八、七、六……

他從十到零倒數了約三十次，什麼也沒發生。他眺望水面，等待著關鍵人物出現，那些知道、會幫助他的人，願意與否。

安德斯把手伸進外套裡，手指揉揉雪衣平滑的布料。月亮費力地把自己拉離棕樹樹梢，往下看著在台階上的他。他覺得不安，起身拉開門上的木條推開，用手電筒照照屋內。

自從他上次來過之後，顯然還有人來過。他們那一代結束時，新的一代接收了船屋，比較漫不經心的一代。一把木椅被摔爛了，地上四散著一副紙牌，角落放著一堆空瓶子，床上既沒有床墊也沒有被單。

安德斯走到桌前坐下，他的重量使椅子搖晃。他透過小窗戶看到小綿羊機車靠在牆上，彎腰撿起紙牌，本來以為可以玩玩接龍，可是又放棄了，怎麼看都少了幾張牌，他只看得到約二十張。

安德斯向前靠，這時聽到屋外傳來潑水聲，聽起來和海浪打在船身的聲音不一樣。他全身僵硬，接著馬上聽到亨利的聲音。「今晚別來這房子，」他大叫，「這裡有人要拿斧頭砍掉你的腦袋！」

安德斯慢慢坐直身子，放下手上的方塊五，瞪著那菱形圖案，沒有特別的意義，也沒有可詮釋之處。他站起來，把瑪雅的雪衣調整成肚子上的袋子，走到門口。

亨利和畢昂站在台階下方，亨利手裡舉著那把刀刃長得荒謬的刀子。

「這棟老房子，」畢昂說，「有太多不愉快的回憶。」

安德斯坐在台階頂端看著他們。自從那次以來，他們真的沒什麼改變。他們幫自己找的這個地方，使安德斯能透過回憶的濾鏡觀看他們，他看到的不再是復仇的鬼魂，而是兩個可憐的男孩，只能互相依靠。他知道那首歌，所以他說：「我真的很喜歡你，我本來打算告訴你，卻從來沒有說出口。」

亨利放下刀子，眼中輕蔑的表情不再。安德斯掌心向上，朝他們伸出手說，「記得嗎？錄音帶是我給你們的。」

畢昂點點頭要開口，可是亨利比了個手勢打斷他，「你要什麼？」他問。

安德斯手摸摸肚子裡的雪衣，「我要我女兒回來。我認為你們兩個是關鍵所在。」

亨利的唇邊又露出扭曲的微笑，「關鍵？」

「你們兩個可以幫我。」

亨利和畢昂互看一眼，亨利手上的刀子來回搖晃著。他們兩個並肩坐在下層的台階上，沉默地達成某種安德斯看不出來的決定。想到上次的方法有用，安德斯快速想了一下便說：「拜託，拜託，拜託……」

亨利臉上的表情又放鬆了，就好像在地雷區玩遊戲一樣，他們三個緊緊靠在一起，在台階上擠成一團，互相引述著史密斯合唱團的歌詞。可能很平常，可能很溫柔，可是安德斯並不知道是否就是如此。

更加接近……

安德斯胸前一股冰冷而令人打顫的恐懼使他滿腹焦慮，可是他努力不表現出來。他的渴望使他忘了計畫中最基本的一部分，至少可以這麼說。他一口苦艾也沒喝。今天沒喝，昨天也沒喝。而他們也知道這一點，否則就不會坐得離他這麼近了。

畢昂看著亨利，彷彿在等著看他會說些什麼。亨利不發一語地看著安德斯下巴的邊緣，接著他對著安德斯的臉慢慢舉起刀子，安德斯微微後退。

苦艾。我怎麼可能……

「等一下，」亨利說，「等一下，」他的嘴角扭動，「冷靜，等一下。」

亨利用刀子抵著安德斯脖子的左側，安德斯動也不動地坐著，努力擠出友善且帶有興味的表情。他看著亨利的雙眼，可是透過覆蓋著亨利眼球虹膜和瞳孔的那層膠狀的薄膜，他什麼也解讀不出來。冰冷的金屬靠在安德斯的皮膚上，裡面是頸動脈，距離下巴只有幾公分。

「我看得到你的臉，」亨利說，「非常的友善，出自於絕望。可是你的心裡到底在想什麼？」

亨利身上傳來一陣黑暗的情緒，安德斯意識到自己輸了，也許根本就沒有機會贏。這股脈動如抽搐般進入他的體內，命令他的肌肉逃走，可是他還沒有時間跳起來或撲往一旁時，亨利就下手了。

安德斯感覺皮膚上一條燃燒的線燒灼著，他還沒有時間反應，鮮血就開始流出他的體外，一陣一陣強烈地噴出，噴到亨利的臉上、手上、台階上和安德斯的腿上。亨利割破了一條動脈，安德斯直覺地用左手壓住傷口，意識到自己沒救了。

他生命的泉源隨著心跳的節奏被迫流出，從手指間以無法理解的強度噴擠。只有現在，當心臟對他不利時，他才感受到其完整的力量。隨著鮮血從循環系統中找到管道外洩，他感覺到手掌下的每一次跳動就像一次打擊，鮮血順著他的外套流下，不消片刻就把他的上衣浸濕了。

安德斯拍動著眼皮，模糊地意識到亨利起身站在台階前，彷彿要發表演講，畢昂和瀕死的安德斯是他的觀眾。

「所以，世界會在夜間結束嗎？」亨利問，畢昂回答，「我真的不知道。」

「世界會在白天結束嗎？」

「我真的不知道。」

安德斯側身，右手落在外套口袋上，他透過布料感覺到那硬盒子，亨利正在說：「生小孩有意義嗎？」安德斯把手伸進口袋裡握住火柴盒，他的手指彷彿結冰般僵硬冰冷，指甲無助地刮著平滑的盒面。從他脖子上流出的鮮血較為緩和了，可是仍然強勁得足以像微弱的瀑布般噴到眼裡。接著他看到水，看到血漿裡的水離開他，可是沒有力氣做什麼。接著他感覺到火柴盒自行打開，水靈爬到他的掌心，亨利正在說，「所以……不用爭論，冷靜等待就對了。」

它在流動。水在流動。

他要求它停止。這個祈求從他的手上發出，散布到靜脈和動脈組成的整個循環系統。這個祈求在傷口處停止，吸住流動的血液中所有的水分，直到傷口附近只剩下固體、凝結的元素。為了補償失血，他右側的頸動脈開始用力抽動，連皮下也感覺得到那股抽搐。

安德斯謹慎地握住水靈，透過一層薄薄的紅膜，他看到畢昂就坐在前方，背對著他。亨利正在尋找適當的最後一刻，這一刻來臨時，他臉色一亮，張開雙臂，正要開口宣告，安德斯從畢昂背後往前撲，雙手鉤住他。

水。

他看得到。是黃瓜。黃瓜的成分大都是水，卻仍然以固體的形式存在；這一點有些難以理解，可是畢昂就是如此。他的血液、內臟、骨架都是由不同程度慣性的水所組成，而安德斯手裡掌握著這些水。

畢昂想起身把安德斯甩掉，可是安德斯要求熱度，他要求召喚得到的所有熱度，要求手中的水沸騰。

沸騰吧，你這混蛋！

畢昂的體內一波熱流流竄，他向後倒在台階上，幾秒內就變成一攤熱水，燙傷安德斯的手臂和胸部。亨利跑向台階，到達時畢昂正張口尖叫。

可是他卻沒有發出聲音，他口中出現一股噴泉，所噴出的熱水濺到亨利的臉上和胸部，他蹣跚地往後退，倒在一股蒸氣之中。倒在台階上的畢昂在亨利的身上吐下最後一攤沸水，接著頭先著地倒在地上，迅速萎縮，不一會兒就只剩下一堆潮濕、冒煙的衣服。

亨利在草地上掙扎，來回滾動著，彷彿試著消滅身上燃燒的火苗，不久動作變慢，動也不動地躺著。

安德斯彎身向前，努力想站起來卻做不到。他失血時，雙腳失去了所有的力氣，只是一塊扭乾的碎呢地墊。他讓自己像一捲地毯般無助地滾下台階，快滾到底時才伸手保護自己。

安德斯向前爬，畢昂的衣服冒出蒸氣，在夜空中冉冉地蒸發。安德斯爬過他們身邊，感覺得到那堆衣物中所冒出的熱氣彷彿死火山。亨利平躺在草地上，瞪著天空，安德斯奮力爬到他身邊，感覺瑪雅的雪衣在肚子上滑動。

別死。別死。

亨利的臉部開始融化，胸部塌陷，眼睛四周薄薄的皮膚溶解成液體，眼珠子彷彿空洞，燃燒肌肉裡上漆的陶瓷彈珠。亨利的手指在草地上微微移動，彷彿在撫摸什麼。

安德斯爬到亨利身邊，隨著沸水的熱度降低，分解的過程也減緩。亨利殘留的面孔冒出最後幾縷蒸氣，然後攻擊就結束了。

躺在那草地上的不是人類，人類不可能像亨利這樣分解。水不分軟硬的部分，切開他的身體，他左側的下巴和脖子都不見了，臉頰大小不一的破洞穿透到頭部。

如果這樣的傷勢發生在其他人類的身上，那麼會流出鮮血或傳出皮膚燒焦的味道，可是亨利身上沒有味道，只像在沙子堆成的面孔上潑了一桶水，某些部分被沖掉或塌掉，其他部分還在。

「亨利……」

為了看著亨利的雙眼，安德斯用手臂撐起自己的身體。亨利的雙眼還在，只是周圍的皮膚不見了，突出的眼珠子瘋狂地瞪著，他的瞳孔轉向安德斯，安德斯無法分辨出亨利是否在微笑，因為連他的嘴唇都幾乎不見了。

「我可以看……」亨利說，聲音很模糊，那咯咯聲彷彿透過一團液體在說話，「我可以看……你有什麼……」

安德斯不知道亨利的意思，可是這時他手上的水靈在活動，如扭動的手指般想逃脫他的掌握。他舉起手到亨利眼前，很快打開又闔上。

亨利的頭部微微移動，「想也知道……」他說。

「亨利，」安德斯說，「你得告訴我——」

亨利以他非人類、起泡的聲音打斷他，「你為我難過嗎？我要你知道，在我內心深處我真的想離開。」

「睡著。」安德斯說，「我知道，我們在你的小屋聽過，坐在你床上。拜託，拜託，拜託亨利，告訴我。」

「關鍵……」亨利說。

「對，我該怎麼做？」

亨利吐出一抹蒸氣或空氣，被冷空氣轉換成蒸氣，看不出是哪一個。他的胸部又塌陷了幾公分，只剩下微弱的嘶嘶聲，安德斯得把耳朵貼近亨利的嘴巴才聽得到。

「關鍵就在你手上，」一陣短暫的沉默後，亨利說，「白癡。」

安德斯那額外的手指正在他的掌心挖掘跳動著，彷彿在回應。他把自己拉向前，嘴巴正對著亨利完全損傷的耳朵。可是他還沒有機會再問，亨利就發出最後低吟的嘆息：「一定還有另一個世界，一個更好的世界。」

那是他的最後一句話。安德斯向堅持休息的頸部肌肉讓步，額頭靠在亨利頭顱旁的草地上。

再見。白癡。

失血和費勁耗盡了安德斯的力氣，他只能躺在草地上，勉強把頭轉到側邊才能呼吸。時間一分一秒的過去，地面的冰冷使他頭部左半邊麻木。水靈還在他的手上爬行，並沒有試圖逃跑。安德斯感覺得到身體下方的地底溪流與細絲般的水，幾乎與自己虛弱的循環系統合而為一。

我在……下沉……

唯一存在的熱度來自燒灼的喉嚨，疼痛的傷口。溫暖的傷口還在表面，他則下沉到地底的冰冷中，身邊越來越黑暗。他和身體失去聯繫，往下墜落。

唱歌哄我睡……

他已經分不清上下，只是一個勁地自由落體，可是無從得知下方有什麼在等待著他。他在黑暗的水中漂浮、他在溺水。

他試圖吸進不存在的空氣時，肺部緊縮，他的生命只剩下幾秒鐘。可是幾秒鐘之後，他的意識還在無形無體的黑暗中漂浮，拒絕消逝，想著：我以前經歷過，我知道接下來的情況。

對於未知的恐懼使黑暗中的心臟跳動得更加快速。有可能是他自己的心臟，可是在這裡，這種分別毫無意義。有一顆心臟恐懼地跳動著，有什麼東西在接近。

在接近……

黑暗越來越深邃，陰影中再出現陰影。和這陰影比起來，他渺小至極，被吸進陰影的他有如磷蝦被過濾至鯨魚的鯨鬚板一樣。它對他沒有興趣，它過於巨大，懶得理他，但他擋在它的面前，他被吸過去了。

跟我來……跟我來……

一隻手伸進他的掌心，一隻小手又拉又扯，是瑪雅的手。

你得跟我來！

不，我是瑪雅。爹地的手好大。我們一起散步時我只抓住他的食指。他的食指在我的手裡。他為什麼不來？

爹地，快點！

她的手在我的手裡，如此嬌小而纖細，彷彿我抓住的是一根手指。快點爹地，現在爹地，我們得趕快走！

我來了。

他跟著拉著他的那隻手，他拉著跟著他的那根手指，黑暗變換成不同層次的鋁，手指和手變成一隻小蟲，一次深呼吸把充滿鹹味的海風吸進他的肺裡。

我來了。

他的視覺恢復，他又能呼吸了。他躺在草地斜坡上，風啪啪地吹過臉龐，身邊放著濕掉的衣物，彷彿在月光下曬乾。由月亮的位置判斷，他昏迷了很久，也許好幾個小時。船在十公尺外的岸上。

我做不到。

他知道把船推進水裡、發動引擎需要多少力氣，不認為自己做得到。他想繼續睡，可是不要作夢。

快點！

「好啦好啦，」安德斯喃喃地說，腳步蹣跚地站起來，搖搖欲墜地走到船邊。變強的風勢幫了他一把，細小的波浪打在船身，把小船拉向它們，再過一會兒大概就會漂走了。他只消輕輕一推，船就浮在水面上，接著他跟在船後面，爬上小船，翻過橫杆。

他試著張開握著水靈的手，可是他的手指鎖住了。他用另一隻較為靈活的手指把手扳開，把水靈倒進火柴盒裡，瞪著引擎。

拉一次，我做得到的。

第一次沒有發動，他打算放棄，可是咬緊牙關，無聲地祈禱後再試一次。引擎發動了。抓住控制桿前，他先檢查雪衣還在外套裡。

徒勞無功。

他癱軟在船首，幾乎看不到橫杆外，就這樣離開貓島，前往度瑪雷。他知道自己該做什麼，可是他得先休息，恢復一點氣力。

到達度瑪雷的碼頭時，他幾乎已失去意識了。上坡到破厝的路走到一半時，他才短暫清醒，問自己一個問題：

你把船綁好了嗎？

他不知道，也不記得，甚至沒有力氣回頭檢查。如果船沒有綁好，那也來不及補救了。過了一會兒，他模糊地意識到自己打開外門，隨手關上，在書桌上找到一瓶稀釋的葡萄酒，一口喝下。接著他倒在地板上，不省人事。

第一個

安德斯是最後一個。讓他睡，讓他休息。他需要的。同時，讓我們聽聽第一個的故事。

那也是一種童話故事。就像所有的童話故事一樣，細節已流逝於時間的汪洋裡，岸上的我們只得到部分的龍骨、船頭的雕像、與被水侵蝕的航海日誌。

我們只需要知道某件事在某個時間發生了。當時較為人知的故事是度瑪雷的居民捕鯡魚為生，和大海深處的力量結成邪惡同盟。如今這個故事只剩下片段，我們必須以自己的想像力再度建造起這艘船。

因為這個故事是關於一艘船，或者說是關於一艘船的殘骸。也許只是一艘小漁船，這一點並不重要。這艘載運著鹽的船航行在也許是愛沙尼亞和瑞典間的幾條航線上。

船員可能是瑞典人或愛沙尼亞人，無論如何，我們只有一名生還者的陳述。我們假設他是瑞典人，我們叫他馬內斯。

我們在奧蘭海上發現他，他的船漂流偏離航道，在不尋常的十月濃霧中沉沒。驚嚇至極又凍僵的馬內斯成功地攀上斷裂的船尾，呼叫他的船員，可是無人回應。濃霧如毛毯般覆蓋在他身上，使他連承載著自己的殘骸大小都看不清楚。

可是他漂浮在海上。在這場災難之中，他屬於幸運的那一個。他攀上的船體殘骸剛好容得下他的全身。他很幸運。如果不那麼冷就更好了。

由於濃霧並沒有散去，我們不知道馬內斯這樣漂浮了多久，也許好幾天，也許只有幾個小時。他就這樣漂浮在乳白色的世界裡，除了變換姿勢時發出的聲音、或對著虛空大喊的求救聲外，什麼也聽不到。

他首先意識到的不是視覺印象或聲音，而是味道，只有味道，光是那味道就足以使他感覺到溫暖逐漸滲透身體，而且是動物的味道。

過去他也曾經在霧裡迷航。那次他們收起船帆，等待濃霧散去。可是在濃霧散去之前，他們透過那股味道和陸地接觸。堆肥、動物的身體，陸地！有動物就表示有人居住，有人可以伸出援手。他們朝著味道的方向划槳，找到通往港灣的路。

因此，馬內斯雖然內心恐懼，卻仍懷抱一絲希望。他抓住一根鬆脫的木板，朝著他認為是味道來源的方向划行。他一定是划向正確的方位了，因為味道越來越濃。

他聽到母牛的叫聲，濃霧開始四散成幾片薄薄的帷幕。冰冷的感覺消失，將味道傳送過來的微風帶著一絲暖意，不亞於夏日的微風。

也許馬內斯有信仰，也許隨著濃霧散去，他終於看到陸地。馬內斯讚美上帝，可是他幾乎不敢相信自己所看到的景象。

天堂。

那是唯一可能的解釋。他的漂浮偏離航道甚遠，結果來到天堂。他聽說過伊甸園很可能就在某個島上，看來他找到了那個島嶼。

他用臨時的船槳再划了幾次，來到細白的沙灘上。沙灘盡頭有片茂盛翠綠的草地，幾隻餵飽的母牛在吃著草。他看到一棟建造堅固的房子佇立在一片斜坡上，四周圍繞著盛開的果樹。

而且天氣很溫暖，很舒服的那種溫暖。很長一段時間裡，馬內斯什麼也沒做，只是坐在那塊船的殘骸上，張口結舌。他幾乎不敢上岸，害怕若是用腳碰觸，這片天堂會如濃霧般溶解。

眼前的一切都帶著新鮮的味道，全都光彩耀眼，閃閃發亮，彷彿是新的，特別為他而創造出來的。是的，就是這種感覺，每一件事物上都帶著一層潮濕的薄膜，樹葉滴著水，彷彿這個島嶼經過大海的洗滌，只為了見他。

他試探性地把腳伸進水裡，發現沙子形成的海床是硬的。他涉水上岸，穿過沙灘，走向草地和房子。他從歷史中消失，從此音訊全無。

奮戰時刻來臨

清晨來臨時，安德斯感覺到的不是身體的存在，而是傷口。在硬木地板睡了一夜之後，他的四肢疼痛不已，頭痛欲裂，喉嚨撕裂抽痛，手指僵硬，膀胱用力宣示自己的存在，加入這些疼痛所組成的合唱行列。

他睡覺時眼皮黏在一起了，當他在強烈的陽光下睜開雙眼時，連瞳孔深處都冒出一陣疼痛。他靜靜躺著，望著洗手間的門，想知道身上還有哪裡不會痛。他用舌頭彈彈嘴巴內側，發現舌頭沒有受傷，過去幾天裡，他的嘴巴和牙齒都沒有受傷。嘴裡黏乎乎的，味道也很噁心，不過至少不會痛。

他揉揉眼睛，一些乾掉的血塊剝落，把指尖染成淺紅色。他的耳朵整夜貼在碎呢地墊上，已經失去知覺了。他打了個噴嚏，噴出的鼻涕混著血絲。

今天是你餘生的第一天。

他奮力坐起身子，先抓住門把再借力起身，蹣跚地走到洗手間，打開水龍頭喝水，直到喝不下為止。他眼冒金星，得坐著小便，在馬桶上雙手撐頭坐了很久。

暈眩感舒緩後，他起身拉出瑪雅的雪衣。已經不再那麼濕了，可是上面布滿斑斑的深紅色血跡。他把雪衣丟到走廊的地板上，開始換衣服。

海利·韓森牌上衣很硬，他的牛仔褲和T恤都黏在皮膚上。他拉開衣物時撕裂了右大腿的傷口，又開始流血，感覺一陣燒灼的痛。他的身體發出腐臭味，他不敢照鏡子。

熱水鍋爐沒什麼用，他把蓮蓬頭的溫度轉到最高，站在流動的溫水下抬起頭，偶爾喝進幾口水，補充流失的血液。水溫變冷時，他用肥皂洗刷身體，小心翼翼地清洗大腿的傷口。

他閉上眼睛，用沾著肥皂的手指撫摸脖子上半公分寬的傷口，摸到時裡面的肉會痛。他的指尖感覺到脈搏，動脈已在夜間自行修補，可是沒有了皮膚的保護，幾乎完全暴露在外。他仔細清潔那個區域，用已經變冷的清水沖洗。

他站在蓮蓬頭下，讓已經變冷的水沖刷在臉上，不斷喝下。接著他關掉蓮蓬頭，用擦手巾把身體擦乾，發現金星消失了，眼前再度一片清明。

浴室的鏡子布滿蒸氣，他動手擦乾一小片，檢視脖子上的傷口。看起來不是很糟，可是還是看得到結締組織下的動脈如漁網中的小魚般跳動著。他找來幾塊加壓紗布及手術用膠帶盡量包紮好。其實脖子上的傷口需要縫合，可是還要大老遠跑到北塔耶，在急診室等候，試著向醫生解釋……不可能的。

除此之外……

對抗亨利與畢昂及後來涉水上船時，安德斯瞭解了一件事。也許他之所以會瞭解是因為受到創傷，不過他不這麼認為，因為希蒙也說了類似的話：它被削弱了。

大海有弱點，因此希格麗才會飄到岸邊，因此某些失蹤者的元素才能成功地脫逃，穿透水井。大海已出現疲態，氣勢減弱。如果可以的話，如果這種現象真的存在，那麼他打算善加利用這一點。

他一絲不掛地穿過走廊，從地上撿起雪衣繼續走到臥室裡。寒冷使他起了雞皮疙瘩，他從市區帶來的行李箱裡挑了乾淨的衣物穿上：內衣褲、黑色燈芯絨長褲、藍白格子襯衫。他在衣櫃裡找到父親的綠色厚羊毛衣，小心地套頭穿上。馬球衫的領子使他脖子很癢，可是固定住紗布這點倒很好。

他覺得自己彷彿為了即將來臨的處決在盛裝打扮，這種感覺很好，他也已經走到這一步了。他本該打掃打掃，留下乾淨的房子，可是他既沒時間也沒精力。

安德斯檢視瑪雅的雪衣，若是不清洗污漬就不會消失，可是他也沒時間這麼做。他把雪衣纏繞在肚子上，用袖子打了結，把褲管塞進去，變成一個很大的腰包。

他走到玄關，拿起希蒙的外套，火柴盒半藏在口袋破掉的內裡。他把火柴盒拿到廚房裡，坐在餐桌前看著窗外。

顯然他還是把小船綁妥了，至少船尾的部分是如此。船首右側斜斜地背向碼頭，引擎碰撞著石壁，可是大海平靜無波，也沒什麼好擔心的。固瓦岩的燈塔佇立在碼頭後方的港灣裡，彷如晨光中的一個白點，反射鏡突然如傳送信號般閃爍了一下。

別擔心，我來了。

安德斯打開火柴盒讓一團唾沫落下時，水靈正緩緩沿著火柴盒的邊緣移動。它的身體已經變大了，火柴盒的空間不足以容納。當安德斯嘗試闔上火柴盒時，水靈的外殼因擠壓而變皺。

他可以用手指戳一下把水靈推進去，可是這麼做太過分了，畢竟它前一天晚上才救了他的命。他在放置廢物的抽屜裡找到一盒生火專用的火柴棒，他倒出裡面那些比較長的火柴，把水靈移到大火柴盒裡。

安德斯無法分辨小蟲在新的監獄裡是否比較快樂，不過至少這次可以順利闔上火柴盒。安德斯站起來，把新的火柴盒放進褲袋裡。

他應該覺得肚子餓，卻完全沒有，彷彿胃部的空無自行轉變成固體，不願再接受任何食物進入。沒關係，反正他也無法想像吃下食物。

他從廚房的水龍頭接了滿滿一杯水喝光：乾杯，甜心。接著他再裝滿又喝光，一杯又一杯。已經僵硬的胃部包覆著冰冷的液體收縮。

那瓶苦艾放在流理台上，安德斯完全沒有衡量得失，便舉到嘴邊喝了幾大口。他的嘴巴有大便的味道，暈眩感直衝腦門，使他搖搖晃晃。

他背對水槽，咯咯笑著滑到地上。等他一屁股落到亞麻地板上時，咯咯笑變成驚呼的笑聲。他用掌心拍打地板，無法停止發笑，就是必須發洩出來，因此他大聲地唱著：

「雷電蜂蜜，外婆的雷電蜂蜜，開始打鬥前他就吃兩口。」

他一面咯咯笑著，一面踉蹌地走到臥室裡找到邦瑟，把小熊推進後腰上雪衣打結的袖子裡，邦瑟的頭從他的臀部露出來，短腿在他的左大腿上搖晃著。他拍拍邦瑟的帽子說，「我有這樣的朋友真幸運！」他扶著牆壁和家具，成功地穿過房子走到前廊。

一旦置身於新鮮空氣裡，安德斯的腦袋清醒了些。他用指節用力揉揉雙眼，不再咯咯笑，在陽光下眨眨眼。今天這個美好的秋日美麗而平靜，與兩年前那個將他帶到如此境地的冬日頗為相似。

他的雙腳安穩地帶他到碼頭。他以誇張的清晰度看到身旁的大自然，感覺得到大自然裡、他的下方和眼前的水。他脆弱的身體承載著過度敏感的意識，是生鏽金屬殼裡一個複雜無比的有機電腦。

還有全世界最強壯的熊！

他鬆開繫纜繩爬到船上，坐下來拿起汽油桶搖一搖，裡面的液體不祥的來回搖晃。他抬頭凝視著固瓦岩的方向。

嗯，這是一趟單程的旅途不是嗎？又沒有打算回來。

油表上標註油量的氣泡在他放下罐子時沉到底部，他的內心也同時一沉。他換好衣服後，原本已接受宿命的安排，因此內心一片平靜，此刻卻因眼前的現實而消失無蹤：沒必要加油，因為他不會回來。

小船慢慢地、慢慢地向南邊漂流，坐在船上的他雙手放在膝頭，瞪著固瓦岩的方向。接著他很快點點頭，把汽油打進引擎裡，拉起節流閥，拉了發動索。

只要這艘小船能開動……

引擎發動了，他的內心不再發問，推進離合器，盡可能緩慢地出發。固瓦岩越過大海緩緩朝他滑行而來，他的腦袋一片空白，雙眼專注地看著燈塔，看著距離逐漸消失。開了大約一半的航程之後，安德斯看到海鳥還在固瓦岩上飛翔。上百隻、也許上千隻小白點在發亮的燈塔白牆上盤旋，彷彿明亮燈光下的飛蛾。

距離只剩下幾百公尺時，引擎發出喀隆聲，汽油用光了。奇怪的是，小船似乎更緩慢地移動著。他繼續開了一百公尺左右，接著聽到碎裂聲。

安德斯驚恐地看著船身的邊緣，聽起來似乎是玻璃纖維船身逐漸破裂的聲音。他什麼也看不到，可是那聲音越來越大，船身開始震動。

見他的鬼……

引擎再度發出喀隆聲，重新啟動時，彷彿在逆風中掙扎。雖然引擎用盡力氣咆哮，可是船身並沒有向前，震動變成猛然的顛簸與搖晃，接著引擎再度發出喀隆聲。

「快點！快點！」

安德斯轉身用力拍拍引擎，彷彿要阻止它睡著。當他的手從金屬罩上彈回時，他所看到的景象使他瞭解到自己的努力毫無用處。他可以打到引擎流血，還是哪裡也去不了。

整個港灣都結冰了，小船的四面八方都是冰層。引擎再發出幾次喀隆聲後就熄火了。

沒有海浪的拍打聲，沒有風，沒有引擎的嗡嗡聲，只有海鷗在燈塔這祈禱輪旁飛舞時發出的叫聲，彷彿穿著白衣的朝聖者。安德斯歪著頭看著它們以順時鐘方向移動著。

中心軸。

安德斯獨自佇立在荒涼冰凍的大海上，不難看出唯一的聲音和動作來自海鷗。它們在中心軸旁不斷地盤旋，以維持世界的運轉。

他正要飛走的思維被另一個破裂的聲響打斷。這一次，發出聲響的不是船身在結冰的海裡前進的聲音，而是如他第一次所想，是冰塊擠壓船身的玻璃纖維體後使其破裂的聲音，安德斯搖搖頭。

抱歉，沒那麼簡單。

如果現在所發生的事背後存在著某種能思考的實體，那麼它並非特別聰明。當然，此舉成功地使小船完全停下，卻沒那麼容易讓人停下來。安德斯輕輕地拍拍邦瑟，爬過橫杆。冰層承受他的重量，他離開小船，橫越大海走向燈塔。

蜜月

遊輪是一艘漂浮海上的享樂縮影。你走幾步路去用餐，再走幾步路享受免稅購物，繞過轉角去跳舞，該上床睡覺時上一層樓。通常，希蒙覺得這些愉快的改變是因為離開度瑪雷上辛苦的生活，可是在這次的旅途中，這艘遊輪卻使他覺得窒息而非自由。

其實，他和安娜葛蕾塔的艙房比過去更寬敞、更豪華。雖然不是真正的大套房，可是位在甲板上層，還有窗戶。以往希蒙都很樂意入住下層甲板的艙房，讓震動的引擎聲在一旁哄他入睡。前一天晚上，他清醒地躺在床上，安娜葛蕾塔睡在身旁，他卻覺得胸口沉重。

我做對了嗎？

這個問題折磨著他。他把水靈給了安德斯，這個作法的意義，只能說是鼓勵安德斯以他覺得適當的方式解決問題。他這麼做對嗎？

希蒙清醒地躺在床上，聽著海水洶湧的波濤打在船身，懷疑與焦慮使他陷入失重狀態。他承諾把自己和水靈的命運結合在一起，不論最後的結局為何，他並沒有特別害怕。

難道事實並非如此？

難道他其實很害怕，因而利用安德斯消除自己的恐懼？他已經不確定了。他送走水靈時，就已失去了地基與穩定的力量，此刻感覺到的並非如釋重負，而是不愉快的失重感。

希蒙這樣度過他的夜晚。遊輪在黑暗中費力前進，於清晨抵達羅斯拉根海岸區群島外海遠處一座多岩的小島。安娜葛蕾塔醒來後，他們換了衣服下樓吃早餐。

他們拿了麵包、各種配料和咖啡，在窗邊的餐桌前坐下，安娜葛蕾塔仔細觀察著希蒙問道，「你昨晚有睡嗎……」她帶著微笑繼續說，「……老公？」

希蒙微笑，「沒有……老婆……沒睡好。」

「為什麼？」

希蒙用食指揉揉掌心，瞪著盤子裡的炒蛋，炒蛋因船身的震盪而抖動，感覺上他的大腦就是這個模樣。他說不出一個好答案，只能沉默不語，過了一會兒，安娜葛蕾塔問道，「有什麼你得去……做的事嗎？」

「比如什麼？」

安娜葛蕾塔對著他的外套口袋點點頭，「那個火柴盒。」

希蒙食指的動作越來越激烈，掌心開始發痛。他看著窗外，多岩的小島變成群島，他們剛經過南灣島燈塔，再過一小時左右就會抵達卡佩拉赫港。他不再揉掌心了，而是雙手掌心向下，放在桌上。

「嗯，是這樣的……我給了安德斯。」

「給？」

「是的，或是……交出來，傳給他。」

安娜葛蕾塔皺眉搖頭，「為什麼？」

「因為……」

為什麼？為什麼？因為我是懦夫，因為我很害怕，因為我很勇敢，因為安德斯……

安娜葛蕾塔目光堅定地看著他，「做什麼用？」

「因為我覺得他可能需要。」

「做……他得做的事。」

正如希蒙所擔心的，安娜葛蕾塔詞窮了。她雙手放在膝上，張口結舌，看著窗外的島嶼如慢動作畫面般捲動。希蒙拿起叉子，把一小口炒蛋送進嘴裡，嘗起來像灰燼。他放下叉子，船身一陣抖動，炒蛋如阿米巴般朝著盤中央蹣跚而去。

安娜葛蕾塔看著他，希蒙則避開她的目光。船身再度抖動，這次更為激烈，他終於辛苦無比地看著安娜葛蕾塔的雙眼，那眼神裡有其他的含義。

他們互望著對方，引擎的咆哮聲越來越激烈，他們聽到周圍的玻璃和碗盤顫抖相撞，發出鏗鏘聲與劈啪聲。一陣輕微的搖晃穿過整個船身，希蒙被微微向前推，目光仍然停留在安娜葛蕾塔的臉上。

引擎發出咆哮聲，一切都在搖晃。周圍用餐的人提高音量，希望能蓋過嘎嘎聲和咆哮聲。接下來船身發出更強烈的抖動，希蒙的腹部撞到餐桌，安娜葛蕾塔差點向後倒下，不過她抓住窗台保護自己。他們好不容易停下來了。

他們的四目相望被船身上一次的抽搐打斷，他們都看著窗外，希蒙覺得他看得到遠處的列丁亞和固瓦岩佇立在結冰的海裡。他們的遊輪被卡在厚厚的冰層裡，聰明的希蒙瞭解發生了什麼事。

我做了什麼？我做了什麼？

人們從餐桌前起身，一面跑到窗前看發生什麼事，一面大聲交談。一對男女擠到他們的窗前遮住了窗景，存疑地反駁：「太荒謬了……不可能發生這種事……這怎麼可能發生？幾分鐘前我們還在外海……」

安娜葛蕾塔再度捕捉到他的目光，她緩緩地點頭說，「所以，該發生的就是跑不掉。」

她伸手放在他們眼前的餐桌上，手心向上，希蒙緊緊握住她的手。

「對不起，」他說，「我別無選擇。」

「沒關係，我明白，」安娜葛蕾塔說。她鬆開手，看著自己張開的手心，用食指撫摸著掌紋，「我明白，我的老公。」

更美好的世界

安德斯這輩子第三次站在固瓦岩上時，海鷗的尖叫聲與嘈雜聲已屬常態了，他幾乎沒有注意到。它們只是此處一整片聲音裡的一部分，他已經不會害怕了。

他從覆蓋著冰層的大海往上爬到仍是秋天的小島，這裡沒有雪，只有一些灌木叢和樹葉，岩石裂縫間迸出來的草叢也是一片綠意。

他的目的地是島嶼東側。他上次來的時候看過，看照片時也只是一片隱約的背景。他現在才注意到，才敢有系統的整理自己的想法。

他站在東側的岩石上，不瞭解自己為何如此盲目。瑪雅試圖用珠子、用邦瑟漫畫中的線條指示他，這個景象一直都在他的眼前：島嶼東側的扁平岩石以斷續的石階結構通往海邊。

不過那不是石階結構，而是一道階梯。

從他所站的位置看來，最上面那四階明顯可見，接著便消失在冰層下，他在夢裡或幻覺中見到瑪雅時曾經出現過。它們約三公尺寬，每一階約半公尺高，已受到海水和風的侵蝕，如果看不出來也很正常。

可是那是台階沒錯，通往下方的台階。曾經，幾百年前，這些台階必定是完全沉浸在水底下，因陸地上升而使它們得以重見天日。或者，在冰層將陸地往下壓時，它們就已經存在了。安德斯駐足此地，雙手抱著自己，低頭看著台階。

誰會下去那裡？

他手腳並用爬下第一階，這些台階並非建造給人類使用的，甚至也不是由人類所建造，不太可能。什麼人會在史前進行這樣的工程？

他再往下一階，也許沒有第一階那麼高。

是誰？

很久很久以前，超越他想像範圍的人或物曾經使用這條路線上上下下，可是後來變得太老或太虛弱，或太龐大而不再使用，如今只剩下這條通路而已。

再下一個台階，再一個台階。

來到明顯可見的台階底部時，安德斯已站在冰層上，視野邊緣的天空裡充斥著白色海鳥。他伸手進褲袋裡拿出火柴盒，坐在最後一層台階上，雙腳在冰層上方懸盪擺動著。

他打開火柴盒，把水靈倒在手心，再輕輕闔上包覆小蟲。水的知識在他的體內流動，形成新的洞察力。他打開手心，看著如今和中指一般粗的黑色小蟲在手心扭動著。

你屬於這裡。

安德斯脖子上的傷口因摩擦而發炎，他小心地抓了抓，瞪著下方半透明的冰層。水靈昏昏欲睡地在他的手心繞著圈圈，帶來搔癢的感覺。

你就是來自這裡。

小蟲屬於冰層下方、台階底部的那個世界。否則它為什麼會出現在度瑪雷這名副其實被上帝遺棄之所在？出現在羅斯拉根海岸區群島南方一個被上帝所遺棄的島嶼？當然是因為它來自這裡。

他把手舉到與雙眼齊高，研究那閃亮的黑色外殼，這身體退化遺留的一部分看起來就像一小片黑色的肌肉。他對著小蟲呼氣。

「你屬於我嗎？」他低聲說，可是沒有聽到回答。他靠近小蟲，對著它呼出溫暖的氣息，「你屬於我嗎？」

他讓一團濃厚的唾沫落下，小蟲翻身，如滿足的貓般在黏稠的液體中緊緊抱著自己，直到外殼閃閃發亮。

我一無所知。

但他仍然蹣跚地走下台階，再度站在冰層上。他蹲下來用手指碰觸，要求冰層融化。冰層表面出現一層水，接下來他下沉十公分，站在岩石上。

滲進靴子的海水使他雙腳冰冷。從他所站的位置延伸出半徑兩公尺、半圈沒有冰封的海面。透過清澈的海水，他看到三個台階往下消失在黑暗中。

邊緣的冰層至少厚達一公尺，安德斯胸部緊縮，需要多大的力量才能以這麼厚的冰層覆蓋整片大海？他感覺一隻強壯的手壓著胸部，使他幾乎無法呼吸。他抬起頭看看天空。

海鳥已經快瘋了，似乎每隻海鳥都很努力地想佔據他正上方的空間。他頭頂上拍打尖叫的羽毛與軀體之間非常緊密，幾乎無法分辨個別的軀體。

他閉上眼睛，手指撫摸著邦瑟帽子上的綴飾，瑪雅喜歡一邊吸果汁一面聽她的錄音帶。腳下的深海，頭頂高聲尖叫的海鳥，他站在什麼東西的邊緣，身為一個渺小的人類，他無法掌握它的大小。

小矮人在哪裡？看不到！不在那裡！血會流，哈哈哈……

電視上在播放「強盜的女兒羅妮雅」時，瑪雅正好看到邪惡仙子出現，她哭著跑出房間。

安德斯左手抓著邦瑟帽子的綴飾，右手闔住水靈，要求水分開。

他的腳邊出現水漲起和拍打的聲音，水如瀑布般從冰層邊緣噴出瀉落，冰水潑在他的臉上。他的下方出現一個倒V字形，彷彿水被吸進一個洞裡，而不是被迫流過邊緣。不過，那一小塊倒V字並沒有深到足以讓他踏出下一步。

分開！

水靈的力量如低壓電流般流竄他的體內，從他的雙腳進入水裡，可是什麼也沒發生。他盡可能緊緊抓住水靈，知道達成目標的力量就在其中，只是他尚未成功地傳達。他呼出一口氣，提出請求，腳邊的海水再度打起漩渦。一團鳥屎掉在他的頭頂，流到額頭上。他的左臂也中彈，乳白色的糞便從條紋袖子流下。他趁著鳥糞尚未碰到邦瑟前揮揮手臂，擦擦額頭，仰頭大叫：「我到底應該怎麼做？告訴我，別大便在我身上！告訴我該怎麼做！」

海鷗沒有給他答案。它們在抖落的羽毛間對著彼此翻滾，小小的肺部仍然大聲疾呼著，黏稠的排泄物落到水裡，落到冰層上。

噁心，真噁心。

安德斯看著水靈，那小蟲看起來也似一塊糞便。

本來應該很美麗的，卻令人作嘔。

身體的厭惡感對他伸出惡爪，因為他知道下一步是什麼，該怎麼做才能更緊密的連接力量的來源，在他自己和……電池之間創造出更強烈的接觸。

它是電池。我是機器，它是電池。如此而已。

他的胃部不接受這個理論，彷彿受到威脅般痙攣地扭動著，安德斯把右手移向嘴巴，冰冷的雙腳湧上一波抗拒，不斷往上升，打算阻止他，阻止將要發生的事，保護自己。

安德斯雙眼緊閉，張大嘴，彷彿驚恐至極般用右手拍打自己的嘴。水靈飛進他的嘴裡，在舌頭上爬動。他還沒有機會改變心意，他的身體還沒有時間想到其他抗拒的方法前，他就吞嚥了。

下決心是一回事，確定做到完全是另一回事。那肥胖光滑的軀體還沒有下去多遠就卡住了，他的喉嚨緊縮，拒絕吞下。水靈搔動著柔軟的味蕾，就快引起等待著發生的嘔吐，安德斯再吞嚥一次。

他雙手闔起，從大海掬起一百公克的水倒進嘴裡，再吞嚥一次。喉嚨的壓力減緩，水靈滑下去了。

他佇立著，雙手在身體兩側甩動，深呼吸幾次，身邊所有的聲音慢慢安靜下來，眼前的世界開始出現層次，晃動，彷彿透過一層層的蜘蛛網看出去。

然後它出現了。

先前他曾經覺得自己的手像遙控器，此刻那種感覺散布全身，他能控制的不僅止於自己的身體。他就是他所控制的東西。當他低頭看著水面時，他看到的不是水，而是自身的組成，他只是其中的一部分。

他用手抹抹臉，還在。他抓抓臉頰，皮膚緊繃，感覺劇痛。他是血肉之軀，可是不是同一個人。他的身體是他所居住的空間，在那空間之外，他聽得到海鳥的尖叫聲，透過眼睛這窗戶看到自己，他就是大海。

他要求水提供承載他的工具一個安全的路徑，開始走下台階。台階的邊緣沒有水泡，彷彿大海真的分開了，聚集在他的兩側，他在兩道閃閃發光的水牆間走下台階。

台階因海草而濕滑，他小心地往下移動，褐藻的泡泡無聲破滅。他滑了一下，抓住上一層台階保護自己。

這本來就不是給人類走的……

他仍然感覺是大海的一部分，可是先前的意識出現，開始在他輕鬆走下台階、進入大海深處時企圖說服他。

這不是要給人類走的。你會死的。

對。可是他早就接受這一點了，不是嗎？他甚至沒有足夠的汽油回到正常的世界裡。他已經不需要汽油了。他要走下這些台階，看它們通往哪裡，然後就什麼也沒有了。

瑪雅。

他要去見瑪雅。

他已經走下六段台階了。他的左手抓著臀部的綴飾，使他更接近身為人類的身體與意識。他的頭頂傳來拍打和打架的聲音，幾乎所有的光線都消失了。他轉過身。

天空裡只有幾道微弱的光線穿透激烈爭吵著的海鳥群，它們爭先恐後地飛進通道跟隨著他。海鳥拍打的翅膀把空氣打到他的臉上，彷彿它們的肺部被壓縮，或是聲音被改變了。它們跟著他，掙扎著保持距離，他只聽得到它們的喉嚨發出口哨聲和低沉粗嘎的聲音。

偶爾一、兩隻海鷗被擠到邊緣，穿過水牆被吸到表面上。一隻受傷的海鳥落在他面前兩步之處，撞到岩石，動也不動地躺著。

這是不可能的……

安德斯要求水慢慢地在海鷗四周變窄。通道變窄了，海鳥上撲飛過邊緣或俯衝進水裡，游了短短的距離後浮出水面。一片沉靜。安德斯站在第六段台階上，身處一個空氣泡裡，四周如遲暮的黃昏般黑暗。他只感覺得到下一個台階，如此而已。

他繼續往下走。

再下七段台階後，他的周圍幾乎一片漆黑，漸漸稀疏的海草和褐藻終於消失。他抬起頭，還看得到水面的深藍色彷如夏日的夜空，可是幾乎沒有任何光線穿透。他繼續前進。

他越往深處，台階就變得越淺。當他在完全的黑暗中走了三十或四十公尺之後，它們的高度已經與普通的台階無異。他已經失去了對時間或空間的概念，只是一個往下移動的軀體。為了避免意識陷入渾沌，被黑暗吞噬，他開始數台階。

他召喚數字以黃色出現在黑暗的塗鴉牆上，他再以花瓣裝飾，讓小動物在上面跳動，以免他和自己的精髓、這個有思考能力的個體分家。他一直走，一直走。

七十九……八十……八十一……八十二……

他忙著在數字的邊緣裝飾花樣和顏色，才能在巨大的黑暗中繼續當一個人，因此沒有注意到此事的發生。他正考慮從八十二這個數字延伸出來的樹枝上該有松鼠還是喜鵲，這才注意到台階已經不再向下延伸，而是向上。

他停下來看看四周，毫無用處。他身處完全的黑暗中。他可以發誓根本沒有碰到任何一個平台，一個往下的台階停止、往上的台階起始之處。在某個地方，台階就開始……改變方向了。

他試著想像結構上是否有可能，但做不到。唯一的辦法就是有一道階梯自行反轉，上下顛倒。

沒有回去的路，只有台階，而且沒有用。

他現在才明白瑪雅在他夢裡所說的話：台階沒有用，它們都是錯的。可是他繼續往上走。

又爬了二十階之後，安德斯隱約看到頭頂夏日的夜空。再走十階之後，透過水看出去是普通的天空，台階又變得比較高了，他試著爬上一階時跌倒了，膝蓋撞到邊緣。

他坐下來，抬頭看著天空，泡泡裡的空氣已經開始耗盡，他要求通往水面的水分開，一條通道出現，彷彿他用長得驚人的手臂拉開了一道窗簾。眼前的景象使他絕望地低頭。

不，不，不！這一切，現在……

固瓦岩燈塔的窗戶在遠處的陽光下閃閃發光，現在他明白台階沒有用是什麼意義了。他被帶回他的起點。水靈使他穿越水，卻無法進入大海，所有的努力只徒留疼痛的膝蓋而已。

他往後靠在下一個台階上，拉起褲管。台階參差不平的邊緣割傷了皮膚，滲出血來。他露出輕蔑的笑容，仰頭看天。天空清朗，他看得到岩石邊緣上燈塔白得發亮。倘若他要求水在周圍闔上，不知道會發生什麼事。也許他不會死，不過總是有這個可能。

安德斯精疲力竭的對著上方明亮的光線眨眨眼，決定還是等一下。反正很美麗，沒什麼可希望的，不過……

海鷗。

海鷗跑哪兒去了？他的視野有限，可是至少應該看得到一隻海鳥。天空完全沒有生物在移動，只有薄薄的雲層，他也聽不到海鳥的叫聲。

他站起來，再往上爬一層台階，再一層，得撐著身體往上甩，才能攀上最後一層台階。接著，他再度站在固瓦岩的岩石上。

是晚春。

這是一個和暖而舒適的春日，岩石裂縫皆迸出花朵，五月草和蝦夷蔥在溫和的海風中飛舞，粉白的燈塔在暖意充足的午後陽光下發亮。這是美好的一天。

安德斯看看四周，水面上、天空都沒有海鷗，視線所及連一隻海鳥也無。在這溫暖的天氣裡，身上的羊毛衣使他覺得發癢，他脫掉羊毛衣圍在腰間，在腰部瑪雅的雪衣上再打一個結。

他張口結舌地走到岩石邊，看到希蒙的小船整齊地綁好在岸邊，而不是被遺棄在海上。他坐下來，兩手撐著下巴。

我在哪裡？我在哪裡？

他對著太陽瞇起眼睛，海面耀眼閃爍。他研究著小船，不知何故看起來不太一樣，好像比較新……狀況比較好，船身既無刮傷也無裂縫，引擎蓋閃閃發亮。安德斯突然覺得一股不安感襲來，他轉頭面向南邊。

度瑪雷就在應在的位置，地平線上交雜的濃厚處，有如畫在朦朧天空下的一筆棕樹林。可是就像小船一樣，不知何故看起來更……新。狀況較好，較為堅固。

他感覺胃部一陣騷動，彷彿是第一次胎動。他把手伸進襯衫裡放在肚子上，一股噁心的感覺使他意識到肚子裡的黑色小蟲正過著自己的生活。他們已經分開，不再是一體。他是安德斯，一隻小蟲在他的胃裡爬動著。

他起身走向小船，繫纜繩整齊地捲好放在船首，剛拋光的船槳閃閃發亮。他推一下小船，爬上時，小船很輕易地就滑動，離開碎石海岸。

他拉動發動索，冷卻劑從引擎蓋下方的小洞噴出。他摸摸引擎，發現震動的引擎處於發動的狀態，只是沒有發出聲響。他打了檔，小船平穩地前進，加速後航行得更快，卻仍然沒有發出聲音。

他把船首轉向度瑪雷，加快速度。隨著小船的速度越來越快，本應是冰冷卻暖和的空氣打在臉上，不論加速或減速，一直維持這樣舒服的溫度。一切都很完美，他內心的恐懼卻越來越強烈。

前往度瑪雷的旅程以無法理解的速度結束，彷彿在他的航行中距離縮短了。不到一分鐘的時間，他已經把小船停在汽船碼頭旁一座較小的碼頭上，用柔軟白棉的繩子綁好船，爬上碼頭。

在柔和的午後陽光下，漆著土紅色的美麗船屋彷彿以絲絨做成。安德斯看看四周，注意到有人背對著他站在汽船碼頭上。

他走向岸邊，抬頭看著村子的方向，發現商店開著，冰淇淋廣告的三角旗幟緩緩飄動著。大甜筒、梨子雪糕，就他所知那些都沒賣了。有人站在那裡研究著廣告傳單。

絞肉7.95/公斤；酸黃瓜2.95/公斤。

我知道這是什麼，安德斯心裡想著。他爬上汽船碼頭，走到背對著他的人身邊。我知道我在哪裡。

「請問一下，」安德斯說，以為自己只是在心裡說出這些話，並沒有說出口。眼前的男子穿著藍色牛仔褲及格紋襯衫，和他自己的穿著差不多。男子對無聲的字眼沒有反應，安德斯再靠近一點。

「對不起？」

安德斯感覺一下自己的嘴唇，舔舔食指，有，他的嘴巴還在，舌頭也還在。這裡是如此地安靜，完全沒有機械發出的聲音或說話聲，樹上也沒有鳥叫聲。

男子似乎沒有聽見他的話，安德斯遂繞過去他的正面，讓自己能與他四目相視或搖搖他。他繞過男子身邊，胃部一陣翻轉，眼前的一切都在晃動後變成相反。

安德斯站在男子剛剛站立之處，瞪著男子背對著他往上走到商店。安德斯跑步趕上他，超前，同樣的事又發生了。他的腦袋裡有某個東西翻轉，他跟著一名男子走下碼頭，同樣只看得到男子的背面及他的後腦勺。

他停下來，男子又回到先前在碼頭的位置，凝視著大海。安德斯轉身走回商店，有點預期會看到他賣鯡魚的箱子及親手寫的價目表。

因為今天就是那一天，一名男子走進海裡，希西莉雅用腳踏車載他的那一天，他一生最棒的一刻，同樣的天氣，同樣的跡象，同樣的感覺。唯一不同的是他體內越來越強烈的恐懼。

你要我留下來。你要我留下來。你給我看你認為我想看的，我的天堂，這就是你在做的事。

剛剛在看廣告的男子走到村道上往南前進，一名穿著舊式夏日洋裝的女子也正走開。一名女子穿著手織布料做成的粗糙裙子，頭上圍著圍巾，站在斜坡上摘著鈴蘭，並沒有面對安德斯。

大家看到的景象都不一樣。

摘花的女子不屬於這個世紀或上個世紀。也許她看不到商店，當然也看不到冰淇淋廣告。她也許看得到安德斯所知以前在商店位置的麵包店。在她的眼裡，汽船碼頭大概只是很小的木頭構造。

現在，什麼是現在？我們在哪裡？

安德斯閉上雙眼用力揉，想把眼珠推回腦袋裡。當他再次張開雙眼時，眼前的景物和之前一樣。美麗的景物，美麗的一天，人們背對著他離開。

他踢著路上的碎石，小石頭毫無聲響地滾走。他深呼吸一口大叫：「瑪雅！」可是沒有聲音，空氣從他體內發出、聲帶振動，可是什麼也聽不到。靜默是如此的緊密，使他震耳欲聾，彷彿處在深水之中。

也就是我所在的地方。

他轉向南側的村道，走向健行山莊。正如這個版本的度瑪雷上所有的建築一般，健行山莊從未如此地受人喜愛。並不是因為它看起來剛蓋好，全新的建築很少特別討人喜歡。不，是因為所有的東西都以完美的方式老化或磨損，更強調了建築之美。

瑞典民俗博物館。

沒錯。這裡的每一棟建築、每一件物體、每一棵植物都像展覽的一部分，彷彿它們代表什麼，而不是真的是什麼。它們只是擬真的模型。

一名女子穿著黑點白洋裝，一名男子穿著長褲背心和襯衫，袖子捲起，他們在山莊的花園裡玩槌球。木槌無聲地打到木球，木球滾動穿過球門或經過球門。除了沒有聲音之外，這幕景象唯一奇怪之處，在於這對男女一直沒有看著彼此，也沒有面對安德斯。遊戲繼續，女子的球打到場地尾端的終點柱才結束。

這對男女撿起他們的球，並沒有企圖向對方說些什麼，就轉身走向山莊，彷彿這是一場事先預演好的默劇，唯一的要求是眼神絕不接觸。

男子的身體轉向山莊時對著安德斯，他感覺到胸前那股強烈的起伏，接著發現自己站在台階底部，看著那對男女往上走，開門消失在山莊裡。

只有我。

在這個不真實的島嶼上，每個人都在表演這場默劇，做出被要求的行為。只有他是誤差值，一個必須不斷以力量移開的阻礙，這樣舞步才能繼續，不至於瓦解。

一定是這樣的。

如果在這裡走動的人們真的各自看到不同的東西，不同的世界，那麼他們不看對方一定是基本的條件，否則他們就會看到不該看的東西，眼前的幻象就會破滅。

通往破厝的碎石路旁種滿了鈴蘭。安德斯蹲下來抓了一把，鼻子湊上去聞，一點味道也沒有。這裡也沒有味道。他把一顆有毒的莓果塞進嘴裡咀嚼，什麼味道也沒有，舌頭感覺得到莓果，所以觸覺還在，可是沒有味道。

他來到岩石上方，佇立的破厝彷彿在另一個世界。

不……

安德斯閉上一隻眼睛，沿著一排直挺挺的松樹看過去，房子已經不再歪斜扭曲，他一直覺得這房子不平均的斜面使它看起來很醜，一直希望自己能做些什麼。現在他的願望達成了，房子的牆面很筆直。他目前所看到的事物裡，這一點最使他害怕。破厝已不再是破厝，而是在最美麗的地點完好建造的夏日小屋。

他好奇地上前打開門，一群蒼蠅蛹在胸前孵化，四處亂飛，尋找出路，使他的胸部顫抖。這已經不是希西莉雅載他回家的那一天了。破厝內的景象來自他和希西莉雅住在這裡的時期，他一生中最快樂的時光。

因為那是我想去的地方。

他顫抖著走過希西莉雅在拍賣會上用十克朗買來的碎呢地墊，或是它的影像，因為他所看到的一切都來自自己的腦海。他走進起居室，注意到通往臥室的門微微開著，接著出現他在這裡聽見的第一個聲音：不規則的滴答聲，似乎來自他的耳朵。

他一手摀著嘴，意識到自己的牙齒格格作響，就連這樣的靜默也無法吞沒內在的聲音。雖然在這裡躡手躡腳毫無意義，但他還是不自覺地躡手躡腳走過起居室的地板。

他走到門前探頭，滴答聲變成焦慮的敲門聲。

她在那裡。

瑪雅就坐在床邊的地板上，手伸進一桶珠子裡。她面前有好幾堆不同顏色的珠子，她正忙著分類。安德斯聽到她哼著什麼，可是聽不清楚。他知道她專心做事時總會哼著音樂。幾絡棕色細絲落在她的頸根，有些塞進微微突出的耳後。她光著腳，穿著原本穿在紅色雪衣下的藍色絲絨運動服。

安德斯雙腳發軟，無聲又無助地倒在地板上，後腦勺撞在厚重的地板上，眼前閃過陣陣白光。在疼痛還來不及肆虐之前，他舉起頭讓自己繼續看著，深怕如果膽敢分散一絲絲的注意力，這個影像就會從手中被奪走，從他的眼裡被扯開。

他的頭骨疼痛不已，不過瑪雅還在。他翻身趴著，頭部抽痛，臉部距離她的背部只有兩公尺。她用細小的手指挑出珠子，整齊的一顆一顆分類。

我在這裡，她在這裡。我回到家了。

他趴在那裡觀看良久，等著頭痛消退，牙齒不再格格作響。走過了這麼長的旅程，為的就是見到這一幕。此刻她坐在那裡，距離他只有兩公尺。

他卻摸不到她。

「瑪雅？」他說，沒有聲音，她沒有反應。

他扭動身體爬過地板，越過門檻來到她的身邊，看得到運動服膝蓋上的牛奶漬。他坐起身子，把手放在她的肩膀上。

他感覺到布料底下肩頭那柔軟的曲線，只有一顆雞蛋大小。他撫摸她的肩膀，享受手裡的感覺，輕輕捏一捏，汩汩的眼淚無聲地流下他的臉龐。他輕撫她的胳膊，淚水流進他的嘴裡，鹹鹹的，是他的眼淚。

可是她沒有轉頭，她不知道他在身邊。他只是一對無聲、流淚的雙眼在看著她。

「親愛的，瑪雅，親愛的，小甜心，我來了，爹地來了。我和妳在一起。妳不是一個人了。」

他抱著她的背部，臉頰靠在她的頸根，繼續哭泣。她應該轉身的，她應該抱怨：**爹地，你的鬍碴很**

癢，弄得我全身濕濕的，可是什麼也沒發生。就她所知，他並不存在。

他就這樣坐到眼淚乾枯，直到無法哭泣。他放開瑪雅，拖著退後半公尺，讓自己的視線徘徊在她的背部，布料下露出脊椎的形狀。

我會永遠坐在這裡，等她站起來時，我會像鬼魅一樣地跟著她。我和她在一起，她和我在一起。

他閉上雙眼，覺得已經勇敢到可以閉上雙眼了。

對她而言也是同樣的體驗嗎？就像另一個人模糊、難以描述的存在，跟隨她無處不在？這麼做會使她害怕嗎？她還會害怕嗎？他對她有任何的影響嗎？

他閉著眼睛伸手摸她的背部，還在。雖然眼睛閉著，但掌心那股柔軟絲絨般的感覺還在。

我是否可以……

他向右前方移動，手從她的背部滑上肩膀。他閉著眼睛，以跪姿移到她身邊，用指尖感覺她的鎖骨。他坐在她的正前方，順著喉嚨往上撫摸她的臉頰，她的臉就在那裡，圓圓的臉頰，短而上翹的鼻子，哼曲子時移動的嘴唇。

他張開眼睛。

他的手放在瑪雅的後腦勺上，他坐在移動身體之前的位置。他用手指撫摸她的嘴唇，她什麼也沒有注意到。他不存在，對她而言，他連鬼魅都不是。

他往後靠，在地板上伸開腿，抬頭看著沒有被煙燻成漬或被蜘蛛網留下痕跡的天花板，而是以卡榫謹慎接合而成，美麗的白色天花板，正是他最喜歡的那一種。

他可以坐在瑪雅身邊，可以看著她、碰她，但無法與她溝通。他們的世界無法接觸。

可是她來找我，我知道她在那裡，她透過水來找我。

他體內的一切靜止不動，失望和沮喪漸漸消退，他試著看，試著思考。

她來找我。

他抬起頭，床邊小小的藍色身影正拿起一片心型磚片，忙著壓進空位裡。瑪雅。然而這不是瑪雅，那個才是瑪雅。那個有記憶和影像，能說話的瑪雅來找他，卻不知為何逃到大海裡。坐在這裡的只是瑪雅的身體，或一部分的她，為了讓他看到他想看的。

瑪雅？

這兩個世界曾經碰撞、交會，兩者的交集就是他自己，因為她存在於他之內。他閉上眼睛尋找她。

小寶貝，現在沒有在玩捉迷藏，妳可以出來了，快出來！遊戲結束了，安全了。

他專注思考著發生在艾琳身上的事，水桶裡的東西從她身上被逼出，必須回到大海。他體內也有著類似的東西。他呼喚它，在體內的黑暗中尋找。

你在哪裡……你在哪裡……

他看到了，正如水面深處的漁網中短暫閃現的魚群一般。它分散到他的全身，但安德斯同時從四方接近，使它聚集在一起，成為無形、徘徊的一整塊，使他可以掌握，以意識使其集中。這時它在他的胃部，圍繞著下方驚惶失措、猛烈搖擺掙扎的小蟲。

他身旁的一切都消失了，都是不真實的。他的力量和思維專注在一件事：把握住真實的東西。他朝著地板上瑪雅的身體移動，閉上眼睛，必須把一小部分的專注力分散在自己的動作上，而那另一個東西有從他掌握中溜走的危險，正如從他父親指間滑走的鰻魚。

他推開鰻魚，不能想鰻魚，不能想自己的膝蓋滑過地板，不能寄託或希望任何事。他的手指再度移到瑪雅的身上，直到他坐在她面前。他還沒有失去掌握，她還在那裡，在黑暗中他的手裡，在他的心裡，他彎身向前，嘴巴貼在她的嘴上。

出・來。

他把它從胃部推上來，經過喉嚨推到面前。他真的感覺到它如微小的軀體，如一陣絲綢般的液體滑過他的舌頭，從他的嘴唇進入她的嘴裡。

他驚呼一聲癱軟，體內的一部分離開了身體。他不敢看。現在什麼也沒有了。他閉上眼睛，徒留靜默。接著他聽到瑪雅的聲音。

「爹地，怎麼了？」

他緩緩張開眼睛，瑪雅坐在地板上，疑惑地皺著眉頭看著他。

「你很不舒服嗎？為什麼帶著邦瑟？」

他直視她的眼睛，而她淺褐色的眼珠詫異地看著他。一個巨大的軀體變換姿勢，一陣顫動貫穿整個世界。

他喉嚨發出的呼嚕聲告訴自己，現在他也能發出聲音了。他的行為很奇怪，眼看著瑪雅關心的表情就要變成恐懼。他吞下想噴發出的一切，拉出邦瑟，遞給瑪雅。

「我把它帶來給妳。」

瑪雅伸手抱住邦瑟，前後搖晃，雙手抱住膝蓋，安德斯聽得到微微的窸窣聲。他靠近她，聞到熟悉的洗髮精味道。他摸摸她的臉頰。

「瑪雅，親愛的……」

瑪雅抬頭看著他，另一陣顫動穿過房子，他感覺到地板一陣強烈的震動。瑪雅尖叫。

「那是什麼？」

「我想……」安德斯說，牽著她的手站起來，「……我想我們該走了。」

瑪雅想鬆開他的手，「我們要去哪裡？我不想離開！」

房子在搖晃，安德斯看到壁爐旁的火鉗倒下。瑪雅的珠子倒塌了，全部混在一起，她想掙脫他的手，這樣她才能再次將它們分類。

安德斯彎腰抱起瑪雅，她在他的懷裡踢腳抗議，可是他毫不在意，只是緊緊抱住她，快步穿過房子跑向前門。

當他離開花園，跑向汽船碼頭時，他懷裡的瑪雅放鬆，開始大笑。

「快一點，爹地！」她尖叫，嘴巴發出喀嗒聲。

他聽到自己的雙腳在小徑上移動的聲音，可是腳下已非碎石路。碎石路正在分解，往下崩塌，路邊的鈴蘭也凋謝了，被吸往地面消失。

他抄捷徑穿過岩石，可是它們已經變得既暗又滑。天空像暴風裡的雲層般崩解消失。在碼頭邊，兩個穿著舊式衣物的人對著彼此尖叫，驚嚇地看著對方。

除了人以外的一切都在以慢動作縮小，向內破裂。安德斯抱著瑪雅跑向小船，瞬間看到不該看到的東西，這個世界真正的組成。他大概會因恐懼或崇敬而跌個狗吃屎，要不是他——

「快點，爹地！」

——要不是他得帶瑪雅離開這裡。

他跳到船上，把瑪雅放在座位上時才意識到自己只跑了幾秒鐘而已。他從岩石上跑過來，覺得它們看起來很滑，根本還沒注意到就已經離開了。

他發動引擎，才剛把小船轉向就已經到達固瓦岩了。距離本身在縮小，每一件事物之間的距離都在縮短。

固瓦岩還在原處，白色燈塔依然向天空延伸，天空黑暗如夜。當安德斯轉身面向度瑪雷時，島嶼卻只在幾十公尺之外。視角改變了，度瑪雷的大小和他從一公里外看到時一樣，只是在他的意識裡比較近，因為他看得到島上的人揮舞著雙手在奔跑。

度瑪雷的頂端持續消失，島嶼在下沉。

「快點，親愛的！越快越好！」

瑪雅爬出船首跳上岩岸，因看到他所看到的景象而害怕，「我們要去哪裡？」

她對著他舉起雙手，他抱起她跑向島嶼東側。

拜託還在那裡，讓它還在那裡……

台階還在，可是當他來到東側的岩石上時，大海也開始拋去面具，分解成鉛灰色的迷霧，一道道台階穿越其中。

安德斯放下緊緊抱著邦瑟的瑪雅。他蹲下來，盡可能輕鬆地對她說，「上來，妳可以坐在我的肩膀上。」

瑪雅把大拇指塞進嘴裡點點頭，安德斯從最上面的那一個台階往下移，瑪雅略微辛苦地爬到他的肩上，雙腿繞著他的脖子。她不想拿開嘴裡的大拇指，也不想放開邦瑟。他緊緊抓住她的膝蓋，以防她摔下來，隨即開始往下爬。

他們在自己狹長的空氣通道中移動，不知不覺間，向下延伸的台階變成向上延伸，台階在某處改變了方向。安德斯身邊的霧氣變成水，汗水流進眼裡，可是他沒想過要求它停止。他的雙腿、背部、頸根都很痛，可是他抓著瑪雅的膝蓋繼續往上爬，不停地擔心自己會在不平均的台階上跌倒。

等他再次站在另一個固瓦岩的岩石上時，肺部彷彿在燃燒一般，原本深植於體內的香菸煙霧在逃走的過程中鬆開，在他每次張口呼吸時便噴發出來。他蹲下來讓瑪雅滑下肩膀，隨即倒下，瑪雅驚呼了一聲，斜倒在一旁的岩石上，幸好有邦瑟墊背。

瑪雅既沒有哭也沒有大叫，只是抱著邦瑟，蜷曲著身體，眼睛睜大，大拇指塞在嘴裡。安德斯伸出虛弱的手摸摸她的腳，彷彿檢查她是否真的存在。她以同樣睜大的雙眼看著他，不發一語。

他的身體彷彿進過熔爐，所有的奔跑與爬行用光了他最後一分力氣，全然摧毀了他的體內，他只能直挺挺地躺在岩石上，看著已經嚇壞了的女兒。

她會沒事的。她不明白。她會沒事的。

發出顫抖的不是安德斯，而是岩石。一股隆隆的咆哮聲從地心深處上升，越來越強烈。他耳朵貼地躺著，他聽得到。

它來了……

在短短的一瞬間，他透過它隱藏自己的網狀幻覺看到那控制人的東西，需要他們的力量才能生存、生長的東西。那來自地底世界的威脅就是大海的意志，其存在被賦予傳奇的生物。那個怪獸。

沒有必要去描述它。它是巨大的力量，多頭的影像，黑色肌肉，幾百萬個眼睛，盲目，沒有軀體。它不存在。存在的只有這些。

岩石的震動傳到安德斯的頭蓋骨，裡面小小的大腦驚慌地努力想知道自己經歷了什麼，可是沒有成功。重要的是在它出現之前趕快離開。

安德斯翻身坐起來，一手放在瑪雅的膝蓋上。其實他真的沒有力氣了，可是正如當兵時某個士官所說的，「你要一直跑到連你自己的母親都以為你死了，然後你還要再繼續跑。」

他的母親不在了，他只能仰賴自己。他不認為自己死了，所以體內一定還剩下什麼。他擦掉眼睛的汗水，眺望覆蓋著冰層的大海。

那些海鳥……

它們已經不在島嶼的上方盤旋，可是也沒有完全消失，這時整群聚集在東方約一百公尺處的區域。許多像先前一樣在飛翔，可是更多站在冰層上，不安地來回走動，好像在等待著什麼。

沒有時間思考了。他們回到了這個世界，現在是十月，他的身體還覺得很熱，可是……

他解開腰間的雪衣，走向屈膝坐著、吸著大拇指的瑪雅。她的雙眼瞪大的方式使他很不舒服，他試著把邦瑟拉出來，才能幫她穿上雪衣，可是她不肯鬆手。

「這邊，小寶貝。」

「寶貝，天氣很冷，妳得穿上。」

雖然與他的意願背道而馳，可是當她用力搖頭時，他鬆了口氣。他拉拉她手上邦瑟的帽子。地面的震動越來越強烈，他得很努力才能鎮靜地說話。

「來吧，寶貝，妳會著涼……」

他拉拉邦瑟的帽子，瑪雅緊抓著不放。他感覺胸部彷彿在咳嗽，結果突然大笑起來。他在大笑，他的腹部充滿純然的喜悅，他繼續大笑，真是有夠愚蠢。

他已經把她從另一邊帶回來了，地震正從他們腳下某處接近，他坐在這裡拉著邦瑟的毛氈帽，她卻緊緊抓著，還搖著頭。瑪雅頭歪到一邊，大拇指伸出嘴巴。「我不冷，爹地，只有我的腳一點點冷。媽咪在哪裡？我要她也來。」

「好，」安德斯說，吞下笑意，「好，媽咪等一下就會來了。」

瑪雅苛刻地看著他手上的雪衣，「那好髒，真的很髒。」

布料上沾著一塊塊乾掉的血漬，由於逃跑時安德斯身體的熱度而變得黏答答。對，真的很髒。

瑪雅看看四周，「那是什麼聲音？」

「我不知道，」他撒謊，「可是我們得走了。」

他再次抱起瑪雅，她放開邦瑟才能用雙手繞住他的脖子，邦瑟則安全地夾在他們之間。隆隆聲越來越大，等他們來到南側的岸邊時，覆蓋著大海的那片冰層已脫離島嶼。他得跳過一條水面才能跑到船邊，小船還緊緊卡在外面的冰層上。

等他跑到船邊，放下瑪雅時，冰層已經開始裂開，碎裂。來自深層的裂縫穿過閃亮的表面，所有的海鳥都飛到空中，興奮地大叫。冰層破裂時，一條條深邃的海水湧現。

我就是大海。

他把小船前面的冰層變成水，抓住船身拉著走。當小船快速穿越出現在船首的一條水道時，瑪雅差點跌倒。她緊緊抓著橫杆大笑。

「再快一點！再快一點！」

安德斯搖搖頭，她對眼前這一切的原因沒有興趣，重要的是很好玩，他們的速度很快。他是大海，他以巨大的力量推進眼前的小船。瑪雅的頭髮在風中飛舞，她抓住橫杆，上半身上下擺動，彷彿在幫忙推動小船。

空中迴盪起一聲巨響，安德斯轉身。固瓦岩東側一塊黑色的物體隆起，其邊緣把厚冰層摔成碎片，那隆起物約一公尺高，二十公尺寬，緩緩升起時，體積也越來越大。

他們之間的距離很遠，安德斯幾乎分辨不出個別的海鳥，可是他看得到那群海鳥對著這大海的隆起物俯衝，用它們的小鳥喙攻擊，但造成的傷害根本連蚊子叮都不如。

他轉身面向迅速接近的度瑪雷。一隻蚊子很小，和人比起來不算什麼，用小指就可以捏碎。可是一千隻蚊子就是另一回事了。也許海鷗的戰爭不如表面上那麼沒有希望。

安德斯把小船航向他在另一個世界裡停靠小船的那個碼頭時，冰層已破裂成大塊的碎片。他幫瑪雅爬到碼頭上，轉身再度面向大海。

這時候，固瓦岩的旁邊出現了一個新的島嶼，和燈塔所在的巨岩一樣高，至少五倍寬。

哥尼索拉，哥尼之耳，虛飾之耳，夢幻之島。

大海一陣顫動，安德斯腳下的碼頭劇烈搖晃，固瓦岩和那另一個島嶼都消失了。安德斯困惑地眨眨眼，地平線在移動，如炙熱陽光下的柏油路般波動。

他明白了。他再度抱起瑪雅，把她抱到岸邊，飛奔向汽船碼頭。他看到商店主人麥茲用望遠鏡看著，妻子英格麗站在一旁。麥茲放下望遠鏡，搖搖頭，對她說了什麼。

「哈囉！」安德斯大叫，「麥茲！哈囉！」

麥茲看到他，「安德斯，怎麼了……」他瞪著安德斯懷裡的藍色包袱，指著，「那是……？」安德斯及時跑到汽船碼頭。

「對，」他說，「趕快發布火警警報，快點！」

「可是怎麼……我是說……」

「拜託麥茲，請相信我。情況會一發不可收拾，發布火警警報，然後……」安德斯看了大海一眼，地平線又向天空隆起了一些。「……離開這裡，快點！」

麥茲仔細再看一次，看到即將發生的狀況時，也驚嚇不已。他和英格麗一起跑到店裡，安德斯抱著瑪雅緊跟在後，麥茲打開櫃子時正好趕到。麥茲按下火警警報，沉痛的哀嚎傳遍整座島嶼。

「大家都不在家，」麥茲說，習慣性地鎖上櫃子。

他們往上坡跑時，安德斯感謝某個幸運星，孩子們還在學校，有工作的居民都還在本土上班。

他轉過身。

這時，海浪的距離只剩下幾百公尺。安德斯已經來到高處了，但巨大的海浪擋住了固瓦岩和一旁的那個東西。瑪雅也看到了。

「爹地，我們會死掉嗎？」

「不會的，寶貝，」安德斯說，跟著麥茲和英格麗爬得更高，「不會的，都已經經歷過這麼多了，不會的。不可能。」

「媽咪會死掉嗎？」

「她不在這裡。她在很遠的地方。她沒事。」

「她為什麼在很遠的地方？」

有一對老夫婦就住在商店附近幾條街外，安德斯不記得他們的名字，這對老夫婦打開大門往外看，「哪裡失火了？」老人問。麥茲停下來指著大海。

「海浪來了，快離開這裡。」

老人盯著大海，雙眼睜得老大。他抓著老婆的手，「阿斯特麗，快點！」

那對老夫婦穿上木鞋，走下門口的台階，這時港灣傳來震耳欲聾的撞擊聲，一陣氣流使安德斯向前搖晃。瑪雅驚呼失聲，以為他會倒在她身上，可是安德斯保持平衡，繼續踉蹌地走向森林。

他聽到背後瀑布般的巨大聲響，片刻之間，海水已在他的腳邊盤旋。一塊碎冰打到他的左腳，刺痛感從小腿往上傳。他咬緊牙根跛足而行，在大海吸回海水之前，漂浮於水面上的大小冰塊之間覓徑而行。

幸運的是，老夫婦也是堅強的群島人，他們就在他前方幾公尺處，跟在麥茲和英格麗背後，踩著沉重的步伐緩慢前進，踩在水裡的木屐四處潑濺。瑪雅把自己拉起來，越過他的肩膀看著。

「爹地，又有一個來了！」

安德斯回頭看，港灣旁的船屋已經不見了，海岸線上升了好幾公尺，彷彿度瑪雷振作起來，從椅子上起身面對威脅。不幸的是並非如此，而是下一波海浪把海水吸走了。

麥茲注意到安德斯一跛一跛，自願幫他抱瑪雅，安德斯搖搖頭。他已經抱了她這麼遠，會堅持到底。

唯一的問題是，他快走不動了。

「等一下，等一下！」老人對安德斯大叫，對其他人揮手。安德斯懷裡抱著瑪雅，男子跑回他的房子。這時安德斯想起來他是誰了，他以前曾向安德斯買鯡魚，他已經很老了，安德斯覺得就老人而言，他有一個很不尋常的名字。

克里斯多夫，安德斯想到了，他的名字是克里斯多夫・艾克，他是托里尼的父親。

克里斯多夫消失在眼前，安德斯焦慮地看著大海，下一波海浪還要過一會兒才會打到他們，可是來的時候……

我就是大海。

他的雙腳還站在水裡，水直接把他連接到港灣外逼近的海牆。他起身抵抗，離開自己的意識，與飛奔的海浪合而為一，胃裡的水靈也開始燃燒。

停止！停止！

他在海浪之中，海浪在他之中，它狂野的力量穿越水靈傳到他的指尖，緊握拳頭，抱著瑪雅，一面努力克制、煞車。他胃裡的小蟲如肌肉扭曲般到達極限，這已經超過人類所能承受的範圍了。

他知道一切都是徒然，正如想用釣魚線拉住狂奔的馬匹一般。然而他不斷地抗拒，直到真正承受不住了，體內某個東西瞬間迸發。他感覺胃部一陣燒灼的疼痛感，他與水的聯繫中斷了。

「啊爹地！你捏得我好痛！」

他回到實體的世界裡，雙手緊緊抱住女兒。他放鬆下來，努力不讓雙腳發軟。瑪雅貼近他的耳朵問道，「媽咪為什麼在很遠的地方？」

「我們等一下再打電話給她，寶貝，等一下。」

海浪如巨大的鏡子被拖過海面般閃爍不定，碎冰正如閃亮表面上的裂縫與記號，並非人類的力量可以阻擋得了。安德斯轉身開跑，接著聽到引擎發動的聲音，克里斯多夫從車道上拉出一輛鮮藍色的小綿羊載貨機車。

「上來！」他大叫。

安德斯抱著瑪雅爬上貨架，克里斯多夫加速騎在森林小徑上，瑪雅在他的耳邊低聲問，「那是誰？」

「那是克里斯多夫，」安德斯說，「他在幫我們的忙。」

瑪雅點點頭，「他看起來人很好，有點像希蒙。」

自從這一切開始之後，安德斯完全沒有想到希蒙和安娜葛蕾塔，他只想到還好他們不在，安全無虞。他們不是在海上就是在卡佩拉赫港。

度瑪雷，它只想對度瑪雷動手。

他們趕上其他人，克里斯多夫煞車，阿斯特麗優雅地坐在貨架邊緣。克里斯多夫向麥茲和英格麗揮揮手，但麥茲搖搖頭，和老婆一起繼續跑。如果連他們都載的話，也許小綿羊機車的速度會變得很慢，繼續跑還比較快。

「到巨岩！」安德斯大叫，「那不規則的大圓石，那是最高點。」

克里斯多夫點點頭，他們沿著小徑快速前進，經過麥茲和英格麗身邊時，安德斯對他們嚷嚷同樣的話。克里斯多夫在一百公尺後轉彎，機車在樹根與石頭上顛簸著。可是他們正往上移動，不斷地往上爬。最後一段無法騎車上去。安德斯的腳痛到流眼淚，但他還是緊緊抱住瑪雅，瑪雅也緊緊抓著他，他們下了貨架往上爬。

爬上大圓石後，他們剛好看到海浪打在度瑪雷上。這道深藍色的高牆有十五公尺高，浪頭帶著一條尖銳的冰塊，對著村子打下來。安德斯在巨岩邊緣重重坐下，看著萬丈海水吞沒第一波海浪侵襲後剩下的小屋殘骸。

從浪頭砸下的碎冰打到安娜葛蕾塔和希蒙家的屋頂，安置警鐘的塔樓隨即在壓力下瓦解，水牆把整座塔樓砸成泡沫裡飛舞的浮木，片甲不留。這六個難民站在洶湧怒吼的大海間約十來公尺上方的小小島嶼上，殘骸在他們四周打轉。

安德斯抬起頭。固瓦岩燈塔已不復見。小島還在，可是燈塔已經被海浪沖走，消失無蹤。大海一陣震動，透過地面、岩石，傳送到他們的身上，剛剛出現在固瓦岩旁的島嶼開始下沉。他們腳邊的海水開始潰散，安德斯聽到頭頂的麥茲說，「那邊以前有人……」

安德斯往後靠，麥茲正用望遠鏡觀看著。他放下望遠鏡，搖搖頭，用手指著下沉的島嶼，「那裡以前有人，那個島上，很多人。他們都走了。」

安德斯緊緊抱住瑪雅，鼻子埋在她頸根的凹陷處。水下沉了，露出已不復存在的村落，只剩下倒塌樹木的泥濘混亂，房子與附屬建築的殘骸。到處都是船被摧毀後留下的大小碎片。唯一殘存的是汽船碼頭上的水泥塊。

很危險。不只是對你，對所有的居民都很危險。

安娜葛蕾塔是這個意思，她想要阻止的正是此事的發生。安德斯更用力地把鼻子推進瑪雅的頸根，臉頰摩擦她的背部。

「啊爹地，你好刺，不要。」

安德斯露出微笑，把瑪雅轉過來面對他，一根手指輕輕撫摸她的臉頰。瑪雅咬著嘴唇的方式表示她在思考。

「爹地？」

「什麼事？」

「我夢到我在叫你，一直叫，有嗎？」

「有的，妳在叫我。」

瑪雅堅決地點點頭，彷彿確認了懷疑很久的事。

「那你做了什麼？」

安德斯看著她嚴肅、擔憂的眼神，他把一撮頭髮塞進耳朵後方，親吻她的額頭。

「當然是來找妳嘍。」

納丹的教堂墓園有一座船錨，一座鑄鐵的巨大船錨，上面有一片紀念銘刻：「紀念那些命喪大海之人。」

在無法理解的暴風之後，這座船錨已經消失。船錨原本所在的位置出現一條溝渠，一直通到岸邊，彷彿船錨被鐵鍊拖著，像犁田工具一樣拖過大地，留下一道犁溝後消失在大海裡。

不論固定船錨的是什麼，它已經把自己扯開、鬆脫，或被釋放了。

靈異港灣 / 約翰.傑維德.倫德維斯特(John Ajvide Lindqvist)著 ;
陳靜妍譯. -- 初版. -- 臺北市 : 小異出版 :
大塊文化發行, 2013.08
面 ;　公分. -- (SM ; 21)

譯自 : Människohamn

ISBN 978-986-88700-2-4(平裝)

881.357　　102012825

Trans+

Trans+

Trans+

Trans+